CHLOE LIESE

Better HATE THAN never

Aus dem Englischen von
Katja Hald und Sabine Reinhardus

Moon Notes

Deutsche Erstausgabe
1. Auflage
© 2024 Moon Notes im Verlag Friedrich Oetinger GmbH,
Max-Brauer-Allee 34, 22765 Hamburg
Alle Rechte für die deutschsprachige Ausgabe vorbehalten
Vorbehalten sind ausdrücklich auch alle Rechte für ein
Text und Data Mining, KI-Training und ähnliche Technologien.
© Originalausgabe: 2023 by Chloe Liese,
published in agreement with the author,
c/o BAROR INTERNATIONAL, INC., Armonk, New York, U.S.A.
Originaltitel: *Better hate than never*
© Übersetzung: Deutsch von Katja Hald und Sabine Reinhardus
© Umschlaggestaltung: Rocket & Wink, Hamburg
Satz: Satz für Satz, Wangen im Allgäu
Druck und Bindung: GGP Media GmbH,
Karl-Marx-Straße 24, 07381 Pößneck, Deutschland
Printed 2024
ISBN 978-3-96976-054-3

www.moon-notes.de

Für alle unerschrockenen Frauen,
die kein Blatt vor den Mund nehmen
und als Widerspenstige gelten,
die die Welt zu zähmen versucht.

Und für diejenigen,
die solche Frauen kennen und sie für das lieben,
was sie wirklich sind:
tapfere Menschen mit großen Herzen
und dem festen Glauben,
dass die Welt besser sein kann.

Und wo zwei wüt'ge Feuer sich begegnen
Vertilgen sie, was ihren Grimm genährt

William Shakespeare, Der Widerspenstigen Zähmung

Liebe Leserin, lieber Leser,

diese Geschichte beinhaltet Figuren, deren menschliche Realitäten meiner Ansicht nach durch eine positive und authentische Darstellung in Liebesromanen mehr Beachtung verdienen. Als neurodivergenter Mensch mit (häufig) unsichtbaren chronischen Symptomen schreibe ich mit großer Leidenschaft romantische Komödien in der festen Überzeugung, dass jeder von uns, der es sich aus tiefstem Herzen wünscht, verdient, »glücklich zu sein bis ans Ende seiner Tage«.

Dieser Roman thematisiert die Probleme neurodivergenter Personen – von Menschen, die unter ADHS leiden oder mit einer chronischen Erkrankung wie Migräne leben. Eine chronische Erkrankung oder Diagnose ist für keine zwei Personen gleich, dennoch habe ich mich bemüht, basierend auf meinen persönlichen Erlebnissen sowie den Erfahrungen von Authentizitätslesern und -leserinnen, Figuren zu erschaffen, die den zahlreichen Nuancen dieser Identitäten gerecht werden. Bitte nimm zur Kenntnis, dass es in dieser Geschichte auch um die Erfahrung des Verlusts der Eltern geht und deren Auswirkungen auf das Leben der Betroffenen.

Sollte dies ein sensibles Thema für dich sein, kann ich dir versichern, dass in dieser Geschichte letztendlich nur gesunde und liebevolle Beziehungen – zu sich selbst und anderen – Bestand haben werden.

XO
Chloé

Playlist

1

Kate

So lebe ich jetzt: Mein gesamter irdischer Besitz steckt in einem vertrauenswürdigen, wenn auch nur auf drei Rädern rollenden, wackligen Koffer; mein Kontostand beträgt haargenau sieben Dollar und fünfundsiebzig Cent; und ich habe keine Ahnung, wie es weitergehen soll.

Das habe ich jetzt davon, dass ich mein monatliches Horoskop ernst nehme.

Die Sterne stehen günstig, und du schlägst unbekannte Pfade ein. Veränderung schafft neue Möglichkeiten. Vergangene Wunden bieten Weisheit. Die Zukunft erwartet dich. Die Frage ist: Bist du tapfer genug, dich auf sie einzulassen?

Dieses verdammte Horoskop.

Ich strecke mich wie ein Seestern auf dem Bett meiner Schwester Juliet aus, starre in mein Gesicht in dem direkt danebenstehenden Spiegel und frage es: »Was hast du dir eigentlich dabei gedacht?«

Mein Spiegelbild hebt eine Braue, als wolle es sagen *Das fragst du mich?*

Ächzend taste ich auf der Matratze herum, bis ich mein

ramponiertes, aber noch funktionierendes Handy finde, über den Bildschirm wische und Musik anmache. Hier im Zimmer ist es zu still, und meine Gedanken sind zu laut.

Kurz darauf ertönt der erste Song von meiner Playlist mit dem passenden Namen *Get Ur Shit 2Gether*. Aber es hilft nichts, auch die kraftvollste feministische Hymne kann nichts daran ändern, dass ich immer wieder dazu neige, erst zu handeln und dann zu denken, dass ich mich so schnell von einer Herausforderung verleiten lasse, dass eine kleine Familienkrise mit einem leicht ironisch klingenden Horoskop zusammenfällt – und schaut her, wo ich gelandet bin:

Zu Hause, wo ich schon seit beinahe zwei Jahren nicht mehr war und seit meinem Abschluss nie länger als eine Woche geblieben bin. Genauer gesagt im Zimmer meiner älteren Schwester Juliet, die gerade über den Atlantik fliegt, auf dem Weg in ihren Urlaub in einer urigen Hütte in den schottischen Highlands, die ich gebucht habe. Eine Hütte, die, wie mir schnell klar wurde, nachdem ich mir die Schulter gebrochen hatte und meine üblichen fotojournalistischen Aufträge erst mal an andere abgeben musste, für mich zu teuer war (denn weder Planen noch Sparen war je meine Stärke).

Da ich mir eine Hütte gemietet hatte, die ich mir nicht leisten konnte und Juliet ganz dringend einen Tapetenwechsel brauchte, war ein Tausch natürlich die gute Lösung. Aber jetzt, allein in der Wohnung meiner Schwester und mit jeder Menge Zeit zum Nachdenken, bin ich mir nicht mehr so sicher.

Als würde sie meine Gedankengänge erahnen, leuchtet auf dem Handy eine Nachricht von Bea, meiner zweiten älteren Schwester und Juliets Zwillingsschwester, auf. In den kurzen Sätzen spüre ich, wie glücklich sie ist, und eine Welle der Gelassenheit durchströmt mich, erinnert mich beruhigend daran, dass ich die richtige Entscheidung getroffen habe. Schließlich kann Jules so ihre dringend benötigte Auszeit nehmen und Bea sich mit ihrem Freund versöhnen.

> **BEEBEE**: Hey, KitKat. Sorry, dass ich gleich verschwunden bin, als du angekommen bist. Aber du hast ja kapiert, warum ich so dringend mit Jamie reden musste. Heute Abend bin ich zurück & dann sehen wir uns, OK?

Ich beiße mir auf die Lippen und denke über meine Antwort nach. Weder Bea noch Jules wissen nämlich, wie viel *ich* von ihrer misslichen Lage oder der Lösung weiß, die durch meine Rückkehr möglich wurde. Denn meine Schwestern haben keine Ahnung, dass Mom bei unserem monatlichen Telefongespräch und Update ausgepackt und mir alles erzählt hat, was ich nicht mitgekriegt habe:

Juliet und ihr Verlobter haben Bea und Jamie, den Sandkastenfreund dieses Verlobten, miteinander verkuppelt. Besagter Verlobter entpuppte sich dann jedoch als toxisches Brechmittel, und Jules beendete die Beziehung. Obwohl Jamie seinen alten Freund ebenfalls in die Wüste schickte, hat Bea ihre Beziehung zu Jamie vorübergehend auf Eis gelegt; sie wusste, dass Jamie ihre Schwester schmerzhaft daran erinnern musste, wie sehr ihr Verlobter sie verletzt hat. Solange es Jules nicht besser ging, hatte Bea das Gefühl, dass sie und Jamie getrennt bleiben sollten, selbst wenn es ihr das Herz brach.

Als ich von Mom hörte, welche Suppe sich meine Schwestern eingebrockt hatten, wobei sie schneller sprach und ihre Stimme schriller wurde, je mehr ihre Besorgnis zunahm, wurde mir zum ersten Mal klar, dass ich nach Hause kommen *wollte*. Den Menschen, die ich liebte, ging es schlecht, und tatsächlich hatte ich zumindest dies eine Mal das Gefühl, ich könne ihnen helfen, sei es auch nur auf unbedeutende, kleine Weise.

Sicher, meine Methode erforderte einige… äh, Unwahrheiten. Aber das war die Sache wert. Winzig kleine Halbwahrheiten. Total harmlos, eigentlich.

Harmlos, soso? Wie das Horoskop? Mein Spiegelbild mustert mich skeptisch.

Ich zeige ihm den Mittelfinger, konzentriere mich wieder auf mein Handy und tippe Bea eine Antwort.

> **KITKAT**: Falls du es wagst, dich heute Abend hier zu zeigen, BeeBee, schick ich dich sofort dahin zurück, wo du herkommst.

> **BEEBEE**: Ich will aber nicht, dass du an deinem ersten Abend zu Hause allein bist. :(

Ich seufze leise, obwohl ich zugleich ein warmes Gefühl der Zuneigung verspüre. Typisch ältere Schwester.

> **KITKAT**: Newsflash, ich bin gern allein. Alles, was Mom im Kühlschrank hat, gehört jetzt mir. Und außerdem kann ich nackt zu Joan Jett durch die Wohnung tanzen.

> **BEEBEE**: Newsflash, als ob du das nicht machen würdest, wenn ich da wäre.

Ich lache auf, rolle mich vom Bett und gehe in den Flur.

> **KITKAT**: Mir geht's gut. Echt.

> **BEEBEE**: Sicher?

> **KITKAT**: Ganz sicher. Versprochen.

BEEBEE: Du kannst jederzeit zu Mom & Dad, wenn dir die
Decke auf den Kopf fällt.

Ich werfe einen finsteren Blick auf den Bildschirm, denke an
den Mann, der neben dem Zuhause meiner Kindheit wohnt
und der, seit ich denken kann, stets die Quelle allen Übels war.

Ich werde ganz sicher nicht zu meinen Eltern fahren und
damit das Risiko eingehen, Christopher Petruchio über den
Weg zu laufen – mein größter, langjährigster Feind, der Fluch
meines Daseins, ein Arschloch von geradezu epischer Größe –,
denn das Universum ist ein mieser Verräter und wird es, falls irgendwie möglich, immer so einrichten, dass ich das Pech habe,
zufällig Christopher zu begegnen.

KITKAT: Mir geht's gut. Hör auf zu schreiben, zieh los
& treib's mit deinem Freund, bis ihm Hören und Sehen
vergeht.

BEEBEE: Wird erledigt.

BEEBEE: OH! Hab noch was vergessen. Cornelius muss
gefüttert werden. Kannst du das machen? Das Futter steht
in einem Container im Minikühlschrank, mit dem Datum
von heute.

Ich spähe in Beas Schlafzimmer, und dort watschelt ihr Igel-
haustier in seinem aufwendigen, abgeschirmten Käfig herum.
Ein Lächeln zieht meine Mundwinkel nach oben, als er auf-
sieht und schnüffelnd mit seiner kleinen Nase wackelt. Ich bin
eine erklärte Tierliebhaberin, und obwohl ich noch nie einen
Igel versorgt habe, bin ich zuversichtlich, dass ich der Sache
gewachsen bin.

KITKAT: Kein Problem!

BEEBEE: Vielen, vielen Dank!!

KITKAT: Immer gern. Und jetzt HÖR AUF ZU TEXTEN & GEH ZU DEINEM FREUND.

BEEBEE: NA GUT! WENN'S SEIN MUSS!

Ich schiebe das Handy in meine Gesäßtasche, lehne mich an die Wand im Flur und reibe mir über das Gesicht. Ich habe Jetlag, bin körperlich völlig erschöpft und surre andererseits vor Energie. Ich kann es nicht ausstehen, wenn ich zeitgleich müde und aufgekratzt bin, aber so ist das Leben eben. Bloß weil ich körperlich total fertig bin, heißt das noch lange nicht, dass mein Hirn die Botschaft mitgekriegt hat.

Unter dramatischem Stöhnen schlendere ich im Wohnzimmer umher, lasse mich aufs Sofa plumpsen, und in diesem Augenblick vibriert mein Handy. Ich reiße es aus der Tasche.

BEEBEE Moment, noch eine Sache.

BEEBEE: Falls du deine Meinung änderst, kurze Erinnerung: Die Friendsgiving-Party, von der ich dir erzählt habe, geht von 16–20 Uhr. Es gibt KÜRBIS-KUCHEN.

Ich verdrehe die Augen, als ich über das Display wische und meine Antwort tippe. Ja, Kürbiskuchen ist eine Schwäche von mir. Aber mein Hass auf Christopher, der dort sein wird, ist erheblich größer.

KITKAT: Vergiss es, Beebee. Aber netter Versuch.

Okay, vielleicht ist meine Schwäche für Kürbiskuchen doch einen *Tick* größer, als ich zugeben möchte.

Sie ist allerdings nicht so stark, dass ich auf dieser Party vorbeischaue und das Risiko eingehe, Christopher zu sehen. Stattdessen gibt es Nanette's in nächster Nähe, eine unglaublich gute Bäckerei, zu der ich jetzt unterwegs bin. Nach kurzem (genauer: dreißig Minuten langem) Scrollen durch Social Media habe ich herausgefunden, dass Nanette's heute Abend einen Supersondersparpreis auf Kürbiskuchen anbietet: Kauf einen, bezahl beim zweiten nur die Hälfte.

Vielleicht sind auf meinem Konto im Moment nur sieben Dollar und fünfundsiebzig Cent, aber schließlich habe ich eine Kreditkarte, mit der ich Notlagen abfedern kann, und ich bin bereit, sie zu nutzen. Zum Glück ist das jedoch nicht nötig – auf der Küchentheke habe ich einen Umschlag gefunden, auf dem in Moms wirrer Schreibschrift mein Name steht und fünf Zwanzig Dollar Scheinen darin. Nicht einmal mein verletzter Stolz darüber, dass Mutter meine schwierige finanzielle Situation sowohl vermutet als sich auch deswegen sorgt, kann mich daran hindern, zwei Zwanziger zu schnappen und aus der Wohnung zu stürmen.

Es ist ganz offensichtlich, dass das Universum trotz allem möchte, dass ich mir Kürbiskuchen gönne.

Ich schlendere den Bürgersteig entlang meinem Ziel entgegen und genieße den starken Novemberwind, der die trockenen Blätter auf dem Beton mit kräftigen rhythmischen Wirbeln vor sich her fegt. Meine *Frische-Luft-schnappen*-Playlist dröhnt in den Kopfhörern, und plötzlich bin ich sehr froh.

Frische Luft. Zwei Kürbiskuchen, ganz für mich allein. Keine Friendsgiving nötig. Und erspare mir den furchtbaren –

Rums.

Ich stoße mit jemandem zusammen, als ich um die Straßenecke biege, und pralle mit der Stirn an eine Art Betonleiste, bei der es sich tatsächlich um den Kiefer der anderen Person handelt, deren Brustbein anschließend an meine verletzte Schulter trifft. Ich zische vor Schmerz und taumele rückwärts.

Eine Hand umschließt meinen unverletzten Arm, stabilisiert mich, und ich fühle die Wärme durch meine Jacke hindurch. Ich blicke auf, versuche einzuschätzen, ob ich mich in Gefahr befinde, aber wir stehen auf einem schattigen Abschnitt des Bürgersteigs, und die abendliche Dämmerung schluckt unsere Gesichtszüge.

Ehe ich in Panik gerate, lockert sich der Griff um meinen Arm, als hätte der andere gespürt, dass ich sicher stehe. Als würde derjenige – wer auch immer es sein mag – intuitiv einen Zug von mir erfassen, den bisher noch nie jemand verstanden hat: dass ich zwar eine extrem unabhängige Person bin, mir aber trotzdem manchmal nichts mehr wünsche als eine fürsorgliche Hand, die mich stützt, wenn ich strauchle und die mich wieder loslässt, sobald ich mich gefangen habe.

Das Grollen einer tiefen Stimme tanzt über meine Haut, und ein Schauer überläuft mich. Ich reiße die Kopfhörer herunter, damit ich besser hören kann.

»... so leid«, schnappe ich gerade noch auf.

Zwei Wörter. Mehr ist nicht nötig. Selbst wenn es zwei Wörter sind, die ich ihn noch nie habe sagen hören, reichen sie aus, damit ich diese Stimme wiedererkenne, die ich so gut kenne wie meine eigene.

Glühende Wut flammt in mir auf. Nicht weil meine Schulter schmerzt – obwohl das der Fall ist. Und auch nicht, weil mein Kopf sich anfühlt wie eine Glocke, die man heftig geläutet hat, obwohl das ebenfalls zutrifft. Sondern weil ausgerecht die Person, mit der ich um gar keinen Preis zusammentreffen wollte, diejenige ist, mit der ich zusammengeprallt bin:

Christopher Petruchio.

»Was zu*r Hölle*, Christopher?« Ich befreie meinen Arm ruckartig aus seinem Griff, trete zurück und stolpere in den Schein einer Straßenlaterne.

»Kate?« Er reißt die Augen auf, der Wind bläst ihm das dunkle Haar aus dem Gesicht und trägt seinen Geruch zu mir, den ich für mein Leben gern vergessen würde. Der Hauch eines kriminell teuren Duftwassers, das die Vorstellung der waldigen Wärme eines Nickerchens neben dem Kamin, den würzigen Dunst gerade ausgeblasener Kerzen heraufbeschwört. Vor lauter Groll dreht sich mir der Magen um.

Jedes Mal, wenn ich ihn sehe, fühlt es sich an wie ein heftiger Tritt in den Unterleib. Alle in der Erinnerung verschwommenen Einzelheiten bilden sich wie frisch gemeißelt in der Wirklichkeit ab. Seine markanten Gesichtszüge – die kräftige Nase, das ausgeprägte Kinn, die hohen, scharfen Wangenknochen und der Mund, genetisch dazu bestimmt, dass Knie schwach werden.

Natürlich nicht meine Knie. Ich stelle das nur ganz objektiv fest, von einem rein professionellen Standpunkt aus. Als Fotografin verbringe ich viel Zeit mit der Analyse fotogener Gesichter, und Christophers Gesicht ist leider der Inbegriff von Fotogenität. Leicht asymmetrisch, die strengen Züge durch die lang bewimperten bernsteinfarbenen Augen gemildert, die träge Sinnlichkeit seines dunklen Haars, das ihm ständig ins Gesicht fällt.

O Gott. Ich brauche ihn bloß anzusehen, und schon koche ich vor Wut. »Was machst du denn hier?«, frage ich gereizt.

Er reibt sich eine Gesichtshälfte, und seine Augen werden schmal. »Wie nett, dass du fragst, Katerina, danke. Mein Kinn fühlt sich ganz gut an, trotz deines harten Schädels …«

»Na, da bin ich aber froh«, erkläre ich aufgesetzt fröhlich und schneide ihm das Wort ab. Ich bin zu müde und erschöpft, um mit ihm herumzustreiten. »Wenn du einfach da gewesen wärst, wo du hättest sein sollen, hätten wir uns diesen Zusammenstoß erspart.«

Er hebt eine Braue. »Und wo ›hätte ich sein sollen‹?«

Ich laufe rot an. Ich hasse dieses verräterische Erröten. »Auf der Friendsgiving-Party.«

Christopher spitzt spöttisch den Mund, und mein rotes Gesicht wird noch heißer. »Aha, hat mich da jemand im Auge behalten?«

»Nur, um deiner üblen Gesellschaft rechtzeitig aus dem Weg zu gehen.«

»Und da schlägt sie auch schon zu.« Er wirft einen raschen Blick auf seine Uhr. »Keine zwanzig Sekunden, und schon fährt Kate die Krallen aus.«

Unwillkürlich stoße ich ein Knurren aus. Den schmerzenden Arm an die Seite gepresst mache ich Anstalten, an ihm vorbeizugehen, denn er verfügt über diese höchst ärgerliche Fähigkeit, mich mit einigen gut platzierten Worten zur Weißglut zu bringen, ganz abgesehen von diesem aufreizenden Heben seiner verdammten Braue. Wenn ich noch länger hier stehen bleibe, werde ich womöglich wirklich so wild, wie er es mir immer vorwirft.

Plötzlich legt er die Hand auf meinen gesunden Arm und hält mich auf. Ich blitze ihn finster an, finde es abscheulich, dass ich aufsehen muss, um seinem Blick zu begegnen. Ich bin nicht klein, aber Christophers breiter, kräftiger Körper überragt mich um einiges, und seinen muskulösen Arm kann ich nur mit beiden Händen umspannen.

Nicht, dass ich daran im Augenblick denke. Wenn ich an irgendwas denke, um das ich beide Hände legen möchte, ist es sein Hals, den ich gern mal kräftig zudrücken würde …

»Was ist denn mit dir passiert?«, fragt er.

Ich blinzle verdattert, aus meinen Gedanken gerissen vom scharfen Ton seiner Frage. Ich hebe trotzig das Kinn und fordere ihn wortlos zu einem Blickduell heraus.

Aber er sieht einfach nicht weg.

Mein Atem geht irgendwie unregelmäßig, als mir klar wird, wie nah unsere Gesichter einander sind. Christopher starrt auf mich herab. Nebenbei bemerkt scheint er ebenfalls etwas unregelmäßig zu atmen. »Während ich weg war, ist einiges passiert«, presse ich schließlich zwischen den Zähnen hervor. »Wahrscheinlich ist das unvermeidlich, wenn man seiner eigenen, winzig kleinen Welt den Rücken kehrt. Neue Orte erforscht. Hindernissen begegnet.«

Wie zum Beispiel jener felsigen schottischen Landschaft, die vor zwei Monaten zu einer inzwischen beinahe geheilten gebrochenen Schulter führte.

Aber das würde ich natürlich niemals vor ihm zugeben.

Sein Kiefer zuckt immer noch. Mein Kopfstoß war gut platziert.

Trotz seiner Kultiviertheit und seines Erfolges hat Christopher, der feuchte Traum eines kapitalistischen Unternehmers, niemals die Stadt verlassen. Ohne auch nur einen Fuß aus seinem Königreich zu treten, hat er einfach den Finger gekrümmt, und der Erfolg kam zu *ihm*. Seine Welt ist überschaubar und kontrolliert, und er weiß, dass ich ihn dafür verurteile. Ebenso wie er mich dafür verurteilt, dass ich so sorglos bin – aus seiner Sicht grob fahrlässig – und meiner Heimatstadt und Familie den Rücken gekehrt habe, sobald ich den Abschluss in der Tasche hatte.

Nachdem Christopher seine Eltern verlor, als er zehn Jahre alt war, hatte er keine Verwandtschaft bis auf seine inzwischen verstorbene Großmutter, die sich bis zu seiner Volljährigkeit um ihn gekümmert hat. Meine Familie ist für ihn wie seine eigene, und er beschützt sie, was natürlich in Ordnung ist, aber er kann meinen Standpunkt einfach nicht verstehen. Er begreift nicht, dass ich mich in meiner eigenen Familie wie eine Fremde fühle, obwohl ich weiß, dass ich geliebt werde, aber es ist eben nur selten die Art Liebe, die ich nötig hätte. Er kapiert nicht, wie viel einfacher es für mich ist, mich denjenigen, die ich liebe, nahe zu fühlen, wenn viele Kilometer zwischen uns liegen.

Schließlich wendet er den Blick ab und mustert stirnrunzelnd meinen Arm, den ich an die Seite presse. Die Schulter ist geheilt – obwohl ich meiner Familie etwas anderes erzählt habe –, aber noch so empfindlich, dass ein Zusammenprall mit Christophers mauerartigem Brustkorb ein schmerzhaftes Pochen auslöst.

Mit zusammengeschobenen Brauen inspiziert er, wie ich meinen Arm halte.

»Dir ist schon klar«, bemerkt er dann mit leiser, etwas heiserer Stimme, »dass du *keine* neun Leben hast, die du verbrennen kannst.«

Ehe mir eine beißende Antwort einfällt, gleitet sein Daumen an der Innenseite meines Arms entlang, und mein Atem verheddert sich. Ich kriege kein Wort heraus.

Abrupt lässt er mich los und tritt zurück. »Ich bringe dich nach Hause.«

Ich sperre den Mund auf. Was für eine Unverschämtheit!

»Besten Dank für die tägliche Kostprobe deiner patriarchalischen Bevormundung, aber ich brauche keine Begleitung nach Hause. Außerdem will ich dorthin« – ich deute über seine

Schulter hinweg zu Nanette's – »da gibt's Kürbiskuchen im Sonderangebot. Kauf einen, nimm den zweiten für die Hälfte mit. Nach diesem Frontalzusammenstoß lasse ich mich bestimmt nicht von dir ohne die Dinger zurück nach Hause schicken.«

Sein Kiefer zuckt erneut. »Na gut. Hol dir den Kuchen. Ich warte hier.«

»Christopher.« Ich stampfe mit dem Fuß auf. »Ich bin siebenundzwanzig Jahre alt. Ich brauche keinen Babysitter.«

»Glaub mir, ich bin wirklich froh, dass diese Phase hinter uns liegt. Auf einen Satansbraten wie dich aufzupassen war nicht die reine Freude.«

»Har-har.« Christopher ist sechs Jahre älter als ich, aber seinem herablassenden Benehmen nach könnte man meinen, ich sei erst sechzehn.

Ich lasse ihn einfach stehen und stürme in Nanette's Bäckerei. Die freundliche Bedienung, der geradezu qualvoll leckere Duft nach Kürbis und Vanille, nach Schokolade und Buttercreme, der mich umhüllt, während ich auf die Kuchen warte, mindert meine Gereiztheit, aber das hält nicht lange vor. Als ich mit den beiden Kuchenschachteln zurückkehre, hat Christopher sich nicht vom Fleck gerührt.

Er nimmt mir die Schachteln aus den Händen, deutet mit dem Kinn in Richtung der Wohnung meiner Schwestern – und jetzt auch meiner eigenen. »Nach dir«, sagt er.

Ich will ihm die Schachteln entreißen, aber er hält sie einfach hoch.

Ich sehe ihn finster an. »Ich kann die paar Straßen bis zur Wohnung allein zurückgehen, danke sehr.«

»Das höre ich gern. Die Frau, die hier neulich abends überfallen wurde, hat das bestimmt auch gedacht.«

»Oh, wie furchtbar«, sage ich, ehrlich erschrocken. »Aber mit Angreifern werde ich schon fertig, ich weiß, wie man …«

»Du hast nur *einen* heilen Arm«, hält er dagegen. »Wie willst du dich verteidigen?«

Völlig irrational schwinge ich den Arm hin und her und hasse mich selbst, als mir prompt der Schmerz ins Schultergelenk fährt. Bei dem Zusammenstoß habe ich mir definitiv den Arm geprellt, wenn nicht Schlimmeres. »Mir geht's gut, okay? Mir geht's prima.«

Jedenfalls ging es mir bis zu dem Zusammenstoß mit Christopher gut.

Ich habe meiner Familie die Wahrheit gesagt, aber eben nicht die ganze Wahrheit: Ich habe mir *tatsächlich* die Schulter in Schottland gebrochen, als ich mit einer längeren Fotoserie über die Anpassungen an den Klimawandel in den Highlands beschäftigt war – aber das ist nun schon vor zwei Monaten passiert.

Während ich die Verletzung auskurierte, blieb mir nichts anderes übrig, als meine Aufträge an andere abzugeben. Und schließlich musste ich mir eingestehen, welche Erleichterung ich verspürte – gefolgt von Schuldgefühlen –, dass ich für eine Weile davon verschont blieb, die nackte Wahrheit politischer Realitäten, globaler Erwärmung, der Verletzung von Menschenrechten und aller endlosen Scheußlichkeiten, die mir ebenso am Herzen lagen, wie sie mir zusetzten, zu bezeugen und in Bildern festzuhalten.

Mein Geld schwand dahin, und als ich schließlich versuchte, wieder Aufträge anzunehmen, hatte ich kein Glück. Als mir Mom von Jules' und Beas Notlage erzählte, hatte ich die perfekte Lösung für alle parat. Ich bot Jules an, mit ihr den Platz zu tauschen, erwähnte dabei bequemerweise nicht *wann*, sondern eben nur, dass ich mir den Arm gebrochen hatte, und achtete sorgfältig darauf, eine Schlinge zu tragen, als ich heute Morgen eintraf.

Ja, stimmt schon, ehrlich ist das nicht, und nein, ich belüge meine Familie nicht gern. Dennoch war mir klar, dass Jules ohne diese Verletzung, die meine überraschende Heimkehr erklärte, nie und nimmer auf meinen Vorschlag eingegangen wäre und Mom sich womöglich Hoffnung gemacht hätte, ich sei nun ein für alle Mal nach Hause zurückgekehrt. Und wohin hätte das führen sollen?

Christopher sieht mich unverwandt und mit schmalen Augen an. Misstrauisch.

Verdammt noch mal, warum musste ich ausgerechnet mit ihm zusammenstoßen, als ich keine Schlinge getragen habe, *und* auch noch den Arm schwingen, um ihm zu zeigen, wie gut es mir geht. Jetzt werde ich darüber nachdenken müssen, wie ich ihn dazu bringe, zu schweigen, während alle anderen Familienmitglieder glauben, ich hätte mir die Schulter erst vor Kurzem gebrochen.

Ich bin so müde, so verärgert, alles tut mir weh. Ich kann nicht mehr vernünftig denken. Dieses Dilemma wird die zukünftige Kate lösen müssen. Die jetzige Kate braucht eine warme Dusche, ein weiches Bett und einen Kürbiskuchen direkt aus der Backform.

Es gelingt mir, dem überraschten Christopher die Schachteln aus den Händen zu reißen. »Und jetzt entschuldige mich bitte. Ich werde *allein* zurückgehen und diese Kürbiskuchen genießen.«

Ich rausche an ihm vorbei und um die Ecke und stampfe den restlichen Weg zur Wohnung zurück. Ich sehe kein einziges Mal zurück, spüre aber die ganze Zeit über seinen Blick im Rücken.

Als die Tür zur Eingangshalle hinter mir ins Schloss fällt, mustere ich verdrossen die Kuchenschachteln. »Ich kann nur hoffen, dass ihr die besten Kürbiskuchen meines Lebens seid.«

Ich reiße die Innentür auf und laufe die Treppe hoch, während ein Inferno glühend heißen Zorns in mir lodert. »Das ist schließlich das Mindeste, nach dem, was ich gerade durchgemacht habe.«

2

Christopher

Donner grollt, während der Himmel sich zu einem unheilvollen Bleigrau verdunkelt. Ich laufe über den Rasen zu den Wilmots hinüber, werfe einen Blick auf die Wolkenfront. Dank des sich schnell ändernden Luftdrucks und der Angewohnheit meines Hirns, freie Tage als großartige Gelegenheit für einen Migräneanfall zu betrachten, konnte ich den sich ankündigenden Anfall durch den entschlossenen Einsatz starker Medikamente abwehren, die ich beim Anzeichen des ersten Schmerzes, der seine Krallen in meine Schläfen und meinen Schädel schlug, geschluckt habe.

Bis vor ungefähr einer halben Stunde war ich mir nicht sicher, ob die Medizin wirkt – und ob ich Thanksgiving in einem abgedunkelten Zimmer und unter einem Berg von Decken verbringen würde oder nebenan, gemeinsam mit den Wilmots.

Obwohl: Da Kate nach Hause gekommen ist, weiß ich nicht genau, ob Thanksgiving tatsächlich weniger schmerzhaft sein wird als Migräne.

Zwei Stufen auf einmal nehmend stehe ich vor dem Eingang, beiße die Zähne zusammen und bereite mich mental vor.

Ich habe alle Ferien mit den Wilmots verbracht, aber normalerweise ist Kate nicht dabei. Die jüngste Tochter der Familie, Globetrotterin und ständig unterwegs, ist so selten zu Hause, dass ich mich nicht mal mehr daran erinnern kann, wann sie seit ihrem Abschluss zum letzten Mal hier Urlaub gemacht hat. Das war eine echte Wohltat, denn seit ich Kate kenne – mit anderen Worten, seit sie als Neugeborene in meine sechs Jahre alten Arme gedrückt wurde und prompt so heftig in ihre Windel pinkelte, dass meine Kleidung durchtränkt wurde –, ist sie eine Bedrohung meines Daseins. Dieses Gefühl stellte sich auf ganz natürliche Weise während unserer Kindheit ein, und ich habe daran festgehalten, als wir erwachsen wurden.

Kate verabscheut mich, was mir, wie ich mir immer wieder sage, nur recht ist. Abscheu ist gleichbedeutend mit Distanz. Und Distanz gleichbedeutend mit Sicherheit.

Mein Gesicht spiegelt sich im Fenster der Eingangstür.

Ich sehe noch genauso angeschlagen aus wie vor einer Stunde im Badezimmerspiegel. Das liegt nicht nur an dem gerade noch verhinderten Migräneanfall – ich habe letzte Nacht beschissen geschlafen. Ich bin ohnehin ein schlechter Schläfer, aber die letzte Nacht war, wenig überraschend nach dem Zusammenstoß mit Kate, besonders übel.

Ich recke den Kopf, wende ihn seitlich, prüfe mein Gesicht und den violett-grünlichen Bluterguss an meinem Kinn, wo Kates harter Schädel mich erwischt hat. Ich habe überlegt, ob ich mich rasieren soll, die dunklen Bartstoppeln verdecken den Fleck. Ohne Rasur gäbe es keine Fragen, keine Besorgnis, vor der ich ebenso zurückschrecke, wie ich sie mir wünsche.

Wenn ich mich rasiere und der blaue Fleck zu sehen ist, wird Maureen – Mutter von Kate, Jules und Bea und auch für mich wie eine Mutter – ihn nicht nur bemerken, sondern sich auch nach der Ursache erkundigen.

Und in diesem Fall müsste ich ihr sagen, dass Kate abends allein durch die Straßen spaziert ist, die Kopfhörer auf den Ohren, unbelehrbar und eine leichte Beute, als sie direkt in mich gelaufen ist.

Natürlich habe ich beschlossen, mich zu rasieren.

Ich umfasse die Klinke und öffne die Eingangstür. Ob es mir gefällt oder nicht, ich kann Kate nicht aus dem Weg gehen. Aber diesmal bin ich zumindest vorbereitet.

»Buh!«

»Verdammt!« Ich wirble herum, mein Herz hämmert, und ich stehe Kate gegenüber. Wir mustern uns böse, ich will die Tür schließen, doch der Wind kommt mir zuvor, reißt sie aus meinem Griff und wirft sie mit einem dröhnenden *Rums* ins Schloss.

Auf Kates Schulter hat sich Puck, der alte Familienkater, drapiert, und sie streichelt sein langes weißes Fell wie eine hinterhältige Schurkin. Ihr mahagonifarbenes Haar ist, wie immer, unordentlich aufgetürmt. Verschlagen funkelnde blaugraue Augen mit salbeigrünen Flecken. Sie klimpert unschuldig mit den Wimpern. »Ups.«

»Von wegen Ups.« Ich ziehe die Tasche mit den Lebensmitteln und dem Wein, die ich mitgebracht habe, höher über die Schulter. »Das war Absicht, du versuchst immer, mir einen Schreck einzujagen.«

»Oh, armer Christopher. Habe ich dich etwa *erschreckt*?«

Ich presse die Zähne so fest zusammen, dass es knirscht. »*Erschreckt* hast du mich nicht unbedingt.«

Das war zu viel.

Plötzlich tritt sie einen Schritt näher. Ich gehe einen Schritt zurück. Der Sicherheitsabstand zwischen uns ist mir in Fleisch und Blut übergegangen.

Kate runzelt die Stirn. »Kannst du mal damit aufhören? Ich

will dir nur was sagen, dann können wir unserer getrennten, unglücklichen Wege gehen.«

»Dann sag schon.« Mein Kiefer ist völlig verspannt. Ihr so nahe zu sein halte ich schlecht aus, ich sehe die Sommersprossen auf ihrer Nase, das feurige Blitzen in den Augen. Mein Blick macht sich selbstständig, wandert gegen meinen Willen über ihr Gesicht und zieht eine Art Bilanz. Die lange Linie ihres Halses. Die zarten Schlüsselbeine …

In diesem Augenblick fällt mir auf, dass sie den Arm in einer Schlinge trägt.

Denselben Arm, den sie gestern an ihre Seite gepresst hat.

Ich runzle die Stirn, als mir eine unerwünschte Idee kommt. Gestern Abend sind wir ziemlich heftig zusammengeprallt – wie der blaue Fleck an meinem Kinn beweist –, aber nicht so heftig, dass sie den Arm in einer Schlinge tragen müsste. Mir ist natürlich aufgefallen, dass der Zusammenprall ihr wehgetan hat, aber dann hat sie den Arm geschwungen und mir vorgeführt, dass alles in Ordnung ist …

Andererseits weiß ich genau, wie gern sie Spielchen spielt. Ich habe einen blauen Fleck am Kinn. Kate trägt diese Armschlinge. Vielleicht ist sie nicht verletzt, sondern möchte ihrer Mutter nur was vormachen und hat mich für die Rolle des Übeltäters vorgesehen?

Andererseits: Wenn sie das plant, sollte sie sich darüber im Klaren sein, dass ich ihrer Mutter haargenau schildern werde, wie es zu dem kleinen Unfall kam – Kate wandert allein in der Stadt umher, völlig ahnungslos und ganz in ihrer eigenen kleinen Welt gefangen, die Kopfhörer blenden jedes Geräusch und jede nahende Gefahr aus. Maureen würde ausrasten.

Daraus schließe ich, dass sie tatsächlich verletzt ist.

Obwohl mir das völlig egal ist.

Wäre es mir nämlich nicht so egal, welche Risiken Kate eingeht, wenn sie durch die Welt stolpert – an steilen Klippen ent-langspaziert, während ihre Gedanken ganz woanders sind, sich mit Unbekannten anfreundet, die Serienmörder sein könnten, allein und unbeschützt in Hostels übernachtet, ihr Portemonnaie verliert, zu essen vergisst und ihr Handy so oft fallen lässt, dass es völlig zersprungen und unzuverlässig ist –, würde ich total durchdrehen.

Und deswegen ist es mir egal. Ich verweigere mich. So einfach ist das.

»Christopher.«

Ich blinzele. Ich habe kein Wort von dem verstanden, was sie gesagt hat. Ich habe die ganze Zeit auf diese verdammte Schlinge gestarrt, und meine Gedanken haben sich im Kreis gedreht. Meine Brust fühlt sich schmerzhaft eng an. »Sag das noch mal.«

»Und du hörst diesmal bitte zu«, gibt sie unwillig zurück. Sie tritt näher heran, vergewissert sich mit einem vorsichtigen Blick, dass niemand in der Nähe ist. Aus der Küche dringen Stimmen zu uns herüber, die Vorbereitungen für die Thanksgiving-Mahlzeit laufen auf Hochtouren. »Ich war gestern Abend nicht ganz ehrlich«, sagt sie. »Ich habe mir die Schulter verletzt.«

»Als du in mich reingelaufen bist.«

»Es war *umgekehrt*, Dummkopf, du hast *mich* umgerannt. Aber die Verletzung ist vorher passiert.«

Ich suche ihren Blick. Irgendwas stimmt hier nicht. »Warum hast du dann gestern keine Schlinge getragen?«

Sie tritt ungeduldig von einem Fuß auf den anderen, seufzt. »Es ist kompliziert.«

Ich lüpfe eine Braue. »Sei doch bitte so freundlich. Ich denke, mit ›komplizierten‹ Erklärungen werde ich schon fertig.«

»Ich bin dir keine Erklärungen schuldig, weder komplizierte noch sonst welche, Petruchio.«

»O doch, falls du nicht möchtest, dass deine Eltern von deinem einsamen Abendspaziergang gestern erfahren, mit dem Noice-cancelling-Kopfhörer auf den Ohren und keiner Schlinge weit und breit.«

Sie blitzt mich an. »Soll das etwa ein Erpressungsversuch sein, du Mist…?«

»Wer ist denn gekommen?«, ruft Maureen aus der Küche und dann, es klingt lauter und näher: »Christopher?«

Ich lächele Kate gelassen an. »Wie meintest du gerade?«

»Na schön«, zischt sie und blickt hektisch zur Tür hinüber, durch die ihre Mutter jeden Moment eintreten wird. »Ich bin gestolpert und hab mir vor ein paar Monaten die Schulter gebrochen. Sie ist geheilt, aber noch etwas empfindlich, klar? Und jetzt halt gefälligst den Mund wegen gestern.«

Wir mustern uns. Ich verschränke die Arme. »In Ordnung, aber das wird dich mehr kosten als bloß eine Erklärung.«

Sie sieht aus, als wollte sie mich würgen.

Mist, ich lächele. Irgendwas stimmt nicht mit mir.

»Was willst du?«, fragt sie mit zusammengebissenen Zähnen.

Ich starre auf ihren Arm in der Schlinge und bemühe mich, nicht auf meine verworrenen Gedanken zu achten.

Ich will genau wissen, was sie getan hat und in welcher Gefahr sie sich befand, als sie ihre Schulter gebrochen hat. Aber das sollte ich nicht. So läuft das nicht zwischen uns. Ich denke niemals an Kate, wenn sie unterwegs ist. Ich mache mir keine Sorgen um sie, es kümmert mich nicht, und ich will ganz sicher nicht wissen, wie sie sich die Schulter verletzt hat.

Mit einem etwas erzwungenen lässigen Lächeln sage ich: »Ich kassiere meine Schulden ein, wenn's mir passt.«

»Na toll«, erwidert sie sarkastisch. »Erpressung. Ich kann's kaum erwarten.«

»Frohes Thanksgiving!«, sagt Maureen, die jetzt in den Flur hereinschlendert und mich in eine nach Lavendel duftende Umarmung schließt. Die blau-grau-grünen Augen, die sie ihrer Tochter vererbt hat, leuchten, als sie mich etwas zerstreut anlächelt, abgelenkt vom Küchengeschehen und dem piepsenden Timer des Backofens. »Warum stehst du denn im Flur herum wie irgendein Gast?«, will sie wissen.

»Jemand hat mir aufgelauert.« Ich nicke kurz zu Kate hinüber, die mich böse anblitzt.

Maureen blickt zwischen uns hin und her und stemmt die Hände in die Hüften. »Könntet ihr dieses eine Mal miteinander auskommen? Oder ist das schon zu viel verlangt?«

»Ja«, grummelt Kate, wirbelt herum und braust an uns vorbei in Richtung Küche.

»Tja.« Maureen seufzt etwas müde, als wir ihrer Tochter folgen. »An Feiertagen sind Traditionen wohl besonders wichtig.«

»Christopher hat keine Tradition nötig, um sich wie ein Mistkerl zu verhalten«, ruft Kate über die Schulter zurück. »So ist er jeden Tag.«

»Was du natürlich weißt, weil du so oft hier bist«, kommentiere ich ironisch.

Ohne sich umzudrehen, streckt mir Kate den Mittelfinger entgegen.

»Katerina!«, ruft Maureen tadelnd. »Damit hast du dich freiwillig für den Abwaschdienst gemeldet.«

Kate reißt den Kopf so schnell zu uns herum, dass sie davon ein Schleudertrauma haben muss.

»Mom! Meine Schulter ist gebrochen.«

»Und deine Hand gesund genug, um meinen Flur zu entweihen. Da ist es nur gut und heilsam, ein paar Teller abzuspülen.«

Ich lächele Kate scheinheilig an, und sie wirft mir einen wütenden Blick zu.

»Und jetzt zu dir«, sagt Maureen streng, nachdem Kate in die Küche gestapft ist.

Mein Lächeln erlischt. »Zu mir?«

»Du hast reichlich Energie, um Kate zu provozieren. Einen Teil davon kannst du nachher für den Abwasch nutzen.«

Ich blicke etwas verdutzt, als sie mich an der Küchentür stehen lässt.

»Du bist ein echter Gentleman, West.«

Beas Freund – *West,* wie ihn alle außer Bea nennen – steht neben mir am Spülbecken, während wir gemeinsam den Abwasch erledigen. Er wedelt lässig mit der Hand und bedeutet mir *Ach, nicht der Rede wert.* »Ich helfe gern beim Aufräumen. Und als ich gemeint habe, dass du Jamie zu mir sagen kannst, war das mein Ernst. Ehrlich gesagt ist es mir sogar lieber.«

Ich werfe ihm einen Seitenblick zu, stelle fest, wie viel entspannter und glücklicher er aussieht, seit wir uns im vergangenen Herbst kennengelernt und schnell angefreundet haben. »Sicher?«

Er sieht mich belustigt an. »Absolut sicher.«

Von dem Mann mit den verkniffenen Lippen, dem gestärkten Oberhemd und dem seriösen Benehmen, der sich damals als West vorstellte, ist nichts mehr zu sehen. Jetzt ist er Jamie Westenberg, der mit lässig aufgerollten Ärmeln ganz entspannt und zufrieden mit mir gemeinsam den Spüldienst am Doppelbecken erledigt.

Seine Mundwinkel zucken nach oben, als er einen sauberen Kochtopf abtrocknet und meinen prüfenden Blick bemerkt. »Was ist los?«

»Du scheinst … gut drauf zu sein. Du wirkst glücklich.«

Aus dem Schmunzeln wird ein hundertprozentiges Lächeln. »Bin ich auch. Ich freue mich, dass ich einen freien Tag mit Leuten verbringen kann, die sich mehr wie eine Familie *anfühlen* als meine eigene Familie. Das war auch der Grund, warum ich über meinen Namen nachgedacht und beim Nachtisch drüber gesprochen habe – ich möchte nicht mehr West genannt werden. So haben sie im Internat zu mir gesagt, und ich habe den Namen immer wie eine … wie eine Art Rüstung benutzt, um andere auf Abstand zu halten. Ich will diese Rüstung nicht mehr.«

»Jeder braucht eine Rüstung. Es ist doch nichts verkehrt daran, wenn man etwas Abstand nötig hat.«

»Das trifft für Leute zu, die unsere Nähe nicht verdienen«, erwidert er. »Ich mag Grenzen, glaub mir. Aber eben nicht bei denen, die mir wichtig sind. Darum will ich in Zukunft Jamie sein, nicht nur, was Bea betrifft, sondern für alle, die mir etwas bedeuten. Und du bist einer davon.«

»Sehr gern, ist mir eine Ehre, Wes – ich meine Jamie.« Nach einer kurzen Pause sehe ich ihn an und wackele anzüglich mit den Brauen. »Haben wir unsere Bromance etwa gerade auf ein neues Level gehoben?«

Er lacht. »Verdammt noch mal, so ist es. Es steht in den Sternen geschrieben, sagt Bea. Ich gebe zwar nicht besonders viel auf Astrologie und Sternzeichen, aber ich muss zugeben, dass ich einiges von dem, was Bea mir erzählt, doch faszinierend finde.«

»Mir sagt das gar nichts. Worum geht's denn im Wesentlichen?«

»Na ja«, sagt er, »nehmen wir zum Beispiel uns beide. Ich bin Steinbock. Du bist Stier. Alle, die unter diesen Sternzeichen geboren sind, besitzen eine Reihe unterschiedlicher Eigenschaften, sind sich aber auch in mancher Hinsicht recht ähnlich – beide sind Erdzeichen, die in bestimmten Grundwerten übereinstimmen, etwa Verlässlichkeit, Stabilität und Pragmatismus.«

Ich lache leise vor mich hin. »Ich höre förmlich, wie die rebellische Bea dir das alles auseinandersetzt und erklärt, dass wir, kurz gesagt, die absoluten Ultralangweiler sind.«

Jamie lacht ebenfalls. »Wir neigen dazu, ich zitiere, ›beschützende, pragmatische – dennoch höchst liebenswerte – Schlaftabletten‹ zu sein.«

»Hey, irgendeiner muss doch den Überblick haben und die Sache am Laufen halten.«

Er nickt. »Du hast ja so recht. Deswegen kommst du auch nicht mehr von mir und unserer astrologisch vorherbestimmten Bromance los. Ich habe nämlich einen langen Atem.«

»Damit sind wir schon zwei.« Ohne Verwandte, die auch nur halbwegs in meiner Nähe wohnen würden, und meiner Abneigung gegenüber romantischen Verstrickungen sind Freundschaften die einzigen langfristigen Beziehungen, die ich mir zugestehe. Sie sind besonders wichtig für mich.

Ich richte meine Aufmerksamkeit wieder auf das Geschirr, nehme den Bräter, in dem der Truthahn zubereitet wurde, und tauche ihn ins Spülwasser. »Danke, dass du mir hilfst«, erkläre ich erneut. »Das hättest du nicht tun müssen.«

»Ich helfe gern. So angespannt wie die Stimmung bei Tisch war, habe ich allerdings den leisen Verdacht, du bedankst dich weniger für meine Hilfe beim Abwasch als dafür, dass ich darauf bestanden habe, Kates Platz zu übernehmen, was ja bedeutet, dass sie draußen ist und du hier drinnen.«

Ich fixiere den fettigen, verkrusteten Topf und scheuere mit besonderer Verbissenheit daran herum. »Sie hat den Arm in der Schlinge und wäre sowieso keine große Hilfe gewesen.«

»Mmm-hmmm.« Er stellt einen abgetrockneten Topf beiseite und fischt den nächsten aus dem Becken.

Ich werfe ihm einen kurzen Blick zu und erwische ihn beim Grinsen. »Was?«

»Du scheuerst diesen Topf so richtig gut, Christopher!«

»Er ist fettig!«

Er grinst noch breiter. »Mmm-hmmm.«

»Spar dir dein ›Mmm-hmmm‹.«

»Finger weg von diesem Topf, mein Freund.« Er nimmt ihn mir aus der Hand und taucht ihn in das zweite Becken ein. »Sonst schrubbst du noch die ganze Beschichtung runter.«

Ich seufze tief, nehme mir einen Servierteller, der für die Maschine zu groß ist, und zwinge mich, an nichts anderes als Geschirrspülen zu denken. Aber mein Geist gehorcht mir nicht und wandert erneut zum Essen zurück.

Ich saß neben Kate, ihre langen Beine baumelten neben meinen.

Als sie an mir vorbei zum Brotkorb griff, atmete ich ihren zarten Duft ein – wie ein Garten nach einem langen warmen Regen.

Ich denke an den Augenblick, als Maureen mich nach dem blauen Fleck am Kinn fragte und Kates knochiges Knie gegen meines stieß und dort verharrte, als staune sie darüber, dass ich Wort hielt – statt sie zu verraten, sagte ich nur, ich hätte ein bisschen herumgeboxt.

Was auch nicht ganz falsch war, denn irgendwie *war* es auch wie Boxen, als wir zusammenprallten. Wir tun ja nichts anderes.

Von draußen brüllt Kate: »Dreipunktelinie!«, und unser

Blick wandert automatisch zur Auffahrt, wo sie mit Bea Basketball spielt.

»Bullshit!«, brüllt Bea zurück. »Du warst hinter der Linie.« Ein Sportwagen röhrt die Straße entlang, und der Lärm verschluckt den restlichen Satz.

Ich ermahne mich, wegzusehen, als Kate sich laut lachend zusammenkrümmt und die einzige freie Hand auf ein Knie stützt, während sie vor Lachen keucht. Bea wirft den Kopf zurück und gackert ebenfalls.

»Noch Stress bei der Arbeit?«, fragt Jamie, nimmt den nächsten Topf und trocknet ihn ab.

Ich reiße meinen Blick los und bearbeite den Teller. »Zu dieser Jahreszeit ist es immer stressig.«

Jamie sieht mich an. »Aber wahrscheinlich ist es noch etwas stressiger als früher, vermute ich?«, hakt er nach.

»Ja«, gebe ich zu. »Aber damit komme ich schon klar.«

Ich komme bereits seit einem Monat mit der größeren Arbeitsbelastung zurecht, seit meine Nicht-besonders-große-Investment-Firma an einem Tag zwei Mitarbeiter verloren hat – Jean-Claude, den ich gefeuert habe, und Juliet, seine Ex-Verlobte, die von allem, was zu seinem Rauswurf und ihrer Trennung von ihm führte, ziemlich aus der Bahn geworfen wurde. Sie hat für einen Monat Urlaub genommen und nimmt sich die Zeit, die sie braucht, was ich unterstütze.

Das behalte ich aber für mich, denn Jean-Claude – Jamies früherer Freund und Mitbewohner und mein Ex-Mitarbeiter – ist ein heikles Thema. Obwohl ich stumm bleibe, scheint Jamie ähnliche Gedanken zu hegen wie ich.

Er hält den Blick auf die Pfanne in seiner Hand geheftet, und eine düstere Gesprächspause entsteht.

Es führt kein Weg an der Tatsache vorbei, dass Juliet einen Monat lang Urlaub genommen hat und sich wegen Jean-

Claudes emotionalen Missbrauchs auf der anderen Seite des Ozeans befindet. Seine besitzergreifende und irrationale Eifersucht aufgrund meiner vertrauten Beziehung zu Juliet artete während eines Routinemeetings mit Jules, die als PR-Fachfrau für mich arbeitet, zu einer Schlägerei zwischen Jean-Claude und mir aus.

Inzwischen ist er für immer aus unserem Leben verschwunden. Das alles liegt schon ein wenig zurück, und während Jules auf ihrem Selbstheilungsurlaub ist, hoffe ich darauf, dass die letzten noch schwelenden Erinnerungen daran bald verblassen werden.

Eine durchaus begründete Hoffnung, denn gestern auf der Friendsgiving-Party waren alle gut drauf, abgesehen von dem etwas rührseligen Gruppenfoto an Jules und dem Text, wie sehr sie uns fehlt. Auch heute Abend hat Familie Wilmot nach dem Essen ein Videogespräch hingekriegt, das ein Lächeln auf alle Gesichter gezaubert hat. Bea und Kate draußen wirken ebenfalls glücklich, nachdem sie mit ihrer Schwester telefoniert haben. Maureen und Bill sitzen mit dem Laptop auf der Veranda und sprechen noch mit Jules, während sie genüsslich ihren Kaffee schlürfen.

»Die letzten Monate waren stressig«, sage ich. Wir wissen beide, dass ich nicht nur über die Arbeit rede. »Aber wir kriegen das hin. Davon bin ich überzeugt.«

Jamie nickt, allerdings mit leicht skeptisch zusammengezogenen Brauen. Dann mustert er mich, prüfend und intensiv. »Weißt du schon, wie du deine Batterien nach diesem arbeitsreichen Jahr im Urlaub wieder aufladen willst?«

Ich zucke die Achseln. »Für Urlaub habe ich keine Zeit.«

»Hast du keine oder willst du keine haben?«, fragt er unverblümt.

»Mein Team hat die Woche vor Weihnachten und zwischen

den Jahren frei. Ich nicht. Ob nun am Jahresende viel los ist oder nicht, ich persönlich kann mit Urlaub nicht viel anfangen.«

Er runzelt die Stirn. »Du kannst mit Urlaub nichts anfangen? Was ist das denn für ein blasphemischer Unsinn?«

Ich ächze. »Jamie. Erzähl mir jetzt bitte nicht, dass du ein fanatischer Urlauber bist.«

»Vielleicht nicht unbedingt fanatisch. Aber ein ruhiger Spaziergang durch den Schnee, Weihnachtslieder singen am Klavier, ein Gläschen Eierpunsch vor dem frisch geschmückten Weihnachtsbaum, aber nicht der Selbstgemachte mit Eiweiß – keine Köstlichkeit der Welt rechtfertigt eine Salmonellenvergiftung.« Er verstummt und fragt dann behutsam: »Warum kannst du nichts mit Urlaub anfangen? Hat das … mit deinen Eltern zu tun? Das muss schwer für dich sein, gerade zu dieser Zeit fehlen sie dir sicher ganz besonders.«

Ich starre auf das seifige Wasser und bin mir nicht sicher, wie viel ich teilen möchte. »Ja, um diese Zeit ist es besonders schwer, und deswegen finde ich die Aussicht auf Ferien auch nicht sehr verlockend. Aber am meisten stört mich der Heiligenschein des selbst auferlegten Stresses, der in der Weihnachtszeit alles andere ausblendet. Offenbar vergessen alle, wie viel sie bereits *haben,* und jeder denkt nur noch daran, was er noch alles erledigen *muss,* unter dem ständigen Druck immer noch mehr sein und tun zu müssen. Ich würde sie alle am liebsten bei der Schulter packen und rütteln und sagen: ›Immerhin habt ihr Geld, um Geschenke zu kaufen, Essen auf den Tisch zu stellen, euer Haus zu heizen und eure Kinder für die kalte Jahreszeit anzuziehen. Immerhin habt ihr eure Liebsten noch um euch und könnt euch den Kopf zerbrechen, was ihr ihnen schenkt. Immerhin sind sie hier, bei euch.«

Jamie legt den Kopf schräg und sagt: »Vielleicht projiziere

ich ja auf meinen erbärmlichen privilegierten Vater, der genau das verkörpert, aber kommt das bei deiner Arbeit häufig vor, bei der Vermögensverwaltung? Hast du mit Leuten zu tun, die alles haben und das Wesentliche nicht mehr sehen?«

Ich schüttle den Kopf. »Überhaupt nicht. Das ist ja das Schöne an unserer Art zu arbeiten. Die meisten Hedgefonds und ihre Kunden kümmern sich nicht darum, wie sie Geld machen, aber uns ist das wichtig und unseren Kunden auch. Bei unserer Art, Geld zu verwalten und zu investieren, geht es doch gerade darum, bestimmte Ziele zu verfolgen, und wir haben erkannt, dass Reichtum ein Privileg ist, und verwenden die Gelder für aufbauende, erneuernde und faire Initiativen, Unternehmen und Organisationen.«

»Ethisches Investment.«

»Ganz genau.«

Kate und Bea, die draußen wieder in schallendes Gelächter ausbrechen, lenken unsere Aufmerksamkeit ab. Kate nimmt den Ball und dribbelt in Richtung Kreis. Bea verteidigt, ist aber vorsichtig, wegen des verletzten Arms.

Kate lässt ein kämpferisches Lächeln aufblitzen, ein Anblick, von dem ich mich kaum losreißen kann. In einer kurzen Dribbelpause pikst sie Bea in die Achselhöhle, die schreiend davonstolpert. Kate weiß die Lücke in der schwesterlichen Abwehr für sich zu nutzen und wirft einen Korbleger.

»Mieser Trick«, murmle ich.

Jamie lacht schnaubend auf. »Sie spielt mit *einer* Hand. Ich glaube, da darf sie ein bisschen kreativ sein.«

»Seit wann gehörst du zum Team Kate?«

Er grinst, den Blick auf Bea geheftet, während er abtrocknet. »Seit Kate zurückgekommen ist und dieses Lächeln auf das Gesicht meiner Freundin gezaubert hat.«

Jetzt ist Bea in Richtung Korb unterwegs, während Kate

ein paar lächerliche Abwehrversuche unternimmt, die eher an bizarre Dance-Moves erinnern. Vor lauter Lachen kann Bea nicht mehr dribbeln, woraufhin Kate den Ball erobert, in den Wurfkreis sprintet und ihn ein zweites Mal versenkt.

Sie reißt triumphierend die Arme hoch, und wir sehen uns zufällig in die Augen. Ihr stechender Blick könnte Wände durchdringen.

»Wie ging es dir gestern Abend mit der Migräne?«, fragt Jamie.

Ich blinzle, sehe zu ihm hinüber. »Entschuldige?«

Jamie klopft sich leicht an die Schläfe. »Deine Migräne, die gestern im Anflug war.«

»Ach so. Ich hatte schon schlimmere.«

Ich könnte mich ohrfeigen, dass ich Jamie überhaupt von meinen Migräneanfällen im Allgemeinen und von meiner gestrigen Migräne im Besonderen erzählt habe. Aber gerade als ich im Begriff war, von der Friendsgiving-Party aufzubrechen, trafen Jamie und Bea für ein Stück Kürbiskuchen und einen Absacker ein. Sie sahen so aus, als hätten sie ein absolut befriedigendes Wiedersehen hinter sich, und er wirkte so enttäuscht, weil ich schon gehen wollte. Daher kam die Wahrheit … einfach ans Licht. Ich erzählte ihm, dass ich kurz vor einem Migräneanfall stand, und bat ihn, es für sich zu behalten.

»Seit wann hast du chronische Migräne?«, will er jetzt wissen.

»Moment mal, so *weit* ist unsere Bromance noch nicht.«

Er hüstelt verlegen. »Sorry, ich schalte automatisch in den Arzt-Modus, wenn ich mir Sorgen um Leute mache, die mir wichtig sind. Eine schlechte Angewohnheit.«

»Du musst dir keine Sorgen machen«, sage ich und meine es auch so. »Ich weiß deine Fürsorge zu schätzen. Ich bin eben nicht dran gewöhnt, mit anderen darüber zu reden.«

»Na gut«, sagt er. »Verstanden. Aber ich bin da, falls du mal reden möchtest oder irgendwas brauchst. Ich verspreche, dir keine Medikamente zu verschreiben oder dir zu erzählen, dass weniger Stress und mehr Ruhe, insbesondere in hektischen Jahreszeiten rund um die Feiertage, deine chronische Erkrankung heilen. Was aber nicht heißt, dass es vielleicht keine schlechte Idee wäre, ab und zu mal freizunehmen und dich um dich selbst zu kümmern.«

»Mag sein, aber wer soll dann den lokalen Geizkragen spielen, der Geld scheffelt, während alle anderen den Baum schmücken?«

Er wirft mir einen ernüchterten Blick zu und seufzt.

»Armer Jamie«, sagt Kate. Die Tür schlägt zu, als sie, gefolgt von Bea, hereinmarschiert. Ihre Wangen sind rosig, und ein Hauch kühle Herbstluft umweht sie. »Will er dich in seine kapitalistischen Machenschaften verwickeln? Typisch Christopher.«

Ich verdrehe die Augen, während sie auf die Essensreste zu steuert. »Typisch Kate. Sie kriegt nichts mit, taucht auf und tut so, als hätte sie den Durchblick.«

Kate sieht mich wütend an und reißt den Deckel, auf dem ihr mit Filzstift geschriebener Name steht, von einem Behälter.

»Wow«, sagt Beatrice munter und versucht eindeutig, von unserer Kabbelei abzulenken. »Ihr habt das Geschirr gespült. Danke, Christopher.« Sie schlingt die Arme um Jamie, und ihre Stimme wird wärmer, als sie sagt: »Und danke dir, Jamie.«

Er beugt sich vor und streicht ihr das Haar aus dem Gesicht. »Kein Problem.«

Ich wende den Blick von den Turteltäubchen zurück ins schmutzige Abwaschwasser und taste nach übrig gebliebenem Besteck herum.

»Mist«, murmele ich und ziehe hastig die Hand aus dem

Wasser. Ich habe den Daumen in ein scharfes Messer gebohrt, aber als ich die Wunde genauer inspiziere, ist zu meiner Erleichterung kaum Blut zu sehen.

»Ist die Maniküre ruiniert?«, fragt Kate.

Ich mustere sie drohend, aber entweder nimmt sie es nicht wahr oder ignoriert den Blick, während sie sich auf das Essen konzentriert und mit der Gabel hineinsticht. »Und wenn? Es ist sexistisch, zu unterstellen, dass ein Mann, der zur Maniküre geht, Anlass zu Witzen gibt.«

»Ich habe nichts unterstellt«, sagt sie. »Das war bloß eine Frage.«

Unsere Blicke kreuzen sich. Stumm gebe ich ihr zu verstehen: alles Bullshit. Kate streckt mir schweigend den Mittelfinger entgegen.

Ich umklammere das Spülbecken mit weißen Fingerknöcheln, während mich Kate, an die Küchentheke gelehnt, finster anblitzt. Die Luft zwischen uns knistert vor roher, elektrischer Aggressivität.

Warum kann ich das hier nicht kontrollieren, obwohl ich sonst *alles* in meinem Leben unter Kontrolle habe?

Als würde ein durchdringender Blick auf Kate diese Frage beantworten, starre ich sie an und hasse mich dafür, dass ich jede winzige dunkelrote Strähne bemerke, die sich an ihren Nacken schmiegt. Ich lasse den Blick nach unten wandern, über ihre abgewetzte Jeans-Latzhose und das graue langärmelige Hemd aus so dünnem Stoff, dass ich ihre Haut darunter sehen kann.

Meine ausreichend große Erfahrung mit Reichtum sagt mir, dass dies nicht der gesucht lässige Stil ist, für den Reiche gern mal drei- bis vierstellige Summen hinblättern. Ihre Klamotten sind einfach alt, ausgebleicht und abgenutzt. Ich frage mich, ob sie vielleicht Probleme hat, einen Job zu finden oder zu behalten, und ob sie deswegen so aussieht – Bohnenstange in abgetragener Kleidung. Ob sie nach Hause gekommen ist, weil sie Geldprobleme hat.

Meine Brust fühlt sich plötzlich eng an.

Ihre Augen werden schmal, sehen mich unverwandt an.

»Hör auf, mich anzustarren.«

»Mach ich doch gar nicht«, lüge ich und tauche den blutenden Daumen ins Wasser. »Ich versuche bloß, ein Würgen zu unterdrücken, während du Tofu-Truthahn mit Veggiesauce isst.«

»Tja, immerhin habe ich ein ruhiges Gewissen, weil meinetwegen an einem Gedenktag, der den Massenmord an indigenen Menschen feiert, kein Tier geschlachtet werden muss.« Sie lächelt mich total aufgesetzt an. »Auch wenn du das nicht verstehst, Christopher, aber manche von uns schlafen nachts gern mit ruhigem Gewissen.«

Ich beiße die Zähne zusammen, drehe das Wasser ab und wickle ein Handtuch um den verletzten Daumen. »Nein, natürlich nicht. Ich bin moralisch einfach bankrott.«

Wieder ein böser Blick, und erneut fährt die Gabel in den Tofu-Truthahn. »Ich weiß nicht, wie man jemanden sonst bezeichnen sollte, der sein Geld damit verdient, die Kluft zwischen Arm und Reich in diesem beschissenen Land zu vergrößern, aber …«

»Wenn du nur einen blassen Schimmer davon hättest, womit ich mein Geld verdiene, Katerina, dann wäre dir klar, dass ich versuche, diese Kluft zwischen Arm und Reich zu *schließen*. Ich versuche, Kapital in Investitionen und Organisationen zu lenken, die etwas gegen soziale Ungleichheit unternehmen …«

»Ach so, ja, stimmt.« Sie wirft die Gabel in den mittlerweile geleerten Behälter zurück. »Wie konnte ich das nur vergessen? ›Ethisches Investment‹.« Die in die Luft gesetzten Gänsefüßchen sehen einhändig ausgeführt nicht sehr eindrucksvoll aus, aber ich werde trotzdem sauer. »Behauptest du jedenfalls.«

Die Tür zum Esszimmer geht auf, als Bill und Maureen in die Küche kommen; nach ihrem Gespräch mit Jules hat Bill den Laptop noch unter dem Arm geklemmt, und Maureen trägt zwei kleine Kaffeetassen. Ich bin zu gereizt, um auf die beiden zu achten.

»*Behaupte* ich?«, frage ich Kate. »Du hast ja keine Ahnung, wovon du redest, aber wie solltest du auch? Du weißt nichts von meinem Leben. Nichts von all unseren Leben hier. Denn rate mal, was passiert, wenn du wieder abreist, Kate?« Ich trete einen Schritt auf sie zu, meine Stimme hört sich gepresst und wütend an. »Du *verpasst* alles. Die Abschiedsfeier für deinen Dad, als er in Rente gegangen ist, zum Beispiel. Beas letzte Ausstellung. Jules' Feier als vielversprechendste Kandidatin der unter Dreißigjährigen.«

»Und der Sinn deines Lebens besteht darin, mir das immer wieder unter die Nase zu reiben, richtig?«, knurrt sie und tritt mir trotzig entgegen. »Der perfekte Christopher. Der Allwissende. Christopher, der immer da ist, weil die furchtbare Kate nie da ist.«

»Das habe ich nicht …«

»War gar nicht nötig«, blafft sie. »Das unterstellst du mir mit jedem Wort aus deinem voreingenommenen Mund. Ich bin nicht gut genug. Ich mache alles falsch. Ich bin eine totale Versagerin. Aber rate mal was, Petruchio? Du wirst mir nie einreden können, dass ich der letzte Dreck bin, oder mich davon abhalten, mein Leben zu leben.« Sie reckt das Kinn, und ihre Stimme wird lauter, als sie auf ihre Familie deutet und sagt: »Sie wissen, dass ich sie liebe. Sie wissen, dass sie mir wichtig sind. Ich rufe an. Schreibe Mails. Ich schicke Päckchen. Und ich bin da, wenn sie mich brauchen.«

»Du wurdest *immer* gebraucht.«

»Jetzt bin ich da, okay? Ich bin hier, verdammt noch mal!«

»Na endlich!« Ich trete so dicht an sie heran, dass wir uns beinahe berühren. »Es wurde verdammt noch mal auch Zeit!«

Mein Atem geht schnell und abgerissen, Hitze durchströmt mich. Kate starrt zu mir hoch, mit weiten Augen und rotem Gesicht. Ich merke, dass ich sie an die Küchentheke gedrängt habe, sie förmlich einklammere, meine Hände rechts und links daneben. Ich befehle meinen Händen, loszulassen. Ich befehle meinem Körper, sich wegzubewegen.

Aber ich bleibe wie angewurzelt stehen, hasse Kate für ihre einzigartige Fähigkeit, mir unter die Haut zu gehen, mich die verdammte Wand hochgehen zu lassen, und ich hasse mich selbst, weil es mir trotz aller Anstrengungen nicht gelingt, nicht auf sie zu reagieren.

Und jetzt starre ich auf ihren Mund, weich, mit leicht ge-öffneten Lippen; auf ihre heftig schluckende Kehle. Auch Kate hat die Augen auf meinen Mund geheftet, sie atmet schwer. Dann legt sie die Hand auf meine Brust, direkt neben dem pochenden Herzen. Ich atme zischend aus.

Sie packt den Stoff meines Hemdes. Und schiebt mich mit überraschend viel Kraft von sich.

»Obwohl es mir wirklich ein großes Vergnügen war«, sagt sie mit gepresster Stimme und zornroten Wangen, »glaube ich, ich sollte jetzt das tun, was ich laut Christopher am besten kann.«

Ohne ein weiteres Wort stürmt sie aus der Küche in die Eingangshalle, wo sie sich, den Geräuschen nach zu urteilen, einhändig in den Mantel kämpft und sich ihre Tasche schnappt.

Die Tür fällt so lautstark hinter ihr ins Schloss, dass die Fensterscheiben wackeln.

3

Kate

Ich bin eine verdammt talentierte Fotografin, aber noch talentierter bin ich in Vermeidungsstrategien. An die letzten sechsunddreißig Stunden mit Filmmarathon und Abtauchen in Social Media erinnere ich mich nur verschwommen; ich wollte mich damit vom Nachdenken darüber abhalten, wie krass Christopher und mein vertrautes antagonistisches Verhaltensmuster diesmal außer Kontrolle geraten ist.

Es ist beinahe ein Ritual. Ich fordere ihn heraus. Er kontert wütend. Dann provoziert Christopher mich. Ich zische und fahre die Krallen aus. Waschen. Spülen. Wiederholen.

Aber diesmal war es *mehr*.

Noch nie hat er mich so angesehen wie in der Küche, als könne sein brennender Blick sich durch meine Kleider bohren, direkt auf meine Haut. Ich habe nie zuvor die Hand auf sein Hemd gelegt und gespürt, wie er stoßweise ausatmet, als hätte *ich* die Macht, das zu bewirken. Noch nie zuvor hat er mich derart in die Enge getrieben, haben seine bernsteinfarbenen Augen so feurig geglüht.

Du wurdest immer gebraucht.

Ein Schauer überläuft mich, als ich daran denke, wie Christopher das zu mir gesagt hat. Mit zusammengekniffenen Augen versuche ich, die Erinnerungen an ihn abzuschütteln, so nahe und intensiv und … so … wahnsinnig ärgerlich. Dann nehme ich einen Schluck Kaffee.

Und verbrenne mich fast.

»Verdammte Scheiße!«

»Dir auch einen guten Morgen, KitKat!« Die Tür schließt sich hinter Bea, die mit rosigen Wangen von der Herbstkälte hereinspaziert, das Haar zu einem dunklen Knoten verschlungen, in dem sich hellblonde Spitzen ringeln.

Sie plumpst neben mir aufs Sofa. Ich halte die Tasse von mir weg, der Kaffee schwappt beinahe über.

»Tut mir leid«, sagt sie und legt eine Tüte auf den Couchtisch, die einen wunderbaren Duft verströmt, bei dem einem die Knie schwach werden. »Ich habe Donuts mitgebracht.«

Ich fixiere die Tüte, und plötzlich überkommen mich Schuldgefühle. Seit ich zurückgekommen bin, habe ich mich unangekündigt in der Wohnung meiner Schwester eingenistet und (bisher) noch keinen Cent zur Miete beigetragen; ich bin auf der Thanksgiving-Party vor Bea und ihrem Freund so heftig mit Christopher aneinandergeraten, dass wir die Feier beinahe ruiniert haben; dann bin ich zur Tür hinausgestürmt, mit dem Zug in die Stadt zurückgefahren und habe es seitdem vermieden, meiner Schwester über den Weg zu laufen.

Mit anderen Worten: Ich war eine richtig miese Schwester. Und was hat Bea gemacht? Sie hat mir Donuts mitgebracht.

Ich sehe sie seufzend an. »Vielen Dank, BeeBee.«

»Immer gern.« Sie lächelt. Dann steckt sie die Hand in die Tüte und fischt etwas heraus, das meine Liebe zu Kürbiskuchen noch übertrifft.

»So viele Donuts«, hauche ich und spähe hinein.

»Donuts mit Creme, mit Streusel, mit Ahornsirup-Glasur und veganem Speck …«

»O Mann, Wahnsinn.« Ich nehme einen mit Ahornsirup-Glasur, und schon der erste herzhafte Biss offenbart diese perfekte Ausgewogenheit zwischen salzig und süß. »Soo lecker.«

Bea lehnt sich zurück und greift ebenfalls zu. Nach dem zweiten Bissen sieht sie zu mir herüber. »Also. Alles okay bei dir? An Thanksgiving bist du einfach verschwunden und seither unsichtbar.«

»Sorry, dass ich mich nicht gemeldet habe, BeeBee. Ich musste mal kurz runterkommen. Und es tut mir auch leid, was an Thanksgiving passiert ist.«

Sie ist ganz auf ihren Donut konzentriert und klaubt jetzt einen Zuckerstreusel herunter. »Ist doch kein Ding.«

»Doch, ist es.« Ich lege den Donut ab und nehme ihre Hand, streiche über ihren schönen tätowierten Unterarm, wo sich eine Weinranke um ihr Handgelenk schlängelt. »Du und Jamie habt schwierige Zeiten hinter euch, und ich habe es an Thanksgiving nicht einfacher gemacht. Ich habe die Nerven verloren und alle in eine unangenehme Situation gebracht.«

Dass ich die Nerven verliere, kommt bei mir häufiger mal vor. Es ist mir durchaus bewusst, dass ich offenbar vieles intensiver empfinde als meine Mitmenschen und meine Sicherungen schneller durchbrennen. Dennoch schützt mich diese Erkenntnis nicht davor, immer wieder in dasselbe Verhalten zurückzufallen, und ich bin Bea dankbar, dass sie das versteht.

Bea ist, genau wie ich, neurodivergent, sie ist jedoch Autistin, während ich ADHS habe. Obwohl sie viel ruhiger ist als ich, kann sie nachvollziehen, wie schwierig es manchmal ist, die eigenen Reaktionen im Griff zu behalten, wenn man übermäßig oder zu wenig stimuliert wird, wenn die Gedanken in Hunderte verschiedene Richtungen driften, wenn deine Haut kribbelt und dein Hirn sich anfühlt wie eine quietschbunte Discokugel. Ich nehme Medikamente, und sie helfen mir – dann fließen meine Gedanken etwas ruhiger, und ich schaffe es, auch Mehrschrittaufgaben zu bewältigen und lange genug konzentriert zu bleiben. Medikamente bedeuten für mich, dass ich nicht so oft frustriert bin und am Rad drehe und den Eindruck habe, mein Leben würde einfach *passieren*, ohne dass ich aktiv eine Wahl treffe.

Ironischerweise benötigt mein Hirn, das von Natur aus nicht zur Routine neigt, sondern stets neugierig ist und jederzeit bereit, sich ablenken zu lassen, eine feste Routine, um die Medikation einzuhalten. Das ist sowieso schon nicht leicht für mich und wird durch meine unregelmäßige Arbeit noch erschwert: Wenn ich einen Auftrag habe, der die Routine unterbricht und ich eine Einnahme verpasse, oder wir rasch an einen anderen Ort reisen müssen und ich nicht mehr weiß, wo meine Medikamente überhaupt sind.

»KitKat«, sagt Bea leise. »Wo bist du?«

Ich schüttele den Kopf. »'Tschuldige. Ich bin hier.«

Bea dreht ihre Hand, bis unsere Handflächen sich berühren, und drückt mich fest. »Ich wollte nicht über Thanksgiving reden, damit du dich schlecht fühlst. Ich bin nur darauf gekommen, um zu wissen, wie's dir geht? Alles okay mit dir?«

Ich ziehe meine Hand weg. »Ja, mir geht's gut.«

»Sicher? Was Christopher gesagt hat, schien dir ziemlich nahezugehen. Aber wir sehen dich nicht so wie er. Niemand von uns denkt daran, was du alles verpasst, wenn du nicht hier bist.«

Natürlich nicht. Das ist der springende Punkt bei meiner Familie. Meine Schwestern sind Zwillinge und stehen sich besonders nahe. Meine Eltern lieben sich sehr. Und dann bin da noch ich, das fünfte Rad am Wagen. Sie lieben mich. Das weiß ich genau. Aber meine Beziehung zu ihnen ist nicht so eng wie ihre Beziehungen untereinander.

Früher war ich deswegen oft traurig, als ich festgestellt habe, dass es nicht einfach ist, Menschen zu finden, die mit meinem rastlosen Körper und Hirn, meiner unaufhörlichen Neugier, meinen sich ständig ändernden Interessen klarkommen. Ich fühlte mich oft einsam. Aber inzwischen habe ich meinen Weg gefunden, führe ein Leben, in dem ich ständig neue Erfahrungen sammle und Abenteuer erlebe, finde schnell Freunde und Freundinnen, von denen ich mich mühelos trenne und sie noch schneller aus den Augen verliere. Ich bin viel allein, aber eben nicht mehr einsam.

Jedenfalls nicht oft.

Dennoch hat das, was Christopher gesagt hat, einen Nerv bei mir getroffen und mich daran erinnert, wie oft ich mich allein gelassen fühlte. Und was ich alles verpasst habe. Bea hat mir eben nur bestätigt, welche geringe Rolle das für meine Familie spielt.

»KitKat?«

Ich blinzele, ringe mir ein Lächeln ab. »Mir geht's gut. Ehrlich.«

Beas Augen werden schmal. »Nein, das stimmt nicht. Wenn Jules hier wäre, würde sie es aus dir rauskriegen.«

»Wenn Jules hier wäre, würde sie gemeinsame Sache mit Christopher machen.«

»Überhaupt nicht!«

Ich ziehe eine Braue hoch. »Sie arbeitet für ihn. Sie begibt sich freiwillig in seine Gesellschaft. Sie hält immer zu ihm.«

»Nicht immer. Sie ist keineswegs mit allem einverstanden, was er tut. Die beiden sind auch unterschiedlicher Meinung, insbesondere seit er sie als Marketing-Fachfrau für seine Firma eingestellt hat.«

»Diese Firma«, murmle ich finster vor mich hin und schiebe mir dann den restlichen Donut in den Mund. »Wahrscheinlich ist das nur Tarnung.«

»*Tarnung?*«

»Eine Firma für ›ethisches Investment‹?« Ich schnaube. »Ha! Das klassische Oxymoron.«

Bea beißt sich auf die Lippen, sagt aber nichts.

»Was denn?«, frage ich. »Hast du nie dran gedacht, dass es die perfekte Fassade für krumme Geschäfte sein könnte? Geldwäsche! Veruntreuung! Offshore-Banking!«

»Na klar«, erwidert Bea trocken und beißt in ihren Donut. »Wieso bin ich da nicht selbst draufgekommen? Auf Christophers Stirn steht ja praktisch Mafioso.«

»Er *ist* Italiener.«

Sie verdreht die Augen. »Ist klar: italienische Abstammung, Nähe zum Reichtum – zack, schon ist er Don Corleone.«

»Wenn du so viel krumme Dinger wie ich bei der Arbeit gesehen hättest, BeeBee, würdest du verstehen, dass ich misstrauisch bin.«

»Wir reden hier über *Christopher*.«

»Ganz genau!«, bestätige ich.

Sie seufzt. »Okay, neulich abends hat er sich nicht von seiner besten Seite gezeigt, und ich gebe auch zu, dass er sich in deiner Gegenwart im Allgemeinen nicht wie ein Heiliger benimmt, aber ist es wirklich so unmöglich, zu glauben, dass er irgendwie großzügig oder ein guter Mensch sein kann?«

»Ja!«

Ein neuer, müder Seufzer. »Ich glaube nicht, dass es nur mit deiner Arbeit zu tun hat, wenn du so redest. Ich denke, du bist zur Zynikerin geworden.«

Ich starre sie sprachlos an und bin beleidigt. »Überhaupt nicht. Ich bin Realistin. War ich schon immer.«

»Mm-hmm.« Sie genehmigt sich noch einen Bissen. »Wenn du meinst.«

»Bin ich womöglich *ein kleines bisschen* voreingenommen nach allem, was ich durch meine Arbeit gesehen habe? Kann sein. Aber ich bin nicht *zynisch*.«

»Das ist Segen und Fluch des Wassermanns, KitKat – du nimmst viele Möglichkeiten wahr und siehst zugleich auch, wie sie allesamt schiefgehen können.«

Ich stöhne auf. »Ich finde es wirklich ärgerlich, dass mein Sternzeichen mich lesbar macht wie ein Buch.«

»Was ein weiteres Beispiel dafür ist, Schwester, dass du der klassische Wassermann bist. Und ich liebe dich deswegen.«

Bea legt mir eine Hand auf den Schenkel und tätschelt mich sanft und gleichmäßig. Das hat sie schon lange nicht mehr gemacht. Ich fühle ein leicht nostalgisches Zwicken in der Brust, weil sie sich plötzlich so verhält, wie sie es früher häufig getan hat, als wir noch Kinder waren – eine Berührung, die Jules niemals über längere Zeit hinweg ertragen hätte. Jules war diejenige, die einen kurz und kräftig umarmte. Ich war diejenige, auf der Bea herumtätschelte, weil es meinem nach Sinnesempfindungen gierenden Körper guttat.

»Ich wünschte bloß …«, sie seufzt wieder, tätschelt mich mit gleichmäßigem tap-tap-tap, »ich wünschte bloß, du würdest auch die guten Seiten von Christopher sehen.«

»Entschuldige, *welche* Seiten?«

Sie zieht die Hand weg und taucht sie in die Tüte mit den Donuts. »Falsch ausgedrückt. Ich meine, ich wünschte, er würde dir seine guten Seiten zeigen.«

»Christopher braucht mir gar nichts zu zeigen, ich will keine seiner Seiten sehen, vielen Dank auch.«

Bea runzelt die Stirn. »Na gut, macht Sinn. In deiner Gegenwart zeigt er sich immer von seiner schlimmsten.«

Die gesamte Welt scheint plötzlich mit kreischenden Bremsen anzuhalten. Ich starre sie überrascht an. »Das ist dir aufgefallen?«

»Sicher. Und mir ist auch aufgefallen, dass du dich in seiner Gegenwart auch von *deiner* schlimmsten Seite zeigst.« Sie lümmelt auf dem Sofa, einen Donut in der Hand. »Ich verstehe nur nicht, warum ihr euch gegenseitig das Leben so schwer macht.«

»Er hat angefangen! Er hat zuerst auf mir rumgehackt«, platze ich heraus und könnte mir für meine Ehrlichkeit selbst eine reintreten, als ich sehe, wie Bea die Augen aufreißt.

Meine Familie hat Christopher niemals als den wahrgenommen, der er ist – jemanden, der mir immer das Gefühl gegeben hat, ich sei ein lästiger Außenseiter, als ich Mühe hatte, meinen Platz in der innerfamiliären Gemengelage zu finden. Meine Eltern und Schwestern empfinden sein Verhalten als brüderliche Besorgnis, als gut gemeintes Necken. Manchmal habe ich den Eindruck, es würde ihnen vollkommen entgehen, wie er bei jeder Gelegenheit missbilligend die Braue hebt und etwas sagt, was mich entweder total sauer macht oder dafür sorgt, dass ich mich wie der letzte Dreck fühle.

Bea legt eine Hand auf meine. »Was meinst du damit?«

»Egal.« Ich will dieses klaffende, schmerzende Loch, das mein unbedachtes Geständnis in meine Brust gesprengt hat, einfach nur schleunigst verbinden und an was anderes denken.

»Moment mal, nicht so schnell.« Bea reißt die Tüte mit den Donuts vom Tisch und hält sie außer Reichweite neben das Sofa. »Wer nichts sagt, kriegt keinen Donut.«

Ich sehe sie wütend an. »Leg die Tüte wieder zurück, BeeBee.«

Sie schüttelt den Kopf. »Das ist mein Ernst. Sonst … sonst …« Ihr Blick wandert durchs Zimmer, dann hat sie eine Idee. »Sonst werfe ich die Dinger aus dem Fenster.«

»Als ob.«

Wie der Blitz steht sie drüben am winzigen Küchenfenster. »Stell mich nicht auf die Probe, KitKat. Und außerdem: Die Ahornsirup-Donuts von Nanette's habe ich alle aufgekauft. Ich wünsch dir schon mal viel Glück, wenn du versuchst, Nachschub zu finden.«

»Na schön!«, brülle ich. »Ich sag's dir. Und jetzt her mit der Tüte.«

Bea mustert mich spöttisch. »Erst raus mit der Sprache. Dann die Donuts.«

Stöhnend werfe ich mich auf die Couch und versinke beinahe in den riesigen weichen Kissen, deren Größe so typisch für Jules ist. Da es einfacher ist, der Decke die Wahrheit zu beichten, sehe ich nach oben.

»Christopher teilt ständig Seitenhiebe aus, wie wenig ich zu Hause bin, warum ich einen Beruf gewählt habe, bei dem ich dauernd reisen muss. Er spricht von oben herab mit mir, als wäre mein Lebensstil unreif oder … ach, ich weiß nicht, unangemessen. Als er jünger war, hat er mich einfach nicht beachtet, als gäbe es mich überhaupt nicht. Als ich älter wurde, hatte er an allem, was ich machte, was auszusetzen. Entweder er verhält sich total arrogant, oder ich bin Luft für ihn, und alle haben das immer einfach hingenommen.«

»KitKat.« Aus den Augenwinkeln sehe ich die Tüte mit den Donuts wie einen leeren Ballon sinken, bis Bea sie schlaff an ihrer Seite hält. »Das wusste ich nicht. Ich habe nie …« Nach kurzer Pause fragt sie: »Warum hast du nie was gesagt?«

Den Blick immer noch an die Decke geheftet, während Bea sich zurück zu mir aufs Sofa gesellt, blinzele ich dieses seltene und unerwünschte stechende Gefühl hinter den Augen weg. Ich *hasse* es, zu weinen. »Ich dachte, alle würden das genauso wahrnehmen wie ich, und es wäre euch egal.«

»Nein.« Beas Hand schließt sich fest um meine, drückt zu. »Glaub mir, das stimmt nicht. Tut mir leid.«

»Ich glaube dir. Außerdem, warum solltet ihr auch? Zu dir und Jules war er immer nett, warum hättet ihr etwas Schlimmes von ihm denken sollen? Dasselbe gilt für Mom und Dad – er war für sie der Sohn, den sie nie hatten. In ihren Augen kann Christopher nichts falsch machen.«

Bea kraust die Nase. »Na ja, sie waren nicht begeistert davon, wie er mit dir an Thanksgiving gesprochen hat. Mom hat ihn anschließend nicht nur den Abwasch erledigen lassen, sondern er musste auch das ganze Geschirr wegräumen. Und als du weg warst, hat er sogar Dads nächtlichen Marsch zum Kompost übernommen und Pucks Abfall weggebracht.«

Ich wette, nachdem er derart zu Kreuze gekrochen ist, war alles vergessen und verziehen.

Bea kann mein Schweigen nicht recht deuten und sagt: »Jetzt habe ich alles noch schlimmer gemacht, richtig?«

»Nein«, sage ich und schüttle den Kopf. »Ist schon okay.«

»Du kannst es mir ruhig sagen, wenn es nicht okay ist. Ich weiß, dass du mich beschützen willst, das war schon immer so, obwohl du meine kleine Schwester bist. Als Jules viel ausge gangen ist und die Leute ihr Glück mit mir versuchten, während mein Zwilling weg war, bist du mir immer zu Hilfe gekommen.«

Ich muss lächeln. »Ich hatte schon immer viel Big-Sis-Energie.«

»O ja.« Sie sucht meinen Blick und sieht dann auf unsere ineinander verschränkten Hände. »Aber ich brauche deinen Schutz nicht mehr.«

Mir wird eng ums Herz. Auch das hat sich geändert. Auch hier werde ich nicht mehr gebraucht. Ich nicke. »In Ordnung.«

Bea starrt auf meine Hand und atmet tief durch, bevor sie mich ansieht und sagt: »Lass mich zur Abwechslung die große Schwester sein, die sich um dich kümmert. Reden wir nicht mehr von Christopher. Genießen wir den Schwesterntag.«

»Schwesterntag?«

Sie drückt meine Hand noch einmal und lässt dann los. »Schwesterntag.«

Ich rutsche nervös auf dem Sofa herum. Falls Schwesterntag nicht bedeutet, dass wir jetzt den ganzen Tag auf dem Sofa sitzen und diese Donuts essen, habe ich, ganz egal, was wir unternehmen, kein Geld dafür.

Vermutlich könnte ich die Kreditkarte benutzen. Morgen mache ich mich dann auf die Suche nach einem Job, schicke Mails an Fotografen, die ich in der Stadt kenne, und strecke die Fühler aus, ob einer von ihnen vielleicht ein bisschen Hilfe bei der Fotoredaktion benötigt.

»Keine Sorge«, sagt Bea, die das Unbehagen, das sich bestimmt mühelos auf meinem Gesicht ablesen lässt, falsch auslegt. »Wir machen was ganz Einfaches. Wir können ein bisschen in den Vintage-Shops herumstöbern, die du magst, uns was zu essen holen, wieder hierherkommen, was Bequemes anziehen und ausländische Filme gucken. Da musst du doch immer heulen, obwohl du so tust, als würdest du nicht heulen, und ich schlafe zuverlässig ein; ein Nickerchen würde mir guttun.«

Ich schleudere eines der lächerlich großen Kissen nach ihr. »Ich heule nicht. Meine Augen werden nur manchmal etwas feucht, wahrscheinlich wegen der staubtrockenen Luft hier in der Stadt.«

»Sicher, KitKat.« Bea weicht dem nächsten Kissen aus, das auf sie zufliegt.

Gerade als sie sich einen Donut in den Mund schiebt, plingt eine Nachricht auf ihrem Smartphone. Als sie liest, erhellt dieses strahlende Lächeln, das mir in den letzten Tagen aufgefallen ist, ihr Gesicht.

»Von Jamie?«, frage ich, lehne mich zurück und beiße in einen neuen Donut.

Sie nickt und lächelt, während sie zurückschreibt.

»Möchtest du den Tag nicht mit ihm verbringen?«

Bea sieht mich stirnrunzelnd an und legt das Handy beiseite. »Erstens war ich in den letzten beiden Tagen nonstop mit ihm zusammen. Zweitens arbeitet er heute und ist nachher mit einem Freund verabredet.«

»Jemand, den deine Schwester unbedingt kennenlernen sollte?«

Wobei ich nicht wüsste, was ich in diesem Fall machen würde. Für mich ist die Strecke zwischen dem Augenblick, in dem ich jemanden kennenlerne, der mir gefällt, und dem Moment, in dem ich ihn sexuell begehre, alles andere als eine Hochgeschwindigkeitsstrecke. Seit ich begriffen habe, dass Anziehung für mich nicht so funktioniert wie für andere Menschen, bemühe ich mich, offen über das zu sprechen, was dabei, meiner Ansicht nach, in mir vorgeht, und habe häufig ungeduldige Reaktionen erlebt, Abwehr, Enttäuschung und Ignoranz. Irgendwann hat's mir gereicht. Ich habe keine weiteren Beziehungsversuche mehr unternommen, mich in Arbeit gestürzt und den leisen Wunsch, jemand würde verstehen, wie ich ticke, und mich so wollen, wie ich bin, einfach verdrängt.

Bea verzieht das Gesicht.

»Was ist?«, hake ich vorsichtig nach. »Magst du seinen Freund nicht?«

Sie schüttelt den Kopf. »Nein, ich mag ihn gern.«

»Was ist es dann?«

Sie gibt ein merkwürdiges Geräusch von sich, halb lachend, halb seufzend. »Kann ich die Aussage verweigern?«

»Ach, komm schon. Du hintergehst Jamie doch nicht, wenn du es mir erzählst.«

»Nein, das ist es nicht.« Sie schüttelt den Kopf. »Es ist bloß …« Ächzend greift sie nach der Tüte mit den Donuts, fischt einen mit Puderzucker heraus, schiebt ihn sich in den Mund und erklärt dann nuschelnd: »Er trifft sich mit Christopher.«

Mir fällt die Kinnlade runter. »Jamie ist mit diesem Neandertaler *befreundet*?«

»Seit wir daten. Sie verstehen sich echt gut.«

Ich hebe die Tasse und erkläre mit feierlicher Stimme: »Auf eine weitere verlorene Seele.«

Sie lacht auf. »Ab jetzt kein Wort mehr über Jamie. Oder Christopher. Heute ist Schwesterntag. Nur wir beide. Kapiert?«

Ich lächele zurück. »Alles klar. Das klingt einfach perfekt.«

4

Christopher

Das *Fiona* gehört zu meinen Lieblingspubs, und als Jamie diesen Treffpunkt vorgeschlagen hat, war ich sofort einverstanden.

Als ich eintrete, grüßen mich die vertrauten Gerüche und Geräusche – das Fußballspiel im Fernsehen, die irischen Opas an der Bar, die das Spiel fluchend kommentieren, kaltes, schäumendes Bier und knuspriges Fettgebackenes – wie alte Freunde.

Jamie hat in einer Sitzecke Platz genommen, streckt sich ein bisschen und hebt grüßend den langen Arm, als er mich sieht. Ich fädele mich zwischen den Tischen zu ihm durch und wir schütteln uns erst die Hand, bevor wir uns kurz umarmen und auf den Rücken klopfen.

Mit meinen ein Meter achtundachtzig überrage ich normalerweise immer alle in der Runde und muss mich bei der Begrüßung nach unten beugen, aber nicht bei Jamie, der einen Meter neunzig groß ist und mit seinem durchtrainierten Langstreckenläuferkörper noch länger wirkt. Wir lassen uns los und setzen uns einander gegenüber. Die Sitzecke ist ein bisschen knapp bemessen für Leute wie uns, aber wir strecken die Beine aneinander vorbei und schlagen die Speisekarte auf.

»Mal schauen, was es so gibt«, sagt Jamie und räuspert sich dann. Zweimal. Obwohl ich ihn noch nicht besonders lange kenne, weiß ich bereits, dass er sich immer dann räuspert, wenn er sich unbehaglich fühlt oder nervös ist.

Ich senke die Karte und mustere ihn. Er starrt hoch konzentriert auf das Speisenangebot.

»Jamie.«

»Hmm?«

»Das sind die Nachtische.«

Er lässt die Karte fallen, als hätte er sich verbrannt und schnappt sie sich sofort wieder. »Vielleicht brauche ich dringend was Süßes.«

Ich hebe eine Augenbraue. »Ich dachte, du magst nichts Süßes. Das soll ja ganz schlecht für die Bauchspeicheldrüse sein.«

»Na ja.« Erneutes Räuspern. »Stimmt schon. Aber seit einiger Zeit sehe ich das etwas lockerer.«

»Ich frage mich, wer dich da beeinflusst haben könnte.«

Niemand, den ich kenne, ist derart versessen auf Süßes wie Bea. Jamie errötet ein wenig, während er grinsend in der Speisekarte herumblättert und damit meine Theorie bestätigt.

»Bist du zum ersten Mal hier?«, frage ich.

»Hmm?« Er schaut rasch auf. »Ach so. Ja. Bin ich.«

Mein Blick wandert über die Seite mit den vertrauten Appetithäppchen. »Die Reuben-Nachos sind super, wenn du noch nicht …«

»Na, so was, schau mal, wer da ist!« Wie aus dem Nichts steht Bill plötzlich breit lächelnd neben unserem Tisch. Er hat grau meliertes Haar und dunkelblaue, durch die randlose Brille leicht vergrößerte Augen und versetzt mir jetzt einen freundlichen Klaps auf die Schulter. »So ein Zufall.«

Jamie senkt die Speisekarte, hebt die Brauen. »Bill! Was für eine Überraschung! Warum setzt du dich nicht zu uns?«

Mein Blick gleitet zwischen den beiden hin und her. Bill Wilmot und Jamie Westenberg sind die beiden ernsthaftesten Menschen, die ich kenne. Ein Blinder kann sehen, dass sie irgendwas im Schilde führen, so ungeschickt ist ihre Heimlichtuerei.

Ich schlage die Speisekarte zu und beobachte, wie Bill neben Jamie auf die Sitzbank rutscht. Bill ist auch nicht gerade ein Zwerg, und der Anblick dieser beiden Riesen, aneinandergequetscht auf der schmalen Bank, ist schon beinahe komisch.

»Was machst du hier?«, frage ich Bill, dem Jamie die Speisekarte reicht.

»Och, dies und das«, sagt er ausweichend und senkt das Kinn, um mit der richtigen Fläche seiner Gleitsichtbrille die Karte zu lesen. »Maureen hat Fee Blumen für die Trauerfeier geschickt, die hier morgen stattfindet, und ich hatte Lust auf Shepherd's Pie, deswegen habe ich die Lieferung für sie übernommen, etwas zum Mitnehmen bestellt, und da wären wir.«

»Warum siehst du dir dann die Speisekarte an?«

Bill blättert um. »Vielleicht habe ich ja noch Lust auf was anderes.«

Meine Augen verengen sich. Maureen und die Besitzerin des Pubs, Fiona – die alle nur Fee nennen –, sind alte Freundinnen. Maureen ist eine begnadete Gärtnerin, und ihr Gewächshaus quillt vor Blumen nur so über, die sie großzügig weitergibt. Bill liebt seine Frau sehr und neigt außerdem, insbesondere seit er im Ruhestand ist, ebenso wenig zum Stillsitzen wie Kate, was die Geschichte, dass er die Blumenlieferung übernommen hat, plausibel klingen lässt. Vielleicht stimmt sie sogar. Aber das heißt noch lange nicht, dass nichts *anderes* dahintersteckt.

Jamie räuspert sich schon wieder.

Seufzend beuge ich mich über den Tisch. »Na schön, ihr beiden. Raus mit der Sprache.«

Bill tauscht einen Blick mit Jamie und blinzelt dann eulenhaft. »Jamie? Hast du Lust, ein paar von deinen Überlegungen zu teilen?«

Jamie reißt die Augen auf. »*Ich*? Das war *deine* Idee!«

»Na gut, in Gedanken war die Sache einfacher«, murmelt Bill. »Mir ist es lieber, wenn sich meine Streitereien und Konfrontationen auf die Literatur beschränken.« Er holt tief Luft, legt mir die Hand auf den Ellbogen und sagt: »Christopher, du weißt, dass ich dich wie einen Sohn liebe.«

Mein Magen verknotet sich. Ich mag es gar nicht, wenn er das sagt, auch wenn es mir gleichzeitig gefällt. Aus reinem Selbstschutz habe ich versucht, eine allzu große Nähe zu Bill und Maureen zu vermeiden, und habe sie immer als Ersatzvater und -mutter gesehen. Augenblicke wie dieser erinnern mich daran, dass der Zug längst abgefahren ist.

Als ich dreizehn Jahre alt war, kamen meine Eltern ums Leben, und meine Großmutter väterlicherseits zog zu mir und hat sich um mich gekümmert, was ungefähr so angenehm für mich war wie die Nadelkissen, die sie im ganzen Haus herumliegen ließ. Alles, was mir guttat, fand ich nebenan bei den Nachbarn, den besten Freunden meiner Eltern, Maureen und Bill, und ihren Töchtern, die mir bald noch näherstanden als Schwestern …

Na ja, jedenfalls zwei der Töchter.

Ich schiebe die ärgerlichen Gedanken an Kate so schnell von mir, wie sie in meinem Hirn eintreffen, und konzentriere mich lieber auf Bill.

»Ich weiß«, sage ich mit ruhiger Stimme.

»Gut.« Er tätschelt meinen Ellbogen noch einmal. »Bitte denk daran, wenn ich dir jetzt was zu sagen habe.« Er hüstelt, verschränkt die Hände auf dem Tisch. »Was an Thanksgiving passiert ist, neben anderen … Erkenntnissen«, er wirft Jamie einen raschen Blick zu, bevor er mich wieder ansieht, »hat zu einer Art Erleuchtung geführt.«

»Wessen Erleuchtung?«

Bill wackelt mit dem Kopf. »Meiner. Maureens. Für andere will ich hier nicht sprechen.«

Jamie schweigt und rückt seine Armbanduhr zurecht, bis das Zifferblatt genau über dem Handgelenk sitzt.

»Und was für eine Erleuchtung war das?«, erkundige ich mich und versuche, nicht gereizt zu klingen, aber es ist eben so, dass ich es nicht gewohnt bin, warten gelassen zu werden, bis mich endlich jemand aufklärt. Ich führe meine Firma und mein Leben mit größtmöglicher Kontrolle. Mit Unbekanntem und Erwartungen tue ich mich schwer.

Bill sieht mich durchdringend an. »Sei doch so nett, Christopher, und lass dich auf einen sokratischen Dialog mit mir ein.«

Ich reibe mir den Nasenrücken. »Ein Professor bleibt ein Professor ...«

»... auch im Ruhestand«, sagt er. »Sehr wahr. Und die sokratische Lehrmethode hat mir viele Jahre lang gute Dienste erwiesen, junger Mann, also vertrau mir.«

»Mach ich.«

»Schön. Also. Wie empfindet Kate deiner Ansicht nach eure Art und Weise, miteinander umzugehen?«

Ich blinzele überrascht. »Empfindet? Ich glaube, sie empfindet, dass wir furchtbar schlecht miteinander auskommen.«

»Und wieso bist du dieser Meinung?«

»Weil wir eben nur schlecht miteinander auskommen. Sie provoziert mich, seit sie unsere wunderschöne Erde mit ihrer Gegenwart beglückt, und genauso kriegt sie es von mir zurück. Im Unterschied zu euch allen habe ich nie ein Geheimnis daraus gemacht, dass sie meiner Meinung nach die falschen

Entscheidungen trifft und ich mir Sorg… äh, also, dass es mir missfällt, wie sie lebt.«

»Woher weißt du, dass wir das genauso sehen?«, fragt er.

Ich runzele die Stirn. »Tut ihr das etwa nicht? Wie kann das denn sein? Wie könnt ihr euch nicht an ihrem Lebensstil stören, an den vielen Risiken, die sie eingeht und sich regelrecht in Gefahr bringt?«

»Wenn du später mal Kinder hast, Christopher …«

Ich schnaube skeptisch.

»… wirst du uns verstehen. Kinder sind wie das Herz, das außerhalb deiner Brust schlägt, aber es lässt sich nicht mehr an die alte Stelle zurücksetzen. Man muss lernen, mit der Angst zu leben, denn das heißt, dass wir sie lieben.«

»Klingt entsetzlich.«

»Das ist es manchmal auch«, räumt Bill ein. »Aber noch viel entsetzlicher ist es, wenn man zusehen muss, wie das eigene Kind verletzt wird. Und ich spreche jetzt nicht nur von Kate. Es geht mir auch um das, was Jules durchgemacht hat, was es Beatrice abverlangt hat, was ihr *das* hier abverlangt …«

Ich werfe Jamie einen Blick zu. »Was es Bea abverlangt?«

Er mustert seine Manschetten und zieht sie gerade. »Na ja. Um es mal …« Er seufzt. »Ach, verdammt noch mal, ich weiß einfach nicht, wie ich dir das schonend beibringen soll, deswegen bin ich jetzt ganz ehrlich.«

»Bitte.«

»Bea hat mich heute Morgen angerufen und war sehr aufgebracht. Sie meinte, Kate hätte ihr Dinge über eure Beziehung erzählt und auf eine für Bea völlig neue Weise dargestellt, warum sie sich in deiner Gegenwart immer so mies fühlt. Jetzt hat Bea den Eindruck, dass sie Partei ergreifen muss. Und sie macht sich Sorgen, dass es wieder so werden könnte wie damals mit Jules und Jean-Claude und sie sich wieder zwischen zwei Menschen, die sie beide liebt, entscheiden soll und es zu Spannungen und Brüchen unter den Freunden und innerhalb der Familie führt.«

Ich lehne mich zurück, versuche, das Gehörte zu verarbeiten. »Was genau hat Bea denn gesagt?«

Jamie zögert. »Ich habe das Gefühl, Kates Vertrauen zu missbrauchen, wenn ich dir das jetzt erzähle.« Er wirft Bill einen Blick zu.

»Tatsächlich«, ergreift Bill das Wort, »würde ich vorschlagen, dass *Kate* genau die richtige Person ist, mit der du darüber reden solltest.«

Ich starre ihn an, bemühe mich angestrengt, ihm zu verdeutlichen, wie unmöglich das ist, ohne mich selbst preiszugeben.

Weißt du, Bill, ich bin seit Langem nichts als eine Motte im Licht der Feindseligkeit deiner Jüngsten, und ich habe diese Abneigung wie einen Flächenbrand angefacht, getrieben von meiner eigenen Frustration. Denn ich sehe Kate vollkommen anders als deine anderen Töchter. Ich sehe sie nicht an und denke ›Schwester‹. Ich schaue sie an und sehe einen Steppenläufer, der niemals an einem sicheren Platz bleibt, einen Teufelsbraten, der Geld hasst und alles verachtet, was ich schätze, weil es Stabilität und Macht verleiht, eine wilde, elektrisierende Frau, die mich in Flammen aufgehen lassen würde, wenn ich ihr zu nahe käme.

»Ob du mit ihr sprichst oder nicht«, fährt Bill fort, der an meiner verkniffenen Miene abliest, wie wenig begeistert ich von dem Vorschlag bin, »jedenfalls müsst ihr beide etwas daran ändern, wie ihr miteinander umgeht.«

Ich erschrecke. »Verändern? Wie denn?«

»Ihr müsst Frieden schließen, Christopher«, sagt er und lässt meinen Blick nicht los. »Ich weiß schon, Katerina ist nicht … besonders zahm, und ihr habt wenig Gemeinsamkeiten, aber ich bin überzeugt, dass ihr beide in der Lage seid, etwas freundlicher zueinander zu sein. Mindestens so freundlich, dass ihr in den Ferien und bei ihren Besuchen miteinander auskommt, ohne eure Umgebung in Kriegsgebiete zu verwandeln, wo alle, die euch lieben, ins Kreuzfeuer geraten.«

»Weiß Kate, wie du darüber denkst?«, frage ich. »Habt ihr schon mit ihr gesprochen?«

Bill rückt die Brille zurecht. »Nein.«

»Und warum zur Hölle nicht?«

»Weil ich …«, er lächelt nachsichtig, »meine Tochter kenne. Mir ist klar, dass man sie nicht mit Worten dazu bringen kann, etwas zu überprüfen oder ihre Wahrnehmung zu ändern. Man muss es ihr zeigen … sie vielleicht … an diesen Punkt führen, ohne dass sie es genau weiß.«

»Du meinst, man muss sie täuschen?«

Sein Lächeln erlischt. »Wäre es denn eine Täuschung, wenn du einfach etwas netter zu ihr wärst? Wenn du versuchst, es wiedergutzumachen? Wenn am Ende alles gut ausgeht, spielt es da eine Rolle, wer angefangen hat?«

»Ich denke, es spielt eine große Rolle für Kate.«

Er mustert mich forschend. »Vielleicht findest du einen Weg, wie du ihr die Wahrheit sagen kannst – dass dir nicht klar war, wie schädlich euer Verhaltensmuster war, bis andere dir geholfen haben, das zu erkennen.«

Seine Worte treffen mich wie ein Schlag in den Magen, mein Atem stockt. Ist es wirklich so weit gekommen? Unsere Verhaltensmuster haben ihr Schaden zugefügt? Der lebhaften, feurigen, knallharten Kate? Nur wegen einiger ehrlicher Worte, der natürlichen Unvereinbarkeit unserer Persönlichkeiten, harmloser Jahre, in denen ich sie einfach ignorierte, als sie noch klein war und auf Distanz blieb, als sie erwachsen wurde?

Ich wollte auf Distanz zu Kate gehen. Ich wollte ihr gegenüber Gleichgültigkeit empfinden. Ich wollte sie niemals verletzen.

Ich habe sie doch nicht etwa verletzt?

»Ich glaube, du irrst dich«, sage ich.

Bill lächelt und wirkt leicht erheitert. »Vielleicht hast du recht. Aber vielleicht auch nicht. Das wirst du bald herausfinden, wenn du unsere Bitte erfüllst und versuchst, die Dinge wiedergutzumachen.«

»Alles wiedergutmachen«, seufze ich und massiere mir die bereits dumpf pochenden Schläfen.

»Sprich mit ihr«, sagt Bill. »Und hör ihr zu.«

»Wie wär's, wenn ich mich nicht mehr blicken lasse, bis sie wieder weg ist?« Ich weiß, dass mein Vorschlag ziemlich hilflos klingt, aber das ist mir egal. »Sie reist bald wieder ab. So ist es doch immer.«

Bill zuckt die Schultern. »Vielleicht geht sie bald. Aber vielleicht bleibt sie auch noch eine Weile. Das weiß niemand.«

Mir wird leicht übel. Wie soll ich mit dieser Frau in einer Stadt leben, wenn ich ihre üblichen vier Tage langen Besuche schon kaum lebend überstehe? Wir haben nicht mehr auf derselben Erdhalbkugel gelebt, seit ich achtzehn und sie zwölf Jahre alt war. Damals war ich ein Jugendlicher an der Schwelle zum Erwachsenwerden und Kate ein Kind, das nichts lieber tat, als mich zu ärgern. Wie der Teufel aus der Kiste sprang sie aus engen Winkeln, um mich zu erschrecken, legte mir Plastikspinnen in die Schuhe, steckte mir den spuckefeuchten Finger ins Ohr, wenn ich meine Hausaufgaben bei den Wilmots erledigte und mich verzweifelt nach einer selbst gekochten Mahlzeit und Eltern sehnte, die sich hin und wieder erkundigten, wie es mir ging. Sie war ein Quälgeist, und ich zahlte es ihr mit gleicher Münze zurück, zur Hölle mit den sechs Jahren Altersunterschied.

Kate war noch dieser kleine Quälgeist, als ich der Stadt vier

Jahre lang den Rücken kehrte, aufs College ging und meiner Großmutter das Haus überließ, damit sie dort nach Lust und Laune ihr schrulliges Dasein führen konnte. Ich mietete mir von dem schrecklich vielen Geld, das meine Eltern mir vererbt hatten, eine Wohnung und hielt Abstand zu den Wilmots. Aber bereits zwei Tage nach Studienbeginn war mir klar, wie sehr sie mir fehlten. Und ich fürchtete mich vor dem, was das bedeutete – nämlich, dass sie mir wichtig waren, ich sie liebte, sie verlieren könnte und diesen Verlust nicht überstehen würde. Nach dem Tod meiner Eltern hatte ich mir geschworen, nie wieder jemanden zu lieben und ihn zu verlieren. Meine Strategie bestand darin, auf Distanz zu gehen.

Diese Strategie brachte mich durch die Zeit am College und die beiden Jahre nach dem Abschluss, bis meine Großmutter starb. Dann stand das Haus meiner Eltern, das die Erinnerungen an sie bewahrte, leer. Ihre Fotos hingen an den Wänden. Die Quiltdecken meiner Mutter lagen auf den Betten. Die alten Familienrezepte meines Vaters standen auf ihrem Platz im Küchenregal. Ich brachte es nicht übers Herz, das Haus zu verkaufen oder leer stehen zu lassen, bis es allmählich baufällig werden und in Vergessenheit geraten würde.

Ich zog wieder dort ein. Und da war Kate, draußen auf der Veranda ihrer Eltern, und hielt ein hilfloses Lebewesen in den gehöhlten Händen. Sie war so groß und schlaksig wie ihr Vater, und ihre Augen hatten dieselbe Farbe wie die ihrer Mutter, die Farbe eines Seesturms. Die Sommersprossen auf der Nase und die ausgebleichten Strähnen in ihrem dunklen Haar bewiesen, dass sie die meiste Zeit im Freien verbrachte.

Ich betrachtete die Achtzehnjährige vor mir, die plötzlich zur Frau herangewachsen war, wild, elektrisierend und kaum wiederzuerkennen, während mich eine sehr andersartige Erkenntnis durchfuhr.

In diesem Augenblick wusste ich, dass Friede das Letzte sein würde, was wir je miteinander teilten.

»Christopher?« Bills Frage holt mich in die Wirklichkeit zurück. »Was sagst du dazu?«

Ich blinzele, aus den Gedanken gerissen. »Ich … ich versuch's.«

Mit »versuchen« meine ich, dass ich mich rarmachen werde, sogar wenn Kate länger bleiben sollte als sonst. Ich werde mich nicht blicken lassen, und sie wird sich beruhigen. Der Sturm zieht vorüber. Irgendwann geht sie wieder auf Reisen, und ich bleibe schön auf Distanz. Es wird keine weiteren Zusammenstöße zwischen uns geben, und unsere gemeinsamen Familien und Freunde sind besänftigt.

Jemand ruft Bills Namen und beendet das unbehagliche Schweigen an unserem Tisch. Als Bill Fees Ruf hört, blickt er hinüber zur Bar, wo sie auf eine To-go-Tüte deutet und ihn anlächelt.

»Na dann«, sagt Bill und erhebt sich langsam. »Ich habe gesagt, was ich sagen wollte. Mein Auflauf ist fertig zum Mitnehmen.« Zum Abschied klopft er leicht mit den Fingerknöcheln auf den Tisch. »Jamie darfst du übrigens nicht die Schuld an diesem Manöver hier geben. Ich habe ihn gefragt, ob ich euer Treffen kurz stören darf.«

Jamie reibt sich übers Gesicht.

»Tut mir leid wegen neulich abends«, sage ich zu Bill. »Ich versuche, es wieder glattzubügeln.«

Er klopft mir freundlich auf die Schulter. »Danke dir.«

Während Bill zur Bar geht, lehnt sich Jamie zurück und reibt sich die Augen unter der Brille. »Puh, das war ja stressig.«

»Sagt einer, der nicht so hingehalten wurde.«

»O Gott, tut mir wirklich leid. Ich wollte nicht, dass du das so empfindest.«

»Geht schon in Ordnung«, beschwichtige ich. »Ich weiß deine Ehrlichkeit zu schätzen. Ich glaube … ich muss diese Neuigkeiten erst mal verdauen.«

Zwei Pints Guinness werden auf unserem Tisch abgestellt, und neben meinem Bier befindet sich außerdem ein kleines Glas, dem Geruch nach zu urteilen ist es irischer Whiskey.

Jamie sieht die Bedienung etwas verwirrt an. »Das haben wir nicht bestellt.«

»Mit besten Grüßen von Fee«, sagt die Bedienung und nickt zur Theke hinüber. »Ihr seht aus, als könntet ihr's brauchen. Insbesondere du«.

»Na, darauf trinken wir jetzt.« Ich stoße mit Jamie an.

Tief ausatmend setzen wir die Gläser ab. »Vom Whiskey lasse ich lieber die Finger«, sage ich und schiebe das kleine Glas zu Jamie hinüber, der es an die Tischkante weiterschiebt.

»Ich auch«, erwidert er. »Nach einem Whiskey und einem Bier bin ich total platt. Für den Quatsch bin einfach zu alt.«

Ich muss lachen. Wir sind beide erst Anfang dreißig, aber mir geht es genauso wie Jamie. »Ein Kater in den Dreißigern haut richtig rein.«

»Das stimmt«, sagt er. »Gut zu wissen, dass es nicht nur mir so geht. Wie alt bist du? Dreiunddreißig?«

Mein Lachen erstirbt. »Ja.«

Im nächsten April werde ich vierunddreißig. Noch ein Jahr näher am Alter meines Vaters, als er gestorben ist. Seit ich begriffen habe, dass ich schon bald älter sein werde als er, macht mir jeder Geburtstag ein bisschen mehr Angst.

»Stimmt was nicht?«, fragt Jamie.

Ich ringe mir ein Lächeln ab und winke die Bedienung heran. »Nichts, was sich nicht mit einer Portion Reuben Nachos beheben lässt.«

5

Kate

»Da sind wir!«, ruft Bea begeistert. Sie drückt mit der Schulter die Eingangstür zum *Edgy Envelope* auf, wirbelt mit einem gefährlichen Dreh nach links in den Laden und reißt um ein Haar einen Ständer mit Grußkarten um. »Der Bring-deine-Schwester zur Arbeit-Tag hat begonnen!«

Seufzend trete ich ein und schließe die Tür. »Du bist wirklich unerträglich guter Laune, wenn du verliebt bist.«

»Ja, oder?« Sie grinst

Ich rolle die Augen, muss aber wider Willen lächeln. Bea ist so glücklich, wie ich sie schon seit Jahren nicht mehr erlebt habe, vielleicht überhaupt nie zuvor. Um ihr einen Gefallen zu tun, gebe ich mich ebenfalls möglichst glücklich. Tatsächlich bin ich aber nicht besonders gut darin, irgendwas vorzuspielen, schon gar nicht Glücklichsein, und im Augenblick fühle ich mich viel zu gestresst dafür. Offiziell ist dies seit einem Jahrzehnt mein längster Aufenthalt zu Hause, und hier im *Edgy Envelope*, einem Ort, der alle Freundesgruppen meiner Schwester miteinander verknüpft, verwirren sich meine sämtlichen Sorgen zu einem einzigen Angstknoten.

Wie werden diese Leute, die immer mehr zu Jules und Bea gehört haben als zu mir, mich sehen, was werden sie von mir denken, wenn ich plötzlich nicht mehr die kleine Schwester bin, der Wildfang, der gelegentlich Stippvisiten macht und ein paar spaßige Tage mit Spielen und Bier hier verbringt, in denen zu wenig Zeit bleibt, um sich wirklich kennenzulernen?

»Da seid ihr ja!« Sula winkt uns vom Tresen mit der Glastheke zu. Sie ist die Eigentümerin des Ladens, ein Papierwarengeschäft, für das Bea Grußkarten entwirft und im Laden verkauft. Ursprünglich war sie nur mit Jules befreundet, inzwischen ist sie jedoch genauso eng mit Bea verbandelt, die sie mit einer kräftigen, herzlichen Umarmung begrüßt.

Ich mag Umarmungen, das sensorische Vergnügen, sich eng umschlossen und gedrückt zu fühlen, aber irgendwas an mir sendet anscheinend gegensätzliche Zeichen, denn ich habe häufig beobachtet, wie schnell die Leute meine Schwestern, nicht aber mich in die Arme nehmen. Vielleicht liegt es heute einfach daran, dass ich den Arm in einer Schlinge trage.

Sula wendet sich mir zu und strahlt so hell wie die Sonne draußen, mit breitem Lächeln und der dunkelorangefarbenen Kurzhaarfrisur. »Schön, dich zu sehen. Toll, dass du mal wieder da bist.«

»Sie sind da!« Beas Freund Toni kommt herein, er lächelt, winkt mir zu, und Bea wird ein zweites Mal umarmt. »Uuund hier ist das, worauf ihr so lange gewartet habt«, sagt er. Mit großer Geste reißt Toni den blumengemusterten, gewölbten Deckel auf der Ladentheke hoch und enthüllt einen glitzernden Turm glasierter Donuts, die wie der Inbegriff des Herbstes duften: Apfelkuchen und Zimt, Kürbis und würziger Muskat, warmer Vanilleduft und üppiger Ahornsirup.

Ich starre auf die Köstlichkeiten, und das Wasser läuft mir im Mund zusammen. »Wow.«

Bea lächelt zu mir hoch. »Ein Willkommensgruß. Ich habe Toni gesagt, dass du total auf Donuts und alles, was nach Herbst schmeckt, abfährst.«

»Stimmt genau«, sagt Toni schmunzelnd. »Ich muss schon sagen, das war mal eine nette Abwechslung von den drei üblichen Keksrezepten, die dafür sorgen, dass diese junge Frau hier unsere Kundschaft anlächelt.«

Bea pikst ihn in die Seite. »Ich lächele wegen der Kunden! Es passiert nur ausnahmsweise, dass ich ein bisschen künstlerisch distanziert rüberkomme.«

Sula sieht Toni vorwurfsvoll an. »Bea macht das super mit den Kunden.«

»Danke!«, dröhnt Bea. »Da siehst du mal, Toni.«

»War doch bloß ein Witz.«

Mit bittersüßen Gefühlen beobachte ich, wie vertraut sie miteinander umgehen und sich freundschaftlich aufziehen. Ich war noch niemals jemandem so nahe.

Sie hören mit dem Herumblödeln auf, als Toni die Bestellungen entgegennimmt und uns die Donuts auf den hauchdünnen, bunten *Edge-Envelope*-Tellern – laut Soya-Tintenaufdruck auf der Rückseite aus recyceltem Material hergestellt – kredenzt.

»Die sind aber schön«, nuschele ich undeutlich, einen Bissen Apfel-Cider-Donut mit Zimtaroma im Mund, und halte einen Teller prüfend ins Licht.

Bea mustert mich lächelnd. »Jetzt hast du dein Fotografinnen-Gesicht.«

»Verdammte Scheiße«, sagt Sula und lässt ihren Donut auf den Teller fallen.

»Was ist?« Toni packt ihren Ellbogen. »Zu süß? Nicht lange genug gebacken?«

»Diese Donuts sind einfach perfekt«, erkläre ich.

»Stimmt«, sagt Bea und leckt die Ahornsirup-Glasur von ihrem Daumen. »Warum hast du Schnappatmung, Sula?«

»Ich«, verkündet sie feierlich, »habe gerade eine Wahnsinnsidee. Kate, warum arbeitest du nicht für uns? Mach Fotos für die Webseite. Stell dich ein paar Stunden lang hinter den Tresen. Bea will ihre Stunden reduzieren, damit sie mehr Zeit für unabhängige Aufträge hat, jetzt, wo sie wieder malt. Da kannst du ihre Stunden doch übernehmen. Oder, hey, was soll's, übernimm gleich alle Stunden von ihr.«

Bea und ich verschlucken uns beinahe an den Donuts.

»Also, ein *paar* Stunden muss ich schon noch hier arbeiten, Sula!«, erklärt Bea.

Ich schlage mir kräftig gegen die Brust und bringe dann meine Standardantwort vor, auf die ich immer zurückgreife, wenn ich mich in die Enge gedrängt und überrascht fühle. »Ich weiß nicht genau, wie lange ich noch bleibe. Wahrscheinlich ist das keine so gute Idee.«

»Wozu die Eile?«, fragt Sula. »Bleibst du nicht während der Ferien hier? Bis dahin ist es doch nur ein Monat.«

Nur ein Monat. Eine so lange Zeit war ich seit Ewigkeiten nicht mehr hier, nicht, seit ich zum Studieren weggegangen bin. Ich bestreite ja nicht, dass mir in den letzten fünf Jahren, bei akuten Heimwehanfällen in den Ferien, hin und wieder der Gedanke gekommen ist, länger zu bleiben. Aber die Angst, ich könnte mich nicht, wie erhofft, weniger einsam, sondern vielmehr noch einsamer inmitten der Menschen fühlen, die ich am meisten liebe, hat mich immer davon abgehalten.

»Ähm, also, das ist wirklich total nett von euch …« Ich blinzle Sula an wie ein von Scheinwerfern geblendetes Reh. »Aber ich weiß noch nicht genau, wie ich … wie es für mich weitergeht?«

Von den paar Fotografen in der Stadt, die ich von früher kenne, habe ich nichts gehört, und bisher habe ich mir verboten, darüber nachzudenken, wie wenige von ihnen auf meine Nachricht reagiert haben. Noch während ich in Schottland war, habe ich die Fühler nach Arbeit hier ausgestreckt, für die Zeit nach meiner Genesung. Liegt das mangelnde Interesse daran, dass ich irgendwas falsch gemacht habe? Sicher, bei einigen Fotoaufnahmen bin ich zu spät gekommen, aber im Großen und Ganzen habe ich mir doch in meinem professionellen Umfeld einen guten Ruf aufgebaut. Ob die berufliche Sackgasse, in der ich mich zurzeit befinde, nun reiner Zufall ist oder mir das Universum einfach eins auswischen will, ich kann nicht bestreiten, dass Sulas Angebot angesichts meiner aktuellen Notlage ausgesprochen verlockend klingt.

»Ach so, und ich würde dich bar bezahlen«, sagt sie. »Es bleibt inoffiziell.«

Vor meinen Augen tanzen kleine Dollarzeichen. Meine Ersparnisse beschränken sich auf die paar Scheine, die Mom auf den Küchentisch gelegt hat, und mit meiner Kreditkarte war ich sehr zurückhaltend. Bald ist die Miete für Bea fällig, und ich will wenigstens ein bisschen was beisteuern. Ich weiß nicht recht, wie lange ich bleiben sollte, damit meine Geschichte, warum ich hergekommen bin, so überzeugend klingt, dass niemand Verdacht schöpft, wenn ich wieder aufbreche, aber eines weiß ich genau: Ich fühle mich nicht wohl, wenn ich noch länger in der Wohnung bleibe, ohne meinen Beitrag zu leisten.

»Kein Stress, natürlich. Nimm dir die nötige Zeit zum Überlegen«, sagt Sula, obwohl sie mich anlächelt, als wüsste sie schon genau, dass ich sowieso Ja sage. Sie nimmt sich eine Art Chai-Donut und wechselt glücklicherweise das Thema. »Und du, Bea? Wie geht's denn so, seit du wieder mit deinem langen, umwerfenden Beau zusammenbist?« Ihre Augenbrauen wackeln anzüglich. »Es geht doch nichts über Versöhnungssex, oder?«

»Okay«, sagt Bea, nimmt Sula bei den Schultern und schiebt sie sanft nach hinten in den Laden zurück. »Von dir haben wir erst mal genug gehört. Nimm deinen Donut und beschäftige dich mit den Zahlen. Die Buchhaltung macht sich nicht von allein.«

Mit einem finsteren Blick über die Schulter stapft Sula in Richtung Büro. »Grausamkeit, dein Name ist Geschäftsleitung.«

Toni schüttelt den Kopf. »Als Jules weggegangen ist, gab's eine kosmische Leere, und inzwischen füllt Sula sie aus.« Er wendet sich mir zu. »Sie möchte nur, dass du dich willkommen fühlst und eingeschlossen. Ob du ihr Jobangebot nun annimmst oder nicht, ich hoffe jedenfalls, dass du viel Zeit bei uns verbringst. So viel, wie du nur willst.«

»Toni«, säuselt Bea, »warum rückst du nicht endlich mit der Sache raus, für die du ihr Honig ums Maul schmierst?«

Toni lacht nervös auf. »Wer, ich? Das Einzige, worauf ich Honig geschmiert habe, war mein Croissant heute Morgen.«

Bea prustet höhnisch. »Frag sie schon.«

»Na schön.« Toni legt seinen Donut auf den Teller, sieht mich an und faltet die Hände wie zum Gebet. »Es könnte sein, dass ich *massiv* zurückliege, was den Content für unseren Laden auf Social Media angeht.«

»Uh-oh, Sula geht die Wände rauf, wenn sie das hört«, johlt Bea.

»Mund halten«, zischt er sie an und fährt zu mir gewandt fort: »Aber wenn ich jemanden wie dich hätte, mit deinem kreativen Hintergrund, deinem fotografischen Können …«

Bea prustet wieder. Toni wirft ihr einen Medusenblick zu und lächelt mich breit an.

»… dann würde ich ein stilles Gebet sprechen, dass es mir gelingt, dieses Chaos mit deiner Hilfe zu beseitigen.«

»Gegen Bezahlung«, sagt Bea demonstrativ.

»Na klar gegen Bezahlung«, sagt Toni und fragt mich: »Akzeptierst du auch Backwaren als Währung?«

»Toni! Du kannst sie doch nicht fragen, ob sie deinen Job erledigt und ihr Donuts als Bezahlung anbieten.«

»Schon gut, tut mir leid, okay? Ich *wollte* überhaupt nie Content für Social Media erstellen, aber in diesem Laden reißt sich eben keiner darum«, erklärt er mit vielsagendem Blick.

Bea sperrt den Mund auf. »Ich war ein klitzekleines bisschen beschäftigt! Tut mir wahnsinnig leid, dass ich bloß Kunst für den Laden herstelle und verkaufe und ihn nicht auch noch auf Social Media vermarkte …«

»Ich mach's!«, rufe ich laut genug, damit das Gezanke aufhört.

Toni kapiert es zuerst. »O mein Gott! Du bist eine Lebensretterin, eine Göttin, eine …«

»Frau, die nur für *Bargeld* arbeitet, nicht für Donuts«, sagt Bea und pikst ihn in die Seite.

Er quiekt auf. »Natürlich. Du hast völlig recht. Ich bezahle dich …«

»… als Consultant«, sagt Sula aus nächster Nähe, woraufhin wir alle drei zusammenzucken und erschrocken herumwirbeln. »Ich wollte *wirklich* nicht lauschen, aber ihr seid einfach zu laut. Ich weiß schon, dass es in diesem Herbst ziemlich chaotisch lief und jeder von uns sich viele Hüte aufgesetzt hat.« Sie drückt Tonis Ellbogen kurz und zärtlich und lächelt Bea liebevoll zu.

Dann sieht sie mich an. »Nimm dir Zeit für die Antwort, wirklich kein Stress, aber wir fänden es natürlich toll, wenn du Fotos für unseren Auftritt auf Social Media machst. Du hast absolute Freiheit. Sei kreativ, hab Spaß. Ich würde auch gern die Fotos auf der Webseite aktualisieren, aber das können wir unabhängig davon besprechen, wenn du magst. Meine Kuchen schmecken beschissen, daher steht mein Angebot nach wie vor, dich in harter Währung zu bezahlen.«

Die Aufregung versetzt mir einen leichten Kick, in meinem Bauch flattert eine abflugbereite Schwadron Schmetterlinge. Es ist lange her, dass ich diese Art von Fotos gemacht habe, von denen Sula spricht – rein ästhetische Aufnahmen, zum Spaß, in denen ich mit Licht und Perspektive herumexperimentiere. Seit Jahren habe ich am laufenden Band Aufträge angenommen und war zu eingespannt, um zu erkennen, welchen emotionalen Preis die Bildberichterstattung über intensive, unter die Haut gehende Themen fordert. In den Nachrichten wird meist über besonders schlimme Dinge berichtet, die in der Welt vor sich gehen, denn das verkauft sich am besten. Weil ich davon überzeugt bin, dass man ans Licht bringen sollte, was schlecht für die Menschen ist, und sie auf diese Weise veranlasst, für einen Wandel zu kämpfen, habe ich mich gerade auf besonders harte Geschichten konzentriert. Und obwohl es ein Privileg war, dass ich versuchen durfte, *irgendetwas* zu tun, mit der Kamera für etwas einzutreten und zu bewirken, hat es mich auch erschöpft. Ich sagte mir selbst, das sei schon richtig so und in Ordnung, wenn mich die Ungerechtigkeiten und menschlichen Fehler, die ich auf meinen Bildern festhielt, belasteten, traurig und wütend machten, dass ich keine Freude mehr verspüren durfte, nachdem ich aus erster Hand gesehen hatte, wie vieles in dieser Welt zutiefst zerrüttet ist.

Aber während ich hier stehe, umgeben von schönen Dingen und freundlichen Leuten, kommt mir doch der Gedanke, dass es zur Abwechslung gar nicht so schlecht ist, wenn ich für eine Weile ein bisschen Freude verspüren möchte.

Ich werfe meiner Schwester einen Blick zu. Sie gibt sich die allergrößte Mühe, ihre Hoffnung hinter einem 100-Watt-Lächeln zu verstecken. In diesem Augenblick wird mir klar, dass auch ich lächle.

Dann drehe ich mich zu Sula um. »Wann fange ich an?«

Zwei Tage später gehöre ich zum Team des *Edgy Envelope*, bin offiziell eingearbeitet, tunke ein Stückchen glasierten Kürbis-Donut (natürlich von Toni gebacken) in eine Tasse kalten Kaffee, den ich heute Morgen vergessen habe.

»Tja«, sage ich zu Toni und Bea, die mir gegenüber im hinteren Teil des Ladens sitzen, wobei wir alle die Füße auf einer Kiste abstellen. »Das ist ja richtig anstrengend hier.«

Beide nicken.

»Aber es bringt einen auch in Schwung.«

»Du bist ein echtes Naturtalent«, sagt Toni. »Du kapierst sehr schnell.«

Bea strahlt mich an. »Das war schon immer so bei ihr. Wenn Kate von einer Sache fasziniert ist und alles darüber erfahren will, stürzt sie sich hinein, arbeitet wie eine Besessene und macht sich schnell schlau. Das habe ich schon immer an ihr bewundert.«

Glück, dick und süß wie Honig, tropft von meinem Herzen in meine Glieder. »Danke BeeBee. Das ist nett von dir.«

»Ich sage, was ich denke, KitKat.« Sie stupst ihre Doc Martens gegen meine. Insgeheim hat mir das immer gut gefallen, denn während Jules lieber tot umfallen würde, als Doc Martens zu tragen (die, ich zitiere, ihrer Silhouette *nicht* schmeicheln), ist Bea mein Docs-Zwilling.

Toni schnalzt mit der Zunge und deutet mit dem Kinn auf unsere Stiefel. »Hoffentlich habt ihr für später noch was anderes dabei als diese Treter.«

»Scheiße«, stöhnt Bea. »Das hab ich vergessen.«

»Was hast du vergessen?«, frage ich.

Toni rollt die Augen. »Ihr zwei braucht dringend eine persönliche Assistentin.«

»Sulas Geburtstagsparty«, erinnert mich Bea leise. »Tacos und Tango. Du hast gesagt, das wäre vielleicht ein bisschen viel für dich.«

Toni kraust die Stirn. »Moment mal, wieso denn?«

Ich blicke Richtung Büro. Wo Sula schon seit Stunden arbeitet und sich nicht mehr hat blicken lassen, Geburtstag hin oder her. Nachdem ich zwei Tage lang hier gearbeitet habe und sie so freundlich zu mir war, kann ich ja wohl auf diese Party gehen. »Ich war mir nicht sicher, ob's mir gut genug geht«, lüge ich Toni an und deute auf meine Schulter.

»Ach sooo«, sagt er.

»Aber ich fühle mich viel besser«, erkläre ich und bin froh, dass ich nicht wieder flunkern muss. »Ich komme bestimmt.«

»Wir müssen nur nach Hause und andere Schuhe anziehen«, sagt Bea.

»Passt«, sage ich. »Ich habe den Schal vergessen, den ich Sula gestrickt habe. Den kann ich dann auch mitnehmen.«

»Auf geht's, Leute!«, ruft Sula und kommt aus dem Büro marschiert. »Jetzt wird der Laden dichtgemacht! Zeit für Tacos und Tango!«

»Niemand außer Sula arbeitet an seinem *Geburtstag*«, sagt Bea.

»Das Geschäft läuft ja trotzdem weiter«, sagt Sula. »Außerdem muss ich mein Mantra leben: Hart arbeiten, hart feiern. Jeder weiß, was Tacos und Tango heißt, nämlich Sula geht total ab. Ich tanze noch auf den Tischen, wenn ihr kleinen Kinder schon längst in eure Betten gefallen seid.«

Toni seufzt. »Sie ist wirklich der klassische Schütze.«

»Tacos und Tango, echt?« Ich sehe mich neugierig in dem klassischen Loft um – Backsteinwände, hohe Decken, industrieller Look.

»Tacos und Tango«, bestätigt Bea, und ihr Blick schweift suchend über die Gäste. Die hohen Räume könnten unangenehm hallen, aber die farbenfrohen Wandteppiche und großen Läufer mit abstrakten Mustern sind wirkungsvolle Geräuschdämpfer.

»Na dann«, sagt Bea und legt ihre Jacke ab.

Mit ihrer Hilfe schüttele ich mich aus meiner eigenen Jacke, die sie dort anhebt, wo mein Arm in der Schlinge steckt. Sie nimmt beides und hängt es an die Garderobe. »Und jetzt?«

»Ich checke die Lage«, sagt sie, »sorge dafür, dass es dir gut geht, wegen …«

»Christopher!«, brüllt Margo in der Küche. »Hör auf, mein Kind mit Süßigkeiten zu füttern.«

Mein Blick schwenkt rasch zu dem tollen rosafarbenen Clubsessel hinüber, wo besagter Volltrottel mit einem Baby (Kleinkind? Wie soll man das verdammt noch mal wissen?) auf dem Schoß sitzt und der Kleinen etwas zu knabbern hinhält, das wie ein Churro aussieht.

»Entweder der Churro oder mein Finger!«, schreit er zurück. »Sie saugt daran wie verrückt. Zahnt sie schon?«

»Na klar, sie zahnt ständig!«, gibt Margo über die Schulter zurück, kommt auf uns zu und begrüßt Bea und mich mit einer herzlichen Umarmung, trotz meiner Schlinge, aber das kann die Tatsache, dass Christopher hier ist, nicht wettmachen. »Ihr seid gekommen! Ich habe Tacos für euch aufgehoben!«

»Entschuldige die Verspätung«, sagt Bea. »Wir mussten noch einen Umweg für passende Schuhe machen.«

»Und für Sulas Geschenk.« Ich hebe die Tasche mit dem Schal hoch.

Bea überreicht eine schleifengeschmückte Flasche Tequila.

»Vielen Dank! Ich nehme das mal an mich.« Margo rafft die Geschenke in die Arme und wirft einen prüfenden Blick auf unsere Schuhe. »Sagt jetzt bitte nicht, dass ihr die passenden Schuhe anhabt.«

Wir schütteln die Köpfe. »Nein, wir haben Ballerinas dabei«, sagt Bea.

»Sehr gut«, erwidert Margo. »Denn Tango tanzen in Docs ist eher schwierig.«

»Jamie kommt auch noch«, sagt Bea. »Heute arbeitet er in der Obdachlosenhilfe, aber er meinte, er wäre …«

»… so früh wie möglich hier«, sagt Jamie direkt hinter uns.

Bea wirbelt herum und hüpft ihm fast in die Arme. Er drückt ihr einen Kuss auf die Schläfe und atmet tief ihren Geruch ein. Es ist wie das Bild einer Sprache, die ich nicht verstehe – melodisch und geheimnisvoll. Ich habe das Gefühl, etwas Intimes und Privates zu sehen, und wende den Blick ab.

»Christopher macht Rowan süchtig nach raffiniertem Zucker«, erklärt mir Margo. »Wenn er das erledigt hat, stelle ich sie dir vor! Aber solange mein Kind so schön beschäftigt ist, besorge ich dir was zu essen und Alkohol.«

Auf dem Weg in die offene Küche kann ich Rowan genauer sehen. Sie hat den dunkelhaarigen Lockenschopf von Margo und blickt jetzt mit einem Gesichtsausdruck zu Christopher auf, den ich hier schon häufig gesehen habe – er spiegelt ein geradezu abstoßendes Ausmaß an Verehrung wider.

Ich verdrehe die Augen.

In der Küche knabbere ich an einem vegetarischen Taco und versuche, nicht in Christophers Richtung zu sehen. Dennoch wandert mein Blick ein ums andere Mal zu ihm zurück.

Irgendwas Merkwürdiges passiert in meinem Magen, als ich Christopher so unbeschwert mit der Kleinen sitzen sehe. Sie bestreuselt seinen Anzug, der wahrscheinlich mehr kostet, als die meisten Menschen monatlich verdienen, mit Zimtzucker. Er trägt noch sein Bürooutfit, einen dunklen Anzug in warmem Anthrazitgrau, darunter ein wie frisch gebügelt aussehendes weißes Hemd. Die Krawatte hat er abgelegt und die oberen Hemdknöpfe geöffnet, gerade so viele, dass ich ein Stückchen goldfarbene Haut und eine Andeutung von schwarzem Haar erkennen kann.

Rowan drückt ihr Churro jetzt in Christophers Gesicht, leider kann er gerade noch verhindern, dass sie es an seiner Nase zerquetscht. Sein Mund formt sich zu einem langsamen, herzlichen Lächeln. Ich kann nicht hören, was er zu ihr sagt, aber es bringt sie zum Kichern.

Der Anblick erinnert mich deutlich an seinen Vater, dem er vom Körperbau her so sehr gleicht, und ich denke daran, wie Christopher wohl als Vater wäre. Wieder zieht sich mein Magen merkwürdig zusammen.

Ich würde gern behaupten, dass er ein schrecklicher Vater wäre. Streng. Ungeduldig. Ewig unzufrieden. Aber so verhält er sich offenbar nur mir gegenüber. Als ich ihn jetzt mit Rowan sehe, denke ich unwillkürlich, dass er wahrscheinlich ein wunderbarer Vater wäre, wenn er so auf sein eigenes Kind herunterlächelt wie jetzt auf Rowan und sie mit einem schnellen Manöver zum Lachen bringt, indem er sie kitzelt, bis ihr Churro herunterfällt, den er geschickt außer Sichtweite bringt, um sie dann weiterzukitzeln.

»O ja«, sagt Sula, die sich mit einem Cocktail neben mich stellt. Ohne einen Blick auf das Glas zu werfen, nehme ich einen großen Schluck, denn das muss jetzt wirklich sein. »Er kann gut mit Rowan umgehen. Und das ist keine Anmachmasche, um irgendwelche Frauen hier rumzukriegen. Die einzigen Singles heute Abend sind Männer, und Christopher ist ja leider total hetero, sonst wäre Phil einfach *perfekt* für ihn.« Sie zieht einen Schmollmund und besinnt sich dann. »Hey, Moment mal. Du bist ja Single. Aber egal! Schön, dass du hier bist. Das waren lange anderthalb Stunden, seit wir uns zum letzten Mal gesehen haben. Warst du eigentlich schon immer so riesig?«

Ich klopfe ihr auf die Schulter. »Alles Gute zum Geburtstag, Sula. Du hast ziemlich einen sitzen, stimmt's?«

»Bin auf dem richtigen Weg. Tequila macht mich gesprächig und glücklich.« Mit einem zufriedenen Seufzer sieht sie sich um. »Aber wie könnte ich nicht glücklich sein, selbst ohne Tequila? Gibt's hier irgendwas, weswegen ich unglücklich sein könnte?«

Wieder gleitet mein Blick zu Christopher hinüber, der jetzt Rowan an Margo zurückreicht, die einen skeptischen Blick auf seinen Anzug wirft und sich den Nasenrücken reibt. Er winkt ab, fegt betont lässig die fettigen Churro-Krümel und den Zimtzucker weg, als wäre das überhaupt kein Ding. Als Margo mit Rowan weggeht, sieht er auf, und unsere Blicke kreuzen sich.

Überrascht reißt er die Augen auf, hat seinen Gesichtsausdruck aber gleich wieder unter Kontrolle. Er neigt den Kopf leicht zur Seite. Wölbt herausfordernd eine Braue.

Ich kippe den Rest meines Drinks herunter, den Blick auf ihn geheftet. Er sieht mich unverwandt an, als auch ich eine Braue hebe und ihm in unserer üblichen stummen Kommunikationsform mitteile:

Herausforderung angenommen.

6

Christopher

O-kay. So viel zum Thema Kate aus dem Weg gehen.

Als ich über Jamie herauszukriegen versuchte, ob Kate heute Abend hier ist, meinte er, sie hätte zu Bea gesagt, sie würde nicht kommen. Dieser Plan hat sich offensichtlich geändert.

Kate steht an der anderen Seite des Raumes und ignoriert mich, seit sich unsere Blicke gekreuzt haben. Ich komme damit klar, nicht beachtet zu werden, selbst wenn ich diese Erfahrung nur selten mache, dank der Tatsache, dass ich so viel Glück mit meinen Genen gehabt habe. Obwohl es ja nicht mein Verdienst ist, wie ich aussehe, habe ich keine Skrupel, ausgiebig die körperlichen Freuden zu genießen, die sich aus einem Äußeren ergeben, das viele Frauen attraktiv finden.

Mit zusammengebissenen Zähnen starre ich auf die offensichtliche Ausnahme – Kate.

»Bea hat mir erst hier gesagt, dass Kate sich in letzter Sekunde umentschieden hat«, sagt Jamie und reicht mir ein Bier. »Sonst hätte ich dich rechtzeitig gewarnt.«

Ich nehme einen langen Zug aus der Flasche und reiße mich von Kates Anblick los. »Geht schon in Ordnung.«

»Wenn du meinst«, murmelt er und gönnt sich selbst einen Schluck.

»Okay!« Sula klatscht in die Hände, um auf sich aufmerksam zu machen. Natürlich steht sie auf dem Couchtisch, und ihre Wangen sind zu einem beinahe ebenso dunklen Bronzeton verfärbt wie ihr Haar.

»Sie ist toll, oder?«, fragt Jamie.

Ich nicke und lächele, als ich mich an meine erste Tacos-und-Tango-Party von Sula erinnere. Damals war es erst wenige Monate her, dass mich Jules zur ersten Spielenacht mitgeschleppt hatte, aber zwischen Sula und mir entstand durch *Risiko* und dem Griff zur Weltherrschaft mittels Brettspielen ein schnelles, intensives Bonding. »Bei jedem Geburtstag ist es das Gleiche«, erwidere ich. »Tango, Tacos und eine total beschwipste Sula.«

Jamie grinst, als Sula jetzt ein paar Tanzschritte auf dem Tisch hinlegt und erklärt, dass alle Leute, die bereits Tango tanzen können, auf die linke Seite und die Anfänger auf die rechte Seite des Raumes gehen sollen.

»Schon mal Tango getanzt?«, frage ich ihn.

»Jep. Meine Mutter hat darauf bestanden, dass alle ihre Söhne Tanzunterricht nehmen. Du kannst inzwischen auch Tango tanzen, nehme ich an?«

»Die Tango-Welt hat sich mir vor drei Jahren erschlossen.«

Er pfeift anerkennend. »Da haben wir ja einen Meister unter uns.« Kates tiefes Lachen schnellt peitschenartig durch den Raum und fängt meine Aufmerksamkeit wie ein Lasso ein. Ich blicke zu ihr hinüber. Sie redet mit einem Typen, der, ich muss es widerwillig einräumen, gut aussieht, genauso hochgewachsen wie sie ist, gut angezogen und insgesamt den Überblick zu haben scheint. Der Softie-mit-Nerd-Brille-Effekt ist unverkennbar. Kate lächelt diese Sorte Mann zwar nicht unbedingt an, aber sie schenkt ihnen ihre Aufmerksamkeit – und schlimmer noch, ihr Lachen.

Mir wird plötzlich sehr warm.

Ich reiße mich von dem Anblick los und konzentriere mich auf Jamie, der mich neugierig ansieht. »Ich kann Tango tanzen, bin aber kein Meister«, erwidere ich, um den kleinen Ausrutscher zu kaschieren. »Das wirst du gleich sehen.«

Wie aufs Stichwort kommt Margo auf mich zu. »Auf geht's«, sagt sie. »Sula muss den Neulingen noch die Tango-Basics beibringen, die ist beschäftigt. Entführ' mich auf die Tanzfläche.«

»Wie die Dame es wünscht.« Ich reiche Jamie mein Bier, lege das Jackett ab und beiseite. Dann leere ich in einem Zug das restliche Bier. Margo johlt beifällig. Ich mache kurzen Prozess mit den Ärmeln, schiebe sie bis an die Ellbogen hoch und reiche ihr dann die Hand. »Wollen wir?«

»Absolut. West – oh, Mist, ich meine natürlich Jamie, sorry.«

Er nickt kurz. »Kein Problem.«

Margo nickt mit dem Kopf ruckartig in Richtung Bea, die in diesem Augenblick auftaucht, den Blick suchend auf die Gäste gerichtet. »Deine Tanzpartnerin erwartet dich.« Sie beißt sich auf die Lippen. »Ich sage das nur aus tiefer Liebe zu Bea, ist nicht abfällig gemeint – du weißt schon, was deinen Zehen jetzt blüht?«

Jamie grinst, und sein Blick findet den Beas. »Ich habe einige Erfahrung darin, mit ihr zu tanzen.« Er stellt sein Bier ab und sagt, während er bereits auf sie zugeht: »Sie darf mir so viel auf die Zehen treten, wie sie möchte.«

Margo seufzt gefühlvoll, als wir zusehen, wie die beiden sich treffen und reden. Bea sieht lächelnd zu Jamie auf, der ihr den Arm um die Taille legt, und ihre Hände verschränken sich. Sie machen einen langsamen Schritt, dann einen zweiten, drehen sich schnell zur Seite, und Bea lacht, als sie aneinanderprallen. Jamie beugt sich vor und flüstert ihr etwas ins Ohr.

»Mein Gott, sind die süß«, sagt Margo.

Ich knurre.

Sie rollt die Augen. »Hier wird nicht geknurrt. Manche freuen sich darüber, den Tanzpartner fürs Leben gefunden zu haben, und wir freuen uns mit ihnen.«

»Du weißt schon, dass das nicht mein Ding ist. Warum auch?« Ich umfasse ihre Taille, und sie schmiegt sich an mich. »Ich hab ja dich.«

»Hör auf zu flirten.« Sie lacht, und im Rhythmus passen sich unsere Schritte einander an. »Ich bin eine glücklich verheiratete Frau.«

Ich grinse auf sie herab, während wir einen weiteren langen, langsamen Schritt ausführen. Wir tanzen an Kate vorbei, gerade als der heiße Nerd die Hand ausstreckt und sie zum Tanzen auffordern will. Ich mache einen falschen Schritt und verdrehe mir beinahe den Knöchel, als ich über Margos Füße stolpere.

»Sorry!«, ruft sie. »Mein Fehler. Sula sagt, ich versuche immer, von unten zu bestimmen. Beim Tango ist das wohl auch so.«

Ich blinzele, reiße meinen Blick von Kate los und konzentriere mich auf Margo. »Du brauchst dich nicht entschuldigen, das war meine Schuld.«

Sie folgt meiner Blickrichtung und landet unweigerlich auf Kate. Sie lächelt mich an. »Weißt du, ich kümmere mich lieber mal schnell um Rowan, bevor sie noch ein Churro in sich hineinstopft.«

»Margo …«

»Danke für den Tanz!« Sie drückt mir rasch einen Kuss auf die Wange, wirbelt davon und lässt mich allein und nur ein paar mickrige Meter von Kate entfernt zurück. Der heiße Nerd ist spurlos verschwunden.

Unsere Blicke begegnen sich. Kate mustert mich höchst unbeteiligt von oben bis unten. »Petruchio.«

»Katerina.«

»Deine Partnerin hat ja schnell das Weite gesucht, hm?«, fragt sie.

Ich spüre regelrecht, wie ich den Kampf um Selbstkontrolle zu verlieren drohe.

Sei nett, flüstert meine innere Stimme der Vernunft.

Verdammt noch mal, ich will überhaupt nicht *nett* zu Katerina sein. Während ich sie ansehe, ist jeder Gedanke, der durch mein Hirn rattert, denkbar weit von *nett* entfernt.

»Und was ist mit dir?«, frage ich. »Dein Tanzpartner ist abgehauen, bevor es überhaupt losging. Musste er weinen?«

Kate zuckt lässig die Achseln. »Wer weiß. Schon möglich, dass er ein paar Tränen verdrückt hat, als ich sein Angebot abgelehnt habe.«

Ich schnalze mit der Zunge. »Damit bist du aber noch weit von deinem Tagespensum entfernt, richtig?«

»Ach was, die Nacht ist noch jung«, erwidert sie leichthin. »Hab ja noch jede Menge Zeit zum Nachholen.«

Plötzlich tritt tiefes Schweigen zwischen uns ein. Genau der Augenblick, in dem ich mein Versprechen gegenüber Bill und Jamie einlösen sollte: Ich ziehe mich höflich zurück, und der Abend kann friedlich verlaufen.

Außer dass ich anscheinend unfähig bin, mich zu rühren. Ich … bleibe einfach stehen. Ich starre Kate an, und mein Blick wird wieder von der Schlinge um ihren Arm angezogen. Ich ermahne mich, nicht zu genau hinzusehen, sage mir, dass sich meine Brust nicht so schmerzhaft zusammenziehen muss, wenn ich sie allein dastehen sehe, am Rande der Tanzfläche, niedergeschlagen, aber auch stolz, das Kinn gereckt und ein hitziges Glühen im Blick.

Kate hat meinen Blick bemerkt und hebt eine Braue. »Kann ich dir irgendwie helfen?«

»Kannst du.« Ich strecke eine Hand aus.

Sie starrt mich an wie ein Reh im Scheinwerferlicht.

Ein Lächeln zuckt um meine Mundwinkel. Ihre Reaktion bereitet mir einen absurden Genuss.

Was soll das? Du sollst von ihr weggehen, verdammt noch mal, nicht auf sie zu.

Ohne auf diese vernünftige innere Stimme zu achten, frage ich: »Jetzt sag bloß nicht, du hast auf deinen vielen Reisen niemals Tango tanzen gelernt.«

Langsam hebt Kate den Blick von meiner ausgestreckten Hand, bis sie mir in die Augen sieht. »Ich bin … damit einigermaßen vertraut.«

»Na dann.« Ich trete noch einen Schritt näher an sie heran. »Lass mal sehen.«

»Ich habe nur einen funktionierenden Arm«, erwidert sie mit seidiger Stimme. »Gestern Abend, als du mich umgerannt hast, hast du mich ja gern daran erinnert …«

»*Du* bist in *mich* hineingelaufen.«

Sie rollt die Augen, doch dann verändert sich ihr Gesichtsausdruck plötzlich, als sie mich ansieht, wie ich dastehe, die Hand ausgestreckt. Wartend. Wir sehen uns unverwandt an, und alles um uns herum verschwimmt zu einem Gewirr sich bewegender Körper, dem Klang des Bandoneons, der Gitarre.

Beweise mir, dass deine Familie sich täuscht, bitte ich sie stumm. *Zeig mir, dass ich nicht alles versaut habe, wie sie behaupten. Tu das, was du immer tust – schleudere Feuer in meine Richtung, und ich schleudere es zurück.*

Kate macht einen Schritt auf mich zu und legt ihre Hand in meine. »Gut.«

Ich nehme ihre Hand und achte nicht auf die Hitze, die meinen Körper durchströmt, als ihre Hand, leicht und warm, in meiner liegt und ihre Finger sich fest und entschieden um meine schließen. Sie sieht zwar nicht so aus, aber sie ist stark, meine Güte.

Ich ziehe sie an mich heran, bis unsere Körper sich berühren – Brust, Hüfte, Unterkörper.

In diesem Augenblick wird mir klar, was ich da begangen habe: einen furchtbaren Fehler.

Aber es ist zu spät, denn Kate sieht mich durchdringend an, ihr Gesicht nur ein paar Zentimeter unterhalb von mir. Ich sehe ihren herausfordernden Blick, als sie sagt: »Na, Petruchio, wer führt jetzt? Du oder ich?«

Ich schlinge einen Arm um ihre Taille und ziehe sie noch näher an mich heran. Sie schnappt kurz nach Luft, und ihre Wangen verfärben sich leicht rot. »Ich.«

Ohne den Blick zu senken, befreit sie ihre Hand aus meinem Griff und legt den Arm um meinen Hals. Dort, wo ihre Hand meinen Rücken berührt, dringt brennende Hitze durch den Stoff meiner Kleidung, wo sich ihre Brüste sanft gegen meine Brust pressen und ihre Hüfte eng an meiner liegt.

Ich mache den ersten Schritt, ohne den Blick von ihr zu lösen, während sie sich mit mir bewegt, und ebenso im nächsten langsamen Schritt. Als wir zu einer Drehung beschleunigen, dreht sie den Kopf ruckartig in die entgegengesetzte Richtung und führt mit dem Bein einen raschen Kick aus, während sie gleichzeitig die Hüfte hin- und her dreht.

Jesus.

Ich starre sie an. »›Ich bin damit einigermaßen vertraut.‹ Das hast du doch gesagt, oder?«

Sie grinst mich breit und zufrieden an, wie die Katze, die heimlich Milch geschleckt hat. »Richtig.«

Ich nehme ihr Grinsen in mich auf, lasse die Hand auf ihrem Rücken etwas weiter nach unten wandern, als wir in eine schnelle Drehung wirbeln und dann einen langen, langsamen Schritt ausführen. Meine andere Hand schließt sich noch enger um ihre Taille, um auszugleichen, dass ich ihre Hand nicht halten und sie besser ausbalancieren kann. Nur aus diesem Grund liegt meine Hand so breit auf ihrem Rücken, drückt ihre Hüften gegen meine, und die andere schlingt sich um ihre Rippen, während mein Daumen den Schwung ihrer Taille nachzeichnet.

»Du hältst mich ziemlich fest, findest du nicht?«, fragt sie. Ihr Atem stockt etwas. Genau wie mein eigener.

Wir tangotanzen uns regelrecht den Arsch ab. Nur dass es sich nicht nur nach Tanzen anfühlt – die Art, wie ihr Körper sich mit meinem dreht und wendet. So würden wir uns bewegen, wenn zwischen uns nicht viele Schichten Stoff und Jahrzehnte von Dissonanzen liegen würden, ihr Atem in meinem Nacken wäre heiß, während ich es ihr schnell und langsam besorge, ihre Wangen wären rot, ihre Nägel würden über meine Haut kratzen.

»Petruchio.«

Ich schlucke, begegne ihrem Blick und versuche, mich zu beruhigen. »Was?«

»Ich habe gesagt, du *hältst* mich ziemlich *fest*.«

»Na und? Sonst fliegst du bei einer schnellen Drehung noch aus der Kurve.«

»Mein linker Arm liegt um deinen Hals. Ich fliege nirgendwohin.«

Ich seufze genervt. »Könntest du mir vielleicht ein einziges Mal vertrauen und nicht bei jeder Kleinigkeit – *Jesus*!«

Ihr Absatz knallt auf meinen Zeh. Ich sehe sie wütend an, während sie den Blick gelassen erwidert. »Ups!«, sagt sie.

»Dann schlage ich vor, dass du dich mit deinem superstarken linken Arm jetzt gut festhältst«, sage ich.

Sie runzelt die Stirn. »Was – arrgh.«

Es ist nicht der richtige Augenblick für einen Dip, aber ich mach's trotzdem, geschmeidig und schnell, vornübergebeugt. Kate wölbt ohne nachzudenken in meinen Armen den Rücken und keucht auf.

»Jesus, Christopher«, zischt sie, als ich sie nach oben und noch näher an mich heranziehe. »Du hättest mich fallen lassen können.«

Meine Hand zieht ihre Hüfte eng an meine, und ich schlucke. »Ich würde dich nie fallen lassen, Kate.« Sie bleibt mir die Antwort schuldig, aber wir sehen uns an, und in ihren Augen züngeln blaue Flammen, während wir erst einen langsamen Schritt und dann einen zweiten ausführen. »Vertraust du mir nicht?«, hake ich nach.

Als wir uns rasch drehen, trifft ihr Knie meinen Oberschenkel.

Ich ächze. »Das verstehe ich als ein Nein.«

»Versteh das bitte als ›Nein, und ich bin stinksauer auf dich‹. Du hast mich total überrascht mit diesem spontanen Dip.«

»Du hast recht«, stimme ich ihr schuldbewusst zu. »Ich habe dich mit voller Absicht überrascht, das war nicht in Ordnung.«

Kate stolpert beinahe, als wir eine langsame Schrittfolge tanzen, und dreht ruckartig den Kopf zu mir herum. »Was hast du da gerade gesagt?«

»Ich habe gesagt, es war falsch von mir. Ich weiß natürlich, wie schwer das für dich zu verstehen ist, aber manchmal mache sogar ich etwas falsch«, sage ich trocken.

Sie bricht in ihr tiefes Lachen aus, und einige Köpfe drehen sich zu uns herum. »Was ich schwer verstehe, ist eher, dass du es zugibst.«

Ich beiße die Zähne zusammen. »Es ist auch kein Satz, der dir oft über die Lippen geht, Katerina.« Ich ziehe sie eng an mich, erhöhe unser Tempo und baue eine schwierige Schrittfolge ein, während mir ein Schauer über den Rücken läuft und sie mühelos mithält.

»Rate mal, Petruchio?«, sagt sie etwas atemlos und die Hand in meinen Rücken gekrallt, um sich zu stabilisieren. »Ich habe Neuigkeiten für dich. Ich kenne diesen *Satz sehr* gut.«

»Was du nicht sagst«, knurre ich und umspanne ihre Taille noch fester.

»Aber ich behalte meine Entschuldigungen Leuten vor, die sie verdient haben.« Sie beugt sich vor, ihr heißer Atem streift mein Ohr, ihr Mund ist nur einen Hauch von meinem Hals entfernt. Plötzlich rauscht eine schwindelerregende Hitze durch mich hindurch.

»Und zu diesen Leuten gehörst du eben einfach nicht.«

Ihr Absatz landet ein zweites Mal auf demselben Zeh, diesmal aber mit voller Wucht. Dann reißt sie sich aus meinen Armen los und geht davon.

7

Kate

Ich sage Bea, dass ich müde bin und nach Hause gehen möchte. Ich verspreche ihr, ein Taxi zu nehmen. Ich umarme Sula zum Abschied und wünsche ihr nochmals alles Gute zum Geburtstag, obwohl sie sich, wenn man in Betracht zieht, wie betrunken sie ist, wahrscheinlich nicht mehr daran erinnern wird. Ich verabschiede mich mit einer Umarmung von Margo und lasse mich von ihr zu einem Shot überreden, den ich dringend nötig habe.

Dann laufe ich den ganzen Weg nach Hause zu Fuß

Und weil der brutal kalte Wind nicht ausgereicht hat, um die hitzige Wut, die durch meine Adern pulsiert, zu löschen, nehme ich eine brutal kalte Dusche.

Zitternd lege ich mich anschließend ins Bett, ziehe die Decke über mich, und trotz alledem fühlt sich mein Körper glühend heiß an. Ich muss Fieber haben.

Auf dem Rücken starre ich zur Decke, zähle in drei verschiedenen Sprachen, die ich auf Reisen gelernt habe, von eins bis hundert, und als ich auch dann noch hellwach bin, ist mir klar, dass ich einfach nicht bereit bin, einzuschlafen. Zwischen meinen Schenkeln pocht es, und ein heftiger nagender Schmerz windet sich durch meine Glieder. Ich bin total aufgeregt und kribbelig.

Und sehr genervt.

Wie kann Christopher es wagen, so mit mir zu tanzen? Wie kann er es wagen, nicht nur derart gut Tango zu tanzen, sondern mir derart unter die Haut zu gehen?

Ruhelos schlage ich die Decke zurück und stürme in Beas Zimmer, knipse ihre Nachttischlampe an. Im sanften Licht sitzt Igel Cornelius, ist mit seiner nächtlichen Igelroutine beschäftigt und schnüffelt herum.

Seufzend lasse ich mich neben seiner mehrstöckigen Luxusbehausung nieder und kratze vorsichtig am Maschendraht. »Hey.«

Cornelius hebt den Kopf, als er mich sieht, er hat große dunkle Augen und eine bewegliche kleine Nase. Er watschelt heran, schnuppert an meinem Finger, stellt fest, dass es sich nicht um Futter handelt, kehrt mir den Rücken zu und watschelt wieder davon.

Ich schaue zu, wie er den kleinen Donut-Schlafsack, den ich für ihn genäht und Bea von unterwegs in meinem letzten Care-Paket geschickt habe, beschnüffelt. Ich öffne vorsichtig den Deckel des Gehäuses und strecke langsam den Kopf hinein.

»Hast du Lust, ein bisschen mit mir abzuhängen?«, frage ich. »Mehlwürmer kann ich dir nicht anbieten, aber Mom meint, dass du sowieso nicht zu viele davon essen sollst, weil das ungesund ist, und wo sie recht hat, hat sie recht.«

Er gibt ein gereiztes kleines Schnauben von sich.

»O Mann, ich weiß. Sie ist echt eine Spielverderberin, aber sie sorgt dafür, dass du ein möglichst langes und glückliches Igelleben hast.« Vorsichtig strecke ich meine Hand aus. Er krabbelt darauf, und ich schließe langsam die Finger um ihn und hebe ihn aus dem Käfig.

An Beas Kommode gelehnt genieße ich das Kitzeln seiner kleinen Pfoten auf meiner Haut. Er sieht zu mir hoch. Er ist geradezu obszön süß.

Ganz im Unterschied zu einer gewissen anderen Person. Einer Person, die nicht im Entferntesten süß ist, mit bis an die Ellbogen hochgerollten Ärmeln, einem Kragen, an dem noch Duftspuren des Churros haften – von jenem kleinen Mädchen, das er in den Armen gehalten und gekitzelt hat – Duftspuren, die sich unwiderstehlich mit der würzigen Wärme seines Aftershaves mischen. Einer anmaßenden, zudringlichen Person, die verdammt gut Tango tanzt und mich so festgehalten hat, dass ich das Gefühl hatte, ich würde auch dann noch aufrecht stehen, wenn die Erde sich nicht mehr um ihre Achse dreht und direkt mit mir ins Universum hineinwirbelt.

»Es ist mir total egal, wie Christopher mit mir tanzt«, teile ich Cornelius mit. »Oder wie er über mich denkt. Und es kümmert mich nicht die Bohne, dass er ständig auf meinen zerzausten Haarknoten und meine abgetragenen Klamotten starrt.«

Ich sage mir selbst schon seit langer Zeit, dass es mir ganz gleich ist, was Christopher über mich denkt. Dann tut es nicht mehr so weh, dass er mich nie beachtet hat, seit ich erwachsen bin, und seine unerbittliche Kritik an dem Lebensweg, den ich gewählt habe, ist nicht mehr so quälend.

Zumindest die meiste Zeit über.

Cornelius sieht mich skeptisch an und gähnt.

»Ich hab den Wink verstanden«, sage ich. »Ich will dich nicht weiter stören.«

Ich setze mich auf, hebe Cornelius wieder in seinen Käfig hinein und sehe zu, wie er zu seiner kleinen Sandkiste marschiert und darin herumkratzt. »Ich wünschte, ich hätte auch solche Stacheln wie du, Cornelius. Dann könnte ich mich besser schützen.«

Meine Finger gleiten über seinen Rücken, folgen den gewölbten Stacheln. »Meine Stacheln sind in mir drin. Und sie tun weh, mir mehr als den anderen.«

Cornelius dreht sich um und späht leicht beunruhigt in meine Richtung.

»Mach dir keine Sorgen. Ich habe nur einen im Tee und leide unter sinnlosen Gefühlen.« Etwas unsicher erhebe ich mich und spüre den Shot, den mir Margo zum Abschied aufgedrängt hat, sowie den hastig heruntergestürzten Cocktail, als die Party mir auf die Nerven ging. »Ich leg mich ins Bett und schlafe meinen Rausch aus.«

Ich lösche das Licht, gehe zurück in mein Zimmer, falle ins Bett, rolle mich zusammen und schlafe bald darauf glücklicherweise ein, obwohl es alles andere als ein friedlicher Schlaf ist.

Ich habe viele furchtbar lebhafte Träume.

Ein warmer, starker Körper führt mich weg von der Tanzfläche, den Flur hinunter. Eine Hand hält mich fest, stabilisiert mich, bis sie mich dort berührt, wo der Schmerz am stärksten ist und mich total destabilisiert.

Ein tiefes, dekadentes Eintauchen in ein Bett.

Und ein neuer fiebriger Tanz, der die ganze Nacht lang andauert.

8

Christopher

Falls der Tango-Zwischenfall auf Sulas Party irgendwas bestätigt hat, dann, dass es für mich überlebenswichtig ist, unbedingt auf Abstand zu Kate zu bleiben.

Insbesondere wenn ich heile Zehen behalten möchte.

Trotz dieser Erkenntnis bin ich unterwegs, schlendere von der Haltestelle zu der Wohnung der Wilmot-Schwestern hinüber.

Ich gehe direkt auf sie zu.

Immerhin halte ich mir zugute, dass inzwischen zehn Tage vergangen sind. Ich habe mich anderthalb Wochen von ihr ferngehalten, ausschließlich gearbeitet und alle Einladungen ausgeschlagen. Zehn Tage lang habe ich meine eigene Welt aufgegeben. Ich war mir absolut sicher, dass es mehr als genug Zeit für Kate sein würde, um unruhig zu werden und abzureisen wie sonst auch.

Das war ein Irrtum. Ich werde jedoch verdammt noch mal nicht für immer allem fernbleiben und zulassen, dass sie mir alle Leute wegnimmt, die für mich wie eine Familie sind, nur weil sie beschlossen hat, länger zu bleiben.

Heute findet zwar lediglich unser Spieleabend statt, aber mir kommt es so vor, als würde ich in eine Schlacht ziehen. Und wie jeder vernünftige Mensch, der seinem Untergang entgegenmarschiert, habe ich Verstärkung mitgebracht.

»Mann, das ist vielleicht kalt«, murmelt Nick. Ein eisiger Wind bläst uns entgegen, schlägt wie eine kräftige Faust auf uns ein, kalt und ernüchternd. Nick zieht die Schultern hoch bis an die Ohren. »Frieren dir nicht die Eier ab?«

Ich grinse ihn kurz an. »Hast du jemals gehört, dass sich jemand mit meinem Körperbau über Kälte beschwert hätte?«

Die dunklen Fenster eines Gebäudes werfen unsere Spiegelbilder zurück – der drahtige, mittelgroße Nick und mein hochgewachsener, breiter Körper, den ich von meinem Vater geerbt habe. Heute Abend könnte ich glatt für seinen Doppelgänger durchgehen, mein Gesicht ist in der Dunkelheit nicht zu sehen, der einzige Teil, der meiner Mutter ähnelt. Ich schrecke bei dem Anblick leicht zurück.

»Hör doch mal auf, ständig dein Aussehen zu checken«, sagt Nick.

Ich schiebe ihn weg, er lacht. »Tu ich gar nicht, du Arsch.«

»Von wegen.«

»Was soll der Mist? Bist du sauer, weil ich dir heute ein größeres Kunden-Portfolio gegeben habe als sonst? Hast du was dagegen, dass wir wahrscheinlich unser bisher bestes Quartal abschließen werden?«

Er verdreht die Augen. »Es hat nichts mit der Arbeit zu tun. Ob du's glaubst oder nicht, aber einige von uns denken noch an andere Dinge als ROIs und Investmentstrategien. Ich bin sauer, weil du deine Casanova-Nummer bei meiner Schwester abgezogen hast.«

»Hab ich nicht!«

»Vielleicht nicht mit Absicht«, räumt er ein. »Aber das Ergebnis war dasselbe. Sorry, aber ich bin noch nicht über die Tatsache hinweg, dass Gia meinte, nachdem du letzte Woche unser Happy-Hour-Treffen vorzeitig verlassen hast, du könntest, und ich zitiere, ›mit ihr machen, was du willst‹.«

Ich huste und vermeide es, ihn anzusehen. »Fürs Protokoll: Ich habe nur ›Schön, dich zu sehen‹ zu ihr gesagt.«

Er schüttelt müde den Kopf. »Das ist einfach nicht okay. Du kannst jede Frau haben und willst keine daten. Und dann sind da Typen wie ich, die sofort bereit wären, eine feste Beziehung einzugehen, aber niemand will uns haben. Sie wollen dich und deinen Henry-Cavill-Knackarsch.«

Ich bleibe so abrupt stehen, dass Nick in mich hineinläuft. »Was *zur Hölle* hast du da gerade gesagt?«

»Das habe ich von Gia. Du kannst dir sicher vorstellen, dass ich nicht wirklich wissen will, dass meine Schwester an deinen Hintern denkt? Wie wenig scharf ich darauf war, Henry Cavills Hintern zu googlen – Achtung, Spoiler, aber die Neugier war stärker, und ich habe ihn gegoogelt –, nur um mir anschließend *deinen* Hintern anzusehen und mir ein Urteil zu bilden? Und zu meinem Ärger muss ich meiner Schwester auch noch recht geben. Du hast tatsächlich den Arsch von Superman.«

Ich drehe mich um und laufe weiter. »Es war echt ein Fehler, dich mitzunehmen.«

»Ach, komm schon, das wird bestimmt lustig. Falls du endlich damit rausrückst, warum du mich *wirklich* dabeihaben willst. Du bist schon jahrelang bei diesen Spieleabenden und hast mich noch nie eingeladen. Was ist heute Abend anders als sonst?«

Ich werfe ihm einen drohenden Blick zu.

Er hebt die Hände und reißt die Augen auf. »Uh, jetzt kriege ich aber Angst.«

»Zu Recht. Ich habe nicht nur Supermans Arsch, sondern auch seinen Bizeps, mit denen ich dich gern unter den nächsten Zug werfe.«

»Von wegen.« Er legt mir einen Arm um den Nacken, zieht mich an sich und verwuschelt mein Haar. »Unter diesem brummigen Grizzlybären steckt ein knuddeliger Teddy.«

»Lass mich los«, sage ich.

»Hey.« Er klatscht in die Hände und reibt sie gegeneinander, um sich aufzuwärmen. »Erzähl schon. Lass hören, warum dein alter Kumpel Nick Lucentio ausgerechnet heute zu diesem Spieleabend mitgeschleppt wird, wo du ihn sonst noch nie mitgenommen hast?«

Seufzend lege ich die Hand auf seine Brust, bevor er auf die Kreuzung marschiert und von einem vorbeibrausenden Taxi überfahren wird. »Ich möchte mit jemandem dort sein, der … ich weiß nicht, wie ich …« Ich seufze wieder und reibe mir über das Gesicht. »Ich brauche einfach Unterstützung heute Abend, okay?«

Nick mustert mich stirnrunzelnd. »Ist das jetzt dein … Ernst? Bringst du echt … Gefühle zum Ausdruck?«

Ich grummele etwas sehr Grobes auf Italienisch und überquere die Straße.

»Ich verarsche dich doch nur«, sagt er lachend. »Du weißt, ich komme gern mit. Außerdem, wer weiß? Vielleicht treffe ich heute Abend die Frau meiner Träume.«

»Lieber Gott!« Nick sperrt den Mund auf, als ich die Eingangstür hinter uns schließe und den Mantel ablege. Mir ist bereits jetzt glühend heiß. »*Wer* ist das?«

Ich weiß nicht, wen er meint, und folge seinem Blick. Alle

drängeln sich in der Küche und lachen aus irgendeinem Grund aufgeregt durcheinander, aber ich werde nicht schlau draus.

Jamie, der die anderen überragt, entdeckt uns als Erster, löst sich aus dem Gedränge und kommt auf uns zu. »Da seid ihr ja!«, begrüßt er uns, nimmt unsere Mäntel und hängt sie auf. »Du, äh«, er senkt die Stimme, »weißt schon, dass Kate hier ist, richtig?«

»Ich werde mich tadellos benehmen«, versichere ich. Wir führen unser Begrüßungsritual durch, schütteln uns die Hände und klopfen uns auf den Rücken, dann stelle ich ihm Nick vor, der seinen Blick beinahe nicht von der Person, die ihm aufgefallen ist, losreißen kann.

»Lucentio.«

Nick zuckt nicht mit der Wimper. »Hm?«

»Kannst du mal deine Zunge in den Mund zurückrollen und mir sagen, was in dich gefahren ist?«

»Sie ist perfekt«, flüstert er. »Wer ist das?«

Jamie und ich folgen seiner Blickrichtung.

»Die auf der Küchentheke?«, fragt Jamie. »Zierlich, mit hellbraunem Haar?«

»Mit Augen blauer als das Meer, das Lächeln heller als die Sonne?«, fügt Nick hinzu.

Ich schnaube.

Ohne auf mich zu achten, sagt er seufzend: »Das ist sie.«

Jamie räuspert sich etwas verlegen. »Sie heißt Bianca, arbeitet seit Kurzem hier in der Stadt und ist hergezogen. Sie ist Beas und Kates …«

»Cousine«, ächze ich und schüttle den Kopf. »O nein, Nick. Alle, außer ihr.«

Endlich wendet er den Blick von ihr ab und sieht mich bestürzt an. »Warum?«

»Weil sie …« Ich verstumme, denn in diesem Augenblick

teilt sich die Schar in der Küche so weit, dass ich Kate sehen kann, die lachend den Kopf zurückwirft, bevor sie einen langen Zug aus einer Bierflasche nimmt. Ihr dunkelrot gesträhntes Haar türmt sich unordentlich auf ihrem Kopf. Ihre Wangen sind rosig. Sie trägt eine schwarze, leicht durchsichtige Bluse. Bevor mein Blick weiter südwärts wandert, schaffe ich es, wegzusehen.

»Weil sie … was?«, fragt Nick nach.

Jamie grinst und denkt sich seinen Teil.

Ich reibe mir den Nasenrücken. »Sie ist wichtig für Kate. Und Kate verabscheut mich. Sobald Kate versteht, dass du mit mir gekommen bist, kannst du es vergessen, mit Bianca ins Gespräch zu kommen.«

»Ich würde Bianca sowieso lieber küssen«, sagt Nick und starrt sie wieder an. »Können wir so tun, als ob wir uns nicht kennen?«

»Wow. Danke für die moralische Unterstützung.«

»O Mann, komm schon. Im Unterschied zu dir liegen mir nicht alle Frauen zu Füßen. Ich habe noch nie für jemanden so empfunden.«

Jamie kraust die Stirn. »Du *kennst* sie doch gar nicht.«

»Stimmt«, sagt Nick wehmütig. »Aber das wird sich jetzt gleich ändern.«

»Moment. Nick!« Ich beuge mich vor, um ihn festzuhalten, aber zu spät. Dem koketten, süßen Blick nach zu urteilen, den Bianca ihm zuwirft, als er auf sie zukommt, ist er so gut wie erledigt.

Jamie versetzt mir einen mitfühlenden Klaps auf den Rücken. »Wie wär's mit einem Bier?«

Für normale Menschen ist Sequence ein völlig unschuldiges Spiel mit Karten und fünf Spielsteinen, die man in einer Reihe ablegen muss.

Für die Leute hier ist es ein Gladiatorenkampf.

»Verdammte Scheiße«, murmelt Toni, als Kate einen einäugigen Spielstein setzt und seinen Stein vom Brett fegt. »Du bist so feindselig.«

»Ich spiele, um zu gewinnen, Antoni.« Kate sieht mich an, hebt eine Braue und gönnt sich einen großen Schluck von ihrem Cocktail.

»Du könntest auch angreifen«, sage ich zu ihr und lege meine Karte zu einer Dreierreihe ab. »Vielleicht ist das Spiel dann zu Ende, bevor wir alle im Altersheim sind.«

»Mir ist klar, dass es für dich ein neues Konzept sein muss, Christopher«, bemerkt sie leichthin, »aber nur weil das *deine* Art und Weise zu spielen ist, muss es ja nicht die einzig richtige sein.«

Hamza, Tonis Freund, legt eine Karte ab und setzt seinen Spielstein genau an die Stelle, wo Kate gerade Tonis aus dem Spiel genommen hat, womit sein Team bereits vier in einer Reihe hat.

Bianca stöhnt bei diesem Spielzug frustriert auf. Nick blickt sie an wie eine Erscheinung.

»Puuh«, sagt sie. »Ich kann mich nicht erinnern, dass dieses Spiel bei unseren Familientreffen auch so mörderisch war.«

»War es auch nicht«, erklärt Bea. »Jedenfalls nicht bei Familientreffen der Wilmots. Bei denen meiner Mutter sah die Sache dagegen völlig anders aus.«

Kate grinst verschlagen. »Ich *liebe* die Familientreffen der O'Reillys.«

»Beim letzten Treffen hat jemand einen Finger verloren«, erinnert Bea sie.

»Na und. Bleiben ja noch neun übrig«, sagt Kate, nimmt sich eine Cashewnuss und wirft sie sich in den Mund. »Das Feuerwerk ist ein bisschen außer Kontrolle geraten. So was kommt schon mal vor.«

Bea lacht ungläubig und wendet sich wieder Bianca zu. »Du erinnerst dich ganz richtig. Normalerweise ist Sequence ein harmloses Spiel. An Spieleabenden geht es eben manchmal mit uns durch.«

Jamie räuspert sich. »Ich habe kürzlich einen Artikel darüber gelesen, wie günstig sich Spiele im Erwachsenenalter auf die mentale Gesundheit auswirken. Das gilt insbesondere für Brettspiele.«

»Wirklich?« Grummelnd spielt Margo eine Karte aus und platziert ihren Stein irgendwie wahllos auf dem Spielfeld. »Für mich fühlt sich das hier eher an wie damals, als ich durch die Autowaschstraße gefahren bin und zu spät festgestellt habe, dass die Fenster auf halber Höhe klemmten.«

Sula lacht. »Du bist so eine Niete.«

»Nur bei Brettspielen!«, protestiert Margo. »Ich will mich *bewegen*, ein bisschen Dampf ablassen und nicht den ganzen Abend rumsitzen und verlieren. Wie wäre es mit einem kleinen Axtweitwurfwett…«

»Nein!«, rufen Jamie und ich wie aus einem Mund. Kate würde mich mit ihrem ersten Wurf bestimmt töten, und Bea würde jemandem einen Arm abtrennen.

»Und was ist mit Paintball?«, fragt Bea.

Jamie wirft ihr einen rätselhaften Blick zu.

»Dafür ist es ein bisschen kalt«, sagt Sula. »Es ist ein Spiel für draußen, und ehrlich gesagt habe ich keinen Spaß an Dingen, bei denen Schusswaffen im Spiel sind, selbst wenn es sich nur um Nachbildungen handelt.«

»Sehr wahr«, bekräftigt Hamza und hebt sein Bier.

Ein zustimmender Chor von *Richtig* erhebt sich.

»Oh«, sagt Toni und legt eine Karte ab. »Mir fällt ein, dass ich vor Kurzem was über eine neue Paintball-Anlage gelesen habe. Angeblich soll das Spiel dort sehr konzentriert und gewaltfrei ablaufen.«

»Gewaltfrei?« Hamza klingt skeptisch. »Aber es ist doch … *Paintball*.«

»Na, halbwegs gewaltfrei zumindest«, räumt Toni ein. Er nimmt sein Smartphone und sucht im Internet. Kurz darauf liest er schnell die Anzeige und sagt: »Das ist doch cool, hört mal. Biologisch abbaubare Paintballs, die man werfen oder mit der Schleuder schießen kann. *Frieden, Liebe, Paintball.* Sie haben Innen- und Außenräume, deswegen ist es das ganze Jahr über geöffnet. Wir können jederzeit hingehen.«

»Also ich bin dabei«, brüllt Margo.

Jamie grinst. »Das klingt *extrem* schmutzig.«

Beas Augen leuchten. »Es hört sich extrem *toll an*.«

»Wir sollten das machen!«, sagt Bianca.

»Ich bin auch dabei«, sagt Nick zu ihr.

Kate sieht ihn finster an.

»Hey.« Ich versetze ihrem Knie unter dem Tisch einen leichten Schubs. »Nimm's leicht. Er hat zwar mit mir zu tun, aber er ist trotzdem ein netter Kerl.«

Sie kräuselt die Lippen, den Blick immer noch auf Nick gerichtet. »Ich schwöre, wenn er sie mies behandelt, ist ein schlechter Haarschnitt sein geringstes Problem.«

»Wie nett. Jemanden nach seiner äußeren Erscheinung zu beurteilen.«

»Ich habe nicht …« Kates Antwort geht in einem Wasserfall aus Bier unter, der auf ihre Bluse und mein Hemd klatscht.

»Sorry!«, sagt Bea und stellt ein leeres Glas aufrecht hin, in dem gerade noch Jamies Bier war. »Ich habe das Glas nicht gesehen und es einfach umgeschmissen.«

Kate und ich stehen gleichzeitig auf und schütteln Bier von unseren Händen.

»Macht nichts, BeeBee«, sagt Kate.

Ich ringe mir ein Lächeln ab. »Kein Problem.«

Wir stürmen dicht nebeneinander den schmalen Flur entlang.

»Ich gehe ins Badezimmer«, sagt Kate, schubst mich mit ihrer gesunden Schulter zurück und quetscht sich vorbei.

»Du hast ein Schlafzimmer!«

»Ich muss das Bier abwaschen. Ich rieche wie ein Verbindungshaus.«

Wütend bleibe ich abrupt im Flur stehen. »Na schön. Dann zieh ich mich hier um.«

Kate erstarrt, als ich den obersten Hemdknopf aufknöpfe. »Was machst du da?«

»Du bist nicht die Einzige, die Hefeweizenduschen nicht mag.«

Ihre Augen werden größer, als ich mein Hemd ausziehe und Anstalten mache, mir das Unterhemd über den Kopf zu zerren. Ein kleiner, vernünftiger Winkel meines Hirns sagt mir, dass ich drauf und dran bin, mich so weit wie nur möglich von dem Plan, Abstand zu Kate halten und die Spannungen zwischen uns zu deeskalieren, zu entfernen, aber ein größerer und niedrigerer Teil genießt es, wie sich ihre Pupillen weiten und tiefdunkle Röte von ihrem Hals in die Wangen emporsteigt.

»Geh ins Badezimmer«, bringt sie heraus.

Ich zerre mir das Unterhemd über den Kopf. »Zu spät.«

Sie legt sich rasch eine Hand vor die Augen und taumelt an die Wand. »Du bist nackt.«

»Halb nackt.«

Sie atmet abgerissen aus. »Was *stimmt* nicht mir dir?«

Ich steuere an ihr vorbei zu Juliets – und jetzt Kates – Zimmer.

»Warum gehst du in mein Zimmer?«, kreischt sie.

»Ich hab da ein paar Klamotten. Ich weiß, du kannst das nicht nachvollziehen, aber deine Schwestern möchten tatsächlich, dass ich mich in ihrer Wohnung wie zu Hause fühle.«

Ich durchwühle die untere Schublade in Jules Kommode, finde ein T-Shirt und ziehe es über.

Im Zimmer ist es verdächtig still. Als ich mir das T-Shirt über den Kopf gezogen habe, verstehe ich, warum.

Kate steht da und wendet mir den Rücken zu.

Ihren *nackten* Rücken.

»Verflucht noch mal.« Ich kneife die Augen zu, drehe mich blitzschnell zur Tür um und krache direkt gegen die Wand.

Ihr heiseres tiefes Lachen tanzt durch die Luft und kribbelt auf meiner Haut. »Magst du den Geschmack deiner eigenen Medizin nicht?«

Meine Lider sind geschlossen, aber ihr Anblick ist auf meiner Netzhaut eingebrannt – der Schwung ihrer Taille, die gerade Linie ihres Rückgrats bis zu den beiden Grübchen weit unten. Mir wird sehr heiß, und mein Körper spannt sich an, als ich mir vorstelle, wie meine Hände an ihrer Taille entlanggleiten, meine Daumen diese beiden Grübchen nachzeichnen, wie ich sie bei den Hüften packe, hochhebe und so dicht an mich heranziehe, dass ich mich vornüberbeuge, ihre Beine spreizen kann und meine Zunge …

Scheiße. *Scheiße.*

Ich kann hier auf keinen Fall bleiben. Mir das hier ansehen. Oder anhören. Wie das Baumwolloberteil mit leisem *Schsch* über ihre Haut gleitet, wie ihr BH zurechtgerückt wird. Mit gequältem, frustriertem Ächzen ertaste ich den Weg zur Tür, stürze hinaus und schlage die Tür hinter mir zu.

»Da bist du ja!« Nick hat mich sofort im Flur entdeckt. »Na, hast du die Sache mit ihr geklärt?«

»Was?« Ich laufe an ihm vorbei, aber Nick bleibt mir auf den Fersen.

»Na, mit Kate. Das ist die, die so aussieht, als wollte sie mich kastrieren, sobald ich Bianca anlächele.«

Ich lache hohl. Als ob irgendetwas je so einfach mit ihr sein könnte. »Klar, Nick. Ich habe ihr gerade mitgeteilt, dass du ein netter Kerl bist, und sie meinte ›Super, Christopher, dann hat er meinen Segen‹.«

Er lächelt. »Echt?«

»Nein, du Blödmann. Sie ist auf mich los, so wie jedes Mal.«

Er lässt den Kopf hängen. »Und jetzt?«

Ich deute mit dem Kinn auf Bianca, die Nick süß und schüchtern zulächelt. »Jetzt redest du natürlich trotzdem mit ihr. Kates Segen brauchst du nicht.«

»Aber intakte Nüsse schon. Die brauche ich unbedingt.«

»Keine Sorge, denen passiert schon nichts. Kate wird Bianca vermutlich vor dir warnen und behaupten, du seist wie ich, aber daran ist nichts zu ändern. Konzentrier dich auf das, was du machen kannst – beweise, dass sie sich geirrt hat.«

Nick lächelt Bianca an und seufzt. »Sie ist perfekt.«

Ich verdrehe die Augen. »Ihr habt eine halbe Stunde lang bei einem Brettspiel miteinander geredet.«

»Wir sind eben Seelenverwandte«, verteidigt er sich. »Aber das sagt dir wahrscheinlich nichts.«

Aus irgendeinem Grund versetzt mir diese Bemerkung einen Stich. Ich weiß, ich darf fairerweise nicht von Nick erwarten, dass er meine Einmal-und-nie-wieder-Strategie versteht, wenn ich ihm bisher den wahren Grund, warum ich keine Beziehung eingehen möchte, verschwiegen habe. Dennoch tut es weh, zu hören, was er über mich denkt.

»Was hast du bloß gemacht«, bohrt er weiter, »dass Kate so dagegen ist, wenn ihre Cousine mit einem Bekannten von dir spricht?«

»Aha, plötzlich sind wir nur noch *Bekannte* oder wie?«

»Du musst das für mich in Ordnung bringen«, bittet er. »Ich bin wie besessen – ›Ich schmacht', ich brenn', ich sterbe!‹.«

Ich starre ihn an. »Und du musst *wirklich* damit aufhören, ständig Gedichte zu lesen.«

»Das ist kein Gedicht, sondern ...«

»Schamlos übertriebenes Romantisieren einer halben Stunde mit einer Frau, für die du unmöglich schon etwas empfinden kannst?«

»Ich weiß, du verstehst das nicht, aber bitte ...«, er tritt näher und sieht so verzweifelt aus, dass mein Widerstand schwindet, »bitte versuch doch wenigstens, die Sache zwischen euch ein bisschen glattzubügeln, ja? Bianca ist eine erwachsene Frau und trifft ihre eigenen Entscheidungen. Das weiß ich ...« Er wirft einen Blick über die Schulter auf Kate in ihrem engen dunkelgrünen T-Shirt; sie redet in zischendem Flüsterton auf Bianca ein, die uns leicht argwöhnische Blicke zuwirft. »Ich brauche nur ein bisschen Hilfe.«

»Da bin ich mir nicht so sicher.«

Bianca kommt auf uns zu, bleibt neben Nick stehen und lächelt ihn an. »Entschuldigt, dass ich euch störe«, sagt sie. »Könnten wir ...« Sie räuspert sich und tritt noch näher heran. »Könnten wir vielleicht kurz reden? Draußen auf dem Balkon?«

Nick lächelt zurück. »Nichts würde ich lieber tun.«

Ich spüre Kates durchdringenden Blick, noch bevor wir uns über den Tisch hinweg, an dem sie steht, ansehen. Ich bemühe mich angestrengt, nicht daran zu denken, wie sie ohne ihre

Bluse ausgesehen hat – der lange Rücken, ihre sanfte Haut, ein paar dunkelrote Strähnen auf den Schultern – oder an jene heftige, schmutzige Fantasie, die mir durch den Kopf ging.

Vor Ärger verkrampft sich mein Magen. Ich möchte keine einzige weitere Erinnerung an Kate, die sich in mein Gedächtnis einbrennt und mich in Gedanken quält, sobald sie wieder abgereist ist.

Mit einiger Anstrengung löse ich meinen Blick, mische mich unter die Meute, die inzwischen vom Sequence-Spielen abgekommen und zu Snacks und einer weiteren Runde von Margos Cocktails in der Küche übergegangen ist.

Kurz darauf werde ich Sarah vorgestellt, sie muss wohl angekommen sein, während Kate und ich uns mit unserem Kleiderwechsel gegenseitig gefoltert haben. Sie ist eine Kollegin von Jamie, aber keine Kinderärztin, sondern Allgemeinmedizinerin. Er arbeitet mit ihr zusammen freiwillig in den Obdachlosenunterkünften der Stadt und versorgt dort alle umsonst, die medizinische Hilfe nötig haben.

Sarah ist klug und hübsch. Sie spricht sehr schnell, hat große Augen, sagenhafte füllige Kurven und ein selbstsicheres Lächeln. An jedem anderen Abend wüsste ich genau, wo wir landen würden – nämlich direkt im Bett, bis mein Körper sich verausgabt hätte, mein Geist endlich zur Ruhe käme und sie selig und erschöpft wäre von zahllosen Orgasmen. Ich würde mich anziehen, während sie schläft, und dieselbe Nachricht schreiben wie immer – kurz, aufrichtig und ganz bewusst ohne jede weitere Kontaktinfo.

An jedem anderen Abend – aber nicht heute.

Während wir plaudern, muss ich mich zwingen, alles mitzubekommen, was sie sagt. Ich zähle die Sekunden, bis fünf Minuten verstrichen sind und ich mir selbst gestatte, mich umzusehen, und feststelle, dass Kate nicht mehr in der kleinen

Gruppe von Leuten zu entdecken ist. Es gelingt mir, meine Aufmerksamkeit erneut auf Sarah zu richten und ihr zuzuhören. Ich denke nicht darüber nach, wohin Kate gegangen sein könnte, und stelle auch keine Überlegungen an, ob es tatsächlich so schlau von mir war, einfach aus dem Zimmer zu gehen, weg von ihr.

Ich mache mir keine Sorgen, ich könnte mich zu sehr an das Wissen gewöhnen, dass mit einem Blick in die Menge die lebhafte Frau mit den unordentlichen Haaren finden kann, die sich bereits tief in ihr Gewebe geflochten hat.

9

Kate

Von meiner schattigen Ecke im Flur sehe ich die Frau neben Christopher in der Küche. Die beiden reden seit einer halben Stunde miteinander. Wenn er spricht, lächelt sie, und ihre Augen erinnern an kitschige gemalte Cartoon-Herzen. Keine Ahnung, was sie an ihm findet. Wenn ich Christopher ansehe, zeichnet mein Hirn kleine Teufelshörnchen an sein aufreizend perfekt zerzaustes Haar und klebt ihm einen gegabelten Teufelsschwanz an seinen straffen, runden …

Ich kneife die Augen zusammen und versetze mir mental selbst einen Tritt. Was zur Hölle ist eigentlich los mit mir? Warum schaue ich ständig auf seinen Hintern, verfolge jede Bewegung in den lässigen Hosen, jede Muskelanspannung, sobald Christopher das Gewicht verlagert?

Als ich die Augen öffne und ganz entschieden *nicht* an seinen Hintern denke, fällt mir prompt der Anblick seines bloßen Oberkörpers ein, als er sich im Flur hastig ausgezogen hat, breit und fest, mit feinen dunklen Härchen, die seine Haut bestäuben und in einer geraden Linie seinen Bauch hinunterführen zu …

»Da bist du ja.« Bea lehnt sich neben mich an die Wand und mustert mich besorgt. »Alles okay?«

»Kotzwürg«, grummele ich und starre zu Christopher hinüber.

Sie lacht. »Ich nehme mal an, das hat mit Jamies Kollegin zu tun, die Christopher dort drüben anflirtet, und nicht mit einem plötzlichen Anfall von Übelkeit und Schwindel.«

»Korrekt.«

»Am besten, du gewöhnst dich dran, wenn du vorhast, länger zu bleiben«, sagt sie. »Dir ist schon klar, dass so ziemlich jede Frau außer dir, mir und Jules ihm an die Wäsche will, oder?«

»Scheint eher so, als ob wir die Einzigen wären, die bisher noch nicht dran waren«, murmele ich in meinen Cocktail. Margo, das Mix-Genie, ist heute Abend meine Rettung.

»Wobei wir natürlich keinen Menschen dafür verurteilen möchten, mit welchen und wie vielen Leuten er geschlafen hat«, bemerkt Bea demonstrativ.

Ich verdrehe die Augen. »Natürlich verurteile ich ihn nicht deswegen, sondern für die vielen Herzen, die er dabei gebrochen hat.«

Bea sieht mich verwundert an. »Wieso nimmst du an, dass er Herzen gebrochen hat?«

»Weil das notorische Aufreißer eben machen, und er ist nun mal der Inbegriff davon.«

»Wir müssen los.« Sula bleibt neben uns stehen und sucht in der Garderobe nach den Mänteln, Margo direkt hinter sich. »Bald wacht Rowan auf und verlangt lautstark nach Margos Brüsten.«

»Das sind die Freuden des Stillens«, erklärt Margo.

Sula hilft ihr in den Mantel und fügt hinzu: »Eines zahnenden Babys.«

Bea und ich legen reflexhaft die Hände über unsere Busen.

»Richtig, das ist so spaßig, wie es sich anhört.« Margo nimmt erst Bea zum Abschied in den Arm und anschließend mich, allerdings ganz behutsam, wegen der Schlinge. Dieses ganze Theater mit der Armschlinge geht mir gehörig auf den Zeiger. Ich möchte endlich wieder mit beiden Armen umarmen. Oder mit meinen beiden Händen Sequence spielen. Oder Christopher am Kinn packen, seine gesamte Aufmerksamkeit auf mich lenken und dieses arrogante Lächeln irgendwie von seinem Gesicht vertreiben.

»Gute Nacht, Kinder!«, ruft Sula und verteilt Luftküsse an alle.

»Uff«, sagt Bea. »Zahnen und Stillen. Klingt echt gefährlich.«

Ich beobachte, wie sich die Tür hinter Sula und Margo schließt, drehe mich um, und sehe, wie Bea in langen Zügen ein Glas Wasser trinkt. Das sollte ich auch tun, aber die benebelnde Wirkung des Alkohols in meinem Körper geht im Augenblick vor. »Was Eltern so alles durchmachen«, sage ich zu Bea. »Da ist man sich noch sicherer, dass man selbst keine Kinder will.«

Bea hustet in ihr Glas. Sie setzt es ab und wischt sich das Kinn. »Habe ich das mal gesagt? Vor langer, langer Zeit?«

»Na ja, das letzte Mal, als ich dich gesehen habe.«

»Also vor anderthalb Jahren.«

»Touché.« Ich seufze leise in mein Cocktailglas und leere es in einem Zug. Ich drehe mich um, sehe Bea ins Gesicht und pralle so ungeschickt gegen die Flurwand, dass es rumst. »Willst du jetzt Kinder haben? Was wird dann aus deinen großen Plänen, zusammen mit mir nach Europa zu reisen und eine berühmte Künstlerin zu werden?«

Sie beißt sich auf die Lippe und starrt in ihr leeres Glas. »Die … gibt es noch. Ich möchte nach wie vor mit dir nach

Europa reisen. Ich will mich auf meine künstlerische Karriere konzentrieren. Aber das schließt doch nicht unbedingt Kinder aus.«

Um sie auf den Arm zu nehmen, summe ich leise *Another One Bites the Dust.*

Bea rollt die Augen. »Ich behaupte ja nicht, dass es sofort oder in naher Zukunft passieren muss«, sagt sie. »Ich meine nur …« Sie blickt über ihre Schulter. Als hätte er den Blick gespürt, sieht Jamie, der sich mit Hamza und Toni in der Küche unterhält, auf. Sie sehen sich an. Er lächelt sanft. Sie erwidert das Lächeln und wendet sich wieder mir zu. »Eines Tages.«

Die Erkenntnis trifft mich mit der Wucht eines kosmischen Güterzuges. Jeder hier ist dabei, sein Leben zu verändern. Als ich das letzte Mal hier war, sah Margo aus, als hätte sie eine Wassermelone verschluckt, und jetzt haben sie und Sula eine *Tochter.* Toni und sein Freund Hamza sprechen bereits von den gemeinsamen vor ihnen liegenden Jahrzehnten, also haben sie definitiv »den Richtigen« gefunden. Bianca ist jetzt schon ganz hingerissen von Nick. Bea und Jamie tauschen verliebte Blicke und heimliches Lächeln, und jetzt will Bea plötzlich *Kinder,* und ich …

Bin wieder zu Hause. Zurück auf Start.

Ich will plötzlich unbedingt verschwinden und dem rastlosen, unbehaglichen Gefühl entfliehen, das diese Vorstellungen in mir hervorrufen. Na ja, und außerdem möchte ich die Fähigkeit besitzen, die Erinnerung an den halb nackten, arroganten, grinsenden Christopher aus meinem Gedächtnis zu löschen.

Als würde er ahnen, dass ich seinetwegen schlechte Laune habe, sieht Christopher über den Kopf seiner kleinen, aber hinreißend blonden Gesprächspartnerin zu mir herüber. Seine Augen halten meinen Blick fest, und mich durchfährt ein elektrischer Schlag. Ich weiche ins Halbdunkel des Flurs zurück, mache mich unsichtbar.

»KitKat?«, fragt Bea, die meinen Rückzug bemerkt hat. »Alles in Ordnung?«

»Jaja, mir ist nur so heiß.« Ich drücke das Glas mit den weitgehend geschmolzenen Eisstückchen an meine Wange. »Ich schnappe mal ein bisschen frische Luft.«

Bevor sie antworten kann, umrunde ich die Gruppe in der Küche und entdecke an der Bar eine einladend aussehende Flasche irischen Whiskey. Ich nehme sie so unauffällig wie möglich an mich, umrunde die Gruppe erneut in entgegengesetzter Richtung und warte, bis Bea an der anderen Seite auf Jamie zugeht, der sie zärtlich in die Arme schließt.

Der Fluchtweg ist frei. Ich eile den Flur entlang Richtung Balkon am anderen Ende der Wohnung, hinter Beas winzigem Atelier. Ich steige über zusammengerollte Leinwände und Holzrahmen zum Spannen, öffne dann die Tür zum …

»Das darf doch nicht wahr sein.« Mich schaudert. Auf dem Balkon steht tatsächlich Christophers Sidekick Nick, der Biancas Gesicht umfasst, während sie die Arme um ihn schlingt und ihn an sich zieht, bis ihre Lippen in einem ungeduldigen Kuss verschmelzen.

Die beiden haben mich überhaupt nicht bemerkt. Ich bin versucht, etwas zu sagen, aber wozu eigentlich? Bianca habe ich schon gewarnt und ihr erzählt, was Christopher für ein Typ ist, und gesagt, ich könne nicht für Leute garantieren, mit denen er sich umgibt. Sie hat selbst entschieden. Sie hat sich Nick ausgesucht. Ich respektiere ihre Wahl, auch wenn ich kotzen könnte.

Apropos kotzen – irgendwie ist mir schwindelig.

Ich glaube nicht, dass es am Alkohol liegt. Nein, der gesamte Abend ist daran schuld, die plötzlich auf mich einstürzende

Realität, dass alle so verdammt glücklich und ausgeglichen sind. Es liegt daran, dass es mir nicht gelingt, die Aufregung über den belanglosen Showdown mit Christopher abzuschütteln, den Gedanken an unsere bierdurchtränkte Kleidung, dass ich seinen nackten Oberkörper gesehen und dafür gesorgt habe, dass er auch meinen sieht. Es liegt an dem beunruhigenden Gefühl, dass meine Nackenhaare sich den ganzen Abend über aufstellen, als würde mich jemand ständig beobachten, obwohl ich niemanden dabei erwischt habe, der in meine Richtung schaut, und ich das gleiche elektrisierende Kribbeln verspüre, das durch meine Adern schoss, als Christophers Blick meinem begegnete.

Ich stapfe durchs Atelier zurück, schleiche, versteckt im Schatten, den Flur entlang. Mein Blick wandert zu Christopher hinüber, der Jamies Freundin anlächelt und sein Bier in einem langen, tiefen Zug austrinkt. Mein Magen krampft sich zusammen. Nein, der Alkohol ist es definitiv nicht.

Es ist vielmehr der klaustrophobische, desorientierende Eindruck, dass die Wände auf mich zu rücken, der Boden unter meinen Füßen wegrutscht, dass die Zeit und alle Veränderungen mich überwältigen und mich hinterhältig zu Boden werfen.

Ich brauche eine Zuflucht. Natürlich könnte ich in mein Schlafzimmer gehen, aber es liegt am anderen Ende der Wohnung. Um dorthin zu gelangen, muss ich an sämtlichen Gästen in ihrer zivilisierten Seligkeit vorbei und an Christopher fucking Petruchio, der über den Tapas mit dieser zuckersüßen Ärztin und ihrer Dreihundert-Dollar-Frisur, den teuren Klamotten und tolleren Titten, als ich sie je haben werde – nicht, dass ich mich mit ihr vergleiche –, flirtet. Genau deswegen ziehe ich mich einfach mit meinem Freund, der Whiskeyflasche, in den Wandschrank hier zurück, werde mir ein paar

Schluck gönnen und mich zwischen den Vorräten an recyceltem Haushaltspapier zusammenrollen.

Ich mache es mir gemütlich, stütze die Füße auf das nied-
rige Regal, entkorke mit einem befriedigenden *Plopp* die Flasche mit den Zähnen und spucke den Korken in meine Hand.

Dann ziehe ich die Tür des Wandschranks fest von innen zu
und lasse mich von der Dunkelheit verschlucken.

10

Christopher

Ich drehe Kate den Hals um. Wenn ich sie gefunden habe.

Die Wohnung hat neunzig Quadratmeter. Es kann doch nicht so schwierig sein, hier eine erwachsene Frau zu finden. Was entweder bedeutet, dass sie in rachsüchtiger Stimmung ist und sich um Mitternacht mit unbekanntem Ziel und ohne jemandem Bescheid zu sagen oder ihr kaputtes Handy auf der Küchentheke mitzunehmen, vom Acker gemacht hat oder dass sie sich irgendwo hier versteckt.

So oder so, Gott steh ihr bei, wenn ich sie finde.

»Irgendeine Spur?«, fragt Jamie, der ein zweites Mal die Schlafzimmer durchsucht hat. Er spricht leise, weil Bea vor einer Stunde auf der Couch eingeschlafen ist, ungefähr zu dem Zeitpunkt, als alle aufgebrochen sind und kurz bevor wir festgestellt haben, dass Kate verschwunden ist.

Er hat sie vorsichtig aufgeweckt und gefragt, ob sie wüsste, wo Kate steckt, aber Bea hat nur die Stirn gerunzelt und gesagt: »Sie ist doch hier, oder?«

Jamie hat sie dann klugerweise wieder einschlafen lassen.

Womit wir die beiden Vollpfosten sind, die die Wohnung

von oben bis unten nach einer durchgeknallten Frau durchsuchen.

Ich schüttele den Kopf. »Nein. Und ich habe wirklich überall nachgeschaut. Sie muss weggegangen sein.«

Jamie seufzt, reibt sich das Gesicht. Lässt plötzlich die Hand sinken.

Er späht an mir vorbei den Flur hinunter. »Hast du die Wandschränke im Flur gecheckt?«

Ich blinzele ihn an und blicke dann über die Schulter auf den winzigen Wandschrank im Flur, den ich noch nie von innen gesehen habe. Ich dachte, der Stauraum wäre so klein, dass sich niemand darin verstecken könnte.

Leise fluchend stürme ich durch den Flur und reiße die Tür auf. »Verdammt noch mal.«

Da liegt sie, zärtlich an eine Vorratspackung Haushaltspapier geschmiegt, und die Whiskeyflasche so fest umklammert, als wäre sie ein Teddybär. Mit einem Krachen lösen sich die Eisenbänder um meine Rippen, und ich atme zur Beruhigung einmal tief durch. An die Tür gelehnt rufe ich Jamie. »Hab sie.«

Er wirft erleichtert den Kopf zurück. »Gott sei Dank.«

Ich könnte mich in den Hintern treten, dass ich nicht vorher hier nachgesehen habe. Im Haus der Wilmots gibt es Dutzende solcher Wandschränke, die sich perfekt als Versteck eignen oder dafür, plötzlich herauszuspringen und unschuldige Leute auf dem Weg zum Badezimmer zu Tode zu erschrecken.

O ja, ich habe eine Menge Erfahrung auf der Empfängerseite solcher Jugendstreiche gesammelt. Ich hätte den Wandschrank als Erstes checken sollen.

Kate bewegt sich im Schlaf, ihr Kopf sackt nach vorn und kippt beinahe gegen ein Regal.

Ich gehe in die Hocke, halte sie rechtzeitig fest und atme erleichtert aus. »Komm schon, Kate. Wach auf.«

»Nein«, murmelt sie. Sie weicht zurück und rumst gegen die Rolle Haushaltspapier. »Zu müde.«

»Das erklärt natürlich, warum du ausgerechnet *hier* steckst. Was ist das eigentlich mit euch Wilmots und Wandschränken?«

»Lassmichschlafn.«

»Du schläfst nicht auf Haushaltspapier im Wandschrank. Los, steh auf.«

»Nö-höö.«

»Verdammt, Kate.«

Ein tiefer Schnarcher rollt aus ihr heraus.

Jamie steht inzwischen neben mir und sieht hinunter auf Kate. Ihr Mund ist schlaff, ihr Kopf in einem unbequem aussehenden Winkel zurückgelehnt. »Die ist echt k.o.«, sagt er.

»Gerade war sie noch halbwegs wach, aber …«, wie zur Bestätigung ertönt ein zweiter Schnarcher, »jetzt würde sie glatt die zweite Wiederkehr Christi verpennen«, sage ich und hasse meine unzähligen Erinnerungen an Kates Jugend – an ihre schlaksige Gestalt, die sommersprossengesprenkelte Nase, das zerzauste Haar, ohnmächtig draußen unter dem Trampolin liegend; zusammengekauert auf dem Treppenabsatz; oder einmal sogar schnarchend in der Badewanne im dritten Stock, wo sie sich versteckt hatte und eingeschlafen war, weil niemand von uns sie gefunden hatte.

Kate zuckt im Schlaf zusammen, dreht sich auf den Rücken. Die Whiskeyflasche rollt aus ihren Händen.

Ich hebe sie prüfend hoch. Ich weiß sicher, dass die Flasche ungeöffnet an der Bar stand, schließlich habe ich sie selbst mitgebracht. Jetzt ist sie ungefähr zu einem Viertel geleert.

Jamie pfeift leise durch die Zähne.

»Sie ist wirklich sturzbesoffen.« Ich stelle die Flasche beiseite.

»Lass mich kurz gucken, ob es Anzeichen für eine Alkoholvergiftung gibt«, sagt er und kauert sich neben sie. »Sorry, ich bin wieder im Arztmodus, aber ich muss das einfach checken.«

Ich gehe neben ihm in die Hocke und verspüre einen kurzen schmerzhaften Stich in der Brust, als Jamie ihren Puls überprüft und vorsichtig eines ihrer Lider anhebt. »Ist sie okay?«, frage ich.

Er nickt. »Ja. Nur ziemlich angeheitert und müde. Wir sollten sicherstellen, dass sie im Bett auf der Seite liegt, falls ihr schlecht wird.«

»Jamie?«, ruft Bea mit müder Stimme aus dem Wohnzimmer. Sie erhebt sich aus dem Stuhl, in dem sie eingeschlafen ist, und reibt sich die Augen. »Was macht ihr da?«

»Och, bloß äh …« Er räuspert sich, als wir beide aufrecht stehen. »Räumen zusammen. Ich komme.« Er dreht sich schnell um und fragt mich leise: »Schaffst du es allein, Kate ins Bett zu bringen?«

Ich hebe eine Augenbraue und blicke betont ironisch von Kates dünner Gestalt zu ihm hinüber. »Ich glaube, das kriege ich hin.«

Bea wankt verschlafen auf Jamie zu, er stützt sie und legt ihr den Arm um die Schulter, als sie gegen ihn plumpst, ihn umarmt und sich wimmernd beklagt, wie müde sie sei. Jamie hebt sie hoch und trägt sie zu ihrem Schlafzimmer.

Seufzend gehe ich wieder in die Hocke und sage: »Aufwachen, Kate.«

Ein Schnarchen ist die einzige Antwort.

»Kate, wach auf.«

»Nein«, knurrt sie.

Ich bin nicht überrascht. Kate ist bekannt für ihren tiefen Schlaf, aus dem sie sich nur ungern wecken lässt. Ich würde lieber einen schlafenden Bären wachrütteln als Kate. Ich muss sie irgendwie aus diesem Schrank rausbugsieren, hochheben und dann auf ihrem Bett deponieren.

Nur dass ich das irgendwie nicht hinkriege. Ich starre sie an, wie sie schläft, die langen Beine angezogen, die Knie am Kinn und laut schnarchend. Wie ein Vollidiot stehe ich einen Augenblick lang da und beobachte ihren Schlaf, zähle die verschiedenen Sommersprossenmuster auf ihrem Gesicht. Ich starre wie gebannt auf ihre vollen, leicht geöffneten Lippen und ihren sanften, friedlichen Gesichtsausdruck.

Ich würde alles dafür geben, mich ebenso friedlich zu fühlen, wie sie aussieht, aber diese Wirkung hat Kate immer auf mich – als würde sie ihre Krallen in mich schlagen und mein Inneres nach außen drehen, mich ausnehmen wie einen Fisch. Es ist das, was passiert, wenn sie zwanzig Minuten lang verschwunden ist und ich keine Ahnung habe, wo sie steckt, ein himmelweiter Unterschied zu den zwanzig Monaten, die sie auf der anderen Seite der Erde verbringt, außer Sichtweite und verschwunden aus meinen Gedanken.

Wut und Empörung steigen in mir auf.

»Kate.« Mit zusammengebissenen Zähnen umfasse ich ihre gesunde Schulter, drücke sie eher zusammen, als hart zuzupacken, um ihren Körper nicht durchzuschütteln und den anderen Arm in der Schlinge, den ich nicht sehen kann, zu verletzen. »Aufwachen«, sage ich im Befehlston.

Sie schnarcht ungerührt weiter.

»Na schön«, stoße ich hervor, und ein leichtes Schwindelgefühl und das warnende Pochen hinter meinen Augäpfeln sind deutliche Anzeichen einer nahenden Migräne. »Wenn du deinen Hintern nicht selbst in Richtung Bett bewegst, mach ich's eben.«

Nachdem ich mich ihretwegen so sehr gesorgt habe, sollte ich sie eigentlich einfach in diesem engen Wandschrank liegen lassen, denn die verkrampften Muskeln hat sie wirklich verdient, aber, verdammt noch mal, das schaffe ich nicht.

Ich schiebe die Hände unter sie, eine Hand an ihren Schulterblättern, die andere an ihren Kniekehlen, und hieve sie in meine Arme.

»Hmm.« Ihr Kopf sackt gegen meinen Brustkorb, und der leichte Aufprall vibriert durch meinen Körper.

»Selber *hmm*«, murmele ich ärgerlich und hebe sie an mich heran. »Du Kratzbürste machst einen krank. Du Teufelsbraten triezt einen zu Tobsuchtsanfällen. Vor Wut alliteriere ich schon.«

»Hmm«, ist die einzige Antwort. Ein Lächeln umspielt ihre Mundwinkel.

Es veranlasst mich, abrupt innezuhalten. Ich stehe mitten in der Wohnung und sehe sie an – die gerade, eigensinnige, sommersprossige Nase, die winzigen zarten dunkelroten Strähnen, die sich zärtlich um ihr Kinn ringeln. Ich sehe die Grübchen auf ihren Wangen, zwei schwarze Löcher, zwei Raum und Zeit verschlingende Wirbel, die mich in ein buntes, verschwommenes Durcheinander aus Erinnerungen hineinkatapultieren.

Ich betrachte Kate und sehe sie als Baby vor mir, als Kind mit genau diesen Wangengrübchen.

Ich sehe sie wieder vor mir wie an jenem Tag, als ich für immer nach Hause zurückkehrte, eine Kiste mit irgendwelchen Sachen aus meiner Wohnung unter den Arm geklemmt und sie auf der Veranda stehen sah, kein zu Streichen aufgelegtes und immer etwas im Schilde führendes Kind mehr, sondern eine Frau. Ohne zu lächeln, ohne ein Wangengrübchen zu zeigen, erwiderte sie meinen Blick.

Die Welt schien in ihren blauen, salbeigrün gefleckten Augen zu zerfließen, und die dunkelgrauen Iriden verdüsterten sich wie der Himmel über uns, an dem ein Sturm aufzog, durch die Baumkronen peitschte und die Luft mit Ozon und knisternder Elektrizität erfüllte wie eine Vorwarnung.

Meine Gedanken wandern ins Hier und Jetzt und verknüpfen diese beiden Augenblicke miteinander, das grelle Blitzen draußen, dicht gefolgt von dröhnendem Donner. Für diese Jahreszeit ein ungewöhnlicher, plötzlich einsetzender Sturm.

Ich befehle meinen Füßen, sich vorwärtszubewegen, meinem Körper, den Weg zu ihrem Schlafzimmer zurückzulegen, damit ich Kate auf ihr Bett legen und gehen kann, ohne je wieder zurückzusehen.

Aber mein ungehorsamer Blick wandert zu ihrem Mund. Ich stelle mir unwillkürlich die Frage, ob meine Abstand-plus-Abneigung-Taktik überhaupt je funktioniert hat. Das Einzige, was wirklich geholfen hat, war ihre häufige Abwesenheit.

Und jetzt bleibt sie, wer weiß wie lange, hier.

Ich frage mich also, kurz gesagt, ob ich vielleicht einfach nur am Arsch bin.

»Donuts«, grummelt sie und holt mich aus meinen Gedanken.

Ich verliere den Kampf gegen mein eigenes Lächeln haushoch. »Du und deine blöden Donuts.«

»Hmm.« Das Grübchen wird tiefer, als sie in ihrem alkoholseligen Schlummer lächelt, und o Gott, dann wird alles noch schlimmer, denn sie legt mir den freien Arm um den Hals. Das reicht aus, um meinen Körper in Bewegung zu setzen und mich quer durch die Wohnung vor ihre Schlafzimmertür zu treiben, die ich vorsichtig mit dem Fuß öffne.

Als ich mich vorbeuge und sie aufs Bett legen will, wird Kates Griff plötzlich fester. Ihre Nase und Lippen streifen leicht meinen Hals. Ich erstarre. Ein Blitz von außen scheint direkt durch meine Adern zu fahren.

»Riecht gut«, flüstert sie, als ihre Nase an meinen Hals entlangstreicht. Glühende Flammen schlagen an meinem Körper empor.

»Kate.« Meine Stimme klingt heiser und etwas dünn, der Atem hängt wie Rauch in meiner Kehle und droht meine Entschlossenheit zu ersticken.

»Topher«, murmelt sie.

Mein Herzschlag setzt aus. So hat sie mich genannt, als sie noch klein war und ihr lauter, niemals stillstehender Mund es noch nicht schaffte, meinen vollen Namen auszusprechen.

»Kate«, bitte ich sie und umfasse ihren Arm. »Lass los.«

Sie hört mich nicht. Dieser dickköpfige Quälgeist, der einen so wütend machen kann, wacht einfach nicht auf.

Ich knie auf ihrem Bett, lege sie darauf ab und will nur noch abhauen, sie von mir abschütteln und in die eisige Luft hinausstürmen, die meine Glut löschen sollen, meinen Geist und Körper abkühlen, bis ich wieder bei Sinnen bin und ich selbst, und sie wieder Kate und wir beide wieder dort, wo wir sein sollten. An den entgegengesetzten Seiten des Zimmers.

Oder besser noch der Erde.

Leise wimmernd lässt sie langsam meinen Hals los, ihre Arme rutschen über meine Brust, ihre Fingerspitzen sind wie glühende Brandzeichen auf meiner Haut. Ihr Kopf sinkt auf das Kissen und zur Seite, ihre Stirn ist gerunzelt, als hätte sie Schmerzen. Ich hasse, wie nahe mir dieser Anblick geht, diese zusammengezogenen Brauen, den kläglich verzogenen Mund.

Also sehe ich weder ihren Mund noch ihr Gesicht an. Vorsichtig ziehe ich ihr die robusten Stiefel und die dicken, kuscheligen Socken aus, und sie seufzt im Schlaf. Sie wackelt mit den Zehen.

Ich hebe die Decke an und ziehe sie ihr bis zu den Schultern hoch, verbiete mir selbst jede weitere Berührung.

Wieder ein Seufzen, dann murmelt sie: »Topher.«

Mein Blick ist auf sie geheftet, ich sage mir, dass ich gehen muss, und hasse mich, weil ich mich einfach nicht vom Fleck rühre, und sage: »Ja, Kate.«

Sie leckt sich die Lippen, rudert im Schlaf ungezielt herum und rollt auf die verletzte Schulter, ohne den geringsten Schmerzenslaut von sich zu geben. Da ich mir Sorgen mache, sie könnte sich womöglich verletzen, wenn sie mit der Schlinge schläft, beuge ich mich vor und löse den Klettverschluss. Ich greife hinter sie und schiebe die Schlinge vorsichtig von ihrem Arm.

Sie stöhnt leise auf, ihr warmer Atem streift mein Gesicht. »'Sisnett.« Dann rutscht ihre Hand über das Laken, bis sie meine findet.

Ihre Lider öffnen sich flatternd, sie blinzelt schläfrig, ihr Blick ist noch unscharf. Ihr Lächeln ist sanft und unglaublich süß. »'Sbisdu.«

Ich nicke, kriege kein Wort heraus.

Ihr Lächeln erlischt. »Ich hab's vergessen«, sagt sie und schließt die Augen.

Keine Fragen, sage ich zu mir selbst. *Bloß keine Fragen stellen. Frag sie nicht.*

»Was hast du vergessen?«

»Dass du mich hasst«, flüstert sie.

Mein Herz zerreißt, und wehmütiges, bitteres Bedauern quillt hervor. Ich verachte mich selbst so sehr. »Nein, Kate, niemals. Das schwöre ich dir.«

»O doch«, sagt sie, verzieht leicht, kaum sichtbar den Mund, und in ihren Augenwinkeln glitzert es ein wenig.

Der Riss in meinem Herzen wird zu einem tiefen Abgrund. Tränen. Das sind Tränen.

»Ich wollte niemals …« Ich habe plötzlich einen Kloß in der Kehle. »Ich wollte nie, dass du glaubst, dass ich dich hasse,

Kate …« Ich verstumme. Ein Schnarchen hebt ihre Rippen. Sie ist eingeschlafen.

Und wie ein richtiger Feigling erzähle ich ihr alles, was ich mich nicht zu sagen traue, wenn sie wach ist.

»Ich wollte immer nur, dass du *mich* hasst. Ich würde es niemals fertigbringen, dich zu hassen, selbst wenn ich wollte. Ich wünschte, ich könnte es, aber ich bin einfach nicht fähig dazu.« Mein Daumen gleitet über ihre weiche, warme Haut. »Ich weiß nicht, wie ich das machen soll, deswegen habe ich immer versucht, es *nicht* zu tun – dich nicht zu sehen, nicht zu berühren, nicht an dich zu denken, denn ich kann nicht …«

Sie atmet abgerissen aus, rollt sich noch enger zusammen, als wolle sie sich schützen, mich abschirmen. Die Bitten, Frieden zu schließen, die unsere gemeinsamen Freunde und Familie an mich gerichtet haben, sind wie kleine Kieselsteine im Vergleich zu der erdrutschartigen Wirkung ihrer Tränen, ihrer Hand, die meine umklammert, ihrer Wahrheit, die ihr durch eine Spalte ihres Bewusstseins geschlüpft ist.

Sie denkt, ich *hasse* sie.

Das ist das Letzte, was ich wollte. Noch nie habe ich mich selbst so sehr verabscheut.

»Ich bring es in Ordnung«, sage ich und streiche ihr eine Strähne aus tränenfeuchten Wangen und hinters Ohr. »Versprochen, Kate, ich bringe es in Ordnung.«

Obwohl ich weiß, dass sie fest schläft, gleicht ihr Schweigen einem vernichtenden Kommentar, skeptisch, eine Warnung, dass ein langer und schwieriger Kampf vor uns liegt.

Ich meinte es ernst, als ich sagte, dass ich nicht wüsste, wie ich das machen sollte, wie ich eine Welt mit Kate teilen sollte, ohne dass die Verachtung einen trennenden Keil zwischen uns treibt, ohne die Distanz von Ozeanen, die zwischen uns liegen.

Aber das kann mich nicht mehr aufhalten, jetzt nicht mehr.

Ich kann nicht – ich *kann* nicht – in einer Welt leben, in der Kate glaubt, selbst wenn ihr das in einem unvorsichtigen Moment entschlüpft ist, dass ich sie hasse. Ich kann nicht zulassen, dass sie feuchte Augen bekommt und ihr Gesichtsausdruck den Schmerz einer tiefen Verletzung widerspiegelt. Ich kann mich selbst nicht mehr ertragen, weil ich weiß, dass ich sie verletzt habe.

Und jetzt muss ich es in Ordnung bringen.

Ich weiß, es wird ein echter Drahtseilakt, das zu heilen, was ich zerbrochen habe, ohne dass je eine Verbindung zwischen uns bestanden hätte. Ich will mir gar nichts anderes einreden. Aber ich bin schließlich der gottverdammte Christopher Petruchio. Nichts kann mich aufhalten. Um welchen Bereich meines Lebens es auch geht – bei der Arbeit, in der Küche, bei Auseinandersetzungen, im Bett – ich habe mich immer erst dann zufriedengegeben, wenn ich eine so weit als irgend mögliche perfekte Lösung erreicht hatte.

Während ich mich dazu zwinge, ruckwarts zur Tür zu gehen und ihr Zimmer zu verlassen, sage ich mir, dass es bei dem, was ich hier vorhabe, auch nicht anders sein wird. Alles andere ist ausgeschlossen.

Denn sonst stecke ich bis über beide Ohren in der Scheiße.

11
Kate

Aufwachen ist furchtbar. Mein Kopf hämmert. Zwischen meinen Schenkeln pocht ein heftiges Verlangen. Nicht zum ersten Mal seit meiner Rückkehr bin ich superverkatert und horny zugleich – meine persönliche Hölle.

Ich schlurfe in die Küche und kneife zum Schutz vor den grellen Sonnenstrahlen kläglich die Augen zusammen.

»Und ich habe gedacht, *mir* geht's schlecht«, sagt Bea.

Ich stolpere, drehe mich in Richtung ihrer Stimme, pralle gegen die Küchentheke, taumele rückwärts und lande unsanft im Sessel, umwirbelt von Staubflöckchen. »Du hast mich vielleicht erschreckt.«

Mit geschlossenen Augen umklammert Bea eine Seite ihres Schädels. »Entschuldige. Das liegt wohl in unserer Familie. Und du hast Jamie und Christopher gestern Abend ziemlich erschreckt.«

In einem plötzlichen Anfall von Übelkeit hieve ich mich im Sessel hoch. »Was?«

»Nachdem alle gegangen sind, konnten sie dich nirgends finden. Sie haben die ganze Wohnung nach dir durchsucht.«

Schuldgefühle durchzucken mich. Ich würde Bea gern fragen, von was sie eigentlich redet, habe aber Angst vor ihrer Antwort. Bevor ich mir anhöre, was für einen Mist ich gestern Abend gebaut habe, brauche ich erst mal einen Kaffee.

Ich wuchte mich aus dem Sessel und suche in der Küche nach einer Tasse, nehme die Kanne von der Warmhalteplatte und gieße eine heiße, dampfende und verzweifelt benötigte Portion Koffein hinein.

»Ist das eine gute Idee?«, fragt Bea.

»Kaffee trinken?«, frage ich zurück, bereit, den ersten herrlichen glühend heißen Schluck zu genießen. »Verdammt noch mal, ja.«

»Deinen Arm zu benutzen«, sagt sie. »Du trägst keine Schlinge.«

Der erste Schluck Kaffee gerät mir prompt in die Luftröhre, ich huste und schlage mir gegen die Brust.

»Alles in Ordnung?«, fragt Bea.

Ich nicke, hebe eine Hand. »Ja.«

Sie blickt skeptisch auf mich und meinen erhobenen Arm. Jenen Arm, den ich in den vergangenen beiden Wochen ständig in einer Schlinge getragen habe, obwohl meine Schulterverletzung – trotz des Zusammenstoßes mit Christopher – ausgeheilt ist.

Ich lasse den Arm sinken.

»Ich war gestern beim Arzt«, schwindle ich spontan und hasse mich selbst für diese erneute Lüge, weiß aber nicht, wie ich mich sonst herausreden soll.

Sie blickt noch skeptischer. »Ach?«

Ich stelle die Tasse ab und schlage zwei Fliegen mit einer Klappe, indem ich aus dem Tablettenschränkchen Ibuprofen herausfische und es vermeide, meine Schwester anzusehen. »Ja, ich darf ihn jetzt aus der Schlinge nehmen.«

»Na, so was. Ich dachte immer, Schulterverletzungen heilen langsam. Das kommt mir sehr schnell vor.«

»Ich habe die Schulter nicht direkt vor meiner Ankunft hier gebrochen. Es ist schon ein bisschen länger her.«

Es ist ein gutes Gefühl, zumindest die halbe Wahrheit zu sagen.

Bea macht ein verständnisvolles Geräusch. »Stimmt. Ich habe nicht daran gedacht, dass die Verletzung schon seit einer Weile heilt.«

»Außerdem«, füge ich hinzu, »ändern die Ärzte dauernd ihre Empfehlungen, wie früh man den Arm benutzen oder was man tun oder nicht tun darf.« Ich schnaube abfällig. »Ärzte!«

In diesem Augenblick fällt mir ein, dass ihr Freund Kinderarzt ist. »Ich meine natürlich abgesehen von …«

»Ach, mach dir nicht in deinen Minislip«, sagt sie und steht von der Couch auf, die Tasse in der Hand. »Ich bin nicht beleidigt.«

Ich sehe an mir herunter und siehe da, ich trage tatsächlich nur einen knappen Slip. »Komisch. Ich hätte schwören können, dass ich eine Hose anhabe.«

Sie legt eine Hand auf meinen zerzausten Haarknoten und dreht ihn liebevoll hin und her. »Ich glaube, du bist immer noch beschwipst.«

»Schon möglich.« Vorsichtig nehme ich einen Schluck Kaffee. »Ich habe das Sprachtalent von Mom geerbt, nicht aber ihre Trinkfestigkeit in Sachen Whiskey.«

»Die hat nur Jules geerbt, was echt verrückt und total unfair ist.« Neben mir an die Theke gelehnt, schenkt sich Bea eine Tasse Kaffee nach. »Tja, dann lass mal hören, an was du dich erinnern kannst, nachdem du im Wandschrank abgesoffen bist.«

O Mann. Jetzt kommt's. »An gar nichts. Warum? Habe ich

mich irgendwie besonders komisch-betrunken bemerkbar gemacht?«

Sie kichert nervös und nimmt noch einen Schluck Kaffee. »Nicht so ganz.«

Mir wird mulmig. »Was ist passiert?«

»Ach, kein großes Ding.« Bea kippt den Bodensatz des Kaffees in den Ausguss, wo er in langsamen kreisenden Bewegungen abfließt.

»Das sagst du jedes Mal, wenn es ein großes Ding *ist*.«

»ChristopherhatdichgefundenundinsBettgebrachtsonstnichts.«

Ich blinzele sie an. »Ich ... er ... was?«

Sie geht rückwärts, was nicht besonders schlau ist, denn Bea ist noch unfallgefährdeter als ich. »Christopher. Er hat dich gefunden. Und ins Bett gebracht.« Sie wischt sich die Hände ab. »Kein Ding. Das war alles.«

Trübe, alkoholdurchtränkte Erinnerungen stürmen auf mein Hirn ein und steigen an die Oberfläche meines Bewusstseins. Ich erinnere mich wieder, wie mein Kopf auf eine Schulter rutscht, meine Wange sich gegen eine muskulöse Brust lehnt, die Hitze ausstrahlt, hart und warm ist wie ein Felsen in der Sonne.

Ich erinnere mich an den vertrauten Duft nach würzigem Holzrauch, der ganz leicht von seiner Kleidung und Haut ausgeht.

O Gott. Seine Haut. Ich habe mein Gesicht an seiner Schulter vergraben. Ich habe den Arm um ihn geschlungen. Ich habe ihn *berührt*.

»Alles in Ordnung mit dir?«, fragt Bea.

Ich reibe mir das Gesicht. »Großartig. Fabelhaft.«

»Du siehst mitgenommen aus.«

»Erst hat Christopher mich mit einer Whiskeyflasche im

Wandschrank entdeckt, und dann hat er mich betrunken ins Bett gebracht wie die Jungfrau in Nöten. *Ja*, ich bin etwas mitgenommen.«

»Fairerweise muss ich sagen, dass Jamie meinte, sie hätten versucht, dich zu wecken. Diese Jungfrau-in-Nöten-Sache war die letzte Option.«

»Argh. Ich bin …« Ich drücke die Handballen gegen meine geschlossenen Lider und genieße die kurze schmerzlindernde Wirkung. »Ich bin nur sauer auf mich selbst« – und auf Christopher, weil es so einfach ist, sauer auf ihn zu sein. »Ich mag es nicht, wenn ich mich an eine Situation erinnere und feststelle, dass ich mich total danebenbenommen habe.«

»Na ja, sieh es doch mal so«, erwidert Bea aufmunternd. »Es ist im Schutz deiner eigenen vier Wände passiert, mit jemandem, der praktisch zur Familie gehört und niemals etwas Unangebrachtes machen würde. Christopher hat dich nur ins Bett gebracht und ist dann gegangen, das war alles.«

Ich hasse die Intimität dieser Vorstellung – wie Christopher meine verstreut im Zimmer liegenden Sachen sieht, mich ins Bett legt. Ich will lieber nicht dran denken, was ich zu ihm gesagt habe, wie Schläfrigkeit und Whiskey meinen Körper und meinen Mund benebelt und gelöst haben. Es ist so erniedrigend.

Ich versuche mein Unbehagen zu überspielen und stürze den heißen Kaffee in schmerzhaften Zügen herunter. »Ja, glücklicherweise ist es mit jemandem passiert, der kein Interesse daran hat, die Situation auszunutzen. Das hättest du mir nicht extra sagen müssen.«

Bea rollt die Augen. »Ich meine ja nur, dass er an gegenseitiges Einvernehmen und volles Bewusstsein glaubt.«

»Jep.« Ich setze die Tasse so kräftig ab, dass es scheppert. »Mir wird jedenfalls schlecht, wenn wir noch weiter darüber reden, wie Christopher mich herumgeschleppt und von meiner schlimmsten Seite erlebt hat. Themawechsel.«

»Von mir aus.« Bea hebt müde die Hand. »Wir müssen sowieso gleich zur Arbeit.«

Meine Beine geben nach. Ich sacke gegen die Theke. »O Gott.«

Sie klopft mir auf den Rücken. »Heute Morgen müssen wir nur verkaufen, ein paar Fotos schießen, dann kannst du wieder nach Hause und ins Bett kriechen.«

»Warum?«, stöhne ich, schwer an die Theke gelehnt. »Warum habe ich bloß zugesagt?«

»Weil du total pleite bist und insgeheim das *Edgy Envelope* liebst, vielleicht sogar noch mehr als ich.«

»Das liegt an Toni und seinen Backwaren. Und Sula, die mich mit Proben bestochen hat: Ich bin verrückt nach Probepackungen. Und weil wir jetzt Kolleginnen sind.« Ich versetze ihr einen leichten Schubs an die Schulter. »Das ist doch gar nicht so übel.«

»Das Leben im *Edgy Envelope* ist ziemlich spektakulär, besonders wegen Tonis Keksen.«

Ich stemme mich von der Theke weg und stapfe ächzend an ihr vorbei in Richtung Badezimmer, wo die Ausnüchterung mithilfe einer heißen Dusche ruft. »Wehe, im Laden steht kein Teller mit Keksen so groß wie Texas für mich bereit.«

Den besagten Teller finde ich nicht vor. Aber wie eine wunderbare Katerheilkur steht auf der gläsernen Theke neben glitzernden Goldkettchen, quietschbunten handgemachten Schokoladentafeln und einem etwas wackeligen Turm aus handgegossenen Kerzen in Sternzeichenthematik eine gigantische, mit einem Faden zugebundene Schachtel mit Gebäck, auf deren Deckel der Aufdruck *Nanette's* prangt.

Daneben liegt ein großer, prächtiger Blumenstrauß, der aussieht wie ein niederländisches Stillleben, ein Meisterwerk der Farbzusammenstellung, Textur und Komposition.

Mir rutscht das Herz in die Hose, als ich den Namen auf der Karte lese, die in dem atemberaubenden Strauß steckt.

Katerina

»Schaut euch das an!«, sagt Toni und öffnet die Schachtel mit dem Gebäck. Ein betörendes Aroma nach reicher buttriger Tarte, Ahornsirup-Glasur und Kürbisgewürz steigt auf.

Bea schlägt Tonis Hand beiseite. »Weg mit dir.«

»Was? Ich habe nur nachgesehen, was in der Schachtel ist.«

Ihr ausgestreckter Finger zeigt auf die Karte mit meinem Namen. »Das ist für *sie*.«

»Und woher soll ich das wissen? Der Name steht auf der Karte im Blumenstrauß, nicht auf der Schachtel.«

»Psst. Mein Kopf«, wimmert Bea. »Deine Stimme tut weh!«

»Entschuldige bitte, dass ich einen Kehlkopf habe. *Deine* Stimme tut übrigens auch weh. Du bist nicht die Einzige, die gestern etwas zu tief ins Glas geschaut hat …«

»Dann hör auf, rumzubrüllen!«, brüllt Bea.

»Meine Güte!« Ich starre die beiden mit großen, verzweifelten Augen an. »Könnt ihr euch ein paar Teilchen in den Mund schieben und die Klappe halten? Ihr benehmt euch wie ein unterzuckertes altes Ehepaar.«

Grummelnd öffnen sie die Schachtel und suchen darin herum. Ich strecke die Hand aus und nehme mir das erstbeste Gebäck heraus, einen winzigen glasierten, nach Kardamom und Vanille riechenden Donut.

»Toni.« Ich deute mit der Karte auf den Strauß. »Wer hat die Blumen und die Schachtel hier abgegeben?«

Toni dreht sich zu mir um und fasst sein dunkles Haar im Nacken zu einem kleinen Pferdeschwanz zusammen, vermutlich damit es ihm nicht bei dem massiven Zimtbrötchen im Weg ist, das er in sich hineinstopfen will. »Irgendein Typ auf dem Fahrrad hat es angeliefert, gerade als ich den Laden geöffnet habe.« Er zuckt die Achseln. »Niemand, den ich kenne oder wiedererkannt habe.«

Ich sehe auf die Karte, die große, schräge, ein wenig zittrig und abgehackt aussehende Handschrift und streiche mit den Daumen über die Buchstaben. Ich frage mich, ob jemand im Blumenladen sie geschrieben hat oder ob es der Absender selbst war.

Ich frage mich auch, weswegen die Hand des Schreibers gezittert hat. Hoffentlich nicht, weil er oder sie Schmerzen hatte.

Irgendwie sagt mir mein Bauch, dass noch mehr hinter der Karte steckt; ich drehe sie um und schaue auf die Worte, die dort in derselben unsicheren, ein wenig schiefen Schrift stehen.

Better hate than never, for never too late.

»Oho«, nuschelt Toni aufgeregt, den Mund voller Zimtbrötchen. »Ein Gedicht?«

»Keine Ahnung.« Ich betrachte die Wörter und versuche, schlau daraus zu werden.

Stirnrunzelnd späht Bea genauer hin. An ihrer Wange klebt ein Stückchen Tarte, das sie wegwischt. »Warum kommt mir das so bekannt vor?«

»Guten Morgen, Sonnenscheine!«, ruft Sula und schlägt die Ladentür so geräuschvoll zu, dass wir drei wimmernd zusammenzucken. Bea und ich umklammern unsere Köpfe. »Das wird ein langer Tag heute!«, dröhnt sie und schiebt ihr Fahrrad hinten in den Laden. »Esst den Süßkram auf, werft ein paar Schmerztabletten ein und macht euch an die Arbeit!«

»Was den Süßkram betrifft«, rufe ich, »ist der von dir?«

»Nein!«, ruft sie zurück. »Aber ich bin froh, dass jemand dran gedacht hat, ihr seht ja aus wie Untote, und Untote sind bekanntlich nutzlos, wenn es darum geht, Vorräte aufzufüllen.«

Toni wimmert ein zweites Mal auf. »Ich sterbe!«

»Und ich bin schon tot«, haucht Bea.

»Augenblick.« Toni deutet auf mich. »Keine Schlinge mehr? Dann kannst du auch beim Auffüllen helfen!«

Ich ziehe eine übertriebene Grimasse und reibe mir die Schulter. »Das geht nicht, fürchte ich. Die Verletzung heilt noch.«

Ich lege die Karte hin und nehme mir ein winzig kleines Stückchen Tarte mit einer winzigen Fahne, auf die ein Salatbild gedruckt ist, als Hinweis, dass sie vegetarisch ist. Ich nehme die Fahne heraus, beiße herzhaft in das Gebäck und seufze hingerissen. Cremiger Ziegenkäsegeschmack und frischer, knackiger Spargel. Eine meiner Lieblingskombinationen.

Bea schiebt sich das letzte Stück Tarte in den Mund und greift nach dem nächsten.

»Hey«, sage ich mit vollem Mund, »das sind meine!«

»Ich brauche noch ein Stück, dann habe ich meine tägliche Gemüseration drin«, erklärt sie pedantisch und greift nach einer Kombination aus Brokkoli und Cheddar. »Jamie wird stolz auf mich sein.«

Toni verdreht die Augen. »Du könntest dich für den Rest deines Lebens nur von Lollis ernähren, und dieser Gesundheitsfreak würde dich trotzdem über alles lieben.«

Bea lächelt vor sich hin. »Ja, ich weiß.«

Was Lebensmittel angeht, hat meine Schwester eine Reihe

konsistenzbedingter Abneigungen, und Gemüse ist eine harte Nuss. Ich kann ruhig zugeben, dass ich etwas überrascht war, als meine Gemüse verabscheuende, Zucker liebende, erotische Kunst herstellende, tätowierte Schwester sich ausgerechnet mit einem ernährungsbewussten, tugendhaften, Marathons absolvierenden, höflichen und porentief reinen Kinderarzt einließ, aber ich bin wirklich begeistert davon, in wie vielen Hinsichten Jamie völlig hingerissen von allem ist, was Bea von ihm unterscheidet.

Ehrlich gesagt bin ich wahrscheinlich ein wenig eifersüchtig.

Nur ein *winzig* kleines bisschen. Und auch nur bei den kurzen und seltenen Gelegenheiten seit meiner Rückkehr, wenn ich mir selbst gestatte, darüber nachzudenken, warum ich noch nie jemanden kennengelernt habe, der auch meine weniger liebenswerten Seite erkannt und mich trotzdem geschätzt hat. Die einzigen Leute, die mich mögen, sind Leute, dir mir selbst *ähnlich* sind.

Früher dachte ich immer, es läge an der Engstirnigkeit und der Abneigung der anderen gegen meine unbequemen Scheiß-auf-das-System-Ansichten, dass also die *anderen* Schuld daran waren, wenn ich nicht mit denjenigen klarkam, die sich von mir unterschieden und nicht mit mir übereinstimmten.

In letzter Zeit frage ich mich manchmal jedoch, inwieweit es auch an mir gelegen hat. Wenn ich zu Menschen, die ich als nicht mit mir übereinstimmend wahrnahm, auf Distanz ging, dann nicht so sehr, weil mir ihre abweichenden Meinungen nicht passten, sondern vielmehr um mich vor *ihrer* Ablehnung wegen dieser Unterschiede zu schützen; es fühlte sich sicherer an, jemanden von vorneherein abzuschreiben, statt das Risiko einzugehen, selbst als Erste abgeschrieben zu werden.

Das sind wenig aufmunternde Überlegungen, und die Ladenklingel, die den ersten Kunden des Tages ankündigt, rettet mich davor, noch weitere anstellen zu müssen.

»Ich verschwinde«, murmelt Toni, schnappt sich die Zimtrolle und flüchtet nach hinten.

Bea seufzt und legt das Stück Tarte weg.

»Lass nur, ich mach das«, sage ich.

Sie hebt überrascht den Kopf. »Was?«

»Ich übernehme die Kunden. Du gehst nach hinten und hilfst Toni, die Sachen zum Einräumen vorzubereiten.«

Eines von Beas größten Problemen bei der Arbeit besteht darin, dass es für sie enorm anstrengend ist, sich mit sehr vielen verschiedenen Menschen umgeben zu müssen, gerade wenn sie müde ist, ganz zu schweigen von einem Kater. Mir geht es zwar auch übel, aber der dringende Wunsch, mich um meine Schwester zu kümmern, ist stärker.

»Bist du dir sicher?«, fragt sie. »Du hast erst an zwei Tagen Kunden bedient …«

»Ich verspreche dir, ich schicke im Notfall eine Nachricht. Ich werde es nicht übertreiben.«

Sie nickt. »Okay.«

Und dann zieht sie sich – mit meiner Schachtel unter dem Arm, das kleine Biest – in den hinteren Teil des Ladens zurück.

Ich begrüße die Kunden zwar nicht besonders munter, nicke ihnen aber höflich zu, bevor ich mich wieder meinem Teller zuwende und mir das letzte Stück Tarte in den Mund schiebe.

»'Tschuldigung«, ruft eine helle Stimme.

Ich drehe mich um, bedecke meine mit Tarte gefüllten Hamsterbacken mit einer Hand und signalisiere mit erhobenem Finger, dass ich noch einen Augenblick benötige.

Ein Kind, das mir bis zu den Hüften reicht, späht mit großen braunen Augen und einem breiten Grinsen zu mir hinauf.

»Tut mir leid«, sage ich, nachdem ich den Bissen fast unzerkaut heruntergewürgt habe. »Was gibt's?«

»Habt ihr Zeitschriften?«

Ich nicke. »Jep. Die sind da drüben.« Ich deute auf die beiden schmalen Regalreihen auf der rechten Seite des Ladens.

Der Junge mustert mich stirnrunzelnd. »Was hast du da am Hals?«

»Was meinst du? Ah.« Ich sehe auf meine Kamera hinunter. »Das ist eine Kamera. Damit mache ich Bilder für meine Arbeit.«

»Ich dachte, du verkaufst Zeitschriften.«

Ich muss lachen. »Tja, ich bin eine Alleskönnerin.«

»Ach so. Ich bin Jack. Nicht Jackie. Er/ihm/sein.« Er streckt mir eine Hand hin.

»Freut mich, dich kennenzulernen, Jack, nicht Jackie. Ich bin Kate.«

Jack lächelt mich freudig an. »Cool.«

Seine neugierig leuchtenden Augen wandern zu meiner Kamera zurück. »Kann ich ein paar Fotos damit machen?«

»Klar.« Ich nehme die Kamera ab und reiche sie ihm. »Die ist ziemlich wertvoll, sei bitte ganz vorsichtig.«

Er nickt. »Ja.« Er mustert den Apparat, drückt einen Knopf, und die Digitalanzeige leuchtet auf. »Kannst du deine Fotos auf dem Display sehen? Wie bei der Kamera im Handy?«

»Ja, das funktioniert genauso. Was möchtest du fotografieren?«

Er beißt sich auf die Lippe, sieht sich um und fixiert schließlich mich. »Dich.«

Ich lache überrascht. »Mich?«

Er nickt, hebt ohne weiteres Vorgeplänkel die Kamera an und schießt mit dem typischen Selbstvertrauen, das ich so an

Kindern liebe, ein Foto. »Kannst du jetzt ein Bild von mir machen?«

»Sicher. Solange die Leute, mit denen du hier bist, einverstanden sind.«

»Kein Problem«, ertönt eine Stimme, und ich sehe auf. Ein umwerfendes Paar lächelt zu uns herüber. Jack ist die perfekte Mischung aus den beiden.

»Ich bin Hugh, Jacks Vater«, stellt der Mann sich vor. »Und das ist seine Mutter, Tia.«

Tia winkt.

Ich erwidere das Lächeln. »Hallo Hugh und Tia.«

»Hey, los geht's«, ruft Jack. »Jetzt gibt's eine Fotosession.«

»Okay, Jack, wo möchtest du dich hinstellen? Drüben an der Wand ist die Beleuchtung am besten, ohne Gegenlicht.«

Er saust zur Auslage neben meinem Blumenstrauß. »Wie wär's hier, neben den tollen Blumen?«, fragt er.

»Perfekt.«

Jack streckt stolz die Brust heraus und lächelt, eine Hand an die Hüften gelegt. »Das erste Bild mit meiner neuen Frisur.«

»Ah, ist die neu?«, frage ich und stelle die Kamera scharf. »Sieht super aus.«

Jack nickt und streicht über seine dichten, kurz geschnittenen schwarzen Locken. »Ich war am Tag nach Thanksgiving beim Friseur. Sieht stark aus, finde ich.«

Ich schmunzele. »Und ob. Du bist bildhübsch. Bei drei mache ich ein Foto. Eins, zwei, drei.«

Klick.

»Kann ich mal sehen?«, ruft er, kommt zu mir gerannt und packt ungeduldig meinen Arm auf diese herzliche, unschuldige Art, wie sie typisch für Kinder ist und bei der man sich sofort als Freund fühlt.

146

»Okay, sieh mal her.« Ich tippe auf den Bildschirm und zeige Jack das Foto – die dunklen Jeans über seinen knubbeligen Kinderknien und den leuchtend grün und orangefarben gestreiften Pullover.

Jack streicht mit der Hand an den Konturen seines Abbildes entlang. Über das kurze Haar, den Pullover und die Jeans. »Das gefällt mir.«

»Freut mich.«

Jack lächelt mich an. »Danke schön, Kate.«

»Gern geschehen, Jack.« Ich stehe auf, nehme die Kamera ab und stelle sie in die Tasche auf der Ladentheke zurück. »Kann ich dir das per E-Mail schicken? Soll ich es an deine Eltern senden?«

Er nickt. »Danke! Ich hol mir jetzt meine Zeitschrift.« Damit läuft er davon.

»Vielen Dank für die Aufnahme«, sagt Tia herzlich. »Ich gehe mal zu ihm rüber und passe auf, dass er nicht alles durcheinanderbringt.«

Ich bleibe allein mit Hugh zurück, der mich freundlich anlächelt. »Das war nett von Ihnen«, sagt er. »Ich hoffe, es war keine allzu große Mühe.«

»Überhaupt nicht. Es macht mir Spaß, Kinder zu fotografieren. Im Allgemeinen fehlt ihnen der ganze Selbsthass, den Erwachsene verinnerlicht haben, deswegen sind sie keine so strengen Kritiker, wenn ich ihnen die Fotos zeige.«

»In diesem Fall«, sagt er, »wenn es Ihnen wirklich nichts ausmacht, das Foto zu schicken, darf ich Ihnen meine E-Mail-Adresse geben?«

»Unbedingt.« Ich nehme mein Smartphone, speichere einen E-Mail-Entwurf, den ich später, wenn ich die Fotos auf meinen Laptop hochgeladen habe, verschicken will. »Von mir aus kann's losgehen.«

»›Hugh.Lang‹ – zusammengeschrieben – @VeronaCapital. com«

Das Handy fällt mir aus der Hand und landet mit einem dumpfen Schlag auf dem Boden. Verona Capital ist der Name von Christophers Firma. »Sorry.« Ich hebe das Smartphone auf und bin kein bisschen überrascht, als ich den großen neuen Sprung quer über dem Display sehe. »Sagten Sie Verona Capital?«

»Ja, richtig. Der beste Arbeitgeber der Stadt. Funktioniert Ihr Handy noch?«, fragt Hugh.

Ich blinzele ihn an. »Hm. Ja, klar. Augenblick mal, Sie arbeiten also für …« Ich beiße mir auf die Lippen. »Würde es Ihnen was ausmachen, mir zu erklären, was genau Sie da machen? Es ist ein Hedgefonds, richtig?«

Hugh lächelt. »Ja, aber ein ziemlich untypischer. Es geht um ethisches Investment. Ich investiere das Geld meiner Kunden in Projekte, die soziale Gleichheit, nachhaltigen Umweltschutz und Ähnliches fördern, und stelle gleichzeitig sicher, dass meine Kunden eine gute Rendite erzielen.«

»Und das … ist möglich?«

Er lacht. »Ja, ist es. Aber es ist keine einfache Sache. Oder vielleicht sollte ich lieber sagen, es ist komplizierter, als das Geld dorthin zu schaffen, wo der Markt die höchsten Profite für Anleger verspricht, ohne Rücksicht auf ethische Fragen. Aber gerade das gefällt mir – die Aufgabe, Initiativen und Firmen zu finden, die nicht nur unseren ethischen Anforderungen genügen, sondern auch ausgezeichnete Rendite versprechen. Es ist nervenaufreibend, aber das Hochgefühl, wenn man alles richtig gemacht hat, ist einmalig. Die Geschäftsführung beharrt auf unserer Work-Life-Balance, um Burn-outs zu vermeiden. Deswegen bin ich an einem Wochentag mit meiner Familie hier und nicht im Büro. Ich habe mir einen freien Tag genommen, den ich wirklich nötig hatte, und er wurde einfach bewilligt, ohne weitere Fragen.«

Ich schlucke schwer. Okay. Na schön. Christopher gehört nicht zu den *ganz* üblen Kapitalisten. Aber ein Kapitalist er definitiv.

Mit einem tollen Oberkörper.

Der wie ein verdammter Gott Tango tanzt.

Und so verflucht gut riecht.

Ächz, mein Hirn rumpelt heute Morgen herum wie ein Autoscooter.

»Das klingt toll«, presse ich hervor. »Ich schicke Ihnen das Foto gleich nach der Arbeit.«

»Sieh nur, die Blumen«, sagt Tia, die sich mit Jack, der neben mich hüpft, zu uns gesellt. »Was für ein wunderbarer Strauß.«

Ich werfe einen Blick über die Schulter, und mein Magen zieht sich zusammen. Samtige pfirsichfarbene Ranunkeln stehen aufrecht neben sonnengelben Dahlien. Der hohe, melancholisch geneigte Rittersporn ergießt sich in einem Wasserfall lilafarbener und blauer Blüten. Dazwischen blitzen dunkelrosa Rosen und schaumiges Schleierkraut. Es ist *wirklich* ein schöner Strauß.

»Wer ist Katerina?«, fragt Jack und deutet auf die Karte, die ich an den Strauß gelehnt habe, als sie eingetreten sind.

»Das bin ich«, gebe ich zu. »So heiße ich mit vollem Namen.«

Jack runzelt die Stirn. »Gefällt dir das?«

Ich beiße mich in die Wange, höre in meinem Kopf Christophers tiefe Stimme auf seine typische Art, bei der sich die Härchen in meinem Nacken aufstellen und mir plötzlich sehr heiß wird, *Katerina* zu mir sagen. »Das ist kompliziert.«

»Nun«, sagt Tia und lächelt, »wer immer Ihnen den Strauß geschickt hat, muss ein echter Verehrer sein.«

»Oder jemand hatte etwas gutzumachen.« Hugh wirft seiner Frau einen Blick zu. »Nicht, dass ich Erfahrung darin hätte, einen solchen Riesenstrauß als Wiedergutmachung zu schicken, stimmt's, Liebling?«

»Igitt«, kommentiert Jack, als seine Eltern die Finger ineinanderflechten und Hugh einen Kuss auf Tias Hand drückt.

»Wenn es doch mal nötig war, hat es jedenfalls immer funktioniert«, sagt Tia.

»Glaubst du, bei dir funktioniert es auch?«, will Jack von mir wissen.

Ich mustere den Strauß und spüre ein komisches, leicht benebeltes Gefühl in meinen Gliedern, das nichts mit den schlechten Entscheidungen der letzten Nacht zu tun hat.

Ich habe nicht mal ansatzweise eine Antwort auf diese Frage.

12

Christopher

Ich bin müde, gereizt und wackelig nach dem heftigen Migräneanfall gestern Nacht, dem Minimum an Schlaf und den schrecklichen Träumen, die ich mir weder eingestehen noch über sie nachdenken will.

Denn diese Träume kamen geradewegs aus der Hölle.

Ein langer, sehniger Körper presste sich gegen mich. Ohne die Kurven, über die meine Hände sonst gleiten, nicht weich oder nachgebend — scharfe Konturen, herrliche Bissspuren, rücksichtslose Nägel, die über meinen Rücken kratzen. Eine heisere, tiefe Stimme ruft meinen Namen, während ich sauge und lecke, ihr die Beine weit spreize und –

Ein Ping auf meinen Kalender gibt mir den nächsten bevorstehenden Termin bekannt und beendet diese Phantasien jäh. Ich drücke die Handballen gegen die Augen, atme tief durch, stelle mir vor, wie ich langsam in einen schmerzhaft kalten See hineingehe.

Ich brauche dringend Sex.

Diese zwei Wochen, seit Kate in der Stadt ist, haben *alles* auf den Kopf gestellt. Ich habe meine Routine aufgegeben –

essen gehen, eine erst flirtende, dann sehr offene Unterhaltung (*ich gehöre eine Nacht lang dir. Aber nur eine. Wiederholung ausgeschlossen*), gefolgt von einem Hotelzimmerbesuch, dem belebenden Erforschen und Kennenlernen eines unbekannten Körpers, dem Schauer der Erregung, ihn von Höhepunkt zu Höhepunkt zu führen, und schließlich die selige Zufriedenheit meines eigenen Orgasmus.

Ich will nicht weiter darüber nachdenken, warum die vergangenen Wochen so gänzlich anders verlaufen sind. Was auch der Grund dafür sein mag, dass ich nicht ausgegangen bin und keinen Sex hatte – meine üble Stimmung, die hoffnungslos erotischen Träume: Das muss sich ändern.

Ich brauche eine Nacht mit wildem, heftigem Sex. Eine opulente Mahlzeit. Ein gutes Glas Rotwein. Und spätestens um zehn Uhr abends eine schöne Frau unter mir, auf mir, neben mir – was zum Teufel sie auch immer will. Ich kehre wieder zu meiner Routine zurück, starte das Programm neu. Gar kein Problem. Kinderleicht.

So habe ich es immer gemacht.

Deswegen ergibt es überhaupt keinen Sinn, dass ich es einfach nicht über mich bringe, diese Mail an Curtis, meinen Assistenten, zu schreiben, damit er meinen Terminkalender ab siebzehn Uhr blockiert und einen Tisch in einem meiner Lieblingsrestaurants reserviert.

Scheiße. *Scheiße.*

Das ist schlimm.

Ich schiebe mich von meinem Schreibtisch weg und nehme den Mantel.

»Curtis!«, blaffe ich. »Ich mache einen kurzen Spaziergang.«

»Dein nächster Termin ist in dreißig Minuten«, sagt er, als ich an ihm vorbeistürme.

»Okay.«

Ich nicke Luz am Empfang höflich zu, nehme die Treppe, denn scheiß auf alle Aufzüge, renne hinunter, stoße die Eingangstür auf und laufe hinaus in die kühle Luft. Der Himmel ist wolkenlos, und die Sonne sieht aus wie eine hellgelbe Zitrone, aus der Licht zwischen die hohen Gebäude ringsum tropft. Die Hände tief in den Taschen marschiere ich los und versuche, einen klaren Kopf zu bekommen.

Zunächst klappt das ganz gut. Ich nehme den Verkehr, den gleichmäßigen Strom von Menschen, die einfach ihrem alltäglichen Leben nachgehen, um mich herum wahr, bis ich feststelle, wo ich gelandet bin, und stehen bleibe.

Bello's.

Ich blicke auf die vertraute Aufschrift des italienischen Restaurants, in dem ich seit zwanzig Jahren nicht mehr war. Offenbar hat sich seither nicht viel geändert, denn als jemand mit einer Essensbestellung herauskommt und sich auf ein Lieferfahrrad schwingt, dringt akustische Gitarrenmusik auf die Straße.

Die Tür schließt sich langsam wieder und gibt mir Zeit genug, das Ambiente in mich aufzunehmen. Das leise Klirren der Teller und Gläser, der melodische italienische Akzent schärfen meine Erinnerungen, die in der langen Zeit undeutlicher, verworrener geworden sind und alles mit einem Weichzeichner versehen haben. Teller mit Nudeln und dekorativen Parmesankringeln, zerstoßener schwarzer Pfeffer, hohe Gläser mit rotem Wein. Mutters helles Lachen, Vaters freundliches Lächeln. Altmodische Musik, flackerndes Kerzenlicht, mein Bauch ist mit zu vielen Krapfen gefüllt.

Meine Erinnerungen erweitern sich wie eine Vergrößerungslinse. Bill kichert mit tiefer Stimme. Maureen grinst rosenwangig. Bea kritzelt auf einer Papierserviette herum, Jules' Nase steckt in einem Buch.

Und ein kleiner Quälgeist mit Pferdeschwanz, Sommersprossen auf der Nase und zappeligen Beinen, die mir gegen das Schienbein treten, ein hitziger Blick, der sich in meinen bohrt.

Blinzelnd reiße ich mich aus den Erinnerungen, obwohl mir das kaum Erleichterung verschafft. Denn meine Gegenwart wird beinahe so sehr von Kate heimgesucht wie meine Vergangenheit.

Ich denke daran, wie viel Arbeit vor mir liegt, um zwischen uns alles in Ordnung zu bringen, damit mir zumindest nicht mehr übel wird, wenn ich daran denke, was sie zu mir gesagt hat.

Du hasst mich.

Ich frage mich, ob es je eine Welt geben wird, in der wir gemeinsam hier essen werden und freundlicher, nachsichtiger miteinander umgehen, in der wir uns eine Flasche Wein teilen, gegenseitig von unseren Tellern probieren und mit den Gabeln um die leckersten Bissen kämpfen.

Eher friert die Hölle zu, sagt mir eine innere Stimme der Vernunft.

Ich ziehe das Handy aus meiner Tasche, rufe Curtis' Mail von heute Morgen auf, die die Lieferung von Blumen und Gebäck bestätigt, und bitte ihn in meiner Antwort, meinen Terminkalender ab siebzehn Uhr freizuschaufeln und keine Reservierungen zu machen.

Dort, wo ich nach der Arbeit hingehen werde, sind keine Reservierungen nötig.

Da bräuchte ich eher so was wie eine Ganzkörperrüstung.

13

Kate

Ich sehe bestimmt total lächerlich aus, wie ich diesen Blumen-strauß an mich presse, der so groß ist wie mein Oberkörper und den mir der Winterwind aus den Armen zerren will, aber das ist mir egal. Als ob ich die Blumen im Laden lassen würde. Sicher nicht!

Während mir Markenkleidung wirklich am Arsch vorbei-geht und es mich niemals nach Diamanten oder Kaschmir oder irgendeinem persönlichen Luxus verlangt hat – alles, was jene Art von Geld kostet, bei dem mich der Gedanke daran, wel-che Armut und Ungleichheit auf der Welt herrschen, krank macht –, habe ich eine Schwäche für Blumen. Es *sollte* mir ei-gentlich was ausmachen, dass das Leben jeder Blume exponen-tiell schwindet, sobald ihr Stängel durchschnitten wird, oder dass ein derart außergewöhnlicher und teurer Strauß für ein paar Dollar im Gewächshaus meiner Mutter hätte gepflückt werden können und diese Blüten durch allereinfachste und spottbillige Dinge – Sonne und Erde, Wasser und Geduld – geblüht hätten.

Aber ich liebe Blumen viel zu sehr. Also drücke ich mein

kostbares Bouquet an mich und atme den Blütenduft ein. Die Karte, die im Strauß steckt und auf der mit dunkler Tinte mein Name steht, pikst mich und ruft eine Reihe unbeantworteter Fragen – meine Eltern waren mit Sicherheit nicht die Absender – in Erinnerung:

Wer hat mir diesen Strauß geschickt? Und warum?

Wer kennt meinen richtigen Namen?

Wer weiß, dass ich Vegetarierin bin und auf Kürbis-Donuts stehe?

Wer weiß, wo ich im Augenblick arbeite?

Bei dem Gedanken an meinen Job vollführt mein Geist einen seiner geschickten Sprünge und richtet sich neu auf die Erlebnisse des heutigen Tages aus und wie glücklich sie mich gemacht haben.

Nachdem Jack und seine Eltern gegangen waren, kam ein neuer Schwung Kunden herein. Ich kümmerte mich um sie, half ihnen, eine Karte für die Großmutter auszuwählen, Papier für Freunde oder einen kleinen Kunstdruck für ihr erwachsenes, gerade ausgezogenes Kind. Während wir die Vorräte auffüllten, habe ich mit Bea gelacht und einen wissenden Blick mit Sula getauscht, als meine Schwester und Toni sich wie zwei alte Frauen gezankt haben.

Ich hatte nicht geplant, den ganzen Tag im *Edgy Envelope* zu bleiben, aber die Stunden flogen dahin, während ich, als keine Kunden da waren, ein paar Bilder vom Laden schoss und darauf einfing, wie heimelig es aussah, als die Sonne ihre tägliche Reise absolvierte und vom buttergelben Morgenlicht zu honigfarbenem Mittagslicht und schließlich, als sie langsam am Horizont verschwand, zu tiefem Rotbraun überging.

Und dann war die Zeit plötzlich um, die Ladentür wurde geschlossen und das Schild von *Geöffnet* zu *Geschlossen* gedreht. Als ich mir auf dem Kameradisplay die Fotos des Tages ansah, umringt von Toni, Bea und Sula, deren *Oohs* und *Aahs* für mich wie ein besänftigender Chor klangen, spürte ich es – diese seltene, kostbare Glut, winzig und heiß mitten in meiner Brust.

Dazugehören.

Von diesem kleinen Körnchen Glück durchwärmt presse ich den Strauß an mich, der heftige Wind kann mir nichts anhaben, ich bin zufrieden, allein zu sein, und im Begriff, nach Hause zu gehen. Dafür waren ein paar listige Manöver nötig – vor dem Pub direkt neben dem *Edgy Envelope* zu stehen und Toni zum Abschied zuzuwinken, als er auf den Beifahrersitz von Hamzas Vespa gehüpft ist, während Sula auf ihrem Fahrrad vorbeigesaust kam und zum Abschied die Fahrradklingel mit einem munteren *Ding* ertönen ließ –, aber ich habe es hingekriegt.

Jamie ist vor einer halben Stunde mit einem Pho für Bea und mich vorbeigekommen, und draußen hat ein Taxi gewartet, um uns nach Hause zu fahren. Ich habe unter dem Vorwand abgelehnt, nebenan im Pub noch eine Kleinigkeit essen zu wollen und mir später selbst ein Taxi zu nehmen. Denn Jamie und Bea brauchen ein bisschen Zeit allein in der Wohnung, Zeit, miteinander glücklich zu sein auf eine Weise, die mir völlig fremd ist, weil ich etwas Derartiges niemals erlebt habe, aber ich freue mich, weil sie es erleben.

Toni und Sula habe ich dieselbe Lüge aufgetischt und war selbst etwas irritiert darüber, wie leicht es mir seit meiner Rückkehr fällt, Leute zu hintergehen. Eines Tages, das weiß ich, werde ich mich damit auseinandersetzen müssen. Die Gründe für meine kleinen Notlügen, die Entscheidungen, die ich treffe, um auf Distanz zu bleiben, die Wurzeln, die ich nicht tief in mich eindringen lasse.

Aber heute Abend nicht. Heute, satt von Tarte und Donuts, die ich den ganzen Tag über genascht habe, das Gesicht in den verschwenderischen Duft meines Straußes vergraben, will ich ganz für mich allein einen Moment der Freude genießen.

Jedenfalls bis ich eine Straße weiter eine bestimmte Person sehe, an eine Laterne gelehnt, die Hände in den Taschen.

Er lehnt den Kopf zurück, fährt sich durchs Haar und entblößt den kräftigen Hals, den von der Sonne geküssten Adamsapfel.

Ich blicke wie gebannt hinüber, und mir wird schlagartig etwas bewusst. Sein Anblick hat etwas ungeheuer Vertrautes. Wie er sich am Kopf kratzt, dann wieder die Hand sinken lässt. Wie er die Hand hebt, um auf dem Ziffernblatt seiner Uhr die Zeit zu überprüfen, und mit dem Daumen über die Oberfläche streicht.

Das erkenne ich als Erstes wieder. Seine Hände.

Hände, die die Schaukel, auf der ich als mageres Mädchen saß und so hochfliegen wollte, dass ich die Wolken berühre, hin und her schwangen. Die Puck, den Familienkater, aus seinem Versteck unter der Veranda herausfischten, wo er sich zum Schutz vor einem heftigen Sturm verkrochen hatte. Hände, die mich in der vergangenen Nacht aus dem Wandschrank holten.

Christopher.

Unsere Blicke begegnen sich. »Katerina.«

Ohne nachzudenken halte ich die Blumen fester an meine Brust. Die Karte darin drückt sich in meine Haut, und mir rutscht das Herz in die Hose, als ich an den Namen denke, der darauf steht.

Katerina.

Nein. Das kann nicht sein. Das würde er niemals tun.

Oder doch?

Ich schiebe den Strauß zur Seite und recke das Kinn, zwinge mich, ihn erneut anzusehen. Zwei glühende Kohlen im Abendlicht, umrahmt von dichten schwarzen Wimpern.

Darunter liegen dunkle halbmondförmige Schatten. Er sieht erschöpft aus.

Nicht, dass mich das interessieren würde, natürlich.

»Christopher«, bringe ich schließlich heraus. »Was machst du hier?«

Er stößt sich von der Laterne ab und kommt langsam auf mich zu, ist auf eine sehr intensive Weise ... *gegenwärtig*. Stabil und sicher, ohne sich um den Wind, der an seinem Wollmantel zerrt und ihm das Haar zurückbläst, zu kümmern. Die Abendsonne überglänzt golden sein Profil, bringt die dunklen Augen zum Leuchten, als er jetzt den Blick auf mich heftet, und taucht seinen Körper in schimmernde Bronze.

Mein Atem macht irgendwie komische Sachen, geht stoßweise und hektisch. Ich spüre die Gefahr, die Verlockung, sich nach einem langen, kalten Tag zu dicht über ein tosendes Feuer zu beugen.

Er steht beinahe vor mir, der Wind trägt mir einen Hauch seines würzigen Rauchgeruchs zu, ich sehe, wie sein Oberkörper sich hebt und senkt.

Dann holt er mich mit einem Schlag aus meiner Träumerei, als er trocken bemerkt: »Sicht aus, als würdest du im Pub zu Abend essen.«

Ich hebe eine Augenbraue. »*Verfolgst* du mich?«

Seine Braue wandert ebenfalls nach oben. »Ich habe wichtige Personen gefragt, wo ich dich finden könnte. Und das war die Antwort, die ich erhalten habe.«

»*Mich* hast du nicht gefragt.«

»Ich habe deine Nummer nicht, Kate. Die hast du mir nie gegeben.«

Mein Magen zieht sich zusammen. »Du hast nie danach gefragt.«

Er erwidert meinen Blick. »Guter Punkt.«

Plötzlich will ich nur noch weg.

Ich möchte ihn nicht ansehen, wie er im Sonnenuntergang leuchtet, als sei er für das Licht geschaffen, das jede Partie seines Gesichts, jede Kontur und den kräftigen Umriss seines Körpers umschmeichelt. Und ich möchte *sicher* nicht darüber nachdenken, warum er überhaupt hier ist oder auf welche Weise ich mich selbst gestern Abend gedemütigt haben könnte, als ich sturzbesoffen war und halb im Schlaf. Ich möchte einfach an ihm vorbeigehen und weiterlaufen.

»Na ja«, sage ich mit aufgesetzter Heiterkeit, »ich mach mich dann mal auf den Weg.«

Ich steuere an ihm vorbei, aber er streckt blitzschnell eine Hand aus und hält mich am Ellbogen fest, und ich muss stehen bleiben.

Ich versuche, meinen Arm zu befreien, aber sein Griff ist kräftig und zugleich sanft, genau wie bei unserem Zusammenstoß an meinem ersten Abend in der Stadt.

»Was willst du, Christopher?«, frage ich mit zusammengebissenen Zähnen. Ich fühle mich wie ein Draht unter Hochspannung, meine Haut fühlt sich heiß, aufgeregt und viel zu knapp für meinen Körper an.

Seine Hand gleitet an meinem Arm entlang, nimmt mich am Handgelenk. Trotz des kalten Wetters ist sie warm und trocken, seine Fingerspitzen auf meiner Haut fühlen sich rau an. Sein Daumen streicht über meinen Puls, der mit derselben Schnelligkeit pocht, mit der ich mich von Christopher wegbewegen will.

Er tritt noch einen Schritt näher, seine Hüfte berührt meine. Dann hebt er die Hand an eine aufgeblühte Rose, deren Blütenblätter der Wind zaust und die aus dem Strauß zu fallen droht. Sanft schiebt er den Stängel wieder zwischen die Blumen zurück, bringt die Rose in Sicherheit.

Wieder sieht er mich an. »Ich muss mit dir reden.«

»Okay.«

»Ich kann dich nach Hause bringen, dort können wir reden.«

»Bring dich selbst nach Hause und geh ins Bett. Du siehst total fertig aus.«

»Vielen Dank, Katerina, das bin ich auch, und das werde ich. Aber erst bist du an der Reihe. Du solltest hier nicht allein herumlaufen, insbesondere nicht, wenn es gleich dunkel wird.«

»Das schon wieder.« Seufzend verschiebe ich den Strauß in meinen Armen ein wenig.

Nach kurzem Überlegen sagt er: »Schließen wir einen Kompromiss. Reden wir beim Gehen.«

Ich schlucke nervös. »Geht es um gestern Abend?«

»Zum Teil, ja.«

Meine Wangen werden heiß. »Darüber will ich nicht reden.«

»Was nicht heißt, dass wir es nicht tun sollten. Ich bringe dich nach Hause. Ich mach's kurz, dann lass ich dich in Ruhe, versprochen.«

Ich befreie mein Handgelenk und mache einen Schritt rückwärts. »Nein, danke.«

»Verdammt noch mal, du bist vielleicht stur.«

»Verdammt noch mal, du bist vielleicht herrisch.«

Christopher sieht mich unverwandt an und tritt noch näher. Sein Gesichtsausdruck wird milder. In seinen Augen funkelt es. »Katydid.« Dieser lächerliche Kindername. Mein Magen macht *überhaupt* keinen Satz. »Komm, ich bring dich nach Hause.«

Ich verdrehe die Augen. »Was soll das sein, eine Charmeoffensive? Muss ich jetzt in Ohnmacht fallen? Du kannst damit aufhören. Es funktioniert nicht.«

»Und trotzdem umklammerst du die Blumen, die ich dir geschickt habe, so fest wie deine Lieblingskamera.«

Ich blicke auf den Strauß, bin plötzlich leicht gereizt. »Die sind von dir?«, frage ich mit möglichst ruhiger Stimme nach.

Seine Mundwinkel zucken. »Ja.«

»Ein unverschämt teures, umwerfendes Geschenk? Willst du dich von irgendwas freikaufen?« Ich sehe ihn mit großen Augen an, bin genervt. »Natürlich. Das hätte ich mir denken können.«

»Du findest die Blumen also *wirklich* umwerfend?«

»Nein, total obszön. Ich kann sie nicht ausstehen.«

Sein Lächeln wird breiter, die bernsteinfarbenen Augen blicken wärmer, als sie über mein Gesicht wandern. »Das glaube ich nicht, Katerina. Du liebst Blumen. Das war schon immer so.«

Ein heftiger stechender Schmerz durchfährt mich. Schon seit langer Zeit erwarte ich von Christopher keine Freundlichkeit mehr. Ich habe Angst, ihm jetzt zu vertrauen, und bin überrascht von seinem veränderten Verhalten. »Warum machst du das? Warum schickst du mir Blumen und eine Karte mit kryptischem Text und genug Gebäck, um den ganzen verdammten Laden damit zu füttern?«

Seine Augen weiten sich. Er blinzelt mich an, offenbar verwundert, dass ich sein verbindliches und charmantes Benehmen nicht einfach schlucke. »Ich dachte … die Blumen würden deinen Tag ein bisschen verschönern. Und bei dem Gebäck habe ich mir vorgestellt, dass du es mit den anderen im Laden teilst, weil ihr alle gestern Abend ganz schön gebechert habt und etwas gegen den Kater vertragen könntet.«

Mein Herz rast. Warum sollte er nett zu mir sein? Warum dieser plötzliche Umschwung? Ich möchte beide Hände ausstrecken und das Friedensangebot, diesen Olivenzweig annehmen, ebenso sehr wie ich ihn, aus reinem Selbstschutz, zerbrechen möchte. »Dann warst du also nur … nett?«

Er wirft in einer Geste der Verzweiflung die Arme hoch. »Ja, obwohl ich mir damit offensichtlich keinen Gefallen getan habe.«

Aha, da haben wir ja die Wahrheit. Er hat *sich* keinen Gefallen getan. Mein Herz wird schwer. »Verstehe. Die ganze Aktion dreht sich also um dich. In dem Fall« – ich drücke den Blumenstrauß in seine Arme – »lass mich aus der Sache raus.«

Ich gehe zwei Schritte vor, aber ich schaffe es einfach nicht. Ich mache rasch kehrt und reiße die Blumen wieder an mich. »Egal, die nehme ich trotzdem.«

»Kate«, ruft er, während ich im Powerwalk davonmarschiere, »warte!«

»Nein!«, brülle ich über die Schulter zurück. Ich gehe so schnell, wie ich kann, aber nicht mal meine langen Beine sind seinen Schritten gewachsen. »Hau ab, Christopher.«

»Ich lass dich nicht allein nach Hause gehen, Kate.« Er schlägt auf die Fußgängerampel und wartet, aber ich überquere bereits die Straße, und ein Auto zischt zwischen uns hindurch.

»Ich will nicht mit dir reden«, rufe ich.

Außer dass ich es, o Gott, echt will. Ich habe so viele Fragen, selbst wenn mir die Antworten Angst machen. Ich habe Angst, dass mir die Antworten vielleicht *gefallen* könnten. Am meisten ängstigt mich dabei, wie schnell ich meine Deckung aufgeben und ihn an mich heranlassen könnte.

»Ich sage kein Wort«, ruft er zurück. »Ich bring dich nur nach Hause, und dann geh ich, versprochen.«

Ich will Christopher gerade sagen, dass er sich sein Versprechen sonst wohin stecken kann, als mir ein Mann auffällt, der mir auf dem schnurgeraden Bürgersteig entgegenkommt. Ich straffe die Schultern. Ich war lange genug allein unterwegs, um in diesen Dingen auf meinen Instinkt zu vertrauen. Ich verringere sofort den Abstand zu Christopher, bis ich schließlich an seiner Seite gehe. Der Mann bleibt stehen, als er jetzt Christopher neben mir sieht, und steuert dann auf die Straße zu, als wolle er sie überqueren.

Mein Herz pocht. Ich rechne mit einer schneidenden Bemerkung von Christopher, darüber, wie Recht er gehabt hat, aber er sagt nichts. Stattdessen legt er mir eine Hand auf den Rücken und umrundet mich geschickt, sodass er an der Straßenseite des Bürgersteigs läuft, dicht neben mir, und mich mit seinem Körper vor dem Mann abschirmt.

Ich verziehe das Gesicht, verachte mich insgeheim, weil mich eine Welle der Erleichterung durchströmt. Ich brauche keinen Bodyguard. Oder jemanden, der sich um mich kümmert. Aber ein kleiner Teil von mir, der so lange allein war und ein wenig erschöpft davon ist, ständig auf der Hut sein zu müssen und ständig mit dem Schlimmsten zu rechnen, dehnt sich und schnurrt wie eine Katze in ihrer sonnigen Lieblingsecke.

Ich will nicht, dass mir sein Verhalten gefällt. Und doch mag ich es.

Nachdem es drei Straßen lang in meinem Kopf gerattert hat, schaue ich zu ihm hoch; meine Neugier auf diesen seltsamen einen Meter achtzig Mann hat gesiegt, ich muss ihn einfach ansehen.

Er starrt finster geradeaus, die Hände tief in den Taschen. Dann blickt er zu mir herüber und ertappt mich dabei, wie ich ihn mustere.

»Du siehst wirklich total fertig aus«, sage ich ganz ehrlich.

Er seufzt müde. »Bin ich auch.«

Ich schaffe es nicht, die leise Besorgnis in mir wegzudrücken. »Was ist los? Hast du heute weniger als eine Million

Dollar verdient? Hat dir zumindest einmal jemand mit einem vernünftigen Kopf auf den Schultern eine Abfuhr erteilt?«

Er lächelt schwach und richtet den Blick wieder geradeaus. »Wenn es doch so einfach wäre. Du dagegen«, sagt er und sieht mich wieder mit einem dieser Herzensbrecherblicke an, »wirkst nicht wie jemand, der sich gestern eine Viertelflasche Whiskey hinter die Binde gekippt und die halbe Nacht im Wandschrank gepennt hat.«

»Hör auf.«

Er macht runde Augen und knipst das Casanova-Lächeln aus. »Womit?«

»Nette Sachen zu sagen, die du nicht meinst. Zu flirten. Ich sehe übernächtigt und verkatert aus, mein Haar ist ein Fiasko, ich rieche noch nach dem Whiskey von gestern, den ich aus meinem System zu kriegen versuche, und wir wissen es beide.«

»Ich weiß, was du machst, und so funktioniert das nicht. Die Ekelnummer kannst du dir sparen, ich kenne dich viel zu gut. Du hast mich schon buchstäblich angekackt. Und angekotzt übrigens auch.«

Ich blitze ihn wütend an. »Da war ich ein Baby!«

»Und schon damals auf dem Rachefeldzug gegen süße Grundschüler!«

»Eher mit der prophetischen Gabe gesegnet, rechtzeitig kleine Mistkerle zu erkennen«, murmele ich.

Er legt sich eine Hand aufs Herz. »Das hat mich jetzt verletzt!«

»Als ob es dir wichtig wäre, was ich denke.«

Christopher sieht kurz zu mir herüber und seufzt, mit einem Mal ist uns die Lust am Frotzeln vergangen. Er bleibt stehen und ich ebenfalls.

»Kate …«

»Du hast versprochen, nicht zu reden.«

Er beachtet den Einwurf nicht. »Erinnerst du dich an gestern Abend?«

Jetzt bin ich mal mit Nicht-Beachten an der Reihe. Ich laufe weiter, noch schneller als bisher. Bis zur Wohnung ist es nicht mehr weit. Ich brauche dringend eine warme Dusche und zehn Stunden Schlaf und viele Kilometer zwischen mir und den merkwürdigen neuen Seiten, die Christopher plötzlich zeigt, und dem, was er im Schilde führen mag, wenn er solche Fragen stellt und Dinge aufwirbelt, die man am besten vergessen sollte.

»Kate, hör auf, davonzurennen.«

»Wie du bereits an Thanksgiving sehr richtig festgestellt hast«, erwidere ich über die Schulter, »kann ich das eben besonders gut.«

»Tut mir leid, okay?«

Ich bremse so abrupt, dass er gegen mich prallt, mich festhält und stabilisiert. Ich sehe zu ihm auf. »Hast du dich ... gerade ... *entschuldigt*?«

Sein Kiefer zuckt. Er atmet abgerissen und starrt mich an. »Ja. Ich habe mich entschuldigt, und ich entschuldige mich jetzt. Für das, was ich an Thanksgiving gesagt habe. Dafür, dass ich vor der ganzen Familie aus der Haut gefahren bin ... für eine Menge Sachen.«

Ich mustere ihn prüfend und bin so desorientiert, als würde die ganze Welt auf dem Kopf stehen. »Hat das alles mit gestern Abend zu tun? Was ist passiert? Habe ich irgendwas gesagt?«

»Na, nicht *alles* ... aber ja, irgendwie schon.« Er zögert und fährt etwas ruhiger fort: »Es macht mich echt fertig, Kate.«

»Und weiter? Jetzt machst du eine Gewissenskrise durch? Aufgrund von irgendeinem betrunkenen Blödsinn, den ich im Halbschlaf von mir gegeben habe? Nachdem du dich siebenundzwanzig Jahre lang so verhalten hast, als wäre ich entweder unsichtbar oder bloß ein Stück Kaugummi, das an deinem

Schuh klebt, hast du jetzt beschlossen, mir Blumen zu kaufen, Donuts zu schicken und Zack – Problem gelöst?«

Er reibt sich den Nasenrücken. »Ja. Nein. Ich habe nicht …«

»Hör zu.« Ich trete an ihn heran und sehe ihm fest in die Augen. »Was ich gestern Abend gesagt habe, was es auch war, dass dir eine andere Persönlichkeit eingepflanzt hat und dein Verhalten mir gegenüber verändert hat, vergiss es einfach. Es war schlicht Blödsinn.«

Er erwidert meinen Blick, intensiv, wachsam, und irgendetwas bewirkt, dass sein Gesichtsausdruck sich wandelt und zornig und undurchdringlich wird. »Das glaube ich nicht, Kate.«

Mir wird plötzlich eiskalt. O Gott, was habe ich denn bloß gesagt? Ich weiß aus Erfahrung, dass ich in betrunkenem Zustand leider sehr oft Dinge sage, die ich tief in mir vergraben habe.

Manches davon ist reinster und bizarrster Blödsinn.

Und manches davon sind tiefste und verletzbare Gefühle.

Christophers Blick nach zu urteilen muss es sich diesmal um Letzteres gehandelt haben.

»Du hast kein Recht gehabt«, sage ich mit mühsam bezähmter Wut, »mich derart auszunutzen.«

»Habe ich nicht«, sagt er kopfschüttelnd. »Ich wollte das nicht. Aber du hast einfach weitergeredet. Glaub mir, ich wollte dich nur auf dieses Bett legen und so schnell wie möglich abhauen.«

»Natürlich!«, rufe ich. »Du willst mich immer nur fertigmachen oder mich möglichst schnell loswerden, und als du es ein einziges Mal nicht versucht hast, hattest du rein zufällig Gelegenheit, meinen ungehemmten Zustand zu deinem Vorteil zu nutzen. Es ist schockierend!«

»So war das nicht«, sagt er ärgerlich und tritt näher. »Denkst du vielleicht, ich wollte dich im Arm halten, sehen, wie du im

Schlaf lächelst und seltsame, komische Sachen sagst, oder deinen Arm um meinen Hals spüren, als würde er genau dort hingehören? Überhaupt nicht! Darum habe ich wirklich *nie* gebeten.«

»Niemand hat dich drum gebeten, den verdammten Kavalier zu geben, Christopher!«

»Genau da liegt das Problem, Kate«, stößt er zwischen den Zähnen hervor und ist mir so nahe, dass unsere Schenkel sich berühren und nur noch die Blumen uns trennen. »Ich kann einfach nicht anders, nicht mit dir. Und dann musstest du ja deinen verdammten Mund aufmachen und …«

»Einfach nicht beachten«, sage ich. »Hör nicht auf das, was ich gesagt habe …«

»Du hast gesagt, ich würde dich hassen«, knirscht er. »Ich habe nie … ich wollte nie …«

Ich sehe ihn überrascht an, versuche vergebens, die Traurigkeit in meiner Stimme zu verbergen. »Aber du *hasst* mich doch.«

»Man, du treibst einen wirklich zur Weißglut. Ich habe dich *niemals* gehasst.«

»Vielleicht hast du's nie gesagt«, gebe ich zurück, »aber du hast dich immer so verhalten.«

»Falls das so war, trifft es auch auf dich zu.«

Ich schiebe seinen Arm zurück, aber er rührt sich keinen Zentimeter weg. »Du hast angefangen.«

»Mir blieb keine andere Wahl.«

Ich klappe den Mund auf und will widersprechen, aber meine Stimme verstummt, als seine Hand in genau dem Augenblick sanft an meinem Kinn entlangstreicht.

»Denn du«, flüstert er und senkt den Kopf, »hast mich gequält. Seit ich denken kann. Und ich bin nicht gut damit zurechtgekommen, zugegeben. Ich habe dich abgewiesen und alles, worin wir uns unterscheiden, zu einer Mauer aufgebaut, und du hast mir alles heimgezahlt, aber ich habe dich nie, niemals …«

Sein Mund ist so dicht an meinem, dass ich seinen Duft einatme. Ich spüre, dass es ihm ebenso geht. Sein Daumen gleitet an meinem Kinn entlang. Seine Nase streift meine.

»Ich habe dich nie gehasst, Kate. Ich kann den Gedanken nicht ertragen, dass du das glaubst.«

»Das kannst du … jetzt nicht einfach so sagen«, flüstere ich und schließe die Augen. Sein Daumen gleitet an meinem Hals entlang, zärtlich, federleicht und verstreut winzige Funken auf meiner Haut.

»Ich weiß.«

»Das ändert gar nichts«, sage ich, während mein Körper sich ihm verräterisch zuneigt.

»Noch nicht«, sagt er leise. »Aber ich versuche es wirklich.«

»Wie denn? Wir können uns nicht ausstehen.«

Ich höre das Lächeln in seiner Stimme. »Bist du dir da so sicher?«

Ich schlage die Augen auf, unsere Blicke begegnen sich. »Was?«

Sein Blick wandert zu meinen Lippen. »Mein Mund ist deinem sehr, sehr nahe, Kate.«

Ich schlucke. »Ist mir klar.«

»Und du willst ihn dort haben, sonst hätte ich schon längst ein Knie zwischen den Beinen.«

Ich lache kurz, etwas kurzatmig und aufgebracht. »Du bist so ein eingebildeter …«

»Unverschämte«, fügt er hinzu.

»Frustrierende«, knurre ich, schlinge die Hand um seinen Mantel und ziehe ihn dicht an mich heran.

»Nervensäge«, flüstert er, nimmt mich bei der Taille und hält mich so fest, dass ich mich nicht mehr rühren kann. Er senkt den Kopf, als ich zu ihm aufsehe, und unsere Nasen berühren sich. Unsere Lippen sind nur einen Atemzug voneinander entfernt. Wir atmen beide tief ein.

»Gott, Kate«, haucht er.

Dann lodert plötzlich eine glühend heiße, knisternde Spannung zwischen uns empor, als sein Mund sich meinem nähert. Die Erde dreht sich aus ihrer Achse, wirbelt mich, auf den Zehenspitzen stehend, auf ihn zu.

Mein Mund berührt seinen, und ein Schlag durchzischt uns beide. Aber keiner von uns weicht zurück.

Christopher stößt einen leisen, sehnsüchtigen, zufriedenen Ton aus, als er die Hände um mein Gesicht legt, den Kuss führt. Zuerst sanft, ein Flüstern, das Wärme und ein Versprechen verheißt, dann hungrig, samtig und heiß, ein langsames, suchendes Tasten, als sein Mund meinen kennenlernt.

Tief in mir wird der Funken zu einer Flamme, die meinen Körper mit Hitze überströmt. Ich beuge mich vor, sehne mich verzweifelt nach mehr. Christopher scheint es auch zu spüren, oder vielleicht sehnt er sich ebenso sehr danach wie ich, denn als ich ihm den Arm um den Hals lege, umgreift er meine Taille noch fester und zieht mich eng an sich.

Eine Hand liegt breit auf meinem Rücken, drückt mich gegen ihn und wandert dann hoch, reibt sanft meinen Nacken. Unsere Münder öffnen sich gleichzeitig in einem Stöhnen, und seine Zunge findet meine, sanft und umschmeichelnd. Keuchend dränge ich mich an ihn, vollkommen meinem hilflosen, ruhelosen Verlangen ausgeliefert.

Christophers Hand gleitet meinen Hals hinauf in mein Haar. Er beugt meinen Kopf ein wenig und stöhnt heiser, als unsere Küsse tiefer werden, wärmer, feuchter, langsamer, leidenschaftlicher.

Ich keuche, denn dieser Kuss ist die Glut und mein Körper das brennende Feuer, ich bettele um längere Küsse, kräftigere Berührungen, um dieses unerträgliche, wilde Verlangen in mir zu stillen. Ich brauche ihn. Ich brauche es. Ich brauche *mehr*.

Als ich mich noch enger an ihn dränge, zuckt ein stechender Schmerz durch meine Schulter. Ich stoße einen leisen Schmerzensschrei aus.

Christopher reißt sich los, schwer atmend und sucht hektisch meinen Blick. »Ich hab dir wehgetan.«

»Nein, nein. Alles gut«, sage ich, und meine Hand gleitet seine Brust hinauf. »Das warst nicht du. Meine Schulter ist noch etwas empfindlich.«

Er zieht den Kopf ein, als wolle er sich sammeln. Er stößt einen langen besorgten Atemzug aus. »Das hätte ich nicht … ich wollte eigentlich nicht …«

Seine Worte kühlen die Stimmung zwischen uns merklich ab. Mein verletzter Stolz schmerzt wie eine Ohrfeige.

Christopher schüttelt den Kopf, starrt auf den Boden und reibt sich die Stirn. »Tut mir leid, Kate, ich …«

»Wollte nur reden?«, frage ich, weiche zurück und wische mir mit dem Handrücken über die Lippen, versuche, die Erinnerung an seine Küsse von meinem Mund zu löschen. Ich hasse es, wie schwach ich gerade war, wie sehr ich es wollte. Und noch mehr hasse ich ihn dafür, mich *wieder* erniedrigt zu haben.

Ich kann es nicht fassen, dass wir uns gerade eben *geküsst* haben.

Christopher und ich haben uns geküsst.

Wann bricht die Endzeit an, wo sind die Zeichen? Glühende Meteoriten, die vom Himmel herabrasen? Pest und Flüsse, rot von Blut, und die Reiter der Apokalypse?

Christopher flucht leise vor sich hin. Er sieht mich an, seine Augen sind dunkel und voll Bedauern. »Das war jetzt nicht vorgesehen.«

»Natürlich nicht«, sage ich angespannt. »Du kannst jede küssen, warum also mich?«

»Du verdrehst meine Worte«, sagt er. »Mach das nicht.«

»Du hast so recht. Wie unfair von mir! Und unsere gemeinsame Geschichte beweist, dass ich dir ohne Zögern die Unschuldsvermutung einräume.«

Er reißt an seinem Haar. »Tut mir leid, okay?«

»Ja, das hast du ganz deutlich gemacht! Wie leid es dir tut! Wie sehr du es bedauerst, mich geküsst zu haben.«

Seine Augen werden schmal, und plötzlich steht er direkt vor mir. »Warum bist du so wütend, Kate? Ist es wegen des Kusses oder dem, was ich darüber gesagt habe?«

»Weiß ich nicht«, blaffe ich. »Ich weiß nicht mal mehr, wer *du* bist. Du schickst mir Blumen und Essen, du wartest auf mich, bestehst darauf, mich nach Hause zu bringen, dann ziehst du mich an dich, als wären wir – in einem dieser verdammten Liebesromane von Juliet und nichts davon ergibt irgendeinen Sinn!«

»Ich versuche ja, mit dir zu reden, damit es Sinn ergibt, aber du lässt es einfach nicht zu.«

»Weil es total sinnlos ist! Man behandelt doch nicht jemanden sein ganzes Leben lang so, wie du mich behandelt hast, und will dann urplötzlich, wie durch Magie verwandelt, ›über alles reden‹.«

»Ach, dann gehen die gesamten siebenundzwanzig Jahre also nur auf meine Kappe? Du hast mich ständig provoziert, gequält, heimgesucht …«

»Christopher, ich war ein Kind, verdammt noch mal! Ich war ein Kind und wollte Teil von dem sein, was du und meine

Schwestern und, verdammt, sogar meine Eltern miteinander hatten. Ich wollte einfach dazugehören!«

»Falls das tatsächlich stimmt, hast du interessante Entscheidungen getroffen«, sagt er, laut atmend, »wenn man bedenkt, dass du weggegangen bist, ohne je einen Blick zurückzuwerfen.«

»Ich wollte leben! Ich wollte die Welt sehen. Und ich habe schließlich meinen verdammten Stolz. Ich hatte genug davon, mich immer selbst zurückzunehmen, weil ich Dinge von anderen wollte, die niemand von mir haben wollte.«

»Du kannst einen wirklich zur Weißglut bringen, einen wahnsinnig machen, und du hast keine Ahnung …«

»Bitte, wirf mir ruhig noch mehr Beleidigungen an den Kopf.«

Er umfasst mein Kinn, sein Daumen gleitet über meine Lippen, und die Berührung erinnert mich an den Kuss und o Gott, ich bin so schwach, denn ich will es wieder. Ich will Zähne, Zunge, seinen Körper, der sich mit meinem bewegt, hart, drängend, auf der Jagd nach etwas, das in mir erwacht ist, etwas, wofür ich ihn verachte.

Er legt kurz die Stirn an meine, sein Mund ist so nah. Mit dunkler und ruhiger Stimme sagt er: »Wie könnte jemand dich nicht begehren.«

Er lässt die Hand fallen, öffnet die Tür zum Foyer und schiebt mich hinein, bevor er die Tür von außen zuschlägt.

Ich stehe wie angewurzelt da, als Christopher wütend herumwirbelt und in die Nacht hinausstürmt.

Während ich einfach nur stocksteif stehen bleibe.

Wie vom Donner gerührt von seinen Worten und brennend von seinen Küssen.

14

Christopher

»Du hast heute ja richtig gute Laune.«

Ich blitze Nick an. »Habe ich dir erlaubt, mit mir zu reden?«

»Uff.« Er sieht mit einer *Schau-dir-den-Typen-an*-Geste zu Hugh hinüber.

Hugh, einer meiner besten Angestellten und ein universal einsetzbares Multitalent, lächelt mir nur zu, als er zu Nick sagt: »Immer schön langsam mit dem Boss. Er hat viel um die Ohren.«

»O ja, er muss die weltweit größte und am dicksten gebutterte Scheibe Toast verdrücken«, witzelt Nick.

Seufzend nehme ich einen weiteren Bissen Toast, der wirklich auf einer ganzen Reihe weiterer großzügig gebutterter Scheiben liegt. Nach einem Migräneanfall lechze ich nach Salz und einfachen Carbs. Zusammen mit einem kalten, süßen Smoothie lässt sich damit die typische leichte Übelkeit vertreiben.

»Wie geht's Jack in der neuen Schule?«, frage ich. Ich will unbedingt das Thema wechseln. Und auf keinen Fall darüber nachdenken, wie viele Migräneanfälle ich in letzter Zeit hatte, wie gestresst ich bin, wie episch der gestrige Abend nach hinten losgegangen ist, wie verloren ich mich fühle, nachdem ich den traditionellen Verhaltenskodex zwischen Kate und mir über Bord geworfen habe.

Und ich will ganz sicher nicht darüber nachdenken, dass ich sie geküsst habe, sie immer noch schmecke, das leichte Aroma von Ahornsirup auf ihren weichen Lippen; dass ich ihre warme Haut unter meiner Hand immer noch spüre.

O Gott, ich habe sie *geküsst*.

Ich kann an nichts anderes denken.

Ich muss aufhören, daran zu denken.

Hugh schluckt einen Bissen herunter, legt sein Sandwich ab und wischt sich mit einer Serviette über den Mund. »Jack geht's viel besser. Das war genau die richtige Entscheidung.«

»Schön.«

»Hier.« Hugh zieht sein Handy heraus, öffnet das Fotoalbum und dreht mir den Bildschirm zu. »Schau mal, wie gut er aussieht.«

Ich lächele. Jack trägt inzwischen eine Kurzhaarfrisur, und seine ausdrucksstarken braunen Augen wirken noch größer und breiter. Er hat die Hände an die Hüfte gelegt, trägt dunkle und gut geschnittene Jeans, und sein grün und orangefarben gestreifter Pullover leuchtet beinahe so hell wie sein Lächeln.

»Er sieht toll aus. Und glücklich.«

Hugh nickt und schiebt das Handy zu Nick hinüber.

»Gott, ist der süß«, sagt Nick. »Ich kann's kaum erwarten, endlich selbst Kinder zu haben. Ich will mindestens fünf. Nein. Sieben. Auf jeden Fall eine ungerade Zahl.«

Hugh lacht. »Das sagst du jetzt. Wart's ab, bis du mal Vater bist und ein Jahr lang nicht geschlafen hast.«

Irgendwas veranlasst mich dazu, die Aufnahme erneut zu betrachten, als Hugh den Bildschirm zu sich zurückdreht. Das

Foto ist umwerfend. Der Blickwinkel des Fotografen, wie das Licht strahlend auf Jacks Wangenknochen fällt und seine Augen leuchten lässt. Der Hintergrund ist leicht verschwommen, aber ein eleganter Strauß ist noch gut zu erkennen …

Sekunde.

»Entschuldige«, murmele ich, nehme das Foto in die Hand und zoome es heran.

»Alles okay?«, fragt Hugh.

Ich vergrößere die Aufnahme noch weiter. Heilige Scheiße. »Ist die Aufnahme im *Edgy Envelope* gemacht worden?«

Hugh lächelt. »Ja. Jack wollte sich dort eine Zeitschrift kaufen. Das hat seine Therapeutin nach der letzten Sitzung empfohlen, und ihr Büro liegt ganz in der Nähe, deswegen dachte ich, wir gehen schnell in dem Laden vorbei. Und Tia mag das Geschäft auch. Ich habe ihr zu Weihnachten dort ein Parfüm gekauft. Es war zwar nicht billig, aber die Investition hat jede Menge Dividende gebracht, wenn ihr wisst, was ich meine.«

Nick reagiert mit einem Faustcheck und lacht los. »Dann probiere ich das auch mal aus. Ein kleines Geschenk für Bianca«, sagt er und beißt in sein Sandwich.

Ich sehe ihn durchdringend an. »Vergiss es.«

»Warum?«, fragt er mit vollem Mund.

»Weil Kate in dem Laden arbeitet und begeistert sein wird, wenn du da auftauchst.« Ich tippe auf Hughs Handydisplay. »Kate hat doch das Foto gemacht, richtig?«

»Ja, woher kennst du sie? Sie hat Jack gegenüber genau den richtigen Ton getroffen. Tia war begeistert, so nach dem Motto ›meinst du, sie würde auch babysitten?‹.«

»Falls du nicht möchtest, dass Jack BHs verbrennt und mit den Antikapitalisten gemeinsame Sache macht, würde ich Kate nicht als Babysitterin empfehlen.«

Er lacht. »Ach, es gibt doch Schlimmeres als Kinder, die

Zeit mit einem Erwachsenen verbringen, der etwas an den Ungerechtigkeiten der Welt ändern will. Ich will das doch auch, ehrlich gesagt. Wir alle wollen es. Deswegen arbeiten wir hier. Deswegen hast du diesen Familienbetrieb doch in eine völlig neue Richtung gesteuert.«

Ich betrachte das Foto, weiß, dass er recht hat und Kate und ich in vieler Hinsicht – und obwohl ich mich selbst vom Gegenteil zu überzeugen versuche – ähnliche Ziele verfolgen, wenn auch mit unterschiedlichen Methoden.

Und da fallen mir auch schon wieder die Küsse ein.

Man, ich bin echt am Arsch. Ich wollte irgendwie Ordnung ins Chaos bringen, und jetzt ist es nur noch größer geworden.

Seit einem Jahrzehnt habe ich Erfahrung darin, Frauen zu umwerben. Aber bisher musste ich noch nie eine Beziehung kitten. Und schon gar keine Beziehung, die ich überhaupt nicht *wollte*, aus einer Reihe äußerst vernünftiger Gründe. Wie bringt man eine Beziehung zu jemandem in Ordnung und bleibt gleichzeitig auf Abstand? Wie lässt man eine Kampfpause entstehen, ohne sich im Heilungsprozess näherzukommen?

Offenbar küsst du sie erst, dann träumst du von ihr, du holst dir in der Dusche einen runter, um nicht ständig an sie zu denken, und in deinem Kopf läuft der Kuss in Dauerschleife.

Ich drehe total durch.

Und daran ist nur sie schuld, verdammt noch mal.

»Meinst du, sie hätte Zeit, um auf Jack aufzupassen?«, fragt Hugh und unterbricht meine Gedanken.

»Eher unwahrscheinlich. Sie ist Fotojournalistin und dauernd auf Reisen«, antworte ich. »Sie bleibt nicht lange hier. Das kommt nie vor. Sie verschwindet und ist monate- oder sogar jahrelang unterwegs.«

»Oho, eine Fotojournalistin? Da habe ich eine super Idee.«

Nick legt das Sandwich weg und klatscht in die Hände. »Du kannst sie engagieren, damit sie die neuen Porträtfotos für unsere Firma macht.«

Ich blinzele ihn an und lege Hughs Handy vorsichtig auf den Tisch zurück. »Warum zur Hölle sollte ich das tun?«

Lächelnd ereifert sich Nick. »Du grummelst schon länger, dass es Neue braucht. Und du hast ja recht. Hughs onkelhaftes Ziegenbärtchen sieht echt gruselig aus …«

»Hey.« Hugh wirft Nick eine Fritte an den Kopf. »Hände weg von mir und meinem Ziegenbärtchen. Das war ein echtes Kunstwerk.«

»Aber nicht dein bester Look, alter Freund.« Nick wendet sich mir zu. »Ich weiß schon, du und Kate kommt nicht miteinander zurecht, aber …«

»Moment. Ihr versteht euch nicht?« Hugh runzelt die Stirn. »Sie wirkte so freundlich. Wo liegt das Problem.«

»In einer komplexen Vielzahl von Übeln«, murmele ich.

»Und wer wüsste nicht besser als wir, womit sich eine Vielzahl von Übeln kurieren lässt?«, sagt Nick. »Mit Geld.«

»Das gilt so ungefähr für jeden«, sage ich, »aber nicht für Kate.«

»Was ist ihr denn dann wichtig?«, will Hugh wissen.

Ich strenge mich mächtig an, die Erinnerungen an den gestrigen Abend beiseitezuschieben, ihr Geständnis, dass sie sich nicht dazugehörig, ausgeschlossen, abgeschoben fühlt. Bei dem Gedanken daran wird mir die Brust eng.

»Sie möchte nur …« Meine Kehle zieht sich zusammen. »Sie möchte das Gefühl haben, dass sie dazugehört.«

Und es ist meine Schuld, dass sie so empfindet. Mir wird übel vor Schuldgefühlen. Ich schiebe das Sandwich von mir weg.

»Hm.« Hugh runzelt nachdenklich die Stirn. »Tja, ich hätte

nie gedacht, dass ich das mal sagen würde, aber ich glaube, Nick hat da eine gute Idee.«

»Danke«, sagt Nick und begreift erst verspätet das doppeldeutige Kompliment. »Hey.«

Hugh lacht. »Ich verarsch dich doch nur, Mann. Und es ist nicht deine erste gute Idee.«

»Ihr wollt, dass ich sie frage, ob sie unsere Firmenfotos macht?«, hake ich an Hugh gewandt nach. »Warum soll das eine gute Idee ein?«

»Du hast gesagt, sie möchte dazugehören. Also muss man ihr etwas geben, wozu sie gehört. Du willst die Angelegenheit mit ihr ins Reine bringen und sie spüren lassen, dass sie Teil deiner Welt ist, und …«

»Gleichzeitig auf Distanz bleiben«, verdeutliche ich.

Er zuckt die Achseln. »Eignet sich eine geschäftliche Beziehung dafür nicht hervorragend?«

Ich blinzele Hugh an. »Verdammt, das ist echt gut.«

»Hey.« Nick versetzt mir einen Klaps auf den Arm. »Das war *meine* Idee.«

»Dann klopf dir selbst auf den Rücken, Lucentio. Und wünsch mir Glück.« Ich stehe auf, schiebe den Stuhl scharrend zurück. »Denn ich werde jemandem ein Geschäft vorschlagen.«

15
Kate

Heute ist ein Tag für die IDGAF-Playlist und meine neuen Klamotten aus dem Vintage-Laden. Das Seidenoberteil mit den weichen, fast unsichtbaren Nähten und dem exzentrischen dunkelblauen Druck auf stahlgrauem Hintergrund hat ursprünglich bestimmt ein paar Hundert Dollar gekostet. Als Bea und ich am Schwesterntag shoppen waren, habe ich dafür nur sechs Dollar hingeblättert. Das geschmeidige, weiche Gewebe, die schöne Erinnerung an unseren gemeinsamen Tag, umhüllt mich und beruhigt meine seit gestern Abend blank liegenden Nerven.

Mit der Kamera um den Hals gehe ich durch das *Edgy Envelope*, versuche, mich abzulenken, und schieße ein paar Fotos, als einige Kunden sich um die Prurient Paper Collection sammeln, die Beas Arbeiten zeigt – erotische, in abstrakter Kunst versteckte Zeichnungen.

»Entschuldigung!«, ruft einer von ihnen.

Ich senke die Kamera und unterdrücke ein Ächzen. Seit diesem Scheißauftritt mit Christopher gestern Abend habe ich keine Lust auf Menschen. Ich bin heute, technisch sozusagen, nicht mal hier, um die Kunden zu bedienen. Ich mache nur Aufnahmen für die Website des *Edgy Envelope*. Aber Bea hat frei, und Toni ist gerade losgezogen, um unser Mittagessen zu besorgen. Somit bin ich die einzige greifbare Angestellte.

Ich könnte Sula aus dem Büro rufen, aber nachdem sie mir gegenüber so großzügig war, mir Arbeit gegeben hat und mich unter der Hand bezahlt, werde ich wohl noch mit ein paar Kunden fertig, selbst wenn ich nicht in Toplaune bin.

»Hallo.« Ich lasse die Kamera an meinem Hals sinken. »Was kann ich für Sie tun?«

Die Kundin lächelt mich verschmitzt an, als ich auf sie zukomme. »Ich habe gehört, dass in den Karten … sexy Bilder versteckt sind, aber ich kann nichts erkennen.«

»Einige davon sind abstrakt«, erkläre ich ihr, »und andere offensichtlicher. Wie Kunst insgesamt ist es immer eine Frage der Wahrnehmung und ergebnisoffen.«

Sie seufzt und wirft ihren Freundinnen ein Blick zu. »Muss es gleich so philosophisch sein? Ich möchte Lex eine Karte mit einer Neunundsechzig schicken.«

»Eine Ansicht der Füße, wahrscheinlich«, witzelt jemand.

»Halt den Mund«, ruft sie und schlägt mit der Karte nach ihrer Freundin, während die anderen kreischend lachen.

Ich rieche den Alkohol in ihrem Atem und erfasse allmählich die Lage. Sie kommen von einem ausschließlich flüssigen Mittagessen oder zumindest einem mit reichlich Cocktails. Alle sind leicht angeheitert und ungehemmt.

»Hier geht es um Pegging, oder?«, fragt eine und schiebt die Karte zu mir hinüber.

Hitze kriecht meinen Hals hoch, als ich das Bild ansehe. Obwohl ich wirklich niemanden dafür verurteilen würde, offen und unvoreingenommen über Sex zu reden, konnte ich noch nie etwas mit solchen Gesprächen anfangen. Ich weiß, dass ich eine Person mit sexuellen Bedürfnissen bin, nur scheinen die irgendwie anders zu sein als bei den meisten Menschen, die ich kenne.

Ich bin ohne Schamgefühle in Bezug auf Sex oder Sexualität erzogen worden – Mom hat sich mit uns hingesetzt und uns offen aufgeklärt, wie Sex geht, dass Masturbation und Geburtenkontrolle gut sind, wir das Recht haben, uns sicher zu fühlen, und die Notwendigkeit zu dauerndem gegenseitigen Einvernehmen besteht. Ich bin über alles Grundsätzliche aufgeklärt, aber es ist mir immer noch unangenehm, mit Fremden über Sex zu reden.

Glücklicherweise unterbricht die Ladenklingel das Gespräch.

»Heilige *Scheiße*«, flüstert eine der Frauen und starrt gebannt über meine Schulter. Die anderen folgen ihrem Blick und geben anerkennende Zeichen von sich.

Entweder ist es Toni, der mich ablösen will, oder ein anderer Kunde. Ich drehe mich um. Wer es auch sein mag, den die angeheiterten Ladies gerade auschecken, they sind schon allein deswegen meine neuen Favoriten, weil they mich von dieser Folter hier befreien.

Ich drehe mich um und spüre ein echtes Lächeln auf meinem Gesicht.

Das jedoch im Nu erlischt.

Christopher tritt ein in der golden leuchtenden Mittagssonne, die seine Haarspitzen zum Glänzen bringt. Er trägt denselben Mantel wie gestern Abend über seinem verdammten Maßanzug. Dunkelblau, tadellos geschnitten, sitzt wie angegossen. Ein frisch gebügeltes weißes Hemd. Blutrote Krawatte. Vom Hals abwärts sieht er aus wie der typische Wallstreet-Banker. Und vom Hals aufwärts wie ein Pirat. Dunkelblondes Haar, einen Tick zu lang und unordentlich für seinen schicken

Firmenjob, absurd lange und dichte Wimpern und ein verschmitztes Glitzern in seinen warmen, whiskeyfarbenen Augen.

Ich blicke auf seinen Mund und erinnere mich, wie er sich gestern Abend zusammen mit meinem bewegt hat, heiß und feucht und hungrig. Ich will nicht daran denken, kann aber einfach nicht aufhören. Bis mir einfällt, was er gesagt hat. *Das hätte ich nicht … Ich wollte eigentlich nicht …*

»Katerina.«

Ich mustere ihn abweisend und verschränke die Arme. »Was willst du?«

Ein langsames Lächeln, das mich höchstwahrscheinlich umstimmen soll, zuckt um seine Mundwinkel. »Das ist ein wirklich schönes Top.«

Er tritt näher und begutachtet den Stoff.

»Schluss mit Süßholzraspeln«, sage ich. »Und hör auf, mich anzuschmachten.«

»Das war ein aufrichtiges Kompliment, und ich schmachte dich nicht an, Katydid. Ich bewundere nur den Druck. Und versuche, mich zurechtzufinden. Ich dachte erst, es wäre ein Paisley-Muster, aber …«, sein Lächeln wird breiter, »sind das *Piranhas*?«

»Korrekt. Aufpassen. Die sind nicht das einzige Bissige an mir.«

Sein Blick wandert zu meinem Mund. »Das klingt nicht so bedrohlich, wie du denkst, Kate.«

Das war jetzt definitiv eine sexuelle Anspielung. Und im Unterschied zu der Verlegenheit, die mich überkam, als die Frauen über Pegging und Füße gesprochen haben, bewirkt Christopher, der mir fest in die Augen sieht, als er das sagt, dass mir heiß wird. Die Hitze steigt meinen Hals empor und in meine Wangen.

Christopher sieht zu, wie ich tiefrot anlaufe, und lächelt sein bisher breitestes Lächeln. Strahlend weiße Zähne, großer sinnlicher Mund.

Ich versuche mein Ganzkörpererröten zu überspielen und frage ihn: »Was willst du, Christopher?«

Er wirkt leicht ernüchtert. Es erinnert so sehr an gestern Abend, an das, woran ich mir bisher noch keinen Gedanken gestattet habe – was er gesagt hat *oder* dieser Kuss. Wenn ich anfange, darüber nachzudenken, könnte ich ihm möglicherweise glauben, und wenn ich ihm glaube – dass es ihm leidtut, dass sich die Dynamik zwischen uns verselbstständigt hat (woran ich selbst maßgeblich beteiligt war, zugegeben) und er mich nicht hasst –, weiß ich nicht, wohin das führt und was ich dann empfinde.

Und ich weiß nicht, wie sehr ich verletzt werden würde, wenn ich mich am Ende getäuscht hätte.

»Können wir reden?«, fragt er leise.

Ich hebe eine Augenbraue. »Ich muss dich nicht daran erinnern, was beim letzten Mal passiert ist, als du dieselbe Bitte geäußert hast, oder? Kleiner Reminder: Es war gestern Abend und hatte mit …«

»Schon gut«, sagt er, und sein undurchdringlicher Gesichtsausdruck bekommt Risse, als er einen Schritt näher kommt. »Lass mich … einfach ausreden. Und zwar jetzt, okay?«

»Okay.«

»Ich möchte dir ein Angebot machen«, fährt er fort. Als ihm klar wird, wie sich das anhören muss, reißt er die Augen auf. Dann läuft er zartrosa an, wahrlich ein seltener Anblick. »Ich, ähm … warte. Nur kurz …«

»Mm-hmm.« Mit versteinertem Gesicht verlagere ich mein Gewicht auf den anderen Fuß.

Er räuspert sich. »Ich versuch's noch mal.«

»Unbedingt.«

»Ich habe dir einen geschäftlichen Vorschlag zu machen. Rein professionell.«

»Muss ich dabei irgendwie für dich arbeiten?«

Er lächelt. »Nein, eigentlich nicht. Aber du arbeitest unter meinem Dach. Also dem Dach meiner Firma.«

»Nein, dann lieber nicht, vielen Dank.«

Sein Lächeln verblasst. »Kate.«

»Christopher.«

»Es ist rein geschäftlich. Ein gutes Angebot.«

»Ich weiß«, gebe ich zurück. »Ich bin mehr als bloß eine gute Fotografin. Ich bin super. Und es wäre ein *super* Geschäft für dich. Aber so viel könntest du mir gar nicht bezahlen, dass ich jeden Tag mit dir und deinen geldgeilen Mitarbeitern zusammenarbeite ...«

»Die übrigens Geld für gute Zwecke zusammenraffen«, erklärt er geduldig. »Aber das weißt du ja längst. Hugh hast du schon kennengelernt. Ein Klassetyp, oder?«

Natürlich, daher weht der Wind, dadurch ist er auf mich gekommen. Mein Magen verknotet sich. Ich hatte gehofft, ich könnte so tun, als würde ich keinen netten Menschen kennen, der für Christopher arbeitet. Fehlanzeige.

»Alle sind so drauf wie er«, sagt Christopher. »Es sind lauter nette Leute, die sich um gute Projekte kümmern. Und wir brauchen neue Mitarbeiterfotos. Unsere Porträts sind fünf Jahre alt. Hugh trägt noch seinen Unheimlicher-Nachbar-Ziegenbart, und Nicks bescheuerte Frisur ist wahrscheinlich geschäftsschädigend.«

Ich unterdrücke mühsam ein Lächeln. Das Leuchten in seinen Augen wird intensiver. Obwohl ich mich dagegenstemme, bin ich drauf und dran, seinem Charme zu erliegen. »Nicks Frisur ist wirklich grauenhaft.«

»Hey, hey, sei nett zu uns italienischen Boys«, sagt er mit schwerem Akzent, so wie sein Vater damals, wenn er mit uns Kindern spielte. »Wir haben jede Menge Haare und keine Ahnung, was wir damit machen sollen.«

»Entschuldigung«, sagt eine der Frauen aus der Gruppe und hebt die Augenbrauen, »könnten Sie uns vielleicht mal helfen?«

Ich reiße den Blick von Christopher los, sehe zu ihr hinüber und sage zähneknirschend, dass Dienstleistung nichts Herabsetzendes ist, selbst wenn die Gruppe mich so behandelt.

»Ja?«, frage ich.

Eine der Frauen will gerade antworten, als Sula aus dem Büro hereingeschlendert kommt. »Hi, Leute! Wie kann ich helfen?«

Sie schiebt mich beiseite und drückt mich mehr oder weniger gegen Christopher. »Mach Pause, Kate«, sagt sie freundlich. »Du hast heute noch keine gehabt.«

»Oh, dass …«

»Perfekt«, sagt Christopher, nimmt meine Hand und bugsiert mich Richtung Hinterzimmer.

Auf halbem Wege ziehe ich die Hand weg, ehe mir der warme und feste Griff zu gut gefällt. »Hör auf, mich herumzuzerren wie eine Tüte Bagels.«

Er wirbelt mit fliegendem Mantel herum. »Kate, gestern Abend …«

»Bitte«, flüstere ich und versuche – vergeblich, glaube ich – zu verbergen, wie nahe mir die ganze Geschichte geht. Ich habe mich noch nicht von dem gestrigen Schlagabtausch erholt, dem kleinen Hoffnungsschimmer, der mich durchfuhr, als wir uns geküsst haben, und die anschließende kalte Dusche, als er mir sagte, wie sehr er den Kuss bedauert, dass er also etwas, was mir sehr viel bedeutet hat, nicht wollte.

Zwei Tage hintereinander schaffe ich so eine Packung nicht.

»Du warst klar und deutlich, Christopher. Wenn du noch einmal sagst, wie sehr du es bedauerst, wie leid es dir tut und dass du es nicht wolltest, kann ich dir eines versprechen: Falls du gedacht hast, du hättest eine wilde Kate gesehen, ist das nichts ist im Vergleich zu dem, was dir dann bevorsteht. Also lass es sein.«

Er mustert mich mit angespanntem Kiefer. Schluckt langsam. »In Ordnung.«

Meine Schultern sacken erleichtert herab.

»Heißt das jetzt ... du nimmst den Auftrag an?«, fragt er. »Machst du die Porträtfotos für die Firma?«

Ich sehe zu ihm auf, fühle mich nach wie vor so ... verwirrt. Wer ist dieser Mann da vor mir? Wo sind seine beißenden Kommentare? Das schnelle Zurückweichen, die ständige Distanz, die er zwischen uns schafft? Ich blicke ihn forschend an. »Warum?«

Eine kurze Stille, dann sagt er ruhiger: »Ich habe dir doch gesagt, dass ich die Sache zwischen uns wieder in Ordnung bringen will. Oder zumindest ... verbessern will.«

»Verbessern?«, frage ich ungläubig.

Er fährt sich durchs Haar. »Ich weiß, es ist nicht *einfach* für uns, miteinander klarzukommen. Aber ich will zumindest versuchen, dass es halbwegs funktioniert. So lange du hier bist, so lange wir mit Freunden und der Familie zusammen sind. Darum ging es gestern – die Blumen, das Gebäck. Und das Angebot, diese Fotos zu machen. Ich dachte, es könnte so eine Art Neustart sein, der es uns erlaubt, andere Wege einzuschlagen.«

Andere Wege einschlagen.

Drei kleine Worte. Warum klingen sie so furchtbar? Warum geben sie mir das Gefühl, jemand würde auf mich eintreten, obwohl ich bereits am Boden liege?

Christophers Blick sucht meinen, als würde er meine Verwirrung bemerken. »Rede mit mir, Kate. Was denkst du?«

Ich habe nicht das Gefühl, dass ich gerade irgendwas denke. Und ich weiß nicht, woran das liegt. Denn was Christopher da sagt, ist ja exakt das, was ich mir, wie ich mir stets versichert habe, selbst wünsche: dass er sich mir gegenüber nicht mehr wie ein Arschloch benimmt oder so tut, als wäre ich Luft. Dass er mich so freundlich und charmant anlächelt wie seine anderen Mitmenschen. Dass er mich ganz selbstverständlich in die Gruppe aufnimmt und mir nicht das Leben zur Hölle macht, weil ich im selben Raum-Zeit-Kontinuum existiere wie er.

Warum fühlt es sich dann so an, als hätte sich mein Magen zu einem Riesenknoten verschlungen? Warum sorgt allein die Vorstellung, Christopher würde mich wie alle anderen behandeln, dafür, dass der Kaffee, den ich vor zehn Minuten hinuntergestürzt hab, jetzt den Rückweg antritt?

Und wie soll ich sein Verhalten gestern Abend deuten? Die Blumen hat er erklärt, nicht aber die seltsame Nachricht auf der Rückseite oder den unerwarteten Kuss und die noch unerwarteteren Worte bei seinem Abschied.

Wie könnte jemand dich nicht begehren.

Und als wäre das alles nicht genug und ich nicht schon völlig aus dem Gleichgewicht wegen gestern Abend, muss er auch noch herkommen und mir einen weiteren Schlag versetzen.

Aber vielleicht war das nicht seine Absicht. Vielleicht ist das hier das emotionale Äquivalent der ersten Schritte an Land, noch auf Seebeinen. Es ist ungewohnt für mich, einfach so neben Christopher zu stehen, ganz ruhig und friedlich, während unsere Blicke sich begegnen. Wenn wir zusammen sind, umbranden uns im Allgemeinen meterhohe Brecher und tosende Stürme. Kein Wunder, dass sich diese neue Situation merkwürdig anfühlt. Und ungewohnt.

Und erschreckenderweise ziemlich … wunderbar.

Falls ich ihm vertrauen kann. *Falls* er meint, was er sagt. *Falls* er wirklich möchte, dass wir – seine Worte – ›miteinander klarkommen‹. Ich bete, dass ich mir nichts anmerken lasse – meine aufgeregte Neugier, die winzig kleine, höchst verführerische in mir kribbelnde Hoffnung –, und gebe ich ihm die Hand. »Deal.«

Christopher mustert mich aufmerksam, sein Blick tanzt über mein Gesicht.

»Deal? So einfach?«

Das bringt mich beinahe zum Lächeln. Ich bin offenbar nicht die Einzige, die mit unserer neuen Dynamik ihre Schwierigkeiten hat. »Ein paar Bedingungen hätte ich noch. Wir machen die Aufnahmen, wann es mir zeitlich passt, und planen sie um meine Arbeit hier herum, aber sonst – ja. Wenn du damit einverstanden bist, sind wir im Geschäft.«

Sanft ergreift er meine Hand. Sein Daumen streicht über meine Haut, während er meinen Blick festhält. »Also abgemacht.« Ein breites, zufriedenes Grinsen hellt seine Züge auf. »Es ist mir ein Vergnügen, mit Ihnen Geschäfte zu machen, Wilmot.«

Ich führe einen inneren Kampf, damit ich bloß ruhig bleibe und bei der Wärme seiner Hand, die die meine umfasst, nicht seufze. Es ist ein kleines Zugeständnis, mit ihm einen Deal zu schließen. Aber es wäre wie eine Kapitulation, wenn ich ihm zeigen würde, dass dieses kleine Geschäft, das wir hier besiegeln, sich für mich wie pure Freude anfühlt.

»Gleichfalls, Petruchio.«

16

Christopher

»Also.« Jamie räuspert sich und trinkt einen Schluck grünen Tee. »Wie … sieht's aus?«

»Es sieht fantastisch aus.« Nach einem prüfenden Blick auf den Verkehr überqueren wir den Zebrastreifen, stemmen uns mit gewölbten Schultern gegen den beißenden Dezemberwind. »Kate hat mir die Blumen, die ich ihr geschickt habe, um die Ohren gehauen und ist fast überfahren worden, als sie über die Straße gerannt ist, um mich loszuwerden.«

Und du hast sie geküsst, meldet sich eine strenge innere Stimme. *Du denkst permanent an diesen Kuss. Du hast dekadent schmutzige Träume, in denen du diesen Kuss wieder und wieder abspielst und die Sache deutlich vorantreibst.*

Das sage ich Jamie aber nicht.

»Als ich meine Taktik geändert habe – ihr den Olivenzweig reichen, sie fragen, ob sie nicht für meine Firma die Portraitfotos machen möchte –, da hat sie … einfach Ja gesagt.«

Er runzelt nachdenklich die Stirn, schlürft weiter Tee. »Ist das schlecht? Dass sie Ja gesagt hat?«

»Jedenfalls irgendwie verdächtig.« Ich trinke einen großen

190

Schluck Kaffee und denke an den Augenblick zurück, an das schwer zu deutende Glitzern in ihren Augen, als sie zu mir aufsah. »Es ging zu einfach.«

»Vielleicht ist es so einfach.«

»Mit Kate ist niemals irgendwas einfach«, murmele ich.

Jamie sieht mich prüfend an. »Sie hat deinen Auftrag angenommen, Fotos für die Firma zu machen. Jetzt bist du misstrauisch, aber das liegt daran, weil *sie* sich anders als sonst verhalten hat, und das willst du doch auch, dass es anders läuft zwischen euch und ...«

»Besser wird«, ergänze ich.

»Es wird dauern, bis es besser wird. Und verändertes Verhalten ist doch ein Schritt in die richtige Richtung.« Er bemerkt meinen ungläubigen Blick und seufzt. »Ich meine ja nur, dass Bea mir gesagt hat – und nach dem, was ich in den letzten Tagen bemerkt habe, wenn Kate dabei war, stimme ich zu –, dass Kate *glücklich* wirkt. Das ist ein gutes Zeichen, denke ich.«

Mein Herz wummert gegen meine Rippen. »Sie wirkt glücklich?«

Jamie nickt und grinst. »Jep. Und das bedeutet, dass Bea auch glücklich ist.«

Folglich ist Jamie ebenfalls glücklich, was sich leicht an seinem zufriedenen Lächeln ablesen lässt, das er aufgesetzt hat, als wir uns getroffen haben. Genauso lächeln Männer, wenn ihre Bedürfnisse mit viel Enthusiasmus und hoher Frequenz erfüllt werden. Ein entspannter, aufgeräumter Blick, der mir bestens bekannt ist.

Nicht, dass ich in den vergangenen drei Wochen im Spiegel etwas Derartiges gesehen hätte.

O Gott, wenn ich doch diese ... Blockade gegen meine sonstige Routine überwinden könnte und nicht ständig den

Augenblick vor mir sehe, wie mein Mund Kates Mund berührt, ich sie umfasse, sie an mich ziehe … '

Ich schüttele den Kopf und hole tief Luft, schiebe die Erinnerungen energisch von mir. Ich mache es einfach so wie Kate: Vermeiden pur.

Ich bin dankbar, dass sie einfach über diese Küsse hinweggeht, so tut, als hätte es sie nicht gegeben; sie hat genauso gereizt wie immer reagiert, als ich gestern zu ihr in den Laden kam, mit den kleinen fleischfressenden Fischen auf ihrem Oberteil und dem kampflustigen Glitzern in den Augen; sie hat mir befohlen, nicht mehr darüber zu sprechen, wie ich mich vor ihrer Wohnung auf ihren Mund gestürzt und ihr gesagt habe, dass jeder sie begehren würde.

Worüber ich total froh bin.

Absolut.

»Christopher?«

Blinzelnd tauche ich aus meinen Gedankenspiralen auf und zwinge mich, Jamie anzusehen. »Entschuldige. War gerade woanders.«

Er mustert mich belustigt. »Hmm.«

»Müsst ihr zwei, du und dein ›Hmm‹, eigentlich nicht arbeiten?«

Er grinst. »O doch, wir haben viel zu tun. Ich habe gerade gesagt, falls du unsicher bist, wie sich die Sache mit Kate entwickelt, warum treffen wir uns nicht einfach mal in der Gruppe und unternehmen was? Was Lustiges, wo ihr euch näherkommt?«

Ich verziehe das Gesicht. »Ich weiß nicht. Bisher haben solche Treffen immer zu Katastrophen zwischen mir und Kate geführt.«

»Lass es uns einfach noch mal versuchen. Ich organisiere alles«, sagt er. »Du hast schon genug um die Ohren. Lustige

Freizeitaktivitäten sind nicht mein Ding, aber ich bin gut im Outsourcen. Ich hole mir Hilfe.«

»Um Gottes willen. Damit hast du die gesamte Gruppe am Hals. Du ahnst nicht, was für ein krasses Durcheinander da entsteht.«

Jamie legt den Kopf schräg. »Das klingt ja fast so, als wüsstest du, dass sich Leute aus der Gruppe gern in fremde Angelegenheiten einmischen und dabei totales Chaos hinterlassen.«

Ich hebe den Finger. »Das … kann man nicht vergleichen. Mit Bea und dir war das was anderes.«

»Inwiefern? Ich meine, ich bin mit dem Ergebnis nicht unzufrieden, aber die Mittel, mein Freund, waren schmutzig.«

»Zwischen euch hat's gefunkt. Die Chemie des Flirtens ist mein Fachgebiet, ich als Experte kann das beurteilen. Der Funke war da. Nur der Start war etwas holprig. Um euch zusammenzubringen, war unbedingt ein kleiner Schubs nötig.«

»›Ein kleiner Schubs, um euch zusammenzubringen‹, sagst du?« Jamie steht auf und macht einen Schritt in Richtung Praxis. »Hmm. Hört sich an, als sei jetzt der richtige Zeitpunkt, um sich davon jetzt mal eine Scheibe abzuschneiden.«

Ich mustere ihn finster. »Ich mag dich, Jamie. Wir hatten eine echte Bromance. Zwischen uns lief alles super. Und jetzt wirfst du mir plötzlich mein eigenes Verhalten vor.«

Er lacht. »Keine Sorge, wir gehen es lässig an. Einfach nur als Gruppe ein bisschen Spaß haben, die Bindung untereinander verstärken, irgendwas, was Kate und dich auf dem Weg zum Frieden weiterbringt.«

»Kennst du Kate überhaupt? Frieden ist für sie als Konzept so unvorstellbar wie ein Sparkonto.«

»Vertrau mir«, sagt Jamie und tritt noch einen Schritt weiter zurück, in den Strom der morgendlichen Fußgänger. »Ich sorge dafür, dass es in eurem Interesse ist, nett zueinander zu sein. Du wirst direkt an ihrer Seite sein.«

Meine Augen werden schmal. Kate und ich? Seite an Seite? Klingt, als würde da bald eine Katastrophe hereinbrechen.

17

Kate

Christophers Büro sieht anders aus als erwartet. Kein massiver, kühler Wolkenkratzer, wo Fußgänger aus der Vogelperspektive zu unbedeutenden fingernagelgroßen Flecken am Boden schrumpfen. Vom dritten Stock aus sehen Menschen noch wie Menschen aus, wirken jedoch irgendwie verwundbarer: ein Meer gebeugter Köpfe und zum Schutz vor der Kälte hochgezogener Schultern im Miniaturformat, zart und verwundbar. Ich frage mich, ob eine Absicht dahintersteckt. Ob Christopher möchte, dass seine Angestellten niemals vergessen, dass dort draußen Menschen sind, auf der anderen Seite jeder Entscheidung, die wir treffen.

Ich wende den fast bodentiefen Fenstern mit Aussicht über die Stadt den Rücken zu und begutachte den Blick von Christophers Schreibtisch aus.

Alle Türen stehen offen, energische Stimmen dringen bis in Christophers Büro am Ende des Flurs vor. Prächtige Grünpflanzen und ein hochfloriger, dichter Teppich mildern die scharfen Kanten der Büroeinrichtung im Sechzigerjahresstil und ihre streng geometrische Anordnung.

Ich drehe mich in Christophers Bürostuhl herum, die Hände fest um die abgewetzten Armstützen aus Leder gelegt, bis alles so verschwommen und verworren aussieht, wie ich mich fühle, während ich hier auf ihn warte.

Die Wände haben eine warme, angenehme Farbe, irgendwas zwischen weiß und taupe – die Farbe eines faulen Sonntags, eines Nickerchens an einem regnerischen Nachmittag. Sein Schreibtisch ist alt, aber gepflegt und ordentlich, das polierte Walnussholz reflektiert das einfallende Sonnenlicht. Unterlagen sind nicht zu sehen, nur ein Kalender auf der linken Seite mit dem Wort des Tages – damit habe ich nicht gerechnet – und rechts ein schönes Schwarz-Weiß-Foto seiner Familie, dessen Anblick mir einen Stich versetzt.

Entweder haben sie den weltbesten Familienfotografen engagiert, oder es wurde unbemerkt aufgenommen, denn es ist verflucht schwer, Menschen so ungestellt festzuhalten. Ich bin inzwischen Meisterin darin, den Leuten zu sagen, ich hätte das Foto bereits im Kasten, und dann abzudrücken, wenn sie sich entspannen, aber es klappt nicht immer. Manchmal muss man lange dabeibleiben und Geduld haben, den Augenblick treffen, in dem sie gelassen und fröhlich aussehen und etwas von ihrer Persönlichkeit auf dem Foto durchschimmert. Ich habe Jahre gebraucht, um das zu üben.

Gio ist im Profil zu sehen und ein klarer Beweis dafür, woher Christopher sein gewelltes Haar und das scharf konturierte Kinn hat; mit tiefen Lachfalten um die Augen und einem breiten Lächeln sieht er auf seine Frau und seinen Sohn. Noras Lockenschopf liegt wie ein Glorienschein um ihren Kopf und ihre Augen, die denen Christophers genau gleichen, sehen hell und freundlich drein. Im Sitzen hat sie den Arm um Christopher gelegt und das Kinn auf seinen Kopf, während beide zu Gio hochlächeln.

Ich streiche mit dem Daumen über den Rahmen und bin plötzlich traurig. Ohne Foto kann ich mich nicht mehr erinnern, wie Gio und Nora ausgesehen haben, und vermutlich ist das auch kein Wunder – ich war erst sieben Jahre alt, als sie verunglückt sind. Ich frage mich, ob Christopher sie noch vor sich sehen kann, wenn er die Augen schließt. Ich frage mich auch, warum er seit dem tödlichen Unfall nicht mehr von ihnen gesprochen hat.

Egoistischerweise überkommt mich ein Gefühl der Dankbarkeit, als ich an meine Eltern denke, dafür, dass ich nur den Zug nehmen muss und Mom umarmen kann, wenn mir danach ist, ihre sanfte Wärme spüre, den Lavendelgeruch ihres Haares einatme, und Dad mich festhält, und ich seinen Pfefferminzgeruch rieche und höre, wie er mich Katie-Bird nennt.

Mein Blick wandert nach rechts zum zweiten und einzigen anderen Foto auf Christophers Schreibtisch. Wieder ein Familienfoto, Jahre später aufgenommen. Es zeigt *meine* Familie.

Neugierig betrachte ich es aus der Nähe, lehne mich zurück. Ich lege meine Plateaustiefel auf seinen Tisch, schlage die Füße übereinander und drehe den Stuhl hin und her, während ich das Foto genauer anschaue.

Es ist ein älteres, an Weihnachten aufgenommenes Foto. Wir stehen alle vor dem Weihnachtsbaum meiner Eltern, in diversen bequemen Kombinationen von warmen Pullovern, schlabbrigen Hosen und Hausschuhen. Dad lächelt, seine Augen sind geschlossen wie auf allen Aufnahmen. Er hat einen Arm um Christopher gelegt, ein echter High-School-Adonis, hoch aufgeschossen und beinahe so lang wie Dad, arrogant lächelnd, das dunkel gewellte Haar in der Beinahe-schulterlang-Phase, ein Look, mit dem er, wie er damals überzeugt war, supercool aussah.

Ich schnaube und verdrehe die Augen.

Neben Christopher steht Mom, ihr kinnlanges volles braunes Haar ist rotbraun gesträhnt wie meines, sie hat Lachfältchen um die Augen. An Moms Seite sind Bea und Jules zu erkennen, ungefähr dreizehn Jahre alt und fast zum Verwechseln ähnlich, wie es vor der Highschool-Zeit der Fall war. Die ersten Andeutungen von Jules' schönen Kurven zeichnen sich bereits ab, und ein mit Kugelschreiber gemaltes Tattoo ziert Beas rechte Hand wie ein Vorbote. Und dann bin ich da, mit Puck, dem Familienkater, auf dem Arm, der auf diesem Bild noch deutlich agiler aussieht mit seinem flauschig weißen Pelz und den hellgrünen, verschmitzt blinzelnden Augen. Ich muss auf dem Foto ungefähr elf Jahre alt sein. Dünn, mit zusammengekniffenen Augen und Sommersprossen.

Und ich trage meine verfluchte kieferorthopädische Apparatur.

»So ein Arschloch.«

Ich stelle das Foto mit einem Rums auf den Tisch zurück und funkle es wütend an. Natürlich, von allen Fotos, die er hat, muss er ausgerechnet eines aufstellen, auf dem ich mehr Metall in und an meinem Kopf trage als eine Aluminiumfabrik.

Ärgerlich beschließe ich, dass Christopher, wenn er schon eines meiner schlimmsten Fotos überhaupt zur Schau stellen muss, es mehr als verdient hat, dass ich etwas Schlimmes über *ihn* finde. Ich reiße die mittlere, überraschenderweise nicht abgeschlossene Schreibtischschublade auf. Der Anblick ist ernüchternd: ein unbeschriebener Notizblock, blaue, schwarze und rote Kugelschreiber und ein kleiner Stoß Büroklammern.

Ich nehme mir die Schublade an der anderen Seite vor und suche darin herum. Zwei Fläschchen mit Medizin, die mich weiter nicht interessieren – okay, ich schnüffle ein bisschen herum, aber so indiskret bin ich auch wieder nicht –, Pfefferminzbonbons, Pfefferminzkaugummi und ein Stapel Dankeskarten mit dem *Edgy-Envelope*-Logo auf der Rückseite.

»Langweilig«, murmele ich und schiebe die Lade zu.

Die nächste Schublade enthält ein schmales, vielversprechend aussehendes Notizbuch mit Ledereinband. Und ein Kondom, das sich bei genauerer Inspektion zu insgesamt zehn Kondomen entfaltet.

»Igitt.« Ich lege beides wieder zurück, wobei mein Bauchgefühl mir sagt, dass dieses Notizbuch eine Art Tagebuch ist.

Ich stehe am sprichwörtlichen Scheideweg: Lesen oder nicht lesen ist hier die Frage.

Ich bin wirklich sauer auf Christopher. Ich habe meine Zweifel, was sein Verhalten in den letzten Tagen betrifft, was er im Schilde führt … aber bei der Vorstellung, seine Privatsphäre zu verletzen, macht mein Magen einen Überschlag.

»Verdammt«, grummele ich, genervt von mir selbst.

Wo ist die unbesonnene, wilde Kate von früher? Ich glaube, ich werde allmählich erwachsen. Das und meine ADHS-Medikamente, die ich in letzter Zeit ziemlich regelmäßig einnehme, helfen mir, mein impulsives Verhalten zu kontrollieren, so ähnlich wie, bildlich gesprochen, Bremsverstärker, die mein Hirn an seiner natürlichen Neigung, Vollgas zu geben, hindern.

Aber hier ist noch mehr im Spiel als die Erkenntnis, dass ich reifer werde und meine Medikamente wirken. Ich spüre etwas wie Fürsorge. Und das gefällt mir nicht. Aber ich schaffe es nicht, mich darüber hinwegzusetzen.

Seufzend lege ich das Notizbuch wieder zurück und erstarre, als ich sehe, was jetzt halb daraus hervorgerutscht ist.

Ein verwaschenes kleines weißes Baumwolltuch mit einer miserabel gestickten tiefblauen Bordüre.

Mir rutscht das Herz in die Hose.

Das Tuch sieht auf unheimliche Weise aus wie mein erster

enttäuschender Stickversuch. Wie ein Taschentuch, das ich vor einem Jahrzehnt weggelegt habe.

Langsam nehme ich es heraus. Und mein Herz rutscht immer tiefer.

In der Ecke ist, genau wie erwartet, ein furchtbar misslungenes Muster aus Vergissmeinnichtblüten zu sehen. Ungleichmäßige lilafarbene und dunkelblaue Stiche stellen schiefe Blütenblätter dar, Knötchenstiche aus silbernem und goldgelbem Garn formen sich zu klumpigen Blütenstempeln. Viel zu weit entfernt schweben ziellos grüne Blätter.

Ich habe einen Kloß im Hals.

Ich habe das Taschentuch zum zehnten Todestag von Christophers Eltern gestickt – ein trauriger Anlass. Ich habe es ihm jedoch nie gegeben. Ich habe dieses Tuch gehasst. Wie unangemessen es sich anfühlte, wie schlecht es gestickt war. Ich habe mir dabei so oft in den Finger gestochen und die Geduld verloren, dass ich es als gescheiterten Versuch betrachtete und einfach Gott weiß wohin steckte, den Stickrahmen wegwarf und mich von da an aufs Stricken verlegte, wenn meine Hände kribbelten und ich jemandem, den ich mochte, etwas Selbstgemachtes schenken wollte.

Wie ist er an dieses Taschentuch gekommen?

Warum hat er es aufbewahrt?

Als ich mich im Stuhl zurücklehne, das Taschentuch in der Hand, und mit dem Daumen über das knotige Garn streiche, ertönt eine Stimme im Flur.

Christopher.

Ich nehme schnell die Füße vom Tisch, schiebe das Taschentuch hastig an seinen Platz zurück und knalle die Schublade zu. Vor fünf Minuten wäre ich noch problemlos bereit gewesen, ihn wegen des Auftrages für die Porträtaufnahmen zu treffen, aber da habe ich noch nicht diesen demütigenden

Beweis in der Hand gehabt, der mich 1.) daran erinnert, dass mir Christopher dummerweise nicht nur etwas bedeutet hat, sondern ich zudem erreichen wollte, dass *ich* ihm etwas bedeute und, schlimmer noch, dass er 2.) ebendiesen Beweis sorgsam in seinem Schreibtisch aufbewahrt.

Hektisch suche ich nach einem Fluchtweg und entdecke eine zweite Tür in seinem Büro, nicht die, zu der ich hereingekommen bin. Auf der anderen Seite sind Stimmen zu hören, ich kann durch diesen Ausgang flüchten.

Dann tue ich das, was jeder tun würde, der es nicht lassen kann, herumzuschnüffeln …

Ich laufe weg.

18

Christopher

Mein Schreibtischstuhl ist leer, schwingt jedoch noch hin und her, als ich mein Büro betrete. Stirnrunzelnd blicke ich mich um und gehe dann zum Schreibtisch. Ich nehme die Schultertasche ab und stelle sie auf dem Besucherstuhl ab, umrunde den Schreibtisch und mustere alles genau. Ich lasse niemals Unterlagen herumliegen. Auf meinem Tisch stehen nur wenige Dinge, und alle sehen unberührt aus – mit Ausnahme der gerahmten Fotos. Beide sind leicht verschoben.

Mein Kiefer spannt sich gereizt an. Ich rücke beide Aufnahmen wieder an die ursprüngliche Stelle zurück, mein Daumen verharrt an Kate und ihrer Blechmontur auf dem Kopf, sie hält Puck, damals noch so dick, dass er ihren gesamten Oberkörper verdeckt, in den Armen.

Jemand klopf zweimal an die Tür, und ich sehe auf.

Curtis, mein Assistent, lächelt. »Guten Morgen!«

Ich hebe eine Augenbraue. »Ist es das?«

»O ja, jetzt schon«, sagt er munter und kommt mit einem dampfenden Espressotässchen, in dessen Untertasse ein Minikeks mit Schokoladenüberzug liegt, herein.

»Du bist ein Heiliger.« Ich tunke den Keks in den Kaffee und beiße die Hälfte ab.

»Reiner Selbstschutz«, erklärt er und schiebt seine Brille mit den dicken, schwarz gerahmten Gläsern zurecht. »Wenn's dir gut geht, geht's mir gut.«

»Mir geht's gut«, beteuere ich mit vollem Mund.

Er schnaubt. »Aber sicher. In den letzten drei Wochen warst du ein richtiger Sonnenschein. Das reine Vergnügen, mit dir zu arbeiten.«

Ich leere die Tasse zur Hälfte und fluche leise vor mich hin. Der Espresso ist glühend heiß. »Wir sind im letzten Quartal. Da bin ich bekanntlich immer ein richtiger ›Sonnenschein‹.«

»Stimmt«, erwidert Curtis und verschränkt die Hände. »Anscheinend hast du aber vergessen, wie sehr du dich dabei auf mich verlässt, den Manager deines Terminkalenders, und demzufolge ist mir nicht verborgen geblieben … wie *terminfrei* deine Abende in den vergangenen Wochen waren …« Er spitzt bedeutungsvoll die Lippen und wölbt eine Braue.

Ich sehe ihn finster an. »Willst du mir was Bestimmtes sagen?«

Er hebt die Hände. »Nein. Nichts Bestimmtes. Nur viele Gedanken, die ich für mich selbst behalte.«

»Hervorragend.« Ich nehme diesmal nur einen kleinen Schluck Kaffee, bevor ich schließlich alles herunterstürze. »Wo wir schon beim Thema Terminkalender sind, was ist eigentlich mit der Terminplanung heute Morgen? Als ich zum Zug gegangen bin, war alles wie immer, und als ich auf dem Weg hierher nachgesehen habe, hast du alle Besprechungen gestrichen und das gesamte Team bis vierzehn Uhr geblockt.«

»Wann hätte ich denn sonst den Terminplan aktualisieren sollen, um Zeit für die Fotos freizuschaufeln, die du für heute neu eingeplant hast? Ich habe es erst heute Morgen von der Fotografin selbst erfahren.«

Die Tasse rutscht mir aus der Hand und klirrt auf die Untertasse. »Ich … habe was? Wann?«

Behutsam nimmt mir Curtis das Geschirr aus der Hand. »Hast du nicht umgeplant und den Termin für heute angesetzt?«

Ich stemme die Hände auf den Tisch und sage finster: »Nein.«

»Ah.« Er tritt vorsichtshalber einen Schritt zurück. »Tja, dann muss ein kleines Missverständnis vorliegen. Ich kümmere mich drum. Ich setze die Teambesprechung wieder auf die Agenda, sage das Mittagessen beim Caterer ab oder na ja, vielleicht können wir das so belassen …«

»*Bestelltes Mittagessen?*«

Curtis lacht nervös. »Sie meinte, du hättest ihr ein vegetarisches Mittagessen vom Caterer zugesagt, und ich habe angenommen, dass du einfach nicht mehr dran gedacht hast, so wie an den geänderten Termin.«

Mein Gesichtsausdruck muss wohl mörderisch sein, denn Curtis wirft mir einen *Jetzt-bitte-kein-Drama*-Blick zu. »Nur keine Aufregung. Ich kümmere mich drum, versprochen.«

»Davon bin ich überzeugt. Ich koche vor Wut wegen Katerina.«

Curtis sieht verwirrt aus. »Wer?«

»Kate«, sage ich ungeduldig. Mir nichts, dir nichts die gesamte Planung umzuschmeißen ist eine ihrer klassischen Übungen. »Kate Wilmot, die Fotografin. Sie hat dir doch gesagt, dass sich der Termin geändert hat, oder?«

»O ja! Wobei, von Terminänderung war nicht die Rede, ehrlich gesagt. Sie stand heute Morgen einfach vor mir und hat gesagt, sie wäre wegen der Portraits hier«, erklärt er, während ich mich langsam setze. »Sie hat sich eher so verhalten, als wäre das der richtige Termin, und deswegen habe ich gedacht, ihr hättet zwischen euch etwas Neues vereinbart.«

Noch während er das sagt, sehe ich eine vertraut aussehende Frau an meiner Tür vorbeiflitzen, das Haar unordentlich aufgetürmt und in flammendes Rot gekleidet.

Ich verfehle die Sitzfläche und lande direkt auf dem Hintern.

»Um Gottes willen!«, ruft Curtis. »Alles in Ordnung?«

»Alles bestens«, blaffe ich, rolle auf die Knie, springe hoch, stürme aus meinem Büro und den Flur hinunter wie ein gereizter Stier, der das rote Tuch auf die Hörner nehmen will.

Ich suche den Empfang nach Kate ab.

Das bilde ich mir nicht ein. Das war mit Sicherheit Kate, in einem so leuchtenden Rot, dass ich sie sofort sehen musste. Aber als ich durch die Büros laufe, den Flur entlanggehe, durch die Besprechungsräume und die Kantine marschiere, ist sie nirgendwo zu sehen.

Mein Blick haftet an dem einen Versteck, wo ich sie nicht aufstöbern kann – den Toiletten direkt neben dem Empfangstresen.

»Alles in Ordnung?«, fragt Luz, unsere Empfangsperson.

Ich löse den Blick von den genderneutralen Toiletten an der Wand, weiß genau, dass Kate in einer davon steckt und ich verflucht noch mal nichts dagegen tun kann.

»Ja, Luz, alles in Ordnung.« Ich stelle mich neben den Empfangstresen und knipse mein unwiderstehlichstes Lächeln an. »Kannst du mir einen kleinen Gefallen tun?«

Luz lächelt zurück. »Natürlich.«

»Hast du rein zufällig eine von Kopf bis Fuß in Rot gekleidete Frau in eine der Toiletten verschwinden sehen? Sie ist unsere Fotografin für den heutigen Tag, Kate Wilmot.«

Meine Frage wird mit einem Nicken beantwortet. »Ja, hab ich.«

»Könntest du mir Bescheid sagen, wenn sie wieder rauskommt?« Ich zögere kurz und füge hinzu: »Umgehend.«

Natürlich blinkt mein Arbeitshandy auf, als ich gerade in einem spontanen Kundengespräch bin – eine unserer wichtigsten Investorinnen, die ein bisschen beruhigt werden möchte wegen des großen grünen Energieproduzenten, der zu ihrem Portfolio gehört. Das hat man nun davon, dass man mit seinen Kunden ganz transparent und offen über ihre Investitionen spricht.

So gern ich Lydia Bell Sur auch sagen würde, dass sie sich einen Augenblick lang gedulden muss, während ich den Anruf unserer Empfangsperson entgegennehme, die soeben die Frau ausgespäht hat, die mein gesamtes Büro lahmlegt – es ist ausgeschlossen.

Erst als ich eine Viertelstunde später das Gespräch beende und aus meinem Büro stürme, entdecke ich Kate sofort. Ein Halbkreis aus mindestens einem Drittel meines Teams hat sich um sie geschart, während sie, an einen Konferenztisch gelehnt, an ein wandelndes rotes Warnschild erinnert.

Rohan stößt ein bellendes Lachen aus. »Christopher im Dreispitz und Kniebundhosen. Unbezahlbar!«

Ich rolle die Augen und weiß genau, welches Foto von der Unabhängigkeits-Party, als mein Vater verlangte, dass wir uns alle verkleiden, Kate soeben mit meinen Angestellten teilt.

»Warte erst mal, bis du ihn in Lederhosen siehst«, sagt Kate und scrollt durch ihr Handy. »Für das Foto muss ich ein bisschen graben, mal sehen. Ah! Hier ist was richtig Schönes … da ist er ungefähr neun Jahre alt.« Kate vergrößert das Foto auf dem kleinen Bildschirm, bis alle es sehen können.

»O mein Gott«, sagt Jia und deutet auf den Bildschirm. »Trägt er da einen Topfschnitt?«

»Richtig«, sage ich lässig, und alle – außer Kate – schrecken zusammen und drehen sich um. Sie sieht nur langsam zu mir auf, und wir fixieren uns. Als ich nähertrete, weichen meine Mitarbeiter zurück und machen Platz.

Kate stößt sich vom Tisch ab und richtet sich zu voller Länge auf, nur ein paar Zentimeter südlich von mir, was bedeutet, dass sie Absätze trägt. Einen Blick von oben bis unten riskiere ich jetzt lieber nicht.

»Christopher«, sagt sie.

Ich lege den Kopf schief, zwinge mich zu einem breiten, lockeren Lächeln. »Katerina.«

Ich blicke auf die Fotos. »Verständlich, warum du dieses Foto teilen wolltest. Kurz danach hat ja deine langjährige kieferorthopädische Behandlung angefangen.«

Ihre Augen werden schmal. »Meine langjährige kieferorthopädische Behandlung scheint dich sehr zu beschäftigen, Christopher. Warum eigentlich?«

Ich grinse. »Du hast das Foto auf dem Schreibtisch gesehen, richtig?«

Der hin und her schwingende Stuhl ergibt plötzlich einen Sinn. Sie hat in meinem Büro herumgeschnüffelt.

Kate rümpft die Nase und steckt das Handy ein.

»Oh! Da ist sie ja!« Atemlos und mit leicht verrutschter Brille taucht Curtis an der Tür auf und zwingt sich zu einem Lächeln, als er im Powerwalk hereinkommt und mir erklärt: »Wie gesagt, ich kümmere mich definitiv …«

»Nicht nötig«, erkläre ich. »Es bleibt bei der neuen Terminplanung.«

Er blickt hektisch zwischen uns hin und her. »Öh … sicher?«

Kate runzelt die Stirn. »Stimmt was nicht?«

»Okay, Leute.« Ich räuspere mich, lächele das Team höflich an. »So schön es auch ist, in der Vergangenheit zu schwelgen, aber die Arbeit ruft. Curtis teilt jedem von euch seinen persönlichen Termin bei Kate mit.«

Mit wohlerzogenen *Nett, dich kennenzulernen* für Kate zerstreut sich die Gruppe, nur einige trödeln etwas zu lange herum, bis sie mich und meinen Raubvogelblick bemerken.

Kate dreht sich mit verschränkten Armen zu mir um. »Was sollte das denn jetzt?«

Ich warte, bis der letzte Mitarbeiter hinausgeschlurft ist und Curtis die Tür hinter ihm geschlossen hat. Dann gehe ich zum Angriff über, baue mich so dicht vor ihr auf, dass unsere Oberkörper sich beinahe berühren. »Das könnte ich dich auch fragen, Kate. Warum tauchst du plötzlich heute hier auf und stellst alles auf den Kopf? Wenn es nur um mich ginge, wäre das eine andere Sache, aber Curtis musste sich voll ins Zeug legen, um deinen Überraschungsauftritt hier geregelt zu kriegen.«

»Christopher, es sind doch nur ein paar vegetarische Sandwichs und Suppe. Dein Assistent musste doch nur in Auftrag geben, was ich mit dem Café schon verabredet hatte, und ein bisschen von all dem Geld ausgeben, indem du allabendlich badest. Was ist daran so schlimm?«

»Erstens bade ich nicht unbedingt in Geld. Aber gut zu wissen, dass du denkst, ich bade. Abends.«

Sie rollt die Augen. »Bin ich wirklich so leicht zu durchschauen? Ja, Christopher, ich denke an nichts anderes.«

»Zweitens«, fahre ich fort, ohne auf ihre vor Sarkasmus triefende Bemerkung einzugehen, »rede ich nicht von dem bestellten Mittagessen – na ja, jedenfalls nicht *hauptsächlich*. Ich rede davon, dass du hier einfach auftauchst, als wäre heute der Fototermin, und Curtis total ins Trudeln kommt.«

Sie macht große Augen. Blinzelt mich an. »Ich …« Ich mustere ihre Kamera, an deren Trageriemen sie nervös herumfummelt. Ich sehe, wie sich ihre Schultern straffen und ihr Kiefer sich anspannt. Noch nie war mir so deutlich bewusst, wie Kate ihre Rüstung anlegt.

Und nie zuvor war mir so deutlich bewusst, wie unfreundlich ich mich ihr gegenüber verhalte. Ich habe angenommen, sie sei mit voller Absicht am falschen Tag aufgekreuzt, und habe sie deswegen angegriffen, aber vielleicht ist das nicht der Fall? Vielleicht hat sie einfach ihre Termine durcheinandergebracht?

Es ist mehr als zehn Jahre her, seit ich Zeit genug mit Kate verbracht habe, um ihre exekutiven Funktionen in Bezug auf Zeitmanagement zu beobachten. Ich kann mich jedoch erinnern, dass es ziemlich schwierig für sie war.

Mit einem Mal habe ich ein sehr schlechtes Gewissen. Kate verbirgt den Kampf mit ihrer ADHS-Erkrankung so geschickt, dass ich es vollkommen vergessen habe. Und das ist nicht in Ordnung. Denn wer wüsste besser als ich, dass Probleme nicht dadurch verschwinden, dass man sie verbirgt – sie werden da durch lediglich weniger sichtbar für die anderen. Ich weiß, wie einsam ich mich fühle, wenn ich in letzter Minute einen Spieleabend mit Freunden absagen oder plötzlich eine Besprechung abbrechen muss, weil mein Hirn beschlossen hat, dass jetzt genau der richtige Zeitpunkt ist, um mich aus dem Spiel zu nehmen.

»Du hast gedacht, der Termin ist heute?«, frage ich.

Sie wirft mir einen kurzen wütenden Blick zu. »Ich …« Ihr Kiefer mahlt, als suche sie nach Worten.

Ich trete näher und lege eine Hand um ihren Ellbogen. »Katydid …«

»Hör auf, mich so zu nennen, Topher Gopher.«

Ich grinse leicht und erinnere mich an meinen damaligen Spitznamen, als mir noch ein paar Frontzähne fehlten. »Entschuldigung, ich dachte, das sollte ein Scherz sein. Wie wär's, wenn ich es mit dem schicken Mittagessen wieder wettmache, dass Curtis für dich bestellt hat?«

»Ich habe ihm gesagt, er soll es abbestellen.«

»Ach was. Ab und zu können wir uns ein schickes Mittagsessen leisten.«

Sie wendet den Blick noch immer ab, aber ihre Stirn hat sich geglättet, als sie sich jetzt sanft aus meinem Griff löst und erneut an den Trageriemen ihrer Kamera herumnestelt. »Na gut. Beim Aufwachen hatte ich Heißhunger auf die geschmorten Auberginen und die Sandwiches mit Paprikapesto.«

Ich mustere sie kurz. »Du verlässt dich total auf deinen Kalender, um deine Absprachen einzuhalten und rechtzeitig vor Ort zu sein, stimmt's?«

Das bringt mir einen zweiten kurzen Blick ein, erfüllt von verletztem Stolz und Wut. »Stimmt. Darin besteht im Allgemeinen die Funktion eines Terminkalenders. Ich ärgere mich nur grün, wenn ich mich auf etwas verlasse, das ich falsch eingetragen habe, aber so ist mein Hirn nun mal. Tut mir leid wegen heute, okay?«

»Kate, das ist in Ordnung.«

Sie sieht zu mir auf, blickt mir forschend in die Augen und sagt eine ganze Weile lang gar nichts.

»Was ist?« Ihr intensiver Blick sorgt dafür, dass mir allmählich mulmig wird.

Sie seufzt trostlos. »Es fällt mir gerade schwer, dich zu verabscheuen, und das passt mir nicht.«

Ich grinse breit und aufrichtig. »Na ja, ich *bin* eben supersympathisch.«

Sie verdreht die Augen und schultert die Kameratasche. »Schon wieder vorbei. Die Sympathie hast du echt schnell abgewürgt.«

Mein leises Lachen weckt ihre Aufmerksamkeit. Unsere Blicke begegnen sich, um ihre Mundwinkel zuckt es – ich war noch nie so kurz davor, dass sie mich anlächelt.

Sie entfernt sich langsam und rückwärts vom Tisch. Und mein Blick wandert unwillkürlich über ihren Körper.

Himmel!

Ihr Jumpsuit hat weit geschnittene Hosen, weiche, weite Ärmel, und der Stoffgürtel umspannt eng ihre Taille. Kilometerweit nichts als Schultern, Hüften und Beine.

Hitze steigt in mir auf, als mir schlagartig der Traum der vergangenen Nacht einfällt – lange Beine, die sich um meine Taille schließen, sehnige, starke, ausgestreckte Arme, Hände, die sich auf meine Brust pressen, und Hüften, die mich hart und schnell reiten …

Mit zusammengebissenen Zähnen flehe ich mein Hirn an, mir alle Details des Fotos auf meinem Schreibtisch, wo Kate mit ihrem kieferorthopädischen Apparat zu sehen ist, zuzuspielen. Hoffentlich reicht das aus, um dieses Feuer in mir zu löschen.

Aber es funktioniert nicht.

Falls Kate bemerkt, dass ich leide, lässt sie sich nichts anmerken, und da sie bekanntlich großen Spaß daran hat, wenn ich leide, glaube ich nicht, dass ihr was auffällt. Sie weist mit dem Daumen zur Tür. »Für die Fotos würde ich gern das kleine Besprechungszimmer mit Südwestausrichtung benutzen, wenn das in Ordnung ist. Da ist das Licht am besten.«

Ich starre sie an, kriege bloß ein Nicken zustande.

Schließlich bemerkt sie offenbar doch, dass ich sie auf andere Weise als sonst ansehe.

Sie hebt eine Braue. »Wart's ab. Vorn läuft das Geschäft, hinten die Revolution.«

Mit diesem rätselhaften Statement wirbelt sie herum und reißt die Tür auf.

Meine Augen bleiben an der Rückseite ihres Jumpsuits haften, wo der Aufdruck der klassischen *Rosie-the-Riveter*-Figur zu erkennen ist, nur hält Rosie in dieser Variante einen Vorschlaghammer in der gereckten Hand. Darunter steht in rissigen, wie zertrümmertem Gestein anmutenden Buchstaben SMASH THE PATRIARCHY.

Erst als die Tür hinter Kate ins Schloss fällt, breche ich in Gelächter aus.

19

Kate

»Das Beste kommt zum Schluss?« Leise schließt Christopher die Tür zum Besprechungsraum hinter sich.

»Erwischt!«, erwidere ich mit unbewegter Miene.

Meine Nackenhaare stellen sich auf. Ich werfe einen Blick über die Schulter, stelle fest, dass er mich betrachtet und sofort wegsieht. Christopher räuspert sich und fährt sich durchs Haar.

»Du hast Rosie bemerkt«, sage ich, in der Annahme, dass er dorthin geblickt hat.

Sein schiefes Lächeln lässt mein Inneres wie Champagner sprudeln. »Falls du mich oder irgendjemanden hier mit deinen antipatriarchalischen Überzeugungen schockieren möchtest, Katerina, muss ich dich leider enttäuschen.«

»Soll heißen?«

Er folgt meiner Anweisung und lässt sich langsam auf dem Stuhl nieder, auf den sich alle setzen mussten, deren Portrait-aufnahme ich gemacht habe. »Eine Menge Dinge. Frauenrechte sind Menschenrechte«, erklärt er. »Diversität und Inklusion ist nichts, was man für ein paar Brownie points tut. Man reißt sich dafür richtig den Arsch auf. Wir investieren nicht nur in Firmen, die sich für diese Ziele einsetzen, sondern setzen sie selbst um. Verona Capitals deckt die gesamten Versicherungskosten aller Mitarbeiter, unterstützt ihr Recht auf jegliche Behandlungen und Medikationen, die nötig sind, bietet im Krankheitsfall eine großzügige Gehaltsfortzahlung und Homeoffice-Arrangements, Menstruationsurlaub, Elternzeit und beteiligt sich an den Kosten für Tagesbetreuung der Kinder, unsere Firma toleriert keine Form von Belästigung, unsere Arbeitsplätze sind behindertengerecht, wir bieten spezielle Stillräume, genderneutrale Toiletten ... ich denke, du hast es verstanden.«

Ich hebe die Kamera, drücke den Unterarm gegen meine Nippel. Sie sind steinhart. Verdammt, das macht mich alles total an.

»Na schön«, kriege ich schließlich heraus, klicke mit finsterer Miene durch das Display meiner Kamera und gehe die bisherigen Aufnahmen durch. »Das ist ja wohl das Mindeste. Das, was alle tun sollten.«

»Da bin ich absolut deiner Meinung.«

Ich beiße die Zähne zusammen. Toll. Nicht genug damit, dass er mich mit seinen progressiven Einstellungen irgendwie erregt – jetzt *stimmt* er mir auch noch *zu*.

»Du siehst leicht erhitzt aus, Kate.«

Ich zucke die Achseln, hüstele. »Mir ist nur etwas warm.«

Er grinst langsam und zufrieden. Er weiß ganz genau, wie er auf mich wirkt, und das ist verdammt ärgerlich. »Ich kann ein Fenster öffnen«, bietet er an.

»Nicht nötig.«

Ich umklammere meine Kamera so fest, dass sie beinahe zerbricht. Für einen kurzen Augenblick lasse ich sie los, befehle mir, mich zu beruhigen. Was ist schon dabei, wenn er weiß, welche Wirkung seine Worte auf mich haben? Leute anzumachen ist für Christopher genauso normal wie der tägliche Sonnenaufgang.

Wieder einer der vielen Punkte, in denen wir uns grundsätzlich voneinander unterscheiden. Sex ist eine mühelose zentrale Angelegenheit in seinem Leben, seine Expertise und der Spaß daran verstehen sich von selbst. Für mich ist Sex das genaue Gegenteil, meine Versuche, Gefallen daran zu finden, sind von Missverständnissen und Enttäuschungen belastet.

Christopher beugt sich vor, den Ellbogen auf die Knie gestützt, die Hände zusammengelegt, und als er mir näher kommt, holt mich irgendwas schlagartig in die Gegenwart zurück. Unsere Blicke begegnen sich.

Ich werde noch tiefroter, als er meinen Blick nicht loslässt. Vielleicht liegt es daran, dass es für mich ungewohnt ist, aber seine sexuelle Anziehung ist derart intensiv, dass ich beinahe nach Luft schnappe. Ich erwidere seinen Blick und habe Mühe, mir die intensive Wärme zu erklären, die sich in meinem Oberkörper, in meinem Bauch und zwischen den Schenkeln ausbreitet.

Ich konnte Christopher lange Zeit nicht ausstehen. Das bedeutet jedoch nicht, dass ich ihn nicht gekannt hätte. Oder ihn nicht bemerkt hätte. Ja, er ist mir vertraut, sein Geruch, seine Stimme, seine Gegenwart – ich kenne ihn schon mein Leben lang –, aber reicht das aus? Er war immer in meinem Umfeld, und nun ist er seit einigen Tagen freundlich zu mir, und mein Körper wirft sich ihm entgegen. Das ist inakzeptabel. Und offengestanden ziemlich verwirrend.

»Ich würde sehr gern wissen, was du gerade denkst«, sagt er schließlich.

Ich straffe die Schultern und bemühe mich, meinen Körper irgendwie zu bremsen. »So revolutionär dieser Gedanke für dich auch sein mag, Petruchio, aber nicht alle Dinge sind käuflich.«

Er legt grinsend den Kopf schräg. Der perfekte Flirt. »Nein? Und wie kann man sie dann … erwerben?«

Ich sehe ihn an, verachte und genieße zugleich, wie warm mir ist, das süße und sehnsüchtige Verlangen, das mich durchströmt. »Man muss sie sich verdienen.«

»Verdienen«, wiederholt er leise und grinst zustimmend. »Hmm.«

Weit vorgebeugt, sodass ich die Wärme seines Körpers spüre, späht er mit zusammengeschobenen Brauen und etwas angespannt zu mir hoch. Er schluckt heftig. Genau wie ich. Jeder Zentimeter von mir ist sich seiner Gegenwart *bewusst*, ich habe Gänsehaut am ganzen Körper. Eine tiefe Röte kriecht meinen Hals empor.

Was ist das hier? Empfindet er dasselbe wie ich? Er ist so erfahren im Umgang mit Frauen, dass er die Zeichen unweigerlich erkennen muss – wie ich die Schenkel eng aneinanderlege, um das ziehende Verlangen zu unterdrücken, meine Schultern straffe, um diese heißen, heftigen Wellen des Begehrens, die durch mich hindurchrollen, abzuschütteln.

Sieht er mich so durchdringend an, beobachtet mich, weil es *ihn* interessiert? Begehrt er mich?

Wie könnte jemand dich nicht begehren.

Ich will nicht weiter darüber nachdenken, was er gestern gesagt hat. Denn ich habe Angst, seine Worte könnten etwas bewirken. Ich könnte darauf zählen. Hoffnung in sie setzen.

Dieser ernüchternde Gedanke veranlasst mich endlich, einen Schritt zurückzutreten. Ich nehme die Kamera, positioniere sie zwischen uns und konzentriere mich durch die Linse auf Christopher, suche die beste Einstellung, den besten Winkel, um die Belichtung zu optimieren.

Ich grummele enttäuscht, als ich sein scharf gestelltes Bild im Sucher sehe.

Seine Wangen haben sich zartrosa verfärbt, als wäre ihm ebenfalls warm, aber ansonsten ist seine Miene gelassen und undurchdringlich. »Sehe ich so schlimm aus?«

Ich senke die Kamera. »Manche Leute sehen den ganzen Arbeitstag über taufrisch aus. Zu denen gehörst du jedenfalls nicht.«

Er lacht etwas nervös und fährt sich wieder durchs Haar. »Vielen Dank, Katerina.«

Ich verringere den Abstand zwischen uns, bleibe knapp vor seinen geöffneten Beinen stehen. Sie sind so lang, dass er seine Füße auf den Boden und nicht auf die Quersprosse des Stuhles abgestellt hat.

Er spannt den Kiefer an. Ist auf der Hut. »Kann ich dir helfen?«

»Ich helfe mir selbst, danke.« Ich schiebe seine Füße mit kleinen Tritten etwas weiter auseinander, trete in den Zwischenraum, und Christopher flucht leise, als er seine Hände auf meine Hüften legt, um sich zu stabilisieren.

»Himmel, Kate.«

»Ich würde dein zerzaustes Äußeres für das Foto gern ein bisschen aufmöbeln, damit du wie ein Firmenbesitzer aussiehst, dem die Leute gern ihre Millionen anvertrauen, und nicht wie ein Stuntman nach einem harten Drehtag. Darf ich?«, frage ich und deute auf sein Haar.

Er blinzelt mich an. »Ich …«

Ich verlagere mein Gewicht auf eine Seite. In diesem Augenblick wird mir klar, dass Christophers Hände immer noch meine Hüfte umfassen, und zwar fest.

Und es gefällt mir.

Was es nicht sollte.

»Ja?«, frage ich nach und zwinge mich, regelmäßig zu atmen, damit meine Stimme nicht zittert.

Er schluckt schwer, und ich beobachte seinen hüpfenden Adamsapfel, seinen zusammengepressten Kiefer. »Ich bin noch mit den letzten zehn Sekunden beschäftigt.«

Ich ignoriere diese Bemerkung, das muss ich tun; wenn das, was er gestern Abend zu mir sagte, mich schon umgehauen hat, besteht die Gefahr, dass das, was hier gerade abläuft, die Art, wie er mich berührt, mich einfach von der Erdoberfläche wirbelt. »Ist das ein Ja?«

Er erwidert meinen Blick. Seine Finger umspannen meine Hüften fester. »Ja.«

Ich schiebe die Hände in seine dichten, kühlen, seidigen Locken, ordne mit den Fingern die zerzausten Wellen. Als ich ein zweites Mal durch seine Locken streiche, schließt er die Augen. Ein leises, zufriedenes Brummen ertönt tief in seiner Kehle.

Ich folge den Strähnen bis an ihr Ende, berühre seinen Nacken, der sich wie Beton anfühlt. Ich seufze mitfühlend auf. »O Gott, Christopher, schon mal von Anti-Stress-Bällen gehört? Oder einem Urlaubstag? Deine Muskeln fühlen sich an wie Stahlkabel.«

Er grummelt zufrieden, als ich ihm über den Nacken reibe, und lehnt den Kopf an meine Brust. Es fühlt sich wie das Natürlichste und zugleich Schockierendste an, was wir je gemacht haben. Sein Griff um meine Hüften wird noch nachdrücklicher, und er atmet abgerissen, als meine Finger erst in seinen Nacken und dann seine Schultern sinken. »Fuuuuuck«, ächzt er.

»Du schwimmst im Geld und gönnst dir nicht mal ab und zu eine Massage?«

»Das ist es ja«, murmelt er, an mich gelehnt. »Ich gehe zur Massage. Sonst wäre es noch viel schlimmer.«

Ich schnalze tadelnd mit der Zunge, während meine Finger

unter seinen Hemdkragen gleiten und seine festen Nacken-muskeln kneten. Christopher atmet tief aus, legt den Kopf zur Seite und gegen mich, sein Griff um meine Hüften verstärkt sich.

»Kate«, sagt er heiser.

Meine Hände wandern in das etwas sicherere Territorium seines Haars zurück. »Was ist?«

»E-es reicht.« Seine Stimme reißt ab.

»Ich bin noch nicht fertig«, erkläre ich und streiche ein paar vorwitzige Locken an Ohren und Kinn zurück.

»Aber ich«, knurrt er. Er lehnt sich zurück, setzt sich auf-recht hin, seufzt tief und kneift die Augen zusammen.

»Habe ich dir wehgetan?«

Er legt den Kopf zurück und sieht zur Decke hoch. Dann folgt ein weiteres tiefes Seufzen. »In gewisser Hinsicht.«

Richtige Schmerzen hat er eindeutig nicht, weswegen ich nun die letzten rebellischen Strähnen ordne. »Was ist eigent-lich los mit deinem Haar? Es ist zu lang.«

Er schließt die Augen, und wieder ist ein Stoßseufzer zu hören. »Ich musste meine letzten Friseurtermine absagen, und irgendwann war ich an dem Punkt, wo ich mir sagte ›Egal, dann trage ich sie jetzt so‹.«

»Warum musstest du denn dauernd absagen?«, frage ich, lehne mich zurück, überprüfe seine Haare und beschließe dann, dass ich ein letztes Mal durch seine Locken streichen muss, damit es wirklich gut aussieht …

Seine Hände legen sich um meine Handgelenke und halten mich davon ab. Sanft kreist sein Daumen über die empfind-liche Haut. Ich bin mir nicht sicher, ob er mich an sich heran-zieht oder ich einen Schritt herantrete, aber irgendwie bin ich ihm jetzt noch näher und sehe fragend auf ihn herab.

Christopher schluckt heftig und sucht meinen Blick.

»Migräne. Bei den letzten drei Terminen hatte ich jedes Mal Migräne und musste absagen.«

Ich blinzele ihn an, total verblüfft von diesem Eingeständnis. Als Christopher das letzte Mal seine Migräne zugegeben oder, verdammt, sie überhaupt *erwähnt* hat, lebten seine Eltern noch.

Langsam löse ich meine Hände aus seinem Griff. In einer stummen Choreographie landen sie auf seiner Schulter, während seine Hände sich wieder um meine Hüfte schließen. Wir zucken beide kurz zusammen, als die Energie zwischen uns in diesem neuen Stromkreis fließt.

»Bei drei Terminen heißt das, du hast ziemlich oft Migräne«, sage ich leise, und meine Finger spielen mit den weichen dunklen Locken an seinem Kragen.

Sein Griff verstärkt sich. »Ich komm schon klar, Kate.«

Das ist zwar keine Antwort, aber dennoch sehr aufschlussreich. Da er nicht mal die Häufigkeit der Anfälle abstreitet, hat er offenbar eine ganze Menge davon. Er ist zwar eine Nervensäge, aber bei dem Gedanken, dass er so viele Schmerzen ertragen muss, wird mir richtig übel.

»Tut mir leid«, flüstere ich.

Er hüstelt ungeduldig. »Entschuldige dich nicht für etwas, für das du nicht verantwortlich bist. Falls sich einer hier entschuldigen sollte, bin ich das.«

»Warum das denn?«

Seine Hände gleiten sanft über meinen Rücken, seine Daumen legen sich in meine Taille. »Ich habe dir ganz schön zugesetzt, als du heute hier aufgetaucht bist«, sagt er. »Ich habe nicht mal in Betracht gezogen, dass du mit deinen Terminen durcheinandergekommen bist. Ich hatte vergessen …«

»Dass ich ADHS habe?«, schnaube ich. »Wenn ich mal länger als ein paar Tage hierbleibe, lässt sich das einfach nicht übersehen, richtig?«

Er schiebt die Hände höher und zieht mich an sich heran. »Warum *bist* du eigentlich länger geblieben, Kate?«

Ich beiße mir auf die Lippe, schiebe die Finger in die seidigen Locken in seinem Nacken. »Das ist kompliziert«, murmele ich.

»Sag's mir«, gibt er leise, aber drängend zurück und streicht in langsamen sinnlichen Kreisen über meinen Rücken.

»Warum sollte ich dir meine Geheimnisse anvertrauen?«, frage ich.

Er schweigt lange, sieht zu mir auf, sucht meinen Blick. Schließlich erwidert er mit rauer, heiserer Stimme: »Weil du genau weißt, dass sie bei mir sicher sind, auch wenn ich mich oft wie ein Arsch benehme. Du kannst mir vertrauen.«

Wir sehen uns an, lassen die Worte auf uns einwirken. Der ängstliche Teil meines Selbst möchte abstreiten, dass ich irgendwo tief in meinem Inneren weiß, dass ich ihm vertrauen kann, und mich daran hindern, ihm mein Herz auch nur ein klitzekleines bisschen zu öffnen. Der tapfere Teil meines Selbst möchte hingegen die Tür zu meinem Herzen weit aufstoßen und direkt in Richtung des vertrauenswürdigen Christopher Petruchio und all dem, was dadurch möglich wird, los stürmen.

»Als erstes Zeichen und Vertrauensbeweis«, erklärt er, »werde ich Folgendes tun: An deinem ersten Tag hier habe ich dir gesagt, ich werde später abkassieren, dass ich nicht verrate, was du an diesem Abend, als wir uns zufällig begegnet sind, vorhattest ...«

Ich umklammere seine Schultern fester, während mir einfällt, wie heftig er mir an diesem Tag auf die Nerven gegangen ist, als er mir an Thanksgiving gedroht hat, mich zu verpfeifen. »Was ist damit?«

»Na ja«, fährt er leise fort, und seine Hände wandern höher, bis ich seinen Daumen knapp unterhalb meiner Brust spüre. »Das lasse ich sein.«

Ich wölbe die Brauen und kann meine Überraschung nicht verbergen. »Ist das dein Ernst?«

»Mein voller Ernst.«

»Du machst das nicht nur, weil du wissen willst, warum ich hier bin?«

Er zögert. Seine Knie streifen meine Beine, schließen sich enger um sie, halten mich fester. »Natürlich will ich das wissen. Aber noch wichtiger ist mir …, dass du mir vertraust. Das zählt am meisten für mich.«

Mein Herz pocht. Ich beiße mir auf die Lippe, damit ich nicht vor Freude über seine Worte, bei denen sich ein warmes Gefühl in mir ausbreitet, zu lächeln beginne. Mit schrägem Kopf sehe ich ihn an und bemerke, dass seine Krawatte schlecht und schief sitzt. Sanft rücke ich alles wieder zurecht und ziehe den Knoten ein wenig an. »Ich bin hier, weil ich einiges in Ordnung bringen möchte«, erkläre ich der Krawatte, an der ich immer noch herumfingere, einfach um ihm nicht in die Augen zu sehen. »Ich wollte, dass Jules eine Weile woanders ist, um zu verarbeiten, was passiert ist, und wenn Jules nicht da ist, können Bea und Jamie zusammen sein, ohne sich Sorgen zu machen, wie sie das aufnimmt. Und das alles wurde dadurch möglich, dass ich aus Schottland hierhergekommen bin.«

Seine Hände bewegen sich nicht mehr. »Du bist … ihretwegen nach Hause gekommen.«

Ich lächele bitter und sehe ihn an. »Ja, Christopher. Ist das so schwer vorstellbar, dass ich mal eine Weile an etwas anderes denke als an mich selbst und wegen meiner Familie herkomme?«

»So habe ich das nicht gemeint.« Er beißt sich auf die Lippen, verstärkt seinen Griff. »Ich habe mich gefragt … ob es noch einen anderen Grund gibt, warum du hier bist, einen persönlichen Grund.«

Wenn er mich so ansieht und mich festhält, ist die Versuchung groß, ihm alles zu erzählen – *Weil ich erschöpft, müde, pleite und einsam war. Weil mein bisheriger Lebensstil, der meine Probleme irgendwie zu lösen schien, sich plötzlich wie die Ursache meiner Probleme anfühlte. Weil es ein so schönes Gefühl war, gebraucht zu werden, und besser noch, zu wissen, dass man helfen konnte.*

Aber mit dem, was ich bereits gebeichtet habe, habe ich schon viel mehr gesagt, als ich wollte. Für einen Tag ist das genug Verletzlichkeit.

»Ja, es gibt auch persönliche Gründe«, deute ich an. Meine Hände gleiten von seinen Schultern über seine Arme, und ich trete zurück, bis er mich widerstrebend freigibt und die Hände schwer auf seine Oberschenkel legt. »Aber das …«

»Du bist noch nicht bereit, es mir zu erzählen«, sagt er.

»Ein paar Geheimnisse muss ein Mädchen schließlich haben.« Ich hebe die Kamera und zwinge mich zu einem professionellen Blick auf mein Gegenüber als eine Person im Sucher der Kamera und nicht als Überreicher eines Friedensangebotes.

Er sieht mich an, sein Kiefer ist fest, die Augen sind wie zwei glühende Kohlestücke, die durch diese von mir errichtete Barriere hindurchbrennen. »Ich kann warten«, sagt er. »Ich warte, bis du bereit bist. Mir alles zu erzählen meine ich.«

Ich senke die Kamera einen Augenblick lang. »Und wenn ich dir sage, dass du vielleicht eine ganze Weile warten musst, Petruchio?«

Er erwidert meinen Blick. »Dann sage ich nur, ich bin ein geduldiger Mensch, Katerina.«

Ich umklammere die Kamera wie einen Schutzschild, positioniere sie zwischen uns und schieße ein Bild nach dem anderen, halte mir vor Augen, dass ich deswegen heute hier angetreten bin in meinem feministischen roten Power-Outfit, ausgerüstet mit meiner besten Kamera, robusten Stiefeln und bereit, Verantwortung zu übernehmen – ohne mich emotional zu verheddern und in einem Sog lustvollen Glibbers unterzugehen.

Während ich die Aufnahmen mache und in diese warmen bernsteinfarbenen Augen blicke, die mich unverwandt ansehen, so sicher und ruhig, muss ich dauernd an die Fotos auf seinem Schreibtisch denken, an das Taschentuch in der Schublade, seine sanfte Berührung, seinen Blick, der meinen sucht, seine tiefe, ruhige Stimme, voll Freundlichkeit und Geduld.

Ich kann warten.

Ich habe mehr als genug Fotos von ihm, halte die Kamera aber dennoch hoch und zwischen uns, damit mir nicht anzusehen ist, dass Christopher etwas fertiggebracht hat, was ich mir schon lange nicht mehr von ihm erhofft habe: ein Lächeln auf mein Gesicht zu zaubern.

20

Christopher

»Lach mal.« Nick lehnt am Türrahmen meines Büros und grinst mich an.

Ich höre auf, den Bürostuhl hin und her zu drehen, und werfe ihm einen kurzen müden Blick zu.

»Und warum sollte ich?«

»Weil du ganz klare Fortschritte mit der Kratzbürste ...«

»Nenn sie gefälligst nicht so.«

Nick hebt eine Hand. »Okay. Mein Fehler.«

Ich reibe mir das Gesicht. »Tut mir leid. Ich bin müde.«

»Geh nach Hause. Schlaf dich aus.«

Ich lache hohl. Dieser Tipp kommt immer von Leuten, die sich einfach hinlegen und einschlafen, ohne dass sie ihr vor Schmerzen pochender Kopf ständig aus dem Schlaf reißt und Albträume sie die restliche Zeit über wachhalten. »Ja, klar.«

Ich erhebe mich langsam und greife nach meinem Mantel. »Gehst du zum Zug? Ich komme mit.«

»Oh. Äh ...« Er steckt sich einen Finger ins Ohr und wackelt, wie immer, wenn er nervös wird.

»O was?«, frage ich, während ich in den Mantel schlüpfe.

»Ich bin mit Bianca zum Essen verabredet. Ich wollte nur kurz bei dir reinschauen und … Danke sagen. Was immer du mit Kate anstellst, es wirkt Wunder. Als sie mich heute fotografiert hat, ging es ganz ohne Judogriffe ab. Sie meinte nur, wenn ich das Herz ihrer Cousine breche, würde sie Mittel und Wege finden, meine Adresse rauszukriegen. Seit Bianca und ich uns verabredet haben, halte ich den Atem an, dass sie absagt, vor allem seit ich Kate vorhin getroffen habe, aber bisher sieht es gut aus.«

Ich sehe ihn nicht an, sondern packe meine Schultertasche, schließe sie und zwinge mich, den dumpfen Schmerz in meiner Brust auszublenden. »Das ist ja toll. Hoffentlich klappt alles.«

Nick schweigt. Er schweigt so lange, dass ich aufsehe und ihn dabei ertappe, wie er mich aufmerksam mustert. »Danke«, sagt er schließlich und nach kurzer Pause: »Alles in Ordnung mit dir?«

Ehe ich ihm antworten kann, trifft eine Nachricht auf meinem auf dem Schreibtisch liegenden Handy ein. Die Nummer kenne ich nicht. Als ich sie lese, hüpft mir das Herz gegen die Rippen.

Hi. Kate hier.

»Christopher?«, fragt Nick.

Ich lege schnell eine Hand auf das Smartphone, als wollte ich die Nachricht geheim halten. Seltsam. Kate und ich haben niemals Nummern getauscht. Uns nie geschrieben. Ich bemühe mich sehr, nicht auf mein heftig pochendes Herz zu achten, und lächele ihn kurz an. »Alles okay. Danke. Viel Spaß bei deinem Date. Hoffentlich geht alles gut. Schönen Abend.«

Nick blickt etwas misstrauisch auf mein Handy. Als es erneut plingt und ich hektisch zusammenzucke, umspielt ein wissendes Lächeln seine Mundwinkel. »Dann wünsche ich dir ebenfalls einen schönen Abend.«

Kaum ist er im Flur verschwunden, hebe ich die Hand und lese die nächste Nachricht.

> **KATE**: Ich habe wahrscheinlich mein Handy in deinem Büro vergessen. Könntest du mal nachschauen? Ich kann morgen vorbeikommen und selbst danach suchen, aber ich dachte, ich frag dich schon mal jetzt. Vermutlich bist du noch da, zählst Münzen und bist mit der Inventur deines Imperiums beschäftigt.

Ich lache auf.

> **CHRISTOPHER**: Die Inventur meines Imperiums habe ich für heute abgeschlossen, bin aber noch im Büro. Wollte gerade los. Ich suche dein Handy und kann es dir vorbeibringen, falls du zu Hause bist. Wo ungefähr könnte es denn sein?

Ihre Antwort trifft prompt ein.

> **KATE**: Ja, ich bin in der Wohnung. Vielleicht dort, wo ich fotografiert habe? Genau weiß ich es nicht mehr, ehrlich gesagt. Viel Spaß bei der Schnitzeljagd.

> **CHRISTOPHER**: Für diesen Gefallen erwarte ich irgendeine Gegenleistung.

> **KATE**: Hab nichts anderes erwartet, du eiskalter Kapitalist.

Ich lache erneut auf und tippe rasch eine Antwort.

> Bis bald, wenn ich abkassiere.

Nachdem ich ein paarmal erfolglos an der Wohnungstür der Wilmot-Schwestern geklopft habe, schließe ich mir mit meinem eigenen Schlüssel auf. Als die Tür langsam hinter mir ins Schloss fällt, rufe ich: »Kate?«

Ich blicke mich um – das Wohnzimmer ist dunkel, nur die Hängelampen über der Kücheninsel leuchten, und dort sehe ich auch ihren Laptop mit der geöffneten Messenger-Funktion. Deswegen konnte sie mir ohne Handy schreiben. Daneben liegen die vertrauten massiven Kopfhörer sowie eine Packung Chips mit Gewürzgurkengeschmack, die Krümel sind über die Küchentheke verstreut.

Als ich ihr Handy auf die Kücheninsel lege, schnappe ich ein leises, aus den Kopfhörern dringendes Geräusch auf. Es muss auf maximale Lautstärke eingestellt sein, denn obwohl ich ein Stück weit entfernt bin, vernehme ich eine abgehackte, laute Stimme. Ich werfe einen Blick auf den Bildschirm des Laptops. Ich sehe, dass es sich um Nachrichten handelt, und zwar keine guten – auf dem wackeligen Handheld-Video erkenne ich Notfallwagen, eine chaotische Menschenmenge, die Kleider der Leute und ihre Körper sind mit ominösem Rot befleckt.

Ich wende rasch den Blick ab, nicht nur aus Rücksicht auf Kates Privatsphäre, sondern weil ich den Anblick von Blut schlecht ertrage.

Die Tür zum Badezimmer geht auf, und ich drehe mich Richtung Flur. Kate tritt aus dem Bad und bleibt abrupt stehen, als sie mich bemerkt.

Sie rührt sich nicht vom Fleck, ihr Haar ist zu einem unordentlichen Knoten verschlungen, sie hat die rot geränderten Augen auf mich geheftet und atmet unregelmäßig, als würde sie mit aller Kraft die Tränen unterdrücken.

Mein Herz zieht sich zusammen, und ein dringendes Bedürfnis rüttelt an meinen Knochen, als wären es Gefängnisgitter – es fleht mich an, sie in die Arme zu nehmen, und das, was ihren Schmerz verursacht hat, von ihrem in meinen Körper wandern zu lassen.

Eine Träne rollt ihr über die Wange, ein kleines Rinnsal, das über ihre Sommersprossen bis zu ihrer zitternden Lippe fließt. Sie wischt die Träne weg und versucht, langsam auszuatmen. Es hört sich an wie eine Mischung aus Atemzug und Schluchzen.

Meine Füße bewegen sich auf sie zu, verringern den Abstand zwischen uns. Die Tasche rutscht mir von der Schulter, der Mantel fällt von meinem Arm, gibt meine Hände frei, mit denen ich sie jetzt bei den knochigen Ellbogen nehme und sie an mich ziehe. Ihr Kopf landet direkt an meinem Herzen, ihre Arme umschlingen mich wie ein Schraubstock. Sie seufzt ein zweites Mal auf, tief und abgerissen.

Ich halte sie fest, eine Hand an ihrem Kopf, die andere auf ihrem Rücken, presse sie an mich. »Kate«, murmele ich. »Schsch. Alles ist gut.«

»Nein, ist es nicht.« Sie schüttelt den Kopf. »So viele Menschen – ich bin einfach« – wieder ein zittriger Schluchzer – »so erschöpft. All die vielen Leute, die versuchen, ein gutes Leben zu führen, und für böse Menschen ist es so einfach, *alles* zu zerstören. Ich hasse das. Ich hasse es so sehr«, knurrt sie unter erneutem Aufschluchzen.

»Schsch.« Ich wiege sie in meinen Armen, wohlwissend, dass es nichts zu sagen gibt und sie recht hat – dass Rücksichtslosigkeit, Egoismus und Hass unwiderruflich Leben vernichten, dass die terroristische Gewalt unter Menschen normal geworden ist, die sie akzeptieren, und wie niederschmetternd diese Tatsache ist, wie schwer es ist, etwas Hoffnungsvolles zu sagen.

»Katydid«, flüstere ich, den Mund an ihrer Schläfe, während ich ihr das Haar von den tränenfeuchten Wangen streiche. »Atme mal tief ein.«

»E-erzähl mir nicht, was ich tun soll«, bringt sie heraus, folgt dann aber dem Ratschlag.

»Gut. Jetzt noch einen.«

Ich halte Kate fest, während sie langsam ein- und ausatmet, ihr Kopf an meiner Brust schwerer wird und ihr Körper sich allmählich entspannt.

Wir stehen Minuten oder Stunden da, ich weiß es nicht. Mein Zeitgefühl ist wie ausgelöscht. Ehrlich gesagt ist es mir auch total egal. Für mich zählt nur eines: sie im Arm zu halten, zu trösten, zu wissen, dass es ihr, wenn auch auf noch so geringfügige Weise, hilft, wenn ich da bin und sie festhalte.

»Danke«, flüstert sie nach einer Weile, ohne den Kopf von meiner Brust zu heben.

Ich nicke und beiße die Zähne zusammen, um nicht mit der Wahrheit herauszuplatzen: dass ich es verabscheue, sie so leiden zu sehen, aber auch froh bin, sie trösten zu dürfen; dass ich sie für immer so festhalten, sie umschlingen, vor allem schützen möchte, was ihr wehtut, wenn sie mich nur ließe. Ich will es mir nicht eingestehen. Nicht, nachdem ich mich so lange gegen meine Gefühle gewehrt habe, und dieses Eingeständnis einer Niederlage gleichkäme. Nicht, wenn sie so unglücklich ist und eine derartige Erklärung von jemandem, der so lange Zeit alles darangesetzt hat, ihr das entgegengesetzte Gefühl zu vermitteln, unglaubwürdig klingen könnte.

Kates nächster langer Seufzer sagt mir, dass ihre Tränen versiegen und sie sich beruhigt hat.

Ich sollte jetzt eigentlich gehen. Ich habe ihr das Handy gebracht, sie getröstet. Ich sollte verschwinden, bevor mir das letzte bisschen Würde entgleitet und es unmöglich ist, das zu verbergen, was ich so lange verborgen habe:

Wie sehr ich sie begehre.

Wie *lange* ich sie schon begehre.

Wie sehr ich dieses Begehren verabscheut habe, das wie eine Krankheit an mir genagt hat.

Es war immer Kate. Und in meiner Wut darüber, dass ich meine Gefühle für sie nicht zu kontrollieren vermochte, habe ich sie von mir gestoßen und sie verletzt. Indem ich meine Sorge um sie unterdrückt habe, mein heftiges Verlangen nach ihr, der einzigen Frau, die mir je etwas bedeutet hat und deren wilder Lebensstil mein Herz der Gefahr aussetzte, wieder einen geliebten Menschen zu verlieren, haben sich meine Gefühle für sie zu einem Knoten des Elends verschlungen.

Ich habe es so satt, unglücklich zu sein.

Ich habe es so satt, meine Gefühle zu unterdrücken.

Genau deswegen sollte ich jetzt verschwinden. Denn ich bin nicht nur im Begriff, diese Lügen aufzugeben, sondern mich auf meine Gefühle einzulassen, und ich habe schon mehr als genug getan, um sie offenzulegen – als sie mich im Büro berührt hat und ich mich wie ein Hund, der vor Freude über die Streicheleinheiten winselt, an sie geklammert habe.

O Gott, ich begehre sie. Ich begehre sie so sehr, so vollständig, dass ich mich bis ins Mark verzweifelt nach ihr sehne. Ich weiß nicht, ob ich noch länger gegen diese Sehnsucht ankämpfen kann, wenn sie hier ist, in meinen Armen und dort auch endlich sein möchte.

Ich umschließe sie fest, sage leise und ruhig: »Ich kann gehen, wenn du allein sein willst.« Sie erstarrt, und ich ziehe sie an mich, bete inständig, dass sie spürt, wie dringend ich mit ihr zusammen sein möchte, wie sehr ich mir wünsche, dass es ihr ebenso geht. »Aber … ich kann auch noch ein bisschen bleiben.«

Ein Augenblick, der sich wie ein ganzes Leben anfühlt, während ich auf ihre Antwort warte.

Dann schlingt sie die Arme fester um mich und flüstert. »Bleib. Bitte.«

21

Kate

Meine Augen sind fest zusammengekniffen als die Wörter in der Luft hängen. *Bleib. Bitte.*

Ich fühle mich so bloßgestellt. So verängstigt. Ich habe schon den ganzen Tag über mit mir gerungen. Mein Hirn protestiert kreischend, gibt mir zu verstehen, dass dies der Mann ist, der seit so langer Zeit, dass ich mich kaum je an eine andere erinnern kann, dafür gesorgt hat, dass es mir schlecht geht. Mein Körper ist ganz entschieden anderer Ansicht und sagt mir mit jedem Herzschlag, dass Christophers Verhalten kein Trick ist, sondern eine Eröffnung, dass er mich schon immer gernhatte und vertrauenswürdig war, es mir jedoch aus vollkommen verwirrenden Gründen nie zeigen wollte.

Vielleicht sind seit meiner Bitte erst ein paar Sekunden vergangen, aber ich habe das Gefühl, dass es Stunden sind, als Christopher die Wange an mein Haar lehnt. Langsam und besänftigend streicht er mir über den Rücken. »Natürlich bleibe ich.«

Erleichterung durchströmt mich wie Wasser über die ausgetrocknete Erde, bis ich schier überfließe. Ich habe wieder einen Kloß im Hals. Tränen brennen mir in den Augen.

Während er mich festhält, genieße ich es, in seinen Armen zu liegen, seinen zarten Duft nach würzigem Holzrauch, gemischt mit etwas Warmem, Vertrautem und dem Geruch seiner Haut. Es fühlt sich seltsam, wunderbar und genau richtig an. Es fühlt sich an wie Zuhause.

Christophers Magen knurrt vernehmlich in meinem dicht an seinen Brustkorb gepressten Ohr. »Da hat jemand Hunger. Hast du schon gegessen?«, frage ich.

»Nein. Und du?«, fragt er leise.

Ich kuschele mich enger an ihn, will nicht, dass diese Umarmung aufhört, weil ich nicht weiß, wie es weitergeht. »Irgendwie schon.«

Er streicht mir über den Rücken. »Nur damit du es weißt«, fügt er hinzu, »Gewürzgurkenchips gelten nicht als vollwertiges Abendessen. Nicht mal in Kombination mit einem Donut.«

Ich lächele unwillkürlich. »Tragischerweise gibt es hier im Augenblick keine Donuts. Und wenn Gewürzgurkenchips nicht zählen, dann habe ich auch noch nichts gegessen. Wir haben kaum noch was da. Sprich: Wir haben überhaupt nichts mehr. Aber ich kann uns irgendwas Günstiges zum Essen bestellen.«

Er lacht leise auf. Seine Finger wandern sanft massierend durch die Haare in meinem Nacken. Die Befriedigung meiner sinnesbezogenen Bedürfnisse glättet die Wogen meines ungläubigen Staunens, wie unähnlich uns das hier sieht – seine Geduld, Ruhe, meine schweigsame Stille, meine Arme, die ihn umschlingen, seine Hände, die in gleichmäßigen Kreisen über meinen Rücken streichen, seine Finger, die mir sanft durchs Haar fahren.

»Ich könnte Pasta machen«, sagt er. »Wenn du Lust darauf hast.«

»Pasta klingt gut. Ich weiß aber nicht, ob wir noch welche dahaben. Ich bin heute dran mit Einkaufen, aber als ich nach Hause gekommen bin, hat mich das Kuscheln mit Cornelius, dem Igel, abgelenkt, und dann hat er mich angekackt, und ich musste meine Klamotten wechseln, und dabei ist mir aufgefallen, wie viel schmutzige Wäsche ich habe, und meine saubere Wäsche hab ich auch noch nicht eingeräumt, sodass ich nicht mehr wusste, was sauber und was schmutzig war, und das Chaos hat mich dann richtig fertiggemacht, und ich habe überlegt, ob es nicht besser ist, wenn ich meine Kleider wegwerfe und mich einer Nudistenkolonie anschließe, obwohl mir das Konzept der gemeinsamen Nacktheit irgendwie fremd ist, das kam dann also doch nicht infrage.« Ich hole kurz Luft und atme etwas zitterig aus. »Und zum Schluss habe ich mich mit einer großen Tüte Chips hingesetzt und wollte meinen Kummer wegfressen, aber dann kamen diese schrecklichen Nachrichten, und ich bin total abgestürzt. Du verstehst. Ich bin mir nicht ganz sicher mit der Pasta.«

Christopher macht ein kleines abfälliges Geräusch. »Was soll ich denn bitte mit fertiger Pasta aus dem Laden? Ich habe gesagt ›Pasta machen‹, und das habe ich genauso gemeint.«

Ich lehne mich zurück und spähe zu ihm hoch. Bartstoppeln verdunkeln sein Kinn und verleihen ihm ein leicht verändertes, irgendwie passendes Aussehen. Ich weiß, dass es Christopher ist, den ich ansehe, Christopher, der mich im Arm hält. Aber das ist nicht der Mann, den ich seit Langem kenne, jedenfalls nicht hundertprozentig.

Ich habe das gleiche Gefühl wie bei meiner ersten Fahrt mit der Seilrutsche, als mein Magen Purzelbäume schlug. Zwar sagte mir mein Verstand, dass meine Ausrüstung mich geschützt hat und ich mich auf das Drahtseil, den schnurgeraden Pfad und das Ziel verlassen konnte, dennoch war mir deutlich bewusst, wie merkwürdig diese wilde, unvorhersehbare Luftfahrt durch den Wald war, bei der mir unterwegs alles mögliche zustoßen konnte.

Ich musste damals all meinen Mut zusammennehmen, um mich von der Plattform abzustoßen, und Mut habe ich auch jetzt nötig. Ich atme tief durch und begegne Christophers Blick, seinen warmen bernsteinfarbenen Augen, zähle die winzigen goldblättrigen Flecken darin. Er sieht mich an, als sei auch er im Begriff, sich zur ersten Fahrt mit der Seilrutsche abzustoßen.

»Du würdest Pasta für mich selbst machen?«, frage ich.

Seine Mundwinkel heben sich ein wenig, sanft und verhalten, was neu ist, nicht der übliche strahlend lächelnde Casanova-Charme und schon gar nicht sein vertrautes streitlustiges Grinsen. Nur Christopher, der mein Haar ordnet, mir eine Locke hinter das Ohr streicht. Es fühlt sich an, als würde er an einer Strähne ziehen und mich allmählich entwirren.

»Na«, erwidert er, »du kannst deinen Arsch drauf verwetten, dass ich die Pasta auch für mich selbst mache. Aber ansonsten, ja.«

Ich pikse ihn in die Hüfte, wo er äußerst kitzlig ist. Er fängt meine Hand ab und verschränkt unsere Finger. Sein Daumen streicht sanft über meine Handfläche.

Obwohl es eine winzige Berührung ist, sein Daumen, der auf meiner Handfläche kreist, unsere ineinander verschlungenen Finger, ist es, als liege darin eine ganze Welt. Wir stehen schweigend voreinander, berühren uns. Die Intensität seines Blickes, der meinen festhält, das gleichmäßige Streicheln seines Daumens verleihen mir das Gefühl, als würde er alles erkennen, wogegen ich aus Erschöpfung nicht mehr ankämpfen und es nicht länger verbergen kann.

Seit langer Zeit bin ich immerzu beschäftigt und hindere mich selbst daran, das Tempo lange genug runterzuschalten, um alles zu spüren, was ich in mir trage, bis ich in einem seltenen Anfall von sehnsüchtigem Schreien zusammenbreche und mich in Fötusstellung zusammenrolle. Ich weiß, dass mein Mitgefühl, die Tiefe, mit der ich Gefühle erlebe, mich zu einer leidenschaftlichen Person macht, mich zur Fürsorge für andere, zum Kampf antreibt, dazu, offen meine Meinung zu sagen, und dass diese Fähigkeit zum Mitgefühl eine Stärke ist, aber sie *fühlt sich* eben nicht immer so an.

Meine Fähigkeit, zu fühlen, ist … überwältigend. Hier jedoch, in Christophers Armen, frage ich mich, ob sie vielleicht auch deswegen so überwältigend ist, weil ich mich anderen nie geöffnet, nie versucht habe, es mit einem anderen Menschen zu teilen.

Wie in diesem Augenblick mit Christopher, in diesem kleinen Maßstab.

Ich war immer stolz darauf, es allein zu schaffen, Menschen aus sicherem Abstand zu lieben, indem ich sie kurz besuchte, ihnen liebevolle, fürsorgliche Päckchen schickte und unterhaltsame Mails. Aber unter meinem Stolz und der wilden Entschlossenheit, unabhängig zu sein, verbirgt sich die verzweifelte Sehnsucht nach jemandem, der mich beim Ellbogen nimmt, in seine Arme zieht, in dessen Gegenwart ich mich fallen lassen kann, bis ich mich wieder aufrappele.

Wie Christopher es jetzt tut.

»Katydid«, sagt er leise und reißt mich aus meinen Gedanken, zurück in seine Arme und seinem stetig kreisenden Daumen auf meiner Hand. »Lass mich Pasta für dich machen. Ich brauche bloß Mehl und Eier. Und diesen Aufsatz für die Kitchen-Aid, die ich Jules vor ein paar Jahren zu Weihnachten geschenkt habe.«

»Ich weiß nicht mal, ob wir das noch haben«, gebe ich zurück. »Also Eier und Mehl.«

Er tritt langsam zurück und hält meine Hände fest. »Schauen wir nach. Sonst gehen wir kurz einkaufen.«

Er zieht mich zur Küche, und ich kämpfe gegen ein Gefühl des Verlustes an, als er mich loslässt, um meinen Laptop zuzuklappen, meine Kopfhörer auszuschalten und sie auf der Küchentheke wegzuschieben, außer Sichtweite.

Er schließt die Chipstüte, fegt die Krümel weg und wischt die Theke ab.

»Setz dich«, sagt er und nickt zu den Stühlen auf der anderen Seite der Kücheninsel.

Ich will keine Insel zwischen uns. Ich will diesem neuen Christopher nahe sein, ihn beobachten und meiner sehnsüchtigen Faszination nachgeben. Ich schwinge mich auf die Theke neben ihn und baumele mit den Beinen. »Ich sitze.«

Er lächelt kurz und stöbert dann in den Küchenschränken herum, mit deren Inhalt er offensichtlich viel vertrauter ist als ich, obwohl ich nun schon einige Wochen hier wohne. Ich sehe zu, wie er erst eine Tüte Mehl und dann die Eier im Kühlschrank entdeckt.

Anschließend beobachte ich ihn bei einer Tätigkeit, bei der ich noch nie jemanden so intensiv beobachtet habe. Er knöpft sich die Manschetten auf und rollt sie geschickt bis zum Ellbogen auf, wie neulich, als wir Tango getanzt haben. Er lässt den Wasserhahn laufen und wäscht sich gründlich die Hände.

Ich betrachte seine Hände und Unterarme, diese für praktische Tätigkeiten vorgesehenen Teile seines Körpers, die ich schon zahllose Male gesehen habe. Ein Anblick, der keine sonderlich *praktischen* Gefühle in mir auslöst.

Während ich sie mustere, breitet sich ein warmes, leicht zittriges Gefühl in mir aus – lange Finger, ausgeprägte Fingerknöchel, die Muskeln an seinen Armen sind deutlich unter dem feinen schwarzen Haar zu erkennen.

Mein Atem geht ein wenig stockend. Ich denke an diese Hände, stelle mir vor, wie ich mit den Fingerspitzen über seine Haut streiche und die flaumigen, weichen Haare, die harten, festen Muskeln spüre. Wie ich diese Hände an meinen Körper ziehe, damit sie dieses sehnsüchtige Verlangen zwischen meinen fest zusammengepressten Schenkeln stillen.

»Sollen wir den Teig zusammen machen?«, fragt Christopher, ganz mit seiner Arbeit beschäftigt, breitet eine große, antihaftbeschichtete Unterlage aus und gibt das Mehl darauf. Ich lege eine Hand an meine heiße Wange und versuche, mich zu beruhigen. »Ich bin nicht sicher.«

»Ich finde, du solltest es versuchen.«

»Warum?« Ich sehe zu, wie er das Mehl in einem Kreis anhäuft und eine Mulde in die Mitte drückt.

»Es ist befreiend.« Er schlägt ein Ei in die Mulde. »Komm schon. Roll die Ärmel hoch und wasch dir die Hände. Du wirst schon sehen.«

Es scheint ihn nicht zu stören, dass ich nicht sofort antworte, er setzt mich nicht unter Druck, drängelt nicht. Er schlägt noch ein paar Eier in die Mulde, schiebt die Hände in die aufgeschlagene Eimasse und zerdrückt die Hälfte der Dotter mit dem ersten Kneten.

Das gesamte Food-Porn-Konzept war mir irgendwie immer schleierhaft, aber falls damit so was Ähnliches wie das hier gemeint ist, kapiere ich es plötzlich.

Anscheinend habe ich leise geächzt, denn Christoph sieht auf und runzelt die Stirn. »Was ist?«

»Ich …« Wie gebannt von diesem Pastateigporno suche ich vergebens nach Worten.

Er folgt meinem Blick und flucht leise. »Meine Uhr.« Er

hebt den mit Mehl und Eiern verklebten Arm. »Kannst du mir die mal abnehmen?«

Ich sehe auf seine mehligen Hände, das Handgelenk, wo ein gleichmäßiger Puls pocht. Behutsam ziehe ich es zu mir heran und löse den Verschluss des Uhrenarmbands. Ungewöhnlich still beobachtet mich Christopher dabei. Dann drehe ich das Zifferblatt zu mir um und betrachte es, durchforste den Katalog meines präzisen visuellen Gedächtnisses. Ich weiß, dass ich diese Uhr kenne. »Sie gehörte deinem Vater.«

Er sieht auf die Uhr in meiner Hand. »Ja.«

»Ich glaube, es würde ihn glücklich machen, dass du seine Uhr trägst. Ich glaube ... er wäre sehr stolz auf dich.«

Christopher hebt plötzlich den Kopf. Wir sehen uns an, und die Wirkung auf mich gleicht der einer Stimmgabel, deren Klang durch meinen ganzen Körper vibriert. »Worauf soll er stolz sein?«, fragt Christopher nüchtern. »Auf meine seelenlosen kapitalistischen Erfolge?«

Ich höre es am Ton seiner Stimme – halb scherzhaft, halb bittend. *Sei nett zu mir. Keine Spielchen, nicht in diesem Punkt.*

Ich verspüre heftige Reue. Zum ersten Mal wird mir etwas klar – nicht nur ich habe in unserer verfahrenen, gemeinsamen Geschichte gelitten. Ich habe ihn die ganze Zeit über ebenfalls verletzt.

Ohne den Blick abzuwenden, sage ich: »Vielleicht ist die Bezeichnung ›seelenloser Kapitalist‹ leicht übertrieben. Vielleicht ... habe ich immer nur das Schlimmste von dir und deiner Firma angenommen. Und vielleicht waren einige Ereignisse kürzlich, gerade die Zeit in deinem Büro heute ... für mich besonders erhellend.«

Ein kleines zufriedenes Grinsen spielt um seine Mundwinkel, und seine Augen glühen wie die Morgensonne, die durchs Herbstlaub blinzelt. »Erhellend?«

Ich löse den Blick und nehme die Uhr noch einmal genauer in Augenschein. »Wenn man Leute fotografiert, sehen sie entspannt am besten aus. Bei den Aufnahmen unterhalte ich mich immer mit ihnen, damit sie sich wohlfühlen, und deine Mitarbeiter heute, als sie mir von ihrer Arbeit und ihren Werten erzählt haben, wie die Firma sie unterstützt und worin die Firmenphilosophie besteht …« Ich zucke die Achseln. »Alles, was sie mir gesagt haben und was ich von dir selbst darüber weiß, hat dazu geführt, dass ich manches jetzt anders sehe. Ich habe großen Respekt davor. Und ich glaube, deine Eltern würden das ähnlich sehen. Sie wären beide ungeheuer stolz auf dich.«

Christophers durchdringender Blick fühlt sich auf meinem Gesicht an wie Sonnenstrahlen an einem bitterkalten Tag. Ich muss einfach zu ihm aufsehen, ihn ansehen, ich kann nichts dagegen tun, ebenso wenig wie ich etwas daran ändern kann, dass mein Herz wie verrückt gegen meine Rippen hämmert.

»Danke, Kate«, sagt er leise. »Ich bin mir da nicht immer so sicher.«

»Wieso nicht?«

Er zuckt die Schulter, heftet die Augen auf das Mehl und zieht mit dem Finger eine Spur hindurch. »Ich habe vieles anders gemacht, als es meinen Eltern, meiner Vorstellung nach, gefallen hätte. Ich habe den Familienbetrieb komplett neu aufgestellt und umstrukturiert. Ich war seit einem Jahrzehnt nicht mehr in der Kirche. Ich bin dreiunddreißig Jahre alt, unverheiratet, keine Kinder.«

Vorsichtig lege ich die Uhr in sicherer Entfernung von Mehl und Eiern ab. »Nur bestimmte Entscheidungen zu treffen, die sie vielleicht nicht getroffen hätten, heißt doch nicht, dass sie dich nicht bewundern würden und stolz auf dich wären. Wenn ich eines auf meinen vielen Reisen in Länder mit unbekannten Kulturen und Sprachen gelernt habe, dann ist es die Erkenntnis, dass Unterschiede an sich kein Grund sind, warum Leute sich einander entfremden, solange sie bereit sind, einander zu verstehen. Unsere Übereinstimmungen sind viel zahlreicher als unsere Unterschiede – wir müssen nur bereit sein, sie zu erkennen.«

Er sieht nachdenklich aus, als er die Hände wieder in den Teig taucht. »Für mich ist das unvorstellbar.«

»Was meinst du?«

Achselzuckend knetet er den Teig. »Zu all diesen Orten zu reisen, die du gesehen hast. Die Sprachen nicht zu sprechen oder die sozialen Hintergründe zu kennen, nicht zu wissen, wie man ans Ziel kommt und wen man fragen kann. Für mich klingt das nach Chaos.«

Ich hüpfe von der Theke, stelle mich neben ihn und wasche mir die Hände. Vielleicht probiere ich dieses Pasta-Ding doch mal aus.

»Es *ist* chaotisch«, pflichte ich ihm bei, während Seifenschaum durch meine Finger tropft. »Aber mein Hirn liebt das Chaos. Wenn es zu lange zu viel vom Selben gibt, geht mir die Luft aus, und alles Neue ist für mich wie dringend benötigter Sauerstoff. Wenn ich an unbekannten Orten lande und Wörter und Geräusche höre, die ich nicht kenne, und Dinge zum ersten Mal sehe; wenn die Straßen in unerwartete Richtungen führen und das Essen anders schmeckt und Musik, die ich noch nie gehört habe, so laut spielt, dass es in meiner Brust hämmert, habe ich das Gefühl, ich würde wieder Luft kriegen, und meine Haut würde wieder auf meinen Körper passen, du weißt schon, dieser perfekte Zustand, wenn man schwerelos im Wasser treibt und sich selbst atmen hört und spürt, wie das Herz Leben durch deinen Körper pumpt. Wenn sich die Welt wie alles und nichts anfühlt und alles so ist, wie es sein soll – alles das empfinde ich dann zugleich.«

Christopher hört auf zu kneten. Vor Ärger über mich selbst laufe ich rot an. Ich habe mal wieder ohne Punkt und Komma geplappert. Typisch.

Plappern ist eine meiner Angewohnheiten, und viele Leute reagieren unfreundlich darauf. *Kate, die Quasselstrippe* war während meiner Kindheit und Jugend ein Standardspruch. Im Lauf der Zeit habe ich es geschafft, den Mund zu halten, wenn Leute mein Gerede nicht mochten, weniger weil sie recht hatten, sondern weil ich mir zu schade war für Menschen, die mich so nicht zu schätzen wussten, wie ich war.

Bei meinen eigenen Leuten hingegen – meine Familie und meine wenigen Freunde – fühlte ich mich immer sicher genug, um einfach drauflos zu reden, im Vertrauen darauf, dass alle, die mich lieben, auch mein Hirn lieben, das meine Gedanken unweigerlich in alle möglichen Richtungen lenkt und sie aus meinem Mund herauspurzeln lässt: Manchmal sind es eigenartige, manchmal lustige Gedanken, und auf jeden Fall sind sie aufrichtig und echt und *ganz und gar ich selbst.*

Christopher ist, was das betrifft, unbekanntes Gelände, und das macht mich nervös. Er ist kein Fremder. Er ist kein Familienmitglied, selbst wenn *meine* Familie das steif und fest behauptet. Und er ist auch kein Freund.

Obwohl ich in meinem Geist rasch den gewaltigen Katalog seiner bisherigen gegen mich gerichteten Beleidigungen durchblättere und darin keine Vorfälle entdecke, in denen Christopher mich wegen Quasselei beleidigt hätte, bin ich nervös, weil ich seine Reaktion nicht einschätzen kann.

Ich drehe den Wasserhahn zu und wende ihm beim Händeabtrocknen den Rücken zu, damit er mein rotes Gesicht nicht sieht.

»Kate.«

Ich drehe mich langsam um, zwinge mich, ihn anzusehen.

Er tritt zurück, macht Platz zwischen sich und der Theke und nickt mir mit schief gelegtem Kopf einladend zu. »Komm schon.«

Ich stelle mich vor ihn und spüre, wie er sich direkt hinter mich stellt.

Seine Stimme hört sich warm und beruhigend an. Er ist mir wunderbar nahe. »Ich finde alles, was du tust und wie du lebst, schön und tapfer. Ich weiß, ich habe es mir bisher nie anmerken lassen. Aber ich respektiere es. Zutiefst.«

Ich blinzele erstaunt. »Wirklich?«

Nach kurzem Schweigen sagt er vorsichtig: »Absolut. Es war nur etwas schwierig, sich auf diese Bewunderung zu konzentrieren, während ich Angst hatte, Kate. Und ich hatte eine Menge Angst. Ich habe mir Sorgen um dich gemacht, und genau das wollte ich nicht.«

Mein Puls dröhnt mir in den Ohren. *Was sagt er denn da? … Was hat das zu bedeuten?*

»Dein Lebensstil hat mir nicht missfallen, weil ich ihn für unangemessen oder irgendwie falsch gehalten habe«, fährt er fort. »Ich fand alles, was du gemacht hast, einfach unglaublich. Und gleichzeitig habe ich es verabscheut, dass du so viele Risiken eingehen musstest, um deine Arbeit zu tun, und dich ständig in Gefahr gebracht hast. Deswegen habe ich mich vor allem auf das konzentriert, was ich gehasst habe, denn dadurch konnte ich die Distanz zwischen uns einfacher aufrechterhalten und mir sagen, dass es mir nichts ausmacht, ob dir was zustößt. Aber es hat mir was ausgemacht. Ich habe die Sorgen um dich tief in mir vergraben und uns beide unglücklich gemacht, solange du hier warst und ich nicht flüchten konnte.«

Sprachlos werfe ich einen Blick über die Schulter, und wir sehen uns an. Gott, seine Augen. Flammen lodern darin, kräftige Whiskeyfarben erwärmen mich von Kopf bis Fuß.

»Es hat dir was ausgemacht?«

Er mustert mich durchdringend. »Ja, Kate. Du warst mir wichtig. Du *bist* mir wichtig. Bisher war ich echt scheiße darin, dir irgendwie zu zeigen, dass du mir immer wichtig warst.« Er schluckt heftig. »Und dass ich dich bewundert habe.«

Mein Herz macht einen Satz. »Also … falls du dich dadurch irgendwie besser fühlst, du warst mir auch immer wichtig.« Hilfe, mein Herz fühlt sich an wie ein im freien Fall herabrasender Aufzug. So was zuzugeben ist echt schwer. »Und … ich habe dich bewundert. Obwohl du ein Kapitalist bist.«

Christophers Lächeln strahlt so hell, dass er damit problemlos einen Straßenzug beleuchten könnte. Ich drehe mich wieder zur Theke um, ebenfalls lächelnd.

»Obwohl ich Kapitalist bin, hm?« Er klingt so froh, so kurz davor, in Lachen auszubrechen, dass ich Gänsehaut am ganzen Körper habe.

Ich zucke die Achseln, bemühe mich, mein eigenes Grinsen zu unterdrücken.

»Habe ich mir da etwa gerade ein Lächeln verdient?« Er senkt den Kopf und reibt das Kinn an meine Schulter, woraufhin ich ziemlich teenagermäßig losquietsche.

»Christopher.« Ich schubse ihm den Ellbogen in die Rippen.

»Katerina«, sagt er, und sein Mund berührt fast meinen Nacken. Mich überläuft ein Schauer.

»Hör auf, mich zu kitzeln«, befehle ich und zwinge mich, Haltung anzunehmen und meine Stimme in den Griff zu bekommen.

»Na gut.« Seufzend klopft er auf die Theke. »Los jetzt. Knete alles, was dir heute auf die Nerven gegangen ist, in den Teig.«

Ich zögere kurz, trete dann näher. Langsam schiebe ich mir

die Ärmel hoch und tauche dann die Hände in die Eier. Ich drücke so fest zu, wie ich kann, und quieke vor Entzücken, als das schlabberige, klebrige Eiweiß und der angenehme taktile Widerstand der Dotter durch meine Hände gleiten.

»Fühlt sich das gut an?«

»Das ist ein sensorisches *Paradies.*« Ich hebe die Hände und demonstriere, wie sehr ich die klebrige Textur des Teiges zwischen meinen Fingern genieße. »Es ist unglaublich.«

Er tritt ebenfalls näher und taucht die Hände in den Teig.

Es ist ein wunderbares Gefühl, seinen Körper hinter meinem zu spüren, seine und meine teigverklebten Hände.

Unsere Hände und unsere Körper berühren sich. Ich spüre seinen warmen, weichen Atem im Nacken und seine Augen auf mir, er beobachtet, wie ich alles andere über unserer gemeinsamen Aufgabe vergesse, und bald haben wir die Zutaten zu einem Teig verarbeitet. Christopher zeigt mir, wie ich kneten muss, wobei er die Hände auf meine legt, den Teig zusammenfaltet und dann wieder auf die Theke presst.

»Immer noch in Ordnung?«, will er wissen.

»Ja«, flüstere ich mit leicht zitternder Stimme, aber daran kann ich im Augenblick verdammt noch mal nichts ändern.

Vielleicht hört er, wie bewegt ich bin. Vielleicht geht es ihm ebenso. Denn jetzt zögert er kurz, schiebt den Teig hin und her, bevor er ihn vorsichtig ineinanderlegt. Plötzlich scheint er mir viel näher zu sein, obwohl er sich nicht bewegt hat. Vielleicht bin ich näher an ihn herangerückt. Ich glaube, ich habe mich an ihn gelehnt, als würde ich in ein heißes, lang ersehntes Bad eintauchen.

Ich schließe einen Augenblick lang die Augen, genieße seinen Körper und seine Wärme, den Schauer, der mich überläuft, als er mein Haar berührt und langsam und tief einatmet. Als er ausatmet, ist sein Mund dicht an meiner Ohrmuschel. »Das habe ich noch nie gemacht«, sagt er so leise, dass ich ihn kaum höre.

»Pastateig?«

Sein leises Lachen klingt beinahe wie ein Seufzen. »Du bist so eine Nervensäge«, gibt er zurück. »Ich meine, ich habe das noch nie … mit jemandem zusammen gemacht.«

Ich beiße mir vor unmäßiger Freude auf die Lippen. Ich habe mir vorgestellt, dass Christopher schon so ungefähr alles gemacht hat, was man gemeinsam mit einem anderen Menschen machen kann. »Und?«

»Und es gefällt mir.« Er schluckt heftig, während wir gemeinsam den Teig in Form bringen.

»Mir gefällt es auch«, sage ich leise.

»Wir können es wieder machen«, sagt er. »Wann du willst.«

Ich betrachte unser kleines aus so wenigen, ganz gewöhnlichen Zutaten bestehendes Meisterwerk, und auch der heutige Abend erscheint mir wie ein Meisterwerk, der aus einigen wenigen unserer eigenen Zutaten besteht. Freundlichkeit, Aufrichtigkeit, zu erkennen, was uns verbindet und uns trennt.

Ein strahlendes, tief aus meinem Inneren kommendes Lächeln lässt mein Gesicht leuchten. »Das wäre schön.«

Christopher schweigt, aber ich spüre es wie eine sanfte, warme, echte Brise an einem Herbsttag …

Er lächelt ebenfalls.

Eine Riesenportion *Cacio e pepe* und ein großes Glas Rotwein später stehe ich an der Tür, während Christopher in seinen Mantel schlüpft und sich die Tasche über die Schulter zieht.

Nervöse Energie flattert in meinem Magen. Ich beiße mir

fest auf die Wangen, damit ich nicht noch einmal das sage, was den heutigen Abend ausgelöst hat:

Bleib. Bitte.

Christopher legt eine Hand auf die Klinke, entriegelt erst das Tür- und anschließend das separate Schloss an der Klinke. Die Zeit rinnt mir wie Sand zwischen den Fingern hindurch, ist beinahe um.

Ich strecke rasch die Hand aus, schließe sie um sein Handgelenk, halte ihn noch einen Augenblick lang zurück. »Danke«, platze ich heraus und spüre wieder diese verfluchte Röte meine Kehle emporkriechen.

Christopher lässt die Tür los und dreht die Hand, bis unsere Handflächen aneinanderliegen. »Danke, dass ich dir etwas beibringen durfte, ohne meine wertvollsten Teile in größere Gefahr zu bringen.«

Ich unterdrücke ein Grinsen. »Aber das Nudelholz hast du mir einfach weggenommen.«

»Nur, weil du es fast zertrümmert hast.«

Ich verdrehe die Augen. »Quatsch.«

Er lächelt. »Beim nächsten Mal zeige ich dir, wie man *Spaghetti Marinara* macht. Dann kannst du deinen Frust auf die ganze Welt an den Tomaten auslassen.«

Nächstes Mal.

Ich protestiere nicht gegen dieses »nächste Mal«. Die Wahrheit ist nämlich, dass ich unbedingt ein »nächstes Mal« will. Ich möchte Christopher mehr davon erzählen, wo ich gewesen bin und was ich gesehen habe. Ich will von ihm mehr über seine Mitarbeiter und die nerdige philosophische Schönheit seiner ethischen Investments erfahren. Ich möchte dicht neben ihm an der Kücheninsel sitzen, eine riesige Portion Pasta in mich hineinschaufeln, leicht beschwipst vom Wein.

Ich will *mehr*. Mehr von diesen Berührungen, so wie an jenem Abend, als er mich nach Hause gebracht oder heute in seinem Büro festgehalten hat. Mehr Umarmungen wie heute Abend. Mehr Küsse wie jenen, den er mir vor unserer Wohnung auf die Lippen gedrückt hat, von denen ich weiche Knie kriege und die ein Feuer in mir entfachen, das durch eine mysteriöse Alchemie in meinem Inneren weiterlodert.

Ich weiß nur nicht, wie ich danach fragen soll. Und ob ich diese Frage überhaupt stellen soll.

Christopher scheint meinen inneren Kampf zu spüren, denn er zieht mich eng an sich.

Es fühlt sich so schön an wie die Umarmung, als er vorhin hier ankam.

Und unendlich viel besser.

Seine Hand wandert zu meiner Taille, umspannt sie, er verstärkt seinen Griff. Mit der anderen Hand umfasst er mein Kinn, streicht mir das Haar aus dem Gesicht.

Und dann drückt er mir einen langen liebevollen Kuss auf die Stirn.

Ich umschlinge ihn fester, schiebe die Hand an seinem Rücken hoch. Er atmet heftig aus, neigt den Kopf und streicht mit den Lippen über meine Schläfe, meine Wangen, meinen Mundwinkel, ist beinahe dort, wo ich ihn haben will.

Ich sehne mich so verzweifelt nach seinem Kuss, dass ich unwillkürlich ein leises Jammern ausstoße.

Seine Hand schließt sich noch fester um meine Taille, zieht mich noch enger an sich, und die andere taucht in mein Haar, knetet es. Ich presse die Lippen an seinen Kiefer, atme seinen Duft ein.

»Kate.« Seine Stimme klingt ein wenig warnend.

»Hmm?«

Er schluckt. Ich küsse seinen Adamsapfel. »Ich versuche, mich wie ein Gentleman zu benehmen.«

Ich stöhne frustriert auf. »Hör auf.«

»Bitte«, sagt er leise und streicht mit dem Daumen über meine Lippen. »Lass mich. Dieses eine Mal. Du hast ein großes Glas Wein intus und einen langen Tag hinter dir.«

»Und?«

»Und ich möchte das nicht ausnutzen.«

Ich mache ein finsteres Gesicht, als er sich aus der Umarmung löst. »Ich bin durchaus in der Lage, selbstständig zu entscheiden, auch wenn einige Gefühle und Alkohol im Spiel sind.«

»Das weiß ich. Wenn du das nächste Mal dasselbe von mir willst, dann verspreche ich dir« – er beugt sich vor und platziert einen kurzen leidenschaftlichen Kuss auf eine gefährlich empfindliche Stelle meines Nackens, und seine Stimme an meinem Ohr klingt sinnlich und heiser –, »dass ich gar nicht schnell genug Ja sagen kann.«

Ohne mir Zeit für eine Antwort zu geben, reißt er die Tür auf und ist verschwunden, entfernt sich mit langen, entschlossenen Schritten von mir.

Und dennoch fühle ich mich ihm Stunden später, als ich im Bett liege und mir vorstelle, wie er, meilenweit von mir entfernt, in seinem Bett liegt, so nahe.

Näher als je zuvor.

22

Christopher

Die Lichter bei Nanette's erwachen flackernd zum Leben, und die beiden Angestellten im Laden erschrecken sich wahrscheinlich zu Tode, als sie mich direkt vor dem Schaufenster stehen sehen, schweißtriefend und schwer atmend, die Haare unordentlich aus dem Gesicht gebunden.

Ich konnte nicht schlafen. Also habe ich zuerst im Bett gelesen und dann in meinem improvisierten Fitnessstudio in der Garage Gewichte gestemmt, bis meine Muskeln nicht mehr mitgespielt haben. Sobald die Sonne am Horizont aufgetaucht war, habe ich den Zug in die Stadt genommen und bin durch Kates Viertel gejoggt, bis das Nanette's geöffnet hat. Schlafmangel, zu hartes Training und zu viele Kilometer lassen meinen Körper zittern, aber mein Verstand ist kristallklar und auf nur eine Sache fokussiert.

Kate.

Mein Kopf sagt, es ist der helle Wahnsinn. Mein Bauch sagt, es war unvermeidlich. Ab dem Moment, in dem ich mich ihr gestern genähert habe, sie mich berührt hat, mir nur ein winziges bisschen ihrer streng gehüteten Gefühle offenbart hat, vor denen ich mich so lange versucht habe, zu verschließen, und die ich nicht an mich heranlassen wollte, gab es kein Zurück mehr.

Ich denke nicht mehr an all das, was mich zurückgehalten hat, all das, wovor ich mich noch immer fürchte. Ich denke nur noch an *sie*.

Und deshalb stehe ich im Morgengrauen vor Nanette's und stürme als Erster in den Laden, sobald die Türen für die Kunden geöffnet werden. Ohne zu überlegen, bestelle ich eine Schachtel ihrer heiß geliebten Donuts in jeder herbstlichen Geschmacksrichtung, die neben den Weihnachtsrezepten, die sich seit Thanksgiving in den Vordergrund drängen, noch zu haben ist. Kate steht nicht auf Schoko-Minze, Lebkuchen oder Eierpunsch. Kate liebt Kürbiskuchen, Bratapfel, Zimt und Ahornsirup, kurz alles, was sie an den Zauber sich verfärbenden Laubs, gemütliche Abende am Lagerfeuer unter einem funkelnden Sternenhimmel, einen Becher wärmenden Apfelpunsch oder die stille Schönheit eines nebligen Herbstmorgens erinnert.

Also kaufe ich, obwohl wir uns bereits rasant auf Weihnachten zubewegen, eine Schachtel Herbst-Donuts und sicherheitshalber auch gleich noch einen Kürbiskuchen und mache mich damit auf den Weg zu ihrer Wohnung. Der Sonnenaufgang taucht den strahlend blauen Himmel in goldenes Licht, und ein für die Jahreszeit ungewöhnlich milder Dezemberwind klebt mir die Laufklamotten an den Körper.

Leise schleiche ich die Treppen zur Wohnung der Wilmot-Schwestern hinauf und schließe auf. Wohnzimmer und Küche sind dunkel und noch genauso aufgeräumt, wie wir sie hinterlassen haben, nachdem wir unsere Pasta gegessen und wieder sauber gemacht haben.

Beas Tür steht immer noch offen, was mich nicht wundert. Kate sagte, sie wolle über Nacht bei Jamie bleiben.

Ihre Tür ist noch zu.

Sehnsüchtig starre ich sie an, wobei mein Herz sich anfühlt, als würde es von einem unsichtbaren Haken in ihre Richtung gezogen.

Anstatt dem Ziehen nachzugeben, gehe ich in die Küche, stelle Donuts und Kuchen auf den Tresen und bereite den Kaffee vor, was Kate eigentlich gestern Abend noch tun wollte, dann aber vergessen hat. Ich mahle Bohnen und dämpfe das Geräusch der Mühle, indem ich sie in meinen Hoodie stecke. Dann gieße ich gefiltertes Wasser in die Maschine und stelle die Zeitschaltuhr auf acht. Da sie heute im *Edgy Envelope* arbeitet, der um neun öffnet, scheint mir das die richtige Zeit zu sein.

Auf dem Tisch entdecke ich einen von Beas Farbstiften und schreibe in glitzerblauen Buchstaben eine Nachricht auf die Donut-Schachtel.

Die sind fürs Frühstück. Trink ein Glas Milch dazu.
C.

Ich lege den Stift daneben und zwinge mich, zur Tür zu gehen. Leise ziehe ich sie hinter mir zu, schließe ab und überprüfe dreimal, ob sie auch wirklich verschlossen ist.

Vor dem Gebäude bleibe ich noch einmal stehen. Die Morgensonne steht mittlerweile hoch am Himmel und hat ein Feuer entfacht, dessen Flammen sich über die Stadt ausbreiten und die letzten Schatten der Nacht verbrennen.

Während ich in den Sonnenaufgang starre, kann ich die Veränderung auch in meinem Inneren spüren – wie das winzige, von Dunkelheit umgebene Fünkchen Hoffnung anfängt zu glühen und zu wachsen.

Und zu einem erbarmungslosen Feuer auflodert.

Als Stunden später mein Handy mit einer neuen Nachricht plingt, stecke ich bis zum Hals in Arbeit. Es ist schon fast entwürdigend, wie schnell ich, womit ich gerade beschäftigt bin, fallen lasse und nach meinem Smartphone greife.

> **KATE**: Ich esse Donuts & Kürbiskuchen, wann *ich* will, Petruchio.

Lächelnd entsperre ich den Bildschirm, um ihr zu antworten.

> **CHRISTOPHER**: Du hast die Pastareste zum Frühstück gegessen, stimmt's?

> **KATE**: Klar. Was sonst? War verdammt lecker, sogar kalt.

> **CHRISTOPHER**: Kalt? Meine Güte, Kate. Warum denn kalt?

> **KATE**: Ich war spät dran. Hab mir eine Portion in eine Dose gefüllt & unterwegs gegessen.

> **CHRISTOPHER**: Jeder Italiener würde sich im Grab umdrehen, wenn er wüsste, dass du im Gehen isst.

> **KATE**: Schon klar, ein kultureller Fauxpas. Aber es gibt auch Italiener mit ADHS & ich garantiere dir, die essen auch im Gehen. Wahrscheinlich verstecken sie ihr Essen in den Jackentaschen, und wenn niemand hinschaut, schieben sie es heimlich in den Mund, wie Streifenhörnchen.

Ich schnaube.

CHRISTOPHER: Ich wusste gar nicht, dass Streifenhörnchen Jackentaschen haben.

KATE: Ach halt die Klappe. Du weißt, was ich meine. WIE AUCH IMMER. Danke für die Leckereien von Nanette's. Ich hab mir was davon fürs Mittagessen eingepackt. Trotz der Pasta zum Frühstück ist deine Großzügigkeit also nicht verschwendet.

CHRISTOPHER: Hast du wenigstens Milch dazu getrunken?

KATE: Hör zu, Dad. Falls ich Milch dazu getrunken habe, dann nur weil mir Milch zu Donuts und Kürbiskuchen schmeckt. Nicht, weil du es mir befohlen hast. Falls ich aber keine Milch dazu getrunken habe, dann könnte das daran liegen, dass ich Kuhmilch verabscheue & auch keine Mandelmilch trinke, weil eine einzige Mandel erschreckend viel Wasser braucht, um zu wachsen. Wenn ich also nur eine Tasse Mandelmilch trinke, entziehe ich dem Garten einer armen kalifornischen Oma so viel Wasser, dass ich mich persönlich dafür verantwortlich fühlen muss, wenn es einem Flächenbrand zum Opfer fällt.

KATE: Ich könnte meine Lunchbox mit Donuts und Kuchen allerdings auch in der Wohnung vergessen haben. Aber keine Angst, ich esse sie jetzt gerade. Ich war um 2 mit der Arbeit fertig, bin allein zu Hause, fletze zufrieden in Unterwäsche auf dem Sofa & krümele mich mit Nanette's Kuchen voll.

Die Vorstellung entlockt mir ein Stöhnen. Kate, die langen Beine ausgestreckt auf dem Sofa, die wie immer hin und her zappeln, wahrscheinlich mit zwei verschiedenen Socken an den Füßen, in einem frechen Slip, der sich an ihren süßen kleinen Hintern schmiegt, den Oberkörper in ein übergroßes Sweatshirt gehüllt, das nicht verbergen kann, dass sie keinen BH trägt, weil ihre Nippel tun, was sie gestern Abend getan haben, sich in den Stoff bohren und darum betteln, dass mein Mund an ihnen saugt, mit ihnen spielt, bis sie keucht und wimmert und …

Das Pling meines Handys reißt mich aus meinen lüsternen Gedanken. Ich räuspere mich und lese die Nachricht.

> **KATE**: Ich hab verbal ein bisschen gekotzt. Sei bitte so nett, lösch den Verlauf & tu so, als hätte es ihn nie gegeben.

> **CHRISTOPHER**: Selbst wenn ich ihn löschen würde, Katydid, Textnachrichten mögen in Sekundenschnelle verschwunden sein, Screenshots dagegen sind für die Ewigkeit.

> **KATE**: Hör mal, Topher Gopher. Ich kann meine Medikamente gerade nicht finden, deshalb bin ich labial ein wenig enthemmt. Mach dich also nicht über mich lustig. Das ist diskriminierend.

Ich muss so laut lachen, dass Curtis vor meinem Büro vor Schreck irgendetwas fallen lässt.

> **CHRISTOPHER**: »Labial enthemmt???« Wie kommst du denn auf diesen Mist?

> **KATE**: Wieso? Labial bedeutet die Lippen betreffend. Kannst du in den Kreuzworträtseln der New York Times nachlesen. »Labial enthemmt« ist meine kreative Art, auszudrücken, dass ich zu viel rede.

CHRISTOPHER: Also ich denke an etwas ganz anderes, wenn du deine enthemmten Labia erwähnst.

KATE: CHRISTOPHER PETRUCHIO, DU BIST EIN UNVERBESSERLICHER WOMANIZER. ICH ERKLÄRE DIESE KONVERSATION HIERMIT FÜR BEENDET.

Ich schlucke ein Lachen hinunter und atme einmal tief durch. Dann tippe ich meine Antwort.

CHRISTOPHER: Tut mir leid. Das war unangemessen.

KATE: Du hast Glück, dass mir Donuts, Kürbiskuchen und Pasta so gut geschmeckt haben. Es sei dir vergeben.

CHRISTOPHER: Herzlichen Dank. Ich verspreche, mich bei unserem nächsten Treffen zu benehmen.

KATE: Das kann ich leider nicht versprechen. Ich bin, wie ich bin & das Leben ist zu kurz, um sich zu benehmen. Falls ich bis dahin meine Medikamente finde, musst du aber zumindest nicht mit zweideutigen verbalen Ausrutschern rechnen.

Auf meinem Handy leuchtet eine neue Nachricht auf, und ich klicke sie an, um sie zu lesen.

JAMIE: Samstag, 16 Uhr im *Peace, Love and Paintball* mit der üblichen Gruppe. Bea hat auch Bianca und Nick eingeladen, Bianca hat jedoch angeboten, nicht zu kommen. Sie sagt, Kate bewaffnet in Nicks Nähe macht ihr Angst. Und ich fürchte, zurecht.

Ich kehre zurück zu meinem Chat mit Kate.

CHRISTOPHER: Sieht so aus, als würde unser gesittetes Wiedersehen früher als gedacht stattfinden, Katydid.

KATE: Habe gerade Beas Nachricht erhalten. Paintball! Nimm dich in Acht, Petruchio!

CHRISTOPHER: Warum? Wir werden im selben Team sein. Dafür hat Jamie schon gesorgt.

KATE: Wir beide im selben Team klingt nach einem Desaster.

CHRISTOPHER: Ich finde, gestern Abend waren wir ein Superteam. Die Pasta war alles andere als ein Desaster.

KATE: Stimmt. Aber Paintball wird kein Genuss.

CHRISTOPHER: Da muss ich widersprechen, zumindest solange du vorhast, labial enthemmt zu sein.

KATE: ICH LÖSCHE JETZT DIESE NUMMER. GEHABT EUCH WOHL, WERTER HERR.

Als Curtis mit den Notizen für das nächste Meeting hereinkommt, wische ich mir noch immer Lachtränen aus dem Gesicht.

23

Kate

Ich habe keine Schmetterlinge im Bauch. Und ich schaue auch nicht jedes Mal auf, wenn jemand den Raum betritt, und hoffe, dass er es ist.

Weil ich *nicht* in Christopher Petruchio verknallt bin.

Vielleicht fühle ich mich aufgrund seiner liebenswerten, fürsorglichen Art und den netten Nachrichten in den vergangenen Tagen etwas mehr zu ihm hingezogen. Oder aufgrund meiner Traume in den letzten Nächten, in denen es vielleicht ein paar obszöne Szenen in der Küche gab, die so begonnen haben, wie alles begann, aber dann ganz anders endeten. Mit dem Rücken gegen den Küchentresen gepresst, vertrauten, schönen, starken Händen, die meine Schenkel hochgleiten und den sehnsüchtigen Schmerz zwischen meinen Beinen lindern. Festen, langsamen Küssen, die meine Glieder in flüssiges Gold verwandeln.

»Sind alle ausgerüstet?«, fragt Hank von *Peace, Love and Paintball*, der unsere Gruppe einweisen soll, aus der Mitte des Ausrüstungsraums, während nach und nach alle umgezogen aus ihren Kabinen kommen.

Ich gehe in die Hocke und binde mir völlig unnötig die Stiefel neu, um mein von diesen lustvollen Gedanken knallrotes Gesicht zu verbergen und dem neugierigen Blick meiner Schwester auszuweichen, die womöglich ahnt, was mir durch den Kopf geht.

»Dieses grässliche Grün ist so was von unvorteilhaft«, mault Toni und zerrt an seinem jägergrünen Overall.

»Stimmt doch gar nicht«, beschwichtigt ihn Bea. »Du bist darin ein richtig süßer Kohlkopf.«

»Kohlkopf?«, seufzt Toni deprimiert.

»In Frankreich nennt man jemanden, den man süß findet, Kohlkopf, *chou*«, erklärt Jamie.

Toni klimpert mit den Wimpern. »Ach, hör doch auf, Jamie.«

Hamza lacht, schlingt den Arm um Tonis Hals und zieht ihn an sich, um ihm einen Kuss auf die Schläfe zu drücken. »Ich habe dir doch schon gesagt, wie süß du aussiehst.«

»Dir bleibt ja auch nichts anderes übrig«, schmollt Toni. »Außerdem will ich nicht süß aussehen, sondern *sexy*.«

»Vielleicht hilft es«, tröste ich Toni, nachdem ich wieder aufgestanden bin und an meinem eigenen grünen Overall hinuntersehe, »wenn ich dir versichere, dass keiner von uns in diesem Ding sexy aussieht.«

Doch genau in dem Moment kommt Christopher aus der Umkleide, der in seinem grünen Paintball-Outfit natürlich unverschämt sexy aussieht. Eigentlich dürfte mich das nicht überraschen – die Farbe unterstreicht perfekt den Goldton seiner Haut, die bernsteinfarbenen Augen und den Glanz seiner dunklen Locken. Es ist obszön, was sich in meinem Körper abspielt, während ich beobachte, wie er sich die Haare aus dem Gesicht streicht und die Schutzbrille auf den Kopf schiebt.

Toni macht eine resignierte Handbewegung in Richtung Christopher und fragt: »Willst du wirklich an deiner Behauptung festhalten?«

»Ich bin bereit«, sagt Christopher zu Hank und schließt die letzten Knöpfe seines Overalls.

Er stellt sich neben mich, sieht mich aber nicht an. Nimmt mich nicht einmal richtig wahr.

Das ist ein Schlag ins Gesicht.

Angst beginnt an meinen Eingeweiden zu nagen. Vielleicht habe ich das alles falsch verstanden. Vielleicht hat ihm das, was vor zwei Tagen zwischen uns passiert ist, gar nicht so viel bedeutet wie mir. Er wolle das mit mir wieder in Ordnung bringen, hat er gesagt. Und vielleicht war das ja schon alles. Er hat die Sache so »in Ordnung gebracht«, wie er es am besten kann – mit einem charmanten Flirt, ein paar Umarmungen, selbst gemachter Pasta und dem Versprechen einer befriedigenden Nacht, sobald ich mir darüber klar geworden bin, was ich wirklich will. Das alles war für ihn so selbstverständlich, wie zu atmen.

In dem Fall habe ich sein Verhalten völlig falsch gedeutet. Ich fühle mich wie eine verdammte Idiotin.

»Okay, Leute!« Als schließlich auch Margo und Sula in grünen Anzügen und mit Schutzbrillen auf dem Kopf zu uns stoßen, klatscht Hank in die Hände. »Herzlich willkommen noch mal im *Peace, Love and Paintball*. Euch erwartet bei uns ein völlig neuartiges, ultimatives Paintball-Erlebnis. Die Regeln sind folgende: Ihr und ein anderes Team werdet …«

»Moment.« Jamie hebt die Hand. »Entschuldige, wenn ich dich unterbreche. Aber hast du gesagt, ein *anderes* Team? Wir hatten gehofft, hier einen netten Abend unter Freunden zu verbringen. Und auf Nachfrage hat man uns am Telefon versichert, das wäre möglich.«

»Ist es auch«, entschuldigt sich Hank. »Aber nur, wenn sonst niemand kommt. Die andere Gruppe ist aufgetaucht, als ihr euch gerade umgezogen habt. Wir stehen mit den traditionellen Paintball-Anbietern, die Schusswaffen benutzen, in einem harten Konkurrenzkampf und können es uns nicht leisten, jemanden wegzuschicken.«

Jamie seufzt und sieht zu Bea.

»Wir verstehen das«, beschwichtigt Bea. »Ich bin sicher, wir haben auch so Spaß.«

»Wenn es euch Spaß macht, ordentlich gefickt zu werden«, dröhnt eine widerlich laute Stimme hinter uns, »dann werdet ihr den in jedem Fall haben.«

Wir drehen uns um. Vor uns stehen zehn von Kopf bis Fuß in Schwarz gekleidete Typen, die jeweils ein Paintball-Gewehr umklammern. Ich verdrehe die Augen.

»Ähm.« Hank räuspert sich. »Das hier ist schusswaffenfreies Gelände, Leute. Ihr müsst die Gewehre in euren Autos lassen.«

»Nicht dein Ernst, Mann.« Der Kerl, der gebrüllt hat, scheint der Anführer der Truppe zu sein. »Paintball ohne Waffen ist was für Pussys.«

Die komplette Truppe kichert.

Alle anderen stehen hinter mir, daher ist Christopher der Einzige, den ich sehen kann, der den Mund aufmacht. Aber ich bin schneller. »Was haltet ihr Jungs davon, euren sexistischen Bullshit und eure Minderwertigkeitskomplexe nach draußen zu schieben und woanders an eurem Selbstwertgefühl zu arbeiten?«

Bea, die auf meiner anderen Seite steht, nimmt meine Hand und drückt sie. Aber ich drücke nicht zurück. Ich bin so wütend, dass ich ihr die Finger brechen würde.

»Entschuldige, wie war das, Püppchen?«, fragt der Typ mit

aufgeblasener Brust und starrt mich an. Er ist größer als der Rest, hat ein gerötetes Gesicht und eng stehende Augen.

Ich schnaube abfällig. Der Kerl ist das wandelnde Klischee eines Frauenhassers.

»Ist irgendetwas witzig?«, knurrt er.

»Na ja, deine unoriginellen Beleidigungen wären schon witzig, wenn sie nicht so vorhersehbar wären. Leider offenbaren sie vor allem deine ekelerregende Engstirnigkeit«, entgegne ich.

Er lächelt, aber seine Augen lächeln nicht mit. »O-ho, wen haben wir denn da, Jungs? Die Kleine wirft gern mit komplizierten Wörtern um sich.« Sie lachen wieder. »Habe ich deine Gefühle verletzt, Prinzessin?«

»Das Einzige, was ich fühle, wenn ich dich sehe, ist Mitleid mit den armen Schweinen, die dich ertragen müssen.«

Das Arschloch macht einen Schritt auf mich zu. Ich trete ihm einen Schritt entgegen, aber Christopher legt mir den Arm um die Hüfte und zieht mich zurück. »Es reicht«, knurrt er den Vollpfosten an. Dann dreht er mich von ihm weg und stellt sich hinter mich, sodass ich zu Hank sehe und das Chad-Arschloch uns im Rücken steht.

Hank nutzt die Gelegenheit und erklärt es den Arschgesichtern ein zweites Mal: »Wie ich schon sagte, ihr müsst die Paintball-Gewehre ins Auto bringen, wenn ihr spielen wollt. Ansonsten muss ich euch leider bitten, zu gehen.«

Ich werfe an Christopher vorbei einen Blick nach hinten. Chad, oder wie auch immer der Kerl heißt, starrt mich an und spitzt die Lippen. »Wir bleiben«, erklärt er Hank lächelnd mit einem beängstigenden Raubtierfunkeln in den Augen. »Wir verstauen die hier in den Autos und sind gleich wieder da.«

Sobald sie nach draußen gehen, gelingt es mir endlich, mich von Christopher loszureißen. »Hände weg, Petruchio.«

Christopher öffnet den Mund, als ob er etwas entgegnen wollte. Aber weil mir der Zorn die Tränen in die Augen treibt, und ich nicht will, dass er oder einer dieser Vollposten es sehen, drehe ich ihm schnell den Rücken zu und starre blinzelnd auf den Boden, bis sie wieder weg sind. Während wir darauf warten, dass die Arschgeigen zurückkommen, beantwortet Hank Jamies Fragen nach der Geschichte des *Peace, Love and Paintball*. Aber ich bin viel zu wütend, um irgendetwas davon mitzubekommen.

Als die schwarz gekleideten Brüder zurück sind – ohne Paintball-Gewehre –, erklärt Hank uns die Regeln. Er erzählt etwas über Mindestabstände, die beim Zielen eingehalten werden müssen, Körperteile, die tabu sind, und gibt jede Menge knochentrockener Anweisungen, denen ich schon, wenn ich gut drauf bin, kaum folgen könnte, geschweige denn, wenn ich vor Wut koche.

Plötzlich spüre ich einen Ellbogen in meiner Seite.

Christopher sieht mich endlich an. Wütend und verletzt starre ich zurück.

»Ich habe dich nur weggezogen«, flüstert er mir zu, »weil er es nicht wert ist, Kate.«

»Meine Güte, warum müssen Männer sich eigentlich immer wie ekelhafte Arschlöcher benehmen?«, zische ich. »Oh, ich weiß warum, weil andere Männer sie dazu zwingen. Warum hast du ihm nicht einfach gesagt, er soll sein verdammtes Maul halten, und ihm erklärt, wie widerlich sein Gelaber ist, anstatt *mich* in die Schranken zu weisen?«

Christopher beugt sich zu mir herunter, sein Atem warm an meinem Ohr: »Das wollte ich ja, aber du bist mir zuvorgekommen. Als ich endlich auch mal zu Wort gekommen bin, konnte ich ihm nur noch sagen, dass es reicht. Aber es gibt hier ein riesiges Paintball-Feld, auf dem wir es diesem aufgeblase-

264

nen Arsch heimzahlen können. Und das werden wir, versprochen. Ich habe dich nur von ihm weggezerrt, damit du noch die Chance hast, da rauszugehen und ihm zu zeigen, wo der Hammer hängt.«

Leicht erstaunt blinzele ich Christopher an.

»Noch irgendwelche Fragen?«, will Hank wissen.

Christopher zieht seine Schutzbrille über die Augen und setzt mir meine auf. »Komm, Katydid. Es wird Zeit, dass wir den Jungs mal ordentlich in den Arsch treten.«

Ich hätte gedacht, ohne Waffen wäre Paintball weniger stressig.

Aber da lag ich komplett falsch.

Was wahrscheinlich daran liegt, dass Chad und sein Schlägertrupp sich aufführen wie durchgeknallte Guerillakämpfer. Es ist teils lächerlich, teils erschreckend, wie verbissen wir uns, nur mit Schleudern und Farbbällen bewaffnet, bekriegen und hinter den wenigen auf dem Feld verstreuten Objekten verschanzen, um nicht von einem der überraschend harten gegnerischen Geschosse getroffen zu werden.

Bisher sind nur Sula und Hamza ausgeschieden, die uns überzogen mit gelben und pinkfarbenen Klecksen grimmig von der Seitenlinie aus beobachten.

Toni schreit, als ein Paintball dicht an ihm vorbeizischt, und reißt Margo mit sich zu Boden, die er so davor bewahrt, getroffen zu werden.

Margo lacht, aber es ist mehr ein nervöses Kichern. »Toni! Alles in Ordnung, Kumpel?«

»Das ist fürchterlich!«, schreit er, ohne ein paar der Kumpel in Schwarz aus den Augen zu lassen, die sich ducken, als Christopher seine Schleuder spannt und einen Ball in ihre Richtung abfeuert. Er trifft einen von ihnen an der Schulter, doch der zögert und tut, als sei nichts passiert, um im Spiel zu bleiben.

»Du bist getroffen, du Scheißkerl!«, brüllt Christopher. »Zeig wenigstens ein bisschen Ehre und verzieh dich!«

Jamie seufzt. »Das sollte eigentlich Spaß machen.«

»Tut es nicht wirklich«, gibt Bea zu, die neben ihm kauert.

»Wir müssen uns besser verteilen«, sagt Toni, sich paranoid nach allen Seiten umsehend, weil er fürchtet, aus dem Hinterhalt angegriffen zu werden.

Jamie verzieht das Gesicht. »Er hat recht.«

»Ich würde ja vorschlagen, wir geben auf«, knurrt Bea. »Aber ich will diese Höhlenmenschen unbedingt besiegen.«

»*Du* willst gewinnen?«, sagt Jamie und streicht ihr eine Haarsträhne hinters Ohr. »Du bist doch nicht etwa ehrgeizig?«

Bea schenkt ihm ihr breitestes Lächeln. »Nur ein winziges bisschen.«

»Moment.« Toni richtet sich auf und sieht sich um. »Hat einer von euch schon das Katapult entdeckt?«

Alle starren ihn verständnislos an.

»Das Katapult?«, fragt Christopher.

Toni nickt. »Ich habe gehört, wie Hank einen der anderen Angestellten gefragt hat, ob er das Katapult nach der letzten Runde wieder zurückgeschoben hat …«

»Und das sagst du erst jetzt?«, schreit Margo.

Wieder zischt ein Paintball knapp an uns vorüber, und alle ducken sich. Toni flucht laut auf Polnisch, ein sicheres Zeichen, dass er ernsthaft sauer ist. Noch immer schimpfend lädt er seine Schleuder und schießt auf einen der Typen, der gerade noch ausweichen kann und aus unserem Blickfeld verschwindet. »Wie ihr vielleicht bemerkt habt«, keucht Toni völlig außer Atem, »war ich bislang ausschließlich damit beschäftigt, mich nicht in ein menschliches Jackson-Pollock-Gemälde verwandeln zu lassen.«

»Unabhängig davon, wie früh oder spät wir davon erfahren haben«, sagt Jamie diplomatisch, »kann dieses Katapult ein entscheidender Vorteil sein, wenn wir es finden.« Er stößt die Luft aus und lässt den Blick über das Spielfeld streifen, auf dem es aussieht wie in einem Katastrophengebiet – mit Farbe überzogene Baumstämme, Steinbrocken, kniehohes Gras, gestapelte Heuballen.

»Ich nehme mal an, das Katapult ist nicht allzu groß«, überlegt er. »Damit man es allein oder zu zweit bedienen kann. Wir holen es uns, locken sie in die richtige Position für einen Angriff und machen gleich mehrere auf einmal platt. So können wir sie schlagen.«

»Und wenn sie das Katapult schon haben?«, fragt Margo.

»Das wüssten wir«, beruhigt sie Jamie. »Dann hätten sie uns längst damit bombardiert. Wahrscheinlich lädt man es mit so vielen Farbbällen wie möglich und feuert. In der Luft verteilen sich die Bälle und treffen einzeln oder in Paaren.«

»Okay.« Christopher nickt. »Und wie sollen wir dann deiner Meinung nach vorgehen?«

Jamie räuspert sich. »Na ja … also, ich bin auch kein Experte in diesen Dingen.«

Bea sieht ihn an und grinst. »Jamie. Jetzt ist nicht der richtige Zeitpunkt, um sich für alle die Geschichtsbücher über Schlachten und mittelalterliche Waffen zu schämen, die du in der Mittelstufe verschlungen hast.«

Jamie wird rot. »Okay, ich habe vielleicht tatsächlich ein oder zwei solche Bücher gelesen.«

»Dann lass hören.« Margo wischt sich den Schweiß von der Stirn und stützt die Arme auf die Knie. »Alles, was dazu beitragen kann, diese Arschlöcher plattzumachen, hilft.«

Während Jamie erklärt, versuche ich, nicht zu zittern und mich auf das zu konzentrieren, was er sagt, anstatt laut mit den Zähnen zu klappern. Der Plastikpavillon, unter dem wir stehen, ist an den Seiten offen, und die Sonne geht bereits unter. Ein kalter Wind fegt über das Gelände. Ich bin verschwitzt und friere mir mit jedem Grad weniger mehr den Arsch ab.

Irgendwann lässt sich das Zittern nicht mehr verhindern, wenngleich es mir gelingt, nicht mit den Zähnen zu klappern.

Christopher, der den Blick auf Jamie gerichtet hält, sieht mich zwar nicht, rückt aber näher, sodass unsere Seiten sich berühren. Es ist, als würde ich mich an eine Heizung kuscheln. Ich bewege mich noch ein wenig weiter zu ihm hin und absorbiere die Wärme, die er abstrahlt.

Jamie beendet seine taktischen Erklärungen, und wir teilen uns auf. Als Erste gehen Jamie und Bea zu der kleinen Baumgruppe, um dort nach der Wurfmaschine zu suchen. Ein Abgleich, wer bisher wo war, hat erbracht, dass das Katapult höchstwahrscheinlich dort ist.

Dann robben Margo und Toni hinter den großen Felsbrocken, der, wie wir von hier aus sehen können, immer noch frei ist, seit Jamie und Margo die beiden Vollpfosten, die sich dahinter verschanzt hatten, getroffen haben.

Bleiben noch Christopher und ich. Wir schleichen uns zu der Erhebung, auf der sich vier der sechs noch verbliebenen Ärsche positioniert haben.

Der Plan ist, dass Margo und Toni auf ein Pfeifen von Jamie warten, dass sie das Katapult gefunden haben und in einer guten Position sind, um anzugreifen, oder auf ein anderes Pfeifen, das bedeutet, sie haben es nicht gefunden, aber nahe genug sind, um ihre Schleudern zu benutzen. Dann lenken Margo und Toni die Trottel aus ihrem sicheren Versteck hinter dem

Felsbrocken heraus ab, während Jamie und Bea sie von vorn angreifen und Christopher und ich von hinten.

Was uns alle ein wenig nervös macht, ist die Tatsache, dass wir nicht wissen, wo die beiden fehlenden Typen sind.

»Es geht doch nichts über eine nervenaufreibende Paintball-Schlacht gegen ein paar Möchtegern-GIs, um das Wochenende abzurunden, hm?«

Ich bin so angespannt, dass ich schon wieder Blödsinn rede. Und ich weiß es. Seit seiner kurzen Erklärung, bevor wir das Spielgelände betreten haben, hat Christopher nicht mehr mit mir geredet oder mich in irgendeiner Weise wahrgenommen, außer mich ein wenig gewärmt, während wir unsere Strategie entwickelt haben. Meinem Stolz zuliebe wünschte ich wirklich, ich könnte aufhören, ihn zuzulabern.

Denn natürlich antwortet er nicht. Er ist vollauf damit beschäftigt, vor mir her zu der Erhebung zu schleichen und die Umgebung zu scannen.

Ich will nicht reden und um seine Aufmerksamkeit buhlen. Ich weiß, dass mein Gebrabbel uns verraten könnte. Trotzdem stört es mich, dass ich mal wieder ignoriert werde, wie immer.

Ist es denn so schwer, einfach schnell etwas zu mir zu sagen?

Von hinten schnippe ich ihm mit dem Finger gegen das Ohr. Christopher wirft mir über die Schulter einen vorwurfsvollen Blick zu und legt den Finger auf die Lippen. Ich strecke ihm die Zunge raus.

Seine Augen wandern zu meinem Mund, werden dunkler.

Und dann bricht die Hölle los.

In der Ferne ist der Ruf einer Eule zu hören, Tonis Signal, dass sie das Katapult gefunden haben. Mit einem lautlosen Jubelschrei recke ich die Faust in die Luft. Dann starten Sula und Toni ihr Ablenkungsmanöver, und die Jungs sehen zu ihnen hinüber. Im selben Moment zischt die erste Katapultladung Farbbälle aus dem Wäldchen und regnet auf sie herab. Bevor sie wissen, wie ihnen geschieht, sind drei von ihnen getroffen.

Hinter Christophers Rücken greife ich nach einem Paintball und treffe den Mann, der uns am nächsten ist, direkt zwischen den Schulterblättern. Alle vier drehen sich gleichzeitig um und werfen uns tödliche Blicke zu.

»Ach herrje. Haben wir eure Gefühle verletzt, Jungs?«, frage ich sie die Worte ihres Anführers wiederholend. »Jetzt guckt doch nicht so traurig. Ist doch nur ein Spiel.«

Ihre Mundwinkel zucken wütend. Christopher steht schweigend neben mir und starrt sie wie versteinert an. Voller Genuss verfolge ich das Blickduell.

Christophers enger grüner Overall spannt über seinen harten Bizeps, seiner Brust und seinen Schenkeln. Bisher habe ich es noch nicht gewagt auch die Rückseite zu begutachten – mitten in einer Paintball-Schlacht würde ich ungern stolpern und der Länge nach hinfallen, weil ich ihm auf den Arsch glotze, was ich definitiv tun würde. Seit mir am Spieleabend sein Hintern aufgefallen ist, kostet es mich Wonder-Woman-Kräfte, meinen Blick nicht ständig dorthin schweifen zu lassen.

»Verpisst euch«, sagt er schließlich zu den Typen und reckt das Kinn in Richtung Seitenlinie.

Leise grummelnd stampfen sie an uns vorbei.

Stünde nicht der große, böse starrende Christopher neben mir, hätten sie sicher noch ein paar nette Beschimpfungen für mich parat, darauf würde ich meine beste Kamera verwetten. Trotz Stolz und meiner Wut, mich überhaupt mit solchen Männern abgeben zu müssen, bin ich froh, dass Christopher bei mir ist und ich mich nicht mit ihnen anlegen muss.

Grinsend beobachte ich, wie sie sich zu den anderen Jungs aus ihrem Team gesellen, die breitbeinig und mit verschränkten

Armen am Spielfeldrand stehen. Sie sehen aus, als wären sie ziemlich angepisst. Es ist zwar nur ein kleiner Sieg ... aber ein Sieg.

Der allerdings nicht lange anhält.

In kurzer Folge höre ich zuerst Toni und dann Margo aufjaulen. Schnell kraxeln Christopher und ich auf die Anhöhe und schauen über den Rand. »Scheiße«, murmelt Christopher.

Mit Farbe überzogen kommen Toni und Margo langsam hinter ihrem Felsen hervor und trotten zur Seitenlinie.

Während wir beide in stiller Übereinkunft vorerst bleiben, wo wir sind. Christopher konzentriert sich auf den Hinterhalt, aus dem wir gekommen sind, während ich in die andere Richtung nach den beiden noch verbleibenden Arschlöchern Ausschau halte.

Ein lauter Schrei von Bea genügt, dass ich meinen Wachposten aufgebe und ohne lange zu überlegen von der Erhebung springe. Die harte Landung fährt mir in die Knochen, aber ich sprinte sofort weiter Richtung Bäume.

Hinter mir höre ich Schritte und drehe mich um. Erleichtert stelle ich fest, was ich eigentlich schon wusste – Christopher ist direkt hinter mir.

»Fuck!«, höre ich Bea brüllen.

»Beatrice«, beschwichtigt sie Jamies ruhige, geduldige Stimme.

Kurz vor der Lichtung packt Christopher mich um die Taille und zieht mich hinter einen Baum. Ich will ihn zur Schnecke machen, weil er mich schon wieder gestoppt hat, aber er legt mir sofort die Hand auf den Mund. Die beiden Letzten des gegnerischen Teams stehen nur einen halben Meter entfernt vor Jamie und Bea, die sich rechts und links vom Katapult positioniert haben.

Ich zerre Christophers Hand von meinem Mund, der mich

noch enger an sich zieht. Seine Brust hebt und senkt sich sehr schnell, und ich kann seinen Atem an meinem Ohr fühlen.

Ein Zittern schüttelt mich, dieses Mal ist es jedoch nicht die Kälte.

Ich spüre jeden Zentimeter von ihm, der mich berührt. Die harten Muskeln seiner Schenkel, die sich gegen die Rückseite meiner Beine pressen, seinen Schwanz, wie er sich an meinen Hintern schmiegt, seine Härte, die … o Gott, ich darf gar nicht darüber nachdenken, was ich spüre, oder über diesen Instinkt, den Druck zu erwidern und mich an ihm zu reiben. Er umklammert mich mit seinen muskulösen Armen, seine Brust eine breite, feste Fläche, auf die ich meinen Kopf sinken lasse und tief Luft hole. Ich brauche Sauerstoff, irgendetwas, das meine Instinkte im Zaum hält.

Die Stimme meiner Schwester rettet mich. Die Hände in die Hüften gestemmt tritt sie in mein Blickfeld und starrt die schwarzen Brüder mit funkelnden Augen an. »Ihr verdammten Arschlöcher.«

»Stell dich nicht so an, Süße«, flötet der Anführer. »Wir haben doch nur ein bisschen Spaß.«

»Spaß?«, kreischt sie. »Jetzt hör mal gut zu, du Vollpfosten. Ich will ja nicht behaupten, dass ich es mit Regeln allzu genau nehme, aber wenn es um die Sicherheit geht, hört der Spaß auf. Du hast ihm den Paintball direkt ins Gesicht geschossen.«

»Beatrice«, wiederholt Jamie, seine Stimme immer noch ruhig und geduldig.

»Was, Jamie?«, kreischt sie.

Langsam zieht er sie in seine Arme und drückt ihren Kopf gegen seine Brust. »Die Schutzbrille hat den Aufprall abgemildert. Meinem Gesicht ist nichts passiert. Mir geht's gut.«

»Aber mir geht's nicht gut«, murmelt sie mit verdächtig leiser Stimme und schnieft.

»Doch«, sagt er und wiegt sie sanft hin und her. »Alles ist gut. Atme einfach tief durch.«

»Das war nicht okay«, grummelt sie. »Du hast dich vor mich gestellt, und sie haben dir direkt ins Gesicht geschossen, ohne den Sicherheitsabstand einzuhalten.« Sie reißt sich los, um die Kerle wieder anzubrüllen. »Das Gesicht ist tabu, ihr gehirnamputierten Säcke!«

Der große Typ verdreht nur die Augen. »Ihr seid getroffen. Verlasst ihr jetzt endlich das Feld, oder was?«

Sowohl Bea als auch Jamie ignorieren ihn. Bea legt den Kopf zurück auf Jamies Brust und atmet tief durch, womit sie sehr viel mehr Klasse demonstriert, als ich es könnte. Kurz darauf trennen sich die beiden, drehen sich ohne ein weiteres Wort um und verlassen in unsere Richtung das Spielfeld.

»Bleib still«, flüstert Christopher.

Aber ich hätte ohnehin kein Wort herausgebracht. Das heiße pulsierende Prickeln in meinen Adern, überall dort, wo er mich berührt, raubt mir den Atem. Mein Rücken lehnt an seiner Brust, während er mich an sich zieht, eine Hand weit unten auf meinem Bauch, die andere von hinten um meine Schultern gelegt.

Ich könnte schwören, mein lautes Schlucken hallt von den Bäumen wider. Aber entweder ist es doch nicht so laut und Jamie und Bea hören es nicht, oder die beiden sind die besten Schauspieler der Welt.

Als sie an unserem Baum vorübergehen, scheint Jamie zu stolpern und fällt auf die Knie.

»Jamie!« Bea beugt sich zu ihm hinunter. »Alles okay?«

»Nichts passiert«, sagt er und steht wieder auf. »Ich bin nur an einer Wurzel hängen geblieben.«

Bei seinem »Sturz« hat er etwas neben unsere Füße fallen lassen – seinen Beutel mit einem kostbaren Vorrat an Farbbällen.

Die Erleichterung pumpt mich auf wie einen Ballon. Ich selbst habe nur noch einen Ball im Beutel und keine Ahnung, ob Christopher überhaupt noch Munition hat. Eigentlich wollten wir nach unserem Angriff neue holen, sind aber nicht mehr dazu gekommen.

Nun müssen wir uns darum keine Sorgen mehr machen.

Ich komme wieder in Fahrt. Wir sind so kurz davor, diese hinterhältigen Arschlöcher, die in der Überzahl waren und trotzdem beschissen haben, fertigzumachen. Und das Beste ist, der fiese Anführer ist noch im Spiel. Und genau den werde ich jetzt vom Gelände ballern.

Vorsichtig spähe ich über meine Schulter und drehe den Hals dabei so, dass ich Christopher etwas ins Ohr flüstern kann. Als hätte er den gleichen Gedanken, senkt Christopher im selben Moment den Kopf.

Wir erstarren.

Es ist wieder wie an dem Abend vor meiner Wohnung, kurz vor unserem spektakulären Kuss. Sein Mund ist ganz nah an meinem.

Christophers Hand gleitet von meiner Schulter nach oben und streicht mit dem Daumen über meinen Kiefer, während sein Blick zu meinem Hals wandert und er, die Brust gegen meinen Rücken gepresst, lange und zitternd ausatmet.

Als ich die Finger um sein Handgelenk lege, spüre ich seinen Puls und bin wie elektrisiert. Unter meinen Fingerkuppen pocht der Beweis für das, worauf ich so sehr gehofft hatte: Er will mich genauso sehr wie ich ihn.

Aber für weiche Knie und schmachtende Küsse ist jetzt keine Zeit. Nichts darf uns davon ablenken, diesen Mistkerlen ordentlich in den Arsch zu treten.

Ich zwinge mich, langsam und gleichmäßig auszuatmen. »Ich renne auf die Lichtung und lenke sie ab«, flüstere ich. »Der

Frauenhasser gehört mir. Den will ich ausschalten. Und solange sie auf mich konzentriert sind, erledigst du den anderen.«

Christoper reißt den Blick von meinen Lippen und schüttelt den Kopf. »Nein«, flüstert er zurück. »Du bleibst hier. *Ich* gehe.«

Das Knacken eines Asts ist zu hören. Wir verstummen und sehen uns nach dem Geräusch um. Unsere Gegner fummeln am Katapult herum. Anscheinend wissen sie nicht, wie man es bedient. Vielleicht hat Jamie eine Möglichkeit gefunden, es zu sabotieren. Ich hoffe es, denn jetzt ist mein Moment.

Ich drehe mich in Christophers Arm, woraufhin er seinen Griff lockert und die Hände auf meine Schultern legt.

Ich sehe ihn an. Dann stelle ich mich auf die Zehenspitzen und drücke ihm einen schnellen Kuss unters Ohr. »Ziel auf seine empfindlichste Stelle«, flüstere ich.

Christopher weicht zurück und kneift die Augen zusammen. »Katerina, was ... *Scheiße!*«

Ich reiße mich von ihm los, schnappe mir vom Boden zwei Farbbälle, und renne, die Geschosse fest in Händen, wie zu meinen besten Softballzeiten, mit einem wilden Schrei auf die Lichtung. Erschrocken kramen die Jungs in ihren Beuteln nach Bällen.

Mein erster Paintball trifft Chad – welch unerwartete Fügung des Schicksals – voll in die Eier. Stöhnend geht er in die Knie und kippt dann zur Seite.

Der damit Letzte der gegnerischen Truppe starrt mich wutentbrannt an, spannt die Schleuder und schießt einen Ball nach mir. Aber ich kann ausweichen und sprinte weiter, sodass er sich zu mir umdrehen muss und Christopher, der auf ihn zuläuft, nicht sieht.

»Loser!«, schreie ich und springe über einen Stein, der im Weg liegt. Mein Knöchel knickt um, und ich stolpere vorwärts, kann mich aber gerade noch fangen und weiterrennen.

Während ich laufe, spannt mein Verfolger ein zweites Mal seine Schleuder, zielt und schießt. Ich versuche, auszuweichen, aber dieses Mal trifft er mich, direkt über dem Herzen an der Brust. Ich stöhne und werfe wütend den Kopf in den Nacken, als mich noch ein Ball trifft. Erschrocken schnappe ich nach Luft, obwohl mich das nicht hätte überraschen dürfen. Laut den Regeln hört man auf, sobald der Gegner getroffen ist, aber er hat natürlich noch einmal geschossen und auf mein Gesicht gezielt.

Und jetzt greift der Arsch tatsächlich ein drittes Mal in seinen Beutel und kommt knurrend, mit gespannter Schleuder, auf mich zu. »Du verfickte Fo…«

Ein Paintball landet direkt auf seiner Luftröhre. Mit weit aufgerissenen Augen und nach Luft schnappend wie ein Fisch stolpert er rückwärts, wobei ihm der Ball aus der Schleuder fällt.

Langsam drehe ich den Kopf.

Am Rand der Lichtung steht Christopher. Unsere Blicke treffen sich, und die Welt um mich her löst sich auf. Verschwommen nehme ich wahr, wie unsere Feinde vom Feld trotten, dann sehe ich nur noch Christopher. Die Kiefer aufeinandergepresst und mit bebender Brust steht er vor mir in diesem Kunstwald aus kahlen Bäumen mit farbverschmierten Ästen und welken Blättern, während das letzte Stück einer kakifarbenen Sonne hinter dem Horizont verschwindet.

Ich sehe ihn an, und in mir flammt ein unbändiges Verlangen auf, das mich eine Schutzmauer nach der anderen einreißen lässt. Plötzlich gibt es keinerlei Grund mehr, weshalb ich diesem Verlangen nicht nachgeben und mich schützen sollte, so, wie ich es immer getan habe, weshalb ich meinen Mund nicht auf den dieser anmaßenden, Süßholz raspelnden, schamlos flirtenden, in ihrem hautengen Overall supersexy aussehenden Nervensäge pressen sollte, die meine eiserne Entschlossenheit einfach so sprengt und dafür sorgt, dass mir glühende Funken durch die Glieder schießen.

Ich mache einen Schritt auf ihn zu.

Dann noch einen.

Und dann laufe ich.

24

Christopher

Ich sehe, wie Kate auf mich zu gerannt kommt. Wie ihre Füße im selben Takt auf den Boden schlagen wie mein Herz gegen meine Rippen. Ich habe mir das alles so lange Zeit verwehrt – das Vergnügen, sie zu beobachten, die erregende Bewunderung, das schmerzliche Sehnen.

Aber das ist jetzt vorbei.

Ich habe den Widerstand aufgegeben und sauge ihren Anblick in mich auf, wie sie auf mich zu rennt, mit Farbe bespritzt, schön und wild. Aus ihrem unordentlichen Knoten lösen sich einzelne Strähnen ihres kastanienbraunen Haars und flattern im Wind.

Ich gehe ihr einen Schritt entgegen. Dann noch einen. Lange, schnelle, immer schnellere Schritte tragen mich über den Boden, und *Fuck*, zum ersten Mal fühlt es sich an, als würde mein Herz die Arme ausstrecken, seine ausgehungerten Lungen mit Luft füllen und vor Freude schreien.

Wir sind nur noch drei Schritte voneinander entfernt.

Zwei.

Einen.

Sie springt in meine Arme, klettert an mir hoch wie an einem Baum. Unsere Münder prallen aufeinander, Zähne schlagen zusammen. Keuchend lege ich eine Hand auf ihr Gesicht und fasse mit der anderen nach ihrem Schenkel, ihrem Hintern, ziehe sie an mich.

»Christopher«, keucht sie, biegt den Rücken durch und streicht mir mit beiden Händen durch die Haare.

Es ist wild und fiebrig, weniger ein Kuss als vielmehr ein heißer hungriger Mund, der mich verschlingt.

»Kate«, stöhne ich und gebe mich dem hin, ungeachtet der einstudierten und perfektionierten Feinheiten, die meine Hände und Lippen normalerweise leiten. Ich vertiefe unseren Kuss, während sie ihre um meine Taille geschlungenen Schenkel noch fester zusammenpresst, ihre Fersen sich in meinen Hintern bohren, ihre Finger sich in mein Haar krallen. Ich bin so erregt und hart, dass jedes Streifen ihres Körpers zu einer grausam süßen Qual wird. Ich will sie so sehr, brauche sie, Fingernägel, die über meinen Rücken kratzen, Zähne, die meine Haut streifen, heißere, spitze Schreie, wenn ich mich in ihr verliere.

Kates Hüften wiegen sich im Takt mit meinen, und ich presse sie an mich, mache unsere Bewegungen noch enger.

»O ja.« Sie nickt, krallt sich in meinen Overall und zieht mich an sich für einen nächsten, harten Kuss. »Mehr.«

Meine Hand gleitet von ihrem Gesicht auf ihre Brust, umschließt sie. Ich finde ihren harten, spitze Nippel und reibe ihn, während sie in meinen Mund keucht. Als ich an den Knöpfen ihres Overalls zerre, sie öffnen will, rutschen meine Finger an der Farbe ab, was mich daran erinnert, was sie getan hat – wie leichtsinnig sie sich in Gefahr begeben hat.

Es ist mir egal, dass es nur Paintball war, nur ein paar Spritzer biologisch abbaubare Farbe. Diese Scheißkerle hatten es auf sie abgesehen, und sie wusste das. Trotzdem hat sie sich direkt in die Schusslinie begeben.

Die Wut kocht wieder in mir hoch, glühend rot wie die Farbe auf meiner Hand. Zorn, Frustration und Angst mischen sich in meinen Adern zu einem explosiven Cocktail, und ich gehe mit ihr zum nächsten Baum und drücke sie gegen den Stamm. »Lauf mir nie wieder einfach so davon und begib dich in Gefahr, Katerina. Nie wieder.«

»Das war nicht gefährlich«, keucht sie, während sie sich weiter an mir reibt und den Kopf mit geschlossenen Augen an den Stamm lehnt.

»Doch, war es«, knurre ich, beiße sanft in ihren Hals und lasse die Zunge über ihre Haut gleiten. Ich schmecke sie, atme sie ein, bestrafe sie mit meiner Hüfte, indem ich zustoße und mich wieder zurückziehe, sie mit einem harten Griff um die Taille von mir fernhalte und ihr ihren Willen verweigere. »Hör auf mich, Kate. Lass mich dich beschützen, wenn du in Gefahr bist.«

Sie stemmt die Füße gegen den Baumstamm und drückt sich ab, sodass ich rückwärts stolpere und wir an einem anderen Baum landen. Sie schlingt die Beine wieder fest um meine Hüften, streckt die Wirbelsäule, bis sie einen halben Kopf über mir ist, und nimmt mein Gesicht in beide Hände.

Ich starre zu ihr hinauf, hilflos, hoffnungslos verloren in diesen stürmischen Augen, die blitzend auf mich herabsehen, während ihre Fingerspitzen über meine Wangenknochen und meinen Kiefer entlangtanzen. »Ich hatte alles im Griff«, murmelt sie. »Genau wie jetzt.«

»Verdammt«, knurre ich, recke den Hals und küsse sie. Ich drücke die süße Rundung ihres Hinterns und fahre mit den Händen ihren Rücken hoch. »Sag mir, was ich tun muss, bitte Kate. Egal was, aber jag mir nie wieder solche Angst ein, hör auf, dich ständig Hals über Kopf in gefährliche Situationen zu stürzen.«

»Mir ist nichts passiert«, flüstert sie. »Mach dir keine Sorgen.« Sie legt die Zähne auf meine Unterlippe und beißt sanft hinein. »Ich wurde von zwei biologisch abbaubaren Farbbällen getroffen. Das ist alles.«

Ich fluche gegen ihre Lippen, schwindelig vor Begierde, während ich sie enger an mich ziehe und meinen Mund auf ihren presse. »Trotzdem kann ich das nicht akzeptieren.«

Sie unterbricht unseren Kuss und lacht. »Du benimmst dich lächerlich.«

»Und du unmöglich.« Stöhnend umfasse ich ihren Nacken, fahre mit den Fingern durch ihr schweißnasses Haar und spiele mit den wilden Locken, die sie hoch oben auf ihrem Kopf zusammengebunden hat. »Gott, ich kann einfach nicht aufhören damit. Ich kann es nicht, obwohl …«

Obwohl ich es versucht habe, hätte ich ihr fast gestanden. *Ich habe es so lange versucht.*

Sie sucht meinen Blick, irritiert und ernst. Ihr Daumen streichelt meine Schläfe und wandert zu meinem Wangenknochen, zärtlich und nachdenklich. »Obwohl was?« Sie beugt sich zu mir herunter, ihr Mund nur noch Millimeter von meinem entfernt. »Sag es mir.«

Ich streiche ihr sanft über den Rücken, ziehe sie an mich und atme tief ein. Mein Herz rast, während ich all meinen Mut zusammennehme, um ihr alles zu gestehen. »Ich …«

»Wir haben gewonnen!« Beas Stimme lässt mich verstummen.

Laute Jubelrufe erfüllen die Luft. Schritte trampeln in unsere Richtung.

Kates Augen tanzen zwischen meinen hin und her. Äste knacken. Die Stimmen werden lauter.

»Vergiss nicht, was du sagen wolltest«, flüstert sie. Dann drückt sie mir einen letzten, langen Kuss auf den Mund und springt wie eine Katze aus meinen Armen. Sie schnappt sich einen Ball und schleudert ihn Richtung Bea, die gerade zwischen den Bäumen auftaucht. »Paintball-Attacke!«

25

Kate

Es ist die längste Zugfahrt meines Lebens.

Christopher sitzt neben mir und starrt stur geradeaus. Sein Schenkel drückt gegen meinen, hart und drängend, während in meinem Kopf unsere Küsse auf dem Paintball-Feld in Endlosschleife laufen. Röte kriecht mir den Hals hinauf und breitet sich über meine Wangen aus.

Unsere Blicke treffen sich in der Spiegelung der Glasscheiben. Er sieht mich an, intensiv und hungrig. Unsere Augen sprechen dieselbe Sprache …

Ich will dich, will dich, will dich.

Die Unterhaltung unserer Clique bekomme ich nur am Rande mit. Tonis und Sulas dramatische Nacherzählungen der Highlights, Beas begeistertes Gekicher, wie wir die Kumpel in Schwarz geschlagen haben.

Alles, worauf ich mich konzentrieren kann, sind das Geräusch meines Atems, der stoßweise aus meinen Lungen taumelt, die Hitze, die von Christopher ausgeht, und jede einzelne Stelle, an der unsere Körper sich berühren.

Ich presse die Schenkel zusammen.

Christophers Spiegelbild verzieht das Gesicht zu einem wissenden Grinsen.

Nicht bereit, ihn damit davonkommen zu lassen, räche ich mich, indem ich die Arme über den Kopf hebe, als wollte ich die Schultern dehnen, und präsentiere meine Nippel, die sich hart wie kleine Diamanten unter meinem Sweatshirt abzeichnen.

Sein Grinsen verschwindet sofort, und ich sehe, wie er sich so fest an die Armlehne klammert, dass seine Fingerknöchel weiß hervortreten. Die grünen Farbflecke auf seiner Hand und die gelben und blauen Spritzer auf Handgelenken, Hals und Haaren, lassen mich an die Szenen im *Peace, Love and Paintball* vor noch nicht einmal einer Stunde denken.

Ich sehe ihn wieder vor mir, wie er sich zu mir umdreht, in genau dem Moment, in dem ich mich an ihn heranschleiche und ihm einen gelben Paintball auf den Kopf knalle, sehe das Grinsen in seinem Gesicht, als er den Ball in seiner Hand zerdrückt, mir die Farbe seitlich ins Gesicht schmiert, und ich vor Vergnügen kreische.

Der Zug hält, und wir erheben uns stöhnend von unseren Sitzen. Alles tut weh, wir spüren jeden einzelnen Knochen im Körper.

Während die anderen plappernd vorausgehen, lassen Christopher und ich uns zurückfallen. Er legt die Hand auf meinen unteren Rücken, warm und wohltuend, es fühlt sich erschreckend gut an.

Dann sieht er mir tief in die Augen, bevor sein Blick zu meinem Mund wandert und der Druck auf meinem Rücken stärker wird.

Er will mich. Und ich will ihn.

Ich will seine Hände, seine Lippen. Ich will mehr von diesen Küssen, die glühende Funken über meine Haut tanzen lassen, mich elektrisieren und erden. Ich will meinen Mund auf seinem spüren, meine Hände auf ihm, seine Hände auf mir, die Energie, die durch unsere Körper pulsiert.

Auf dem Gehweg bilden sich in der Kälte zitternde Paare, die sich zum Abschied umarmen. Ich beteilige mich an dem Ritual, ohne wirklich darauf zu achten, was ich sage.

Dann stehen nur noch wir vier auf dem Gehweg, Bea, die sich an Jamie kuschelt, und ich, Schulter an Schulter mit Christopher, der mich wärmt.

Ein Auto rauscht vorüber und bringt mit seinen wummernden Bässen die Luft zum Vibrieren, ein Echo dessen, was gerade in mir vorgeht.

»Nun denn.« Jamie legt den Arm noch enger um Beas Schulter und lächelt zu ihr hinunter. »Gestatten Sie mir, Sie nach Hause zu begleiten, werte Dame?«

»Und was, werter Herr, würden Sie davon halten, wenn stattdessen ich *Sie* nach Hause begleite?«, entgegnet Bea grinsend.

»Nun, dazu würde ich nicht Nein sagen. Da kommt gerade ein Taxi.« Jamie winkt. »Kommt ihr auch?«

Ich schüttele den Kopf. »Ich möchte zu Fuß gehen.«

»Ich begleite sie«, bietet Christopher an.

Jamie und Christopher tauschen einen Blick, den ich nicht richtig deuten kann. Bea kommt auf mich zu und nimmt mich fest in den Arm. »Ist das okay für dich?«, flüstert sie.

»Ja. Alles gut. Hab dich lieb.«

Sie drückt mich noch fester. »Ich dich auch. Ich bin nicht weit weg. Ruf einfach an oder schick mir eine Nachricht. Weil … ähm, also falls das nicht klar war. Ich werde nicht nach Hause kommen. Zumindest nicht vor morgen Vormittag.«

Lachend befreie ich mich aus ihrer Umarmung. »Das war schon klar.«

Sie grinst. »Okay. Dann Gute Nacht, KitKat.«

»Gute Nacht, BeeBee.«

Jamie schiebt Bea in das Taxi, steigt dann ebenfalls ein und zieht die Tür zu. Als ich mich wieder zu Christopher umdrehe, starrt er mich an. Er kommt näher und zieht den Reißverschluss meiner Jacke zu.

»Macht es dir etwas aus, zu Fuß zu gehen?«, frage ich.

»Natürlich nicht«, sagt er lächelnd, die Augen auf den Kragen meiner Jacke gerichtet, den er hochschlägt, um meinen kalten Hals zu wärmen. »Ich hatte sowieso schon den leisen Verdacht, dass du nach dieser Bahnfahrt trotz der zweistündigen Paintball-Schlacht ein wenig Bewegung brauchst.«

»Wenn ich so lange still sitzen muss«, sage ich und wackele mit den Knien, um die überschüssige Energie loszuwerden, die sich in mir aufgestaut hat, »fühle ich mich wie eine geschüttelte Champagnerflasche.«

»Hmm. Und was kann man dagegen tun?« Christopher kneift die Augen zusammen, schaut den leeren Gehweg entlang und ruft völlig aus dem Nichts: »Wer schneller ist!«

Dann rennt er los.

Kurz bleibe ich noch überrumpelt stehen, bevor ich ihm hinterherjage. »Das ist nicht fair!«, schreie ich. »Du hattest einen Vorsprung!«

Er sieht über die Schulter und grinst. »Ich mache das später wieder gut.«

»Wird nicht nötig sein«, brülle ich und pumpe alle Kraft in meine Beine, die schon auf dem Spielplatz schneller waren als die der meisten Kinder – Beine, mit denen ich Mittelstreckenrennen gewonnen habe, und die mir immer wieder brennende Lungen und veraugabte Muskeln verschaffen, die mich zur Ruhe kommen lassen. »Ich werde dich ohnehin schlagen.«

Er wagt es tatsächlich, zu lachen. »Klar wirst du das, Katydid.«

Eine rote Fußgängerampel zwingt Christopher anzuhalten, und ich komme schwer atmend neben ihm zum Stehen. Ich schenke ihm ein strahlendes Lächeln.

»Ich werde dich so was von fertigmachen«, erkläre ich ihm auf den Fußballen wippend. »Du warst in meinen Glanzzeiten als Leichtathletin nicht da, Petruchio, daher kannst du nicht wissen, dass du gegen die Zweitplazierte bei den Landesmeisterschaften über 800 Meter und die Siegerin über 1600 Meter antrittst.«

Er sieht mich mit warmen, wissenden Augen an. »Ich war da.«

»Was?«

Er starrt auf die Ampel, wartet, bis sie grün wird. »Dass du es nicht weißt, bedeutet nicht, dass ich nicht da war.«

Mit offenem Mund starre ich ihm hinterher, als er über die Kreuzung sprintet.

»Christopher!«, brülle ich, lege die Arme an, finde meine Schrittlänge und gebe alles.

Er wirft einen Blick über die Schulter. Seine Augen weiten sich, als er sieht, dass ich aufhole. »Scheiße!«

»Ja, du solltest Angst haben!«

Er lacht, als würde er mich nicht ernst nehmen, und biegt um die Ecke meines Wohnblocks. Dabei macht er den fatalen Fehler, zu weit auszuholen, und verliert an wertvollem Boden, während ich die Ecke so eng wie möglich nehme und auf den letzten Metern noch einmal alles gebe. Anderthalb Meter vor meiner Haustür ziehe ich an ihm vorbei, und wir klatschen in einem keuchenden Durcheinander gegen die Glasscheibe.

Mit einem erschöpften Lachen lehne ich mich mit dem Rücken gegen die Tür, Christophers Hände rechts und links neben meinem Kopf.

Das ausgelassene Lachen nach unserem Wettrennen verebbt, und wir werden still. Der Wind brennt auf meinen Wangen, zerrt an meiner dicken Jacke und drückt Christopher den Mantel eng an den Körper und bläst ihm die Haare aus dem Gesicht.

Ich kann den Blick nicht von ihm losreißen.

Und er scheinbar nicht von mir.

Ihn so offen anzustarren ist, als hätte ich eine Hautschicht verloren. Ich fühle mich nackt, weiß, dass ich ihm nicht entkommen kann, nicht mehr verbergen kann, wie sehr ich ihn will.

Unregelmäßig atmend lasse ich die Hand über seine Brust gleiten, die wie ein Blasebalg arbeitet, während ich verzweifelt nach Worten suche. Obwohl ich mutig bin und kein Blatt vor den Mund nehme, obwohl ich um die ganze Welt gereist bin, neue Sprachen, Sitten und Bräuche gelernt habe, Orte gefunden, mich verirrt, aus meinen Fehlern gelernt und mich wieder aufgerappelt habe, bringe ich keinen Ton heraus.

Christopher neigt den Kopf und streift mit der Stirn meine Nase. »Sag mir, was du willst, Kate.« Die Hand auf meiner Wange berührt er mit dem Daumen sanft meine Lippen. »Sag es mir.«

Vielleicht liegt es daran, dass ich es so deutlich in seinen Augen sehe, es im schwachen Zittern seiner Hände spüre, in seinen rauen unregelmäßigen Atemzügen. Vielleicht daran, dass ich mich endlich nicht nur traue, zu kämpfen, sondern auch, zu empfinden, mich sicher genug fühle, mein Begehren und meine Bedürftigkeit nicht nur zuzulassen, sondern auch auszusprechen. Was immer es ist, plötzlich braut sich in meinem Inneren ein grausam schöner Sturm zusammen, füllt meine Lungen und macht mich stark.

»Ich will dich«, hauche ich und sehe ihm tief in die Augen, die Hand auf seinem pochenden Herzen. »Und du willst mich auch.«

»Himmel, ja«, stöhnt er. Ich recke mich ihm entgegen, und wir küssen uns, hart, leidenschaftlich, perfekt. Ich öffne den Mund und schlinge die Arme um seinen Hals. Seine Hände gleiten über meinen Rücken, meinen Hintern, packen meine Schenkel und legen sie um seine Hüften. Dann steckt er eine Hand in meine Jackentasche und zieht den Schlüssel heraus. Ungeschickt steckt er ihn ins Schloss und stößt die Tür auf.

»Beeil dich«, flehe ich, umklammere ihn mit den Schenkeln und reibe mich schamlos an ihm.

»Ich beeil mich ja schon.« Seine Lippen streifen mein Ohrläppchen, meinen Kiefer, meinen Hals, während er mich zwei Stufen auf einmal nehmend nach oben trägt.

Wir erreichen die Tür zu unserer Wohnung, und er presst mich mit dem Rücken dagegen, während er heftig atmend ein zweites Mal mit dem Schlüssel kämpft. Er stößt einen leisen Fluch aus.

Ein merkwürdiger Laut dringt aus meiner Kehle, halb Wimmern, halb Lachen. Christopher muss ebenfalls lachen, bevor er mich mit einem leidenschaftlichen Kuss zum Schweigen bringt.

Endlich schwingt die Tür auf, und wir taumeln in die Wohnung, wo er die Tür hinter uns zuschlägt, bevor er mich unsanft auf die Füße stellt und den Reißverschluss meiner Jacke aufzerrt.

Während er mir hilft, mich aus den Ärmeln zu winden, mache ich mich an seiner Jacke zu schaffen. Dann schiebt er die Hand unter meinen Pullover, zieht mich an sich und drängt mich rückwärts zum Sofa.

Sein Mund streift meine Lippen, weich und zärtlich, unsere Zungen beginnen zu tanzen. Ich kralle die Finger in sein Hemd, knülle den Stoff zu einem festen Ballen zusammen. »Mehr.«

Er stöhnt gegen meinen Mund und schiebt die Hände unter meinem Pullover höher, um sie auf meine Brüste zu legen. Meine Kniekehlen stoßen gegen die Armlehne, und ich reiße ihn mit mir aufs Sofa, wobei er grunzend auf mich fällt.

»Langsam«, murmelt er. »Du tust dir noch weh.«

Ich lache. »Wenn du glaubst, du bist das Schwerste, was je auf mich draufgefallen ist, Petruchio, täuschst du dich gewaltig.«

Ich hätte gern damit angegeben, dass bei einem meiner Auslandsjobs einmal ein ausgewachsener Alligator auf mir gelegen hat – wobei am Ende dann ich oben lag –, doch in Anbetracht seines überzogenen Anfalls, als ich von ein paar Farbbällen getroffen wurde, behalte ich diese Anekdote lieber für mich. Denn ich will, dass er weiter diese Sache mit meinen Nippeln macht, die mich keuchen lässt wie nach einem 100-Meter-Sprint.

»Diese Titten«, krächzt er. »Du hast mich mit deiner kleinen Show im Zug fast um den Verstand gebracht.«

Das macht mich noch wilder, kopfloser, und ich schiebe die Hände unter sein Hemd, ertaste seine heiße Haut, die Härte seines Körpers, die haarige Spur, die von seinem Nabel abwärtsführt. »Küsse sie.«

Christophers gieriger Mund tanzt köstlich feucht und warm meinen Hals hinunter, reizt mich mit Küssen, kleinen Bissen und weichen Zungenschlägen. Seine Hände umschließen meine Brüste, drücken sie bewundernd.

»Ich sagte, küsse sie«, wimmere ich.

Seine Daumen spielen an meinen Nippeln, kneifen sie sanft.

»Scheiße!« Mein Kopf fällt nach hinten, ich biege mich ihm entgegen.

»Sonst noch irgendwelche Wünsche?«, murmelt er.

Ich stecke die Hände hinten in seine Jeans, dann in seine

Shorts und packe seinen fantastischen Knackarsch, um ihn an mich zu ziehen, bis ich ihn spüre, geschwollen und hart in seiner Jeans, fest an mich geschmiegt.

»Scheiße«, stöhnt er an meinem Hals.

»Findest du immer noch, dass es eine gute Idee war, Abstand zu halten?«

Er drückt mich aufs Sofa. Unter seinem vollen Gewicht schnappe ich nach Luft. »Nein.« Er senkt den Kopf und drückt einen langsamen Kuss direkt über mein Herz, der mir eine Gänsehaut über den Körper jagt. »Jetzt nicht mehr.«

Meine Finger fahren durch sein Haar, während er zuerst meine Schlüsselbeine küsst, dann meine Schultern, und sein Mund schließlich auf der gebrochenen Seite verweilt. Er lässt die Hände meine Arme hinuntergleiten, zieht sie über meinen Kopf und hält sie dort fest, wobei das ganze Gewicht seines Körpers auf mir lastet. Diese Schwere tut so gut, dieser Druck, nach dem meine überreizten Nerven sich so sehr sehnen.

Sein Mund wandert tiefer zu meiner Brust und schiebt mein T-Shirt beiseite. In heißen Kreisen gleitet seine Zunge über meine Haut, während die Finger der einen Hand meine Brust umschließen und quälend langsam an meinem Nippel ziehen und die andere meine Schenkel spreizt, an der Innenseite nach oben gleitet, und dabei mit dem Daumen kleine, fast unerträgliche kreisende Bewegungen vollführt. »Ich will dich hier auch küssen, Kate.«

Ich nicke, erregt und ängstlich, und versuche, nicht darüber nachzudenken, wie wenig Erfahrung ich in diesen Dingen habe. »Das will ich auch«, flüstere ich. »Ich will, dass du mich überall küsst.«

Seine Hand gleitet höher, legt sich zwischen meine Beine und streichelt mich über der Jeans, sodass die Naht an meiner Klit reibt.

Ich stöhne, laut und hemmungslos. Es fühlt sich so verdammt gut an.

Mit der anderen Hand hebt Christopher meine Brust an und zieht den Nippel samt T-Shirt zwischen seine Zähne.

Wieder dringt ein lustvoller Laut aus meiner Kehle. Was ich fühle, ist zu gut, zu intensiv, um mich dafür zu schämen. Ich schlinge die Beine um Christophers Hüften, reibe mich an ihm, während er durch die Baumwolle rhythmisch an meinem Nippel saugt, heiß und feucht.

Schwer atmend zieht er sich von mir zurück und kriecht auf dem Sofa weiter nach unten.

Hektisch öffnet er meine Schnürsenkel und wirft die Stiefel über seine Schulter. Dann beugt er sich wieder über mich, stützt sich mit einer Hand ab und küsst mich, während er mit der anderen meine Jeans öffnet.

Er steht auf, packt den Saum meiner Hose und zerrt sie mir über die Beine, die dabei gespreizt über der Armlehne des Sofas landen. Er fällt auf die Knie, packt meine Hüften und zieht mich näher zu sich heran. Dann beginnt er, die Innenseite meiner Schenkel zu küssen, und mir wird peinlich bewusst, dass ich zwei verschiedene Wollsocken trage, meine ehemals weiße Unterwäsche abgenutzt und sterbenslangweilig ist und die Landschaft dort unten eine wuchernde Wildnis.

Aber ich komme nicht mehr dazu, mir wegen meiner Unerfahrenheit einen Kopf zu machen oder darüber, ob er mag, was er sieht. »Sag mir, was dir gefällt und was nicht, Kate«, wispert er. »Sobald du Stopp sagst, höre ich auf. Ich tue, was immer du brauchst. Du musst es mir nur sagen.«

»Okay.« Ich nicke. Verzweifelt kämpfe ich gegen meine Nervosität an und versuche, mich ausschließlich darauf zu konzentrieren, wie gut sich das alles anfühlt, und darauf zu vertrauen, dass er Wort hält.

»Vielleicht ... fangen wir genau damit an?«

Er nickt stumm und küsst weiter meine Schenkel hinauf. Seine Zunge zieht sanfte Kreise auf meiner Haut, die mich schaudern lassen. Ich lege die Beine eng um seine Schulter. Dann ist er angekommen, sein warmer Mund auf meiner Unterwäsche, der Druck seiner Zunge gegen die Baumwolle fest und perfekt. Ich schnappe nach Luft, lege den Kopf in den Nacken und vergrabe meine Finger in seinem Haar. »Ja. Genau so. Nur ... mehr.«

Er gibt ein tiefes zufriedenes Geräusch von sich und beginnt, durch die Unterwäsche sanft an mir zu saugen. Mein Körper ist bis aufs Äußerste angespannt, alles zwischen meinen Beinen ist heiß und lechzt nach Erleichterung.

Das Reiben an ihm, während sein Mund mit meinen Nippeln gespielt hat und ich dem Höhepunkt so nah gekommen bin, ohne Erlösung zu finden, hat mich derart erregt, dass ich mich plötzlich leer fühle und mehr will.

»Ich will dich in mir spüren«, flüstere ich.

Er stöhnt und zieht sanft meinen Slip zur Seite, gerade so viel, dass er einen Finger darunterschieben und eindringen kann.

»O mein Gott«, schreie ich heiser. »Das ... Genauso. Schneller.«

Genau in dem Moment sind Schritte auf der Treppe zu hören. Wir halten abrupt inne, heben gleichzeitig den Kopf und starren auf die Tür. Jamies tiefe, wohlklingende Stimme ist zu hören. Dann Beas glockenhelles Lachen.

»Scheiße«, zische ich.

Christopher springt auf, als hätte man ihm eins mit dem Elektroschocker verpasst. »Fuck!«

»Meine Jeans!« Ein hysterisches Lachen platzt aus mir heraus.

»Richtig.« Er wirbelt herum und fährt sich hektisch durch die Haare. »Wo zum Teufel ist sie?«

Der Schlüssel wird ins Schloss gesteckt, Christopher und ich starren wie gelähmt auf die Tür.

Dann beugt er sich erschreckend schnell zu mir herunter, wirft mich wie ein Feuerwehrmann über die Schulter und rennt mit mir den Flur hinunter ins Badezimmer. Er schlägt die Tür exakt in dem Moment zu, als ich höre, wie die Wohnungstür geöffnet und dann wieder geschlossen wird.

Über dem Waschbecken brennt Licht. Ich muss vergessen haben, es auszuschalten, als wir zum Paintball aufgebrochen sind.

Christopher geht in die Hocke und lässt mich von der Schulter gleiten. Ich bin so wackelig auf den Beinen, dass ich mich mit dem Rücken gegen die Tür lehnen muss.

Christopher sieht zu mir hoch, sinkt auf die Knie und lässt die Stirn gegen meine Hüfte fallen. »Großer Gott«, murmelt er. »Das war knapp.« Beas und Jamies Stimmen sind kurz im Wohnzimmer zu hören, dann werden sie leiser und verschwinden in Richtung der Schlafzimmer auf der anderen Seite der Wohnung.

»Was machen sie hier?«, fragt er leise und sieht mich an.

Ich lausche und erkenne Beas hohe Stimme, mit der sie mit ihrem Igel spricht. Schuldbewusst schließe ich die Augen. »Cornelius braucht sein Abendessen. Wahrscheinlich hat sie versucht, mich anzurufen oder mir eine Nachricht zu schicken, damit ich ihn füttere, und ich habe es nicht gehört.«

Als ich das sage, fällt mir auf, dass ich keine Ahnung habe, wo mein Handy ist. Ich hoffe, sehr tief in meiner Jackentasche vergraben.

»Verdammt, Kate«, stöhnt er.

»Oh, tut mir leid, wenn ich zu sehr von deinen Annäherungsversuchen abgelenkt war!«, zische ich. »Willst du, dass ich mich mit digitalen Medien befasse, während du mich leckst?«

Mit einem grollenden Knurren packt er meine Taille und lässt die Hände auf meinen Hintern gleiten. »Ich will diese Laute, die du gemacht hast, noch einmal hören.«

Er hebt mein T-Shirt hoch und drückt mir einen Kuss auf den Bauch. »Und dass deine Fersen sich wieder in meine Schultern bohren.«

»Ich habe keine Laute gemacht«, protestiere ich schwach. Seine Lippen liegen auf meinem Hüftknochen und bewegen sich wieder langsam über meinen Slip nach unten. Er küsst mich so leidenschaftlich und feucht, dass meine Knie nachgeben. Zum Glück fängt er mich auf und presst mich mit der Hüfte gegen die Tür.

»Doch, hast du. Und ich habe es geliebt.« Er küsst mich noch einmal, schnüffelt an mir und atmet tief ein. »Fuck. Ich will nicht aufhören.«

»Ich will auch nicht, dass du aufhörst.« Meine Finger krallen sich in seine Haare.

Er sieht zu mir hoch, streichelt und knetet meinen Hintern.

»Kannst du total leise sein, Kate?«

Ich stoße zitternd die Luft aus und presse die Hüften gegen seinen Daumen, der wieder anfängt, mich durch die Baumwolle zu streicheln. Meine harten, spitzen Nippel reiben an meinem T-Shirt, während das süße Verlangen zwischen meinen Beinen kurz davor ist, befriedigt zu werden. »Wahrscheinlich nicht.«

»Versuch es, mir zuliebe, Baby«, flüstert er, bevor er wieder die Innenseite meiner Schenkel küsst, saugt und leckt. Seine Zunge und meine Erregung lassen meinen Slip so nass werden, dass er an meiner Haut klebt. »Ich brauche das so sehr.«

Was er tut, fühlt sich gut an, aber ich will mehr. Ich will, dass seine Erektion mich reibt. Ich will sein Stöhnen und Flehen direkt an meinem Ohr, Laute, die mir bestätigen, dass er ebenso erregt ist wie ich.

Ich packe sein T-Shirt an den Schultern, ziehe ihn zu mir hoch, bis er steht.

»Was ist?«, fragt er. »Zu viel? Ich kann aufhören ...«

»Nein.« Ich schüttele den Kopf, schlinge ein Bein um seine Hüfte und zeige ihm, was ich brauche. »Ich will das.«

Er küsst mich auf den Kiefer, dann auf den Hals. Seufzend spüre ich den ersten perfekten Stoß seiner Hüften, steif und schwer reibt er sich durch die Jeans an meiner Klit. Sein Mund findet meinen, und ich presse den Schenkel noch fester gegen seine Taille, damit ich mich schneller bewegen kann. Seine Schultern geben mir Halt, während ich heftig gegen seinen Mund atme.

Nach nur wenigen Bewegungen geht mein Atem keuchend und stoßweise. Genau wie seiner.

Christophers Griff wird härter, während er mich weiter an sich gepresst bewegt. »Warte«, murmelt er.

»Sag mir nicht, was ich tun soll ... *ah!*«

Mit zwei Fingern schiebt er meinen Slip zur Seite, dringt damit in mich ein und streichelt mich an genau der Stelle, an der ich es brauche. Ein warmer, süßer Schmerz rinnt durch meine Adern.

»Das ist so gut«, flüstere ich. »Du bist so verdammt gut in diesen Dingen.«

»Für dich«, flüstert er an meinem Hals. »Nur für dich.«

Ich fasse in seinen Schritt. Er ist so hart, der Stoff seiner Jeans so extrem gespannt, dass es wehtun muss. Zärtlich streichele ich ihn. Christopher flucht an meinem Hals.

»Ist das okay?«, frage ich.

»Mehr als okay«, krächzt er.

Ich zerre an seinem Gürtel, öffne den Knopf seiner Jeans. »Kann ich dich anfassen?«

»Ich sterbe, wenn du es nicht tust.« Er verschiebt seine Hüften, nur so weit, dass ich meine Hand in seine Jeans stecken und die Finger um seine Erektion legen kann. Er ist so groß, so heiß, dass ich wimmere, während ich ihn streichele, fasziniert, wie sein Körper auf mich reagiert.

»Das ist so gut, Baby.« Er küsst mich, langsam und intensiv, liebkost meine Zunge mit seiner. »Mach weiter. Ja, genau so. Fuck, das ist perfekt.«

Seine Finger verändern ihren Rhythmus, reiben schneller, mein Kopf fällt nach hinten gegen die Tür. Ich bin kurz davor, zu kommen. Jeder Stoß seiner Hand bringt mich dem Orgasmus näher, und ich muss mich zusammenreißen, nicht vor Lust laut zu schreien.

»Komm für mich, Kate«, presst er hervor. »Komm schon, Baby. Gib auf.«

»Ich bin so kurz davor«, flüstere ich, reibe mich an seinen Fingern, balle die Faust um den Stoff seines T-Shirts und presse meinen Mund auf seinen.

Plötzlich sind wieder Stimmen zu hören. Sie kommen näher.

Wir erstarren. Unser keuchender Atem geht so laut, dass ich keine Ahnung habe, wie sie uns nicht hören können.

Doch dann wird wieder die Wohnungstür geöffnet und fällt mit einem leisen Klick ins Schloss.

Im selben Moment fallen wir ungehemmt übereinander her. Mein Rücken schlägt rhythmisch gegen die Tür, während Christopher in meine Hand stößt und mein Becken sich seinen Bewegungen anpasst.

»Gott, Kate.« Er wirft den Kopf in den Nacken. Ich beiße ihn in den Hals, lasse die Zunge an ihm hinabgleiten. In schnellen, gekonnten Kreisen gleitet sein Daumen über meine Klit, während seine Finger sich in mir noch immer auf und ab bewegen.

In mir staut sich die Hitze, und ich schnappe nach Luft, als eine glühend heiße Sturzflut über mich hereinbricht, an meinen Gliedern reißt, über meine Schekel rollt, zwischen meine Beine und über meine Brüste. »Ich komme«, flehe ich. »Ich …«

»Ja«, keucht er. »Das ist es. Komm. Reite meine Hand.«

Die Lust pulsiert in erdbebenartigen Wellen durch meinen Körper, und ich schlage den Hinterkopf gegen die Tür. Mit einem tiefen, gequälten Stöhnen presst Christopher die Hüften gegen meine und kommt ebenfalls. Eine feuchte, süße Wärme breitet sich zwischen uns aus.

Keuchend und nass küssen wir uns. Langsam lässt er mein Bein los und hält mich, bis ich mein Gleichgewicht wiederfinde. Ich sehe ihn an, berühre ihn, lasse die Hände über seine Schultern und Arme gleiten, während er mich fest an sich drückt, meinen Hintern knetet und mich küsst, ehrfürchtig und lang.

Langsam sickert die reale Welt wieder in mein Bewusstsein. Das leise Tropfen des Wasserhahns. Die gedämpften Geräusche des Straßenverkehrs. Das Heulen einer Sirene.

Christopher sieht mich mit bebender Brust an. Ich kann seinen Gesichtsausdruck nicht deuten. Dann legt er mir die Hände auf die Wangen, gibt mir einen letzten, zärtlichen Kuss und atmet tief durch. Ich spüre die Erschöpfung. Nach Paintball und dem heftigsten Orgasmus meines Lebens sind meine Augenlieder und Knochen schwer wie Blei.

Ich möchte ihn über den Flur zerren, damit er sich auf mich fallen lässt, wie vorhin auf dem Sofa. Ich will, dass sein großer schwerer Körper mich niederdrückt, will eine ganze Woche nur schlafen. Meine Beine zittern.

»Schsch«, sagt er leise, tastet nach dem Lichtschalter und dimmt das Licht.

Dann hebt er mich hoch. »Was machst du?«, quieke ich.

»Ich bringe dich ins Bett.«

Und dann gehe ich.

Er spricht den Satz nicht zu Ende, aber ich sehe es in seinem ernsten, konzentrierten Gesicht, aus dem die unbeschwerte Leidenschaft verschwunden ist. Ich erkenne es an der Art, wie er mich in mein Bett trägt und mich zudeckt.

»Bleib«, flüstere ich. Die Dunkelheit und mein unbändiges Verlangen machen mich mutig. Noch nie hat jemand mich auf diese Weise berührt, mir das Gefühl gegeben, so frei zu sein, schwerelos und verstanden, ein solches Feuer in mir entfacht, heiß, wild und lebendig. Ich will damit nicht allein gelassen werden. »Bitte.«

Er schweigt, die Hand auf meiner Hüfte, und streichelt mit dem Daumen die Haut unter meinem T-Shirt.

Dann erhebt er sich langsam.

Mein Herz hört auf zu schlagen. Er geht.

Nein, tut er nicht. An der Tür bleibt er stehen, zieht sie zu und taucht den Raum in Dunkelheit.

Ich höre, wie er Schubladen öffnet und wieder schließt, Stoff, der von seinem Körper gleitet. Als mir klar wird, was sie vor mir verbirgt, hasse ich die Dunkelheit. Er wechselt seine Sachen.

Ein T-Shirt trifft mein Gesicht. »Zieh das an«, sagt er leise.

»Du bist so was von herrisch«, maule ich. Trotzdem ziehe ich mir mein T-Shirt, das um die Hüften ganz nass ist, über den Kopf, werfe es in eine Ecke und ziehe mir das frische über. Es ist angenehm weich, aber überraschend weit. Als mir Christophers Geruch in die Nase steigt, muss ich lächeln. Er hat mir eines von seinen T-Shirts gegeben.

Er kriecht zu mir ins Bett, legt sich aber bewusst auf die Laken, wieder ganz »Gentleman«, als hätte er mich nicht gerade eben erst an der Badezimmertür in orgastische Höhen gefingert. Frisches T-Shirt hin oder her bin ich aber noch immer voller Gras-, Farb- und Schweißflecken. Wahrscheinlich will er mir deshalb nicht zu nahe kommen.

Dabei ist er selbst ebenfalls komplett dreckig.

Warum also der Abstand?

Behutsam zieht er mir die Decke bis zum Kinn und streicht mir mit den Fingern über Stirn, Schläfen und Nase. »Es ist Zeit, dass dein überaktives Gehirn ein wenig zur Ruhe kommt, Katydid. Schlaf jetzt.«

»Sag mir nicht, was ich tun soll«, murmele ich und spüre, wie mir langsam die Augen zufallen. »Und außerdem, bin ich überhaupt nicht …« Ein heftiges Gähnen unterbricht mich. »… müde.«

»Natürlich nicht. Und auch nicht erschöpft«, sagt er und fährt mir mit den Fingern durchs Haar, bis er in meinem unordentlichen Knoten hängen bleibt. »Und deine Augen sind auch nicht schläfrig. Genauso wenig wie deine Knochen schwer sind.«

Ich gähne noch einmal. »Mm-hmm.«

Als er mir mit den Knöcheln zärtlich über die Wange streicht, kann ich das Lächeln in seiner Stimme hören. »Und du wirst auch auf gar keinen Fall süß träumen.«

Obwohl ich liebend gern behaupten würde, seine umgekehrte Psychologie funktioniert bei mir nicht, fallen mir die Augen zu, und meine Glieder werden unendlich schwer.

Und dann tauche ich ab in die süßesten, schmutzigsten Träume.

26

Christopher

Leicht benommen wache ich auf. Mein Körper ist schwer und entspannt, und ich fühle mich ungewohnt ausgeruht. Blinzelnd starre ich an die Decke. Bei der Erinnerung, wie Kate sich im Schlaf an mich gekuschelt hat, ihr Kopf an meiner Schulter, Arm und Bein über meinen Bauch und meine Schenkel gelegt, muss ich lächeln.

Ich hätte ewig so daliegen können und ihr beim Schlafen zusehen, ihrem regelmäßigen Atem lauschen, spüren, wie sie mich hält.

Dann verblasst mein Lächeln.

Weil mir bewusst wird, wo ich bin.

Ich liege nicht mit Kate in ihrem Bett. Ich liege in meinem eigenen Bett, in das ich gekrochen bin, nachdem ich aus ihren Armen geschlüpft war, um trocken meine Medikamente gegen die Migräne hinunterzuschlucken, die sich in meinen Schädel gebohrt und erbarmungslos ihre Zähne in mein Gehirn geschlagen hatte.

In verschwommenen Brocken kehrt mein Gedächtnis zurück. Auf der Bahnfahrt war mein Schmerzpegel immer weiter in die Höhe geschnellt, während ich gegen die in Wellen auftretende Übelkeit ankämpfte. Zu Hause bin ich dann nur noch aufs Bett gefallen, habe mir gegen den quälenden Schmerz, der in meinem Hirn pulsierte, meine Migränemaske und ein Kissen über den Kopf gezogen und abgewartet, bis irgendwann die erlösende Wirkung der Medikamente einsetzte und ich eingeschlafen bin.

Aber Kate weiß nichts davon. Sie weiß nur, dass ich sie befriedigt, geküsst und ins Bett gebracht habe und dann gegangen bin. Ich wollte ihr einen Zettel mit einer Nachricht dalassen, aber meine Hand hat vom Schmerz so stark gezittert, dass ich nicht schreiben konnte. Und als ich dann im Zug saß, war ich nicht mehr in der Lage, auf das grelle Display meines Handys zu schauen, geschweige denn zu tippen. Ich wollte das nachholen, sobald ich ein paar Stunden geschlafen hätte. Normalerweise bin ich schnell wieder wach, weil entweder die Natur ruft oder die Schmerzen mich wecken.

Aber natürlich muss ich ausgerechnet dieses eine Mal, wenn ich mich darauf verlasse, nur ein paar Stunden zu schlafen, den kompletten Tag verpennen.

Fuck. Die Vorstellung, dass sie in einem leeren Bett aufgewacht ist, bricht mir das Herz.

Ungeschickt taste ich auf dem Nachttisch nach meinem Handy, drehe es um und mache das Display, nun, wo das Licht mir nicht mehr in den Augen wehtut, heller.

Innerlich bete ich, dass die Uhr mir sagen wird, dass es noch früh am Morgen und deshalb so dunkel ist, und das seltene Gefühl, ausgeruht und voller Energie zu sein, reiner Zufall. Aber ich weiß, das stimmt nicht. Draußen dämmert der samtene Abend eines milden Herbsttages, und nach nur ein paar Stunden Schlaf kann ich mich unmöglich so gut fühlen.

»Fuck«, stöhne ich, als mein Handy mir die Zeit verrät: 17 Uhr 45.

Dann sehe ich die E-Mail-Mitteilung, Absender und Betreff, und mein Herz beginnt zu hämmern.

Als ich sie öffne und den Text überfliege, liegt mir die Angst im Magen wie ein Stein.

Sehr geehrter Herr Petruchio,

im Anhang finden Sie einen Link zu den von Ihnen in Auftrag gegebenen Portraitaufnahmen Ihres Teams. Dieser ist nur für Angestellte von Verona Capital zugänglich. Sowohl die Farb- als auch die Schwarz-Weiß-Aufnahmen sind wie vereinbart als Downloads in einer höheren Auflösung verfügbar. Falls Sie oder Ihre Angestellten unzufrieden sein sollten oder Korrekturen wünschen, können eventuelle Pickel oder verirrte Haarsträhnen mit Photoshop ausradiert werden. Meine Möglichkeiten sind hier allerdings begrenzt, da ich weder Gott noch Schönheitschirurgin bin.

Hochachtungsvoll
Kate Wilmot

O Gott. Das ist nicht gut. Nicht nur, dass sie mich mit *Herr Petruchio* anredet, sie unterzeichnet zudem mit *Hochachtungsvoll*, dem E-Mail-Äquivalent für »Leck mich«.

Kate ist sauer.

Nein, flüstert mir eine weise Stimme zu, *sie ist verletzt.*

Ich darf mir gar nicht vorstellen, was sie dachte, als sie aufgewacht ist und ich weg war, nach allem, was wir gestern getan haben. Wahrscheinlich hat sie den schlimmsten aller Schlüsse gezogen, und wenn ich ehrlich bin, habe ich ihr auch mit nichts bewiesen, dass ich mehr bin als ein skrupelloser Verführer, der es nur auf einen One-Night-Stand abgesehen hatte. In ihren Augen habe ich bekommen, was ich wollte, und bin dann abgehauen.

»Scheiße.« Ich kicke die Decke beiseite, stehe auf und reibe mir das Gesicht. Ich muss Kate finden und es ihr erklären. Ich muss das richtigstellen.

»Duschen«, befehle ich mir, als mir mein eigener Geruch in die Nase steigt. »Zuerst duschen, und dann …«

Miau.

Ich sehe zur Tür, wo Puck, der Kater der Wilmots, sich durch einen Spalt in die Wohnung drückt, erstaunlich geschmeidig für so ein altes, übellauniges Tier.

»Puck. Du kannst nicht einfach von zu Hause abhauen und dich hier reinschleichen. Die drehen durch, wenn sie dich nicht finden.«

Miau, entgegnet er, streckt sich träge und springt auf das Fußende meines Bettes.

»Ich weiß, dass du meine Leckerlis lieber magst, aber das ist keine Entschuldigung, dich rauszuschleichen. Wir haben feste Besuchszeiten, zu denen ich dir etwas mitbringe. Und sonntags zum Dinner habe ich auch immer was für dich dabei.« Ich stocke. Dann atme ich erleichtert auf.

Sonntagsessen. Heute ist Sonntag. Das Abendessen beginnt in fünfzehn Minuten. Kate wird dort sein. Jamie sagte, sie wäre bisher zu jedem Sonntagsdinner erschienen, bei dem ich gefehlt habe, weil ich mich von ihr fernhalten wollte. Hektisch streife ich meine Kleider ab und stolpere auf dem Weg zur Dusche darüber.

Bei diesem Sonntagsdinner werde ich nicht fehlen.

27

Kate

Ich springe die Treppen im Haus meiner Eltern hinunter und laufe in die Küche, vorbei an den im Flur abgestellten, sarggroßen Kartons mit der Aufschrift WEIHNACHTEN. Dad steht am Herd und rührt irgendetwas um, das so lecker riecht, dass mein Magen knurrt.

Was mich daran erinnert, dass ich den ganzen Tag noch nichts gegessen habe. Ich war zu sehr damit beschäftigt, Fotos zu bearbeiten und Christopher eine kurz angebundene professionelle E-Mail zu schreiben, wobei ich die ganze Zeit versucht habe, nicht daran zu denken, wie leer mein Bett war, als ich aufgewacht bin. Dabei hatte ich mir geschworen, nicht darauf zu hoffen, dass er am Morgen noch da ist. Oder mir eine großzügige Schachtel Gebäck oder einen üppigen Blumenstrauß geschickt hat. Oder eine seiner krakeligen Nachrichten hinterlassen hat. Oder irgendetwas, das darauf hinweist, dass das, was wir getan haben, ihm auch nur annähernd so viel bedeutet wie mir.

Dumme, dumme Kate.

»Katie, mein Vögelchen«, begrüßt mich Dad und streckt den Arm aus.

Ich schlüpfe in seine Armbeuge. »Hey, Daddy. Was gibt's zum Abendessen?«

»Kartoffelsuppe mit veganen Speckwürfeln, für die kein einziges Tier sterben musste.«

Ich lächele und drücke seine Taille so fest, dass er stöhnt. »Klingt perfekt. Danke. Wo ist Mom?«

Dad rückt seine Brille zurecht, die sich über der dampfenden Suppe beschlagen hat. »Auf der Suche nach Puck. Er ist mal wieder abgehauen.«

»Dieser durchtriebene kleine Kater«, sage ich stolz. »Ich habe ihn gut erzogen.«

Dad kichert. »O ja, er hält uns auf Trab.« Skeptisch sieht er mich an. »Als du gekommen bist, hattest du das noch nicht an, oder?«

»Oh.« Ich trete einen Schritt zurück und sehe an mir hinab. »Nein, da hatte ich ein grenzwertig fleckiges Tweety-Sweatshirt an und Leggings mit Löchern an Stellen, die ich lieber nicht näher beschreibe. Mom meinte, mein Outfit sei nicht sonntagstauglich. Deshalb habe ich oben in meinem Kleiderschrank gewühlt und mich ihr zuliebe umgezogen.«

Eigentlich wolltest du nur elegant und stinkreich aussehen, falls Christopher endlich zum Familienessen kommt, flüstert eine spöttische Stimme in meinem Hinterkopf. *Du wolltest, dass er bemerkt, wie blendend du aussiehst und wie supergut es dir geht, nur für den Fall, dass er sich Sorgen macht, du könntest die paar netten Tage, aufmerksamen Gesten und den glorreichen Orgasmus, den er dir gestern verschafft hat, zum Anlass für Erwartungen genommen haben, die er zerschmettert hat, als er morgens einfach weg war, wie bei allen anderen, die schon in diesen Genuss gekommen sind.*

O Gott. *Alle anderen.*

Der Gedanke sorgt für die emotionale Entsprechung einer

eingerissenen Nagelhaut – einen kurzen, aber unglaublich intensiven Schmerz. Ich spüre, wie zuerst die Eifersucht und dann die Demütigung mich schütteln.

»Woran denkst du, Vögelchen?«, fragt Dad milde und reißt mich aus meinen Gedanken.

Ich blinzele. Dad lächelt mich an, geduldig und wohlwollend wie immer.

Ich kann ihm unmöglich sagen, woran ich gerade gedacht habe.

Trotzdem brauche ich ein Ventil für meine Gefühle und schlinge noch einmal die Arme um seine Taille. Ich drücke ihn, vergrabe das Gesicht in seinem Pullover und atme den Geruch nach alten Büchern und Pfefferminzbonbons ein.

Dann blinzele ich die Tränen weg und atme tief durch. Ich fühle mich schon den ganzen Tag so weinerlich.

Er drückt einen sanften Kuss auf meinen Scheitel. »Du weißt, dass ich dich liebe, Katie, und du mit mir über alles reden kannst. Ich werde einfach nur zuhören, wenn du das willst. Keine Ratschläge. Kein Urteil.«

»Das weiß ich. Und ich liebe dich auch«, murmele ich in seinen Pulli. »Ich habe euch so sehr vermisst. Dich und Mom. Bea und Jules. Alle.«

»Wir haben dich auch vermisst«, sagt er. »Aber wie Oma immer gesagt hat: Die, die wir lieben, tragen wir immer bei uns. Wo auch immer du warst, ich hatte dich stets hier drin.« Lächelnd klopft er sich auf sein Herz. Ich lasse ihn los und gönne seinen Rippen eine kleine Pause. »Du erinnerst mich mit jedem Jahr mehr an deine Großmutter.«

»Sie war eine knallharte Frau«, entgegne ich lächelnd. »Ohne Hemmungen oder Skrupel.«

Er lacht. »Das stimmt. Sie hat aus dem, was sie dachte, nie einen Hehl gemacht.« Er mustert mich eindringlich. »Dieses dunkle Blau, das du trägst, verändert deine Augenfarbe.« Er grinst. »Damit siehst du ihr sehr ähnlich.«

»Der Pulli hat ihr gehört. Es ist ihr alter Kaschmirpulli.«

»Deshalb kommt er mir so bekannt vor«, meint er und wendet sich wieder der Suppe zu. »Also, was ist der eigentliche Grund, weshalb du den Schrank durchwühlt und dich fürs Dinner schick gemacht hast?«

Ich hole eine Salatschüssel und eine Zange aus dem Schrank und stelle beides auf den Küchentresen. »Na ja, ich bin ein bisschen im Verzug mit der Wäsche und hatte nichts Nettes mehr zum Anziehen, das sauber war. Ich vergesse immer, in den Waschsalon zu gehen. Und seit ich diesen Thriller gelesen habe, kann ich die Waschmaschinen in unserem Haus nicht mehr benutzen. Die Hauptfigur geht in den Keller, um die Wäsche zu holen und …«

»Stopp. Ich will es gar nicht wissen.« Dad schüttelt den Kopf, klopft mit dem Kochlöffel auf den Rand des Suppentopfs und schaltet den Herd aus. »Es hat seine Gründe, weshalb ich von diesem Genre komplett die Finger lasse. Mein von Weltuntergängen und Katastrophen besessener Verstand malt sich auch ohne die Hilfe von Thrillern die schlimmsten Szenarien aus.«

Als es an der Tür klingelt, zucken Dad und ich zusammen.

»Da hast du's?«, sagt er und nimmt die beschlagene Brille ab. »Ich brauche keine Thriller.«

»Wahrscheinlich ist es nur der Lieferdienst, der ein Päckchen bringt«, schlage ich vor.

»Oder Christopher«, entgegnet er.

Mir bleibt das Herz stehen. »Christopher klingelt doch nicht. Er …«

Dann klopft es. Verwirrt runzele ich die Stirn. Christopher

klopft auch nicht. Er kommt einfach rein, als ob er hier zu Hause wäre. Das hat er immer getan.

Aber wer könnte es sonst sein. Bea und Jamie haben fürs Sonntagsdinner abgesagt. Sie sind auf dem Sommerfest von Jamies Arbeit.

»Warum schaust du nicht nach?«, fragt Dad. »Wenn es wieder diese beiden jungen Männer mit ihren Bibeln sind, bin ich nicht da.«

»Ich …«

»Seht mal, wen ich gefunden habe.« Mom kommt mit Puck auf dem Arm durch den Hintereingang und setzt ihn auf den Boden. Mit leise bimmelndem Glöckchen kommt er zu mir gelaufen. »Er hat Glück, dass er so ein Süßer ist.«

»Wo war er?«, will Dad wissen.

»Im Gewächshaus. Wollte mal wieder meine Rosen fressen. Wer ist an der Tür?«

Wie auf Kommando klopft es ein zweites Mal.

Mein Blick huscht zur Eingangstür, und Panik packt meine Gedärme.

»Katerina«, sagt Mom und marschiert entschlossen zum Suppentopf. »Warum machst du denn nicht auf?«

»Ich?«, frage ich unschuldig.

Miau. Puck streicht um meine Beine und spaziert bimmelnd hinaus in den Flur.

Seufzend folge ich ihm. Wenn mein Kater mutig genug ist, Christopher Petruchio entgegenzutreten, dann bin ich es auch.

»Okay«, beruhige ich mich und atme tief durch. »Alles ist gut. Du bist ein wenig gekränkt, weil Christopher nicht mehr da war, als du aufgewacht bist, und auch den Zaubertrick mit dem Gebäck nicht wiederholt hat. Und den ganzen Tag nicht einmal versucht hat, dich zu erreichen. Aber das macht nichts. Du bist erwachsen. Du kannst das hinter dir lassen.«

Miau, meldet sich Puck. Ich nehme ihn auf den Arm, drücke ihn an mich und lasse mich von seinem leisen Schnurren trösten.

»Okay, vielleicht nicht hinter mir lassen«, gestehe ich Puck. »Aber ich kann mit ihm darüber reden. Ich. Kann. Sprechen! Ich bin ein großes, tapferes Mädchen und werde mit ihm reden. Und wenn er mich in diesem sexy saphirblauen, tief ausgeschnittenen Pulli sieht, fallen ihm hoffentlich sowieso die Augen aus dem Kopf.«

Miau, stimmt Puck mir zu.

»Hmm, jetzt ist er allerdings saphirblau mit weißen Katzenhaaren.«

Puck stößt den Kopf gegen meine Schulter und schnurrt zufrieden. Ich streichele ihm gleichmäßig über das glatte, weiche Fell und hole tief Luft. »Ich kann das. Kein Problem.«

Miau, ermutigt mich Puck, woraufhin ich beherzt die Tür aufreiße.

Christopher steht auf der Veranda mit einem kleinen Blumenstrauß in der einen und einer Stofftasche in der anderen Hand.

Er trägt eine langärmlige smaragdgrüne Softshelljacke, die seine muskulösen Arme betont, teuer aussehende dunkle Jeans und braune Schnürstiefel. Sein dunkles gewelltes Haar umspielt seinen Kiefer. Es ist nass und ein wenig zerzaust, als käme er gerade frisch aus der Dusche. Ich hole Luft und atme einen Hauch seines würzigen Dufts nach Holz und Kerzenrauch ein.

Nicht, dass mich das irgendwie anmachen würde.

Oder daran erinnern, wie ich letzte Nacht meine Zähne in seinen Hals gegraben habe wie ein Tier, um diesen Geruch auf seiner Haut zu schmecken.

Er räuspert sich. »Kann ich reinkommen?«

Die Welt gerät ein wenig in Schieflage, und ich klammere mich an den Türgriff. »Du fragst doch sonst nie? Warum heute?«

Er sieht mir tief in die Augen und schluckt. »Weil das deine Familie ist, Kate. Ich will mich nicht aufdrängen, falls du mich nach gestern Abend oder besser heute Morgen nicht hier haben willst – obwohl ich es erklären kann.« Er schweigt für einen Moment, dann fügt er hinzu: »Ich möchte reinkommen, Kate, aber nur, wenn du das auch willst.«

Ich habe furchtbare Angst. Da ist mehr als nur eine Schwelle, die überwunden werden muss – nicht nur die vor dieser realen Tür, sondern auch die zu meinem Herzen. Ich möchte ihm so gern vertrauen, habe aber Angst, er bricht mir das Herz, bevor er überhaupt erfährt, wie lange es schon ihm gehört.

Ich habe Christopher Petruchio lange für seine Distanziertheit und Überheblichkeit gehasst, aber vor allem deshalb, weil es so wahnsinnig wehgetan hat, von jemandem zurückgewiesen und im Stich gelassen zu werden, der mir so viel bedeutet.

Aber ich bin Kate Wilmot, eine abgebrühte Weltenbummlerin, die kein Risiko und keine Herausforderung scheut. Ich kneife nicht, nur weil etwas böse enden könnte. Ich bin in so vielen Dingen in meinem Leben mutig. Ich werde auch jetzt mutig sein.

Langsam öffne ich die Tür und trete einen Schritt zurück. »Dann komm rein.«

Christopher tritt über die Schwelle, kommt auf mich zu und berührt mit den Fingerspitzen meine Hand, eine winzige Berührung, die mir einen Schauer über die Arme jagt. »Danke«, murmelt er.

»Christopher!«, ruft Mom von hinten aus dem Haus. »Warum um Himmels willen klopfst du? Komm doch rein!«

Christopher schließt die Tür hinter uns und folgt mir in

die Küche, während ich mich an Puck klammere wie an einen Rettungsring.

Vorsichtig legt er den Blumenstrauß und seine Tasche auf den Küchentresen und packt eine Flasche gekühlten Weißwein und ein hübsches rustikales Brot aus, in dessen goldene Kruste kunstvolle Blätter geritzt sind. Zum Schluss zieht er noch eine kleine Schachtel aus der Tasche und klappert damit. Sofort springt der Kater von meinem Arm.

Christopher geht in die Hocke und legt eine Handvoll Leckerli vor Puck auf den Boden, die dieser in sich hineinschlingt, als hätte er tagelang nichts zu Fressen bekommen.

Währenddessen beschäftige ich meine leeren Hände damit, mir die weißen Katzenhaare abzubürsten. Ich halte den Blick abgewendet, damit ich nicht in Versuchung komme, Christopher dabei zu beobachten, wie er den laut schnurrenden Puck streichelt. Ich muss das rührselige Gefühl, das mich dabei überkommt, schnell wieder loswerden.

Christopher sieht zu mir auf und wischt sich im Aufstehen die Hände an den Hosen ab – und dann sieht er ein zweites Mal hin. Nun, da ich Puck nicht mehr auf dem Arm habe, hat er wohl meinen Ausschnitt bemerkt.

Ich meide seinen Blick und gehe zum Kühlschrank, um die Zutaten für den Salat herauszunehmen, den ich zum Abendessen beisteuern wollte.

»Was zur Hölle trägst du da?«, fragt er.

Ich öffne eine Packung mit frischen Kräutern und werfe sie in die Salatschüssel. »Wenn mich nicht alles täuscht, Christopher, ist das ein Pullover.«

»Ein Pullover«, murmelt er. Er legt das Brot aufs Schneidebrett und nimmt sich ein Brotmesser aus dem Messerblock.

Durch die Schwingtür kommt Mom in die Küche und schnappt sich die Blumen, die Christopher mitgebracht hat.

»Ah, das erklärt natürlich Pucks Streifzug durch das Gewächshaus.«

»Tut mir leid«, entschuldigt sich Christopher. »Er muss mir hinterhergeschlichen sein, ohne dass ich es bemerkt habe.«

»Das macht doch nichts«, sagt Mom und tätschelt ihm den Rücken.

Als sie den Strauß vorsichtig in eine Kristallvase stellt, fällt mir auf, dass Christopher meine Lieblingsblumen ausgewählt hat – Rosen, Dahlien und Rittersporn.

Hat er die für mich gepflückt?

Mom sieht zu mir herüber und lächelt. »Der Pulli steht dir ausgezeichnet. Viel besser als Tweety.«

»Danke«, sage ich. »Zumindest weiß eine hier mein Outfit zu schätzen.«

Stirnrunzelnd sieht sie zu Christopher. »Was stimmt nicht mit ihrem Pullover?«

»Gar nichts«, knurrt er und säbelt ein paar Brotscheiben ab.

Mom zuckt die Achseln und geht an mir vorbei. »Möchte jemand ein Glas Wein zum Essen?«

»Unbedingt«, seufzt Christopher.

»Für mich nur einen kleinen Schluck«, sage ich, als sie die Flasche Weißwein, die er mitgebracht hat, vom Tresen nimmt und die Plastikkappe vom Kork zieht. »Ich sollte nicht allzu viel trinken, da ich nach dem Essen noch ausgehe.«

Das Messer fällt auf das Schneidebrett, und Christopher wirft mir über die Kücheninsel einen bohrenden Blick zu.

»Du gehst aus?«, fragt Mom, die von ihrem Kampf mit dem Korkenzieher abgelenkt ist.

»Mm-hmm.«

»Lass mich das machen«, bietet Christopher Mom an und kommt um die Insel.

Sie tritt zur Seite und lehnt sich breit lächelnd an den Tresen. Ihre Augen funkeln. »Und wohin gehst du?«

»Vielleicht zu Fee's? Oder in einen Club? Keine Ahnung.« Ich wende mich dem Salat zu und streue ein paar gehackte Mandeln darüber. Dann löffle ich Granatapfelkerne aus einer Schale und gebe sie ebenfalls in den Salat. »Aber ist eigentlich auch egal. Es wird auf jeden Fall eine wilde Nacht werden.«

Mit einem lauten *Plopp* fliegt der Kork aus der Flasche. Christopher starrt mich mit zusammengepressten Kiefern an. Seine Augen sprühen Funken. »Ach ja, richtig. Das hatte ich ganz vergessen.«

Mom sieht ihn fragend an. »Was hast du vergessen?«

»Zu erwähnen, dass ich mit ihr ausgehe«, sagt er und dreht den Korken vom Korkenzieher.

Mein Magen zieht sich zusammen. Ich habe keine Ahnung, was das soll. Klar, ich bin wütend und habe irgendeinen Blödsinn erzählt, um ihn zu provozieren. Wahrscheinlich ist das nun die Rache.

»Du gehst mit?«, fragt Mom. »Warum?«

»Ich habe Kate gefragt, ob ich sie begleiten soll, damit sie unbehelligt Spaß haben kann.« Über Moms Schulter sieht er mir tief in die Augen. »Sie hat Ja gesagt.«

Gott sei Dank dreht Mom mir den Rücken zu. Mir fallen fast die Augen aus dem Kopf.

»Wirklich? Das ist aber nett von dir, Christopher«, bemerkt Mom. Ich kann den Schock in meinem Gesicht gerade noch rechtzeitig verbergen, bevor sie mich über die Schulter mit strahlenden Augen ansieht. »Ist das nicht reizend von ihm, Kate? Ein echter Gentleman.«

»O ja, sehr aufmerksam.« Um vor Christopher nicht klein beizugeben, zwinge ich mich zu einem charmanten Lächeln. Christopher zieht ein leeres Glas zu sich heran und schenkt sich einen großzügigen Schluck Wein ein, den er hinunterkippt wie einen Shot. »Er gibt sich wirklich Mühe in letzter Zeit. Christopher hat sich schon gestern als wahrer Gentleman bewiesen. Er hat mich nach unserem Paintball-Ausflug mit der Clique nach Hause gebracht und dafür gesorgt, dass ich alles habe, was ich brauche, bevor er wieder gegangen ist.«

Christopher verschluckt sich an seinem Wein.

Mom klopft ihm auf den Rücken. »Geschieht dir ganz recht. Einen so edlen *Sancerre* stürzt man nicht hinunter wie Wasser. Ich werde die Flasche mitnehmen und versuchen, Bill damit hinter dem Buch hervorzulocken, das er sich geschnappt hat, als ich das Zimmer verlassen habe. Wünscht mir Glück.«

Sie nimmt das von Christopher massakrierte Brot, klemmt sich die Weinflasche in die Armbeuge und verschwindet durch die Schwingtür.

Christopher wartet, bis sie zugefallen ist, dann dreht er sich zu mir um. »Gib mir eine Chance, alles zu erklären, bevor du deinen Rachefeldzug startest.«

Ich starre ihn an, aufs Äußerste angespannt. »Gut. Erklär's mir.«

»Ich …« Sein Blick gleitet an mir hinab, und er lässt den Kopf hängen. Dann schließt er die Augen und greift sich an den Nasenrücken, wobei er langsam die Luft ausstößt. »Himmel, Katerina.«

»Was?«, frage ich. Ich weiß, wie trotzig das klingt. Aber wenn ich ehrlich bin, finde ich es gerechtfertigt.

»Wenn ich dich ansehe, kann ich nicht geradeaus denken, geschweige denn einen vernünftigen Satz formulieren.«

»Und warum nicht?«

Er stöhnt und lässt den Kopf sinken. »Du weißt ganz genau, wie schön du in diesem Pullover bist. Und du weißt auch, dass du mich damit umbringst.«

Hitze kriecht mir den Hals hinauf und breitet sich in meinem Gesicht aus. Ich lege mir eine Hand auf die Wange, um sie zu kühlen. »Kann schon sein, dass ich ein bisschen … aufreizend angezogen bin. Mir war danach. Als ich heute Morgen aufgewacht bin und du weg warst, war ich … stinksauer. Ich wollte dich dafür zahlen lassen, dass du mich hast sitzen lassen wie jede beliebige andere Frau, die du …«

»Nicht«, unterbricht er mich und kommt auf mich zu. Ich weiche zurück, bis ich mit dem Rücken gegen den Tresen stoße. Vor noch nicht einmal einem Monat war ich schon einmal in derselben Position – gefangen zwischen seinen Armen starrt er mich an, die Hände rechts und links von mir auf den Tresen gestützt.

Du wurdest immer *gebraucht.*

Das hat er damals gesagt. Ich hasse diese vagen Formulierungen. Ich will wissen, *wer* mich gebraucht hat. Ich will, dass er es war. Und ich will wissen, warum er mich ansieht, als würde er genauso verzweifelt nach Halt suchen und wäre genauso verloren wie ich.

»Nichts von dem, was letzte Nacht passiert ist«, sagt er leise und legt die Hand auf meine Taille, »war Routine für mich. Ich bin nicht gegangen, weil du nur eine von vielen bist.«

Erstaunt weiche ich zurück. »Christopher …«

»Bitte.« Er schluckt, kommt noch näher. Seine Hand massiert meine Taille, zieht mich an sich. »Gib mir eine Chance, es zu erklären. Geh nicht, Kate. Lass mich nicht einfach stehen.«

Seine Worte machen etwas mit mir. Meine harte, unnachgiebige Seite wird plötzlich weich und nachgiebig, und ich fühle mich warm und offen und ein bisschen ängstlich.

Wir sehen uns an, und ich tue etwas, wozu ich bisher nie den Mut hatte – obwohl ich Angst habe, öffne ich mich, lasse mich auf ihn ein, auch wenn er meinen Stolz verletzt hat. Ich flechte meine Finger zwischen seine und drücke ermutigend seine Hand.

»Ich höre dir zu«, flüstere ich.

Sein Blick flackert, die Anspannung in seinen Schultern lässt nach. »Das soll keine Entschuldigung sein. Ich kann dir nur versichern, dass ich sonst nicht gegangen wäre. Ob du mir glaubst, ist deine Entscheidung.« Mit zusammengepressten Kiefern sieht er zu Boden und seufzt. »Bei mir hat sich eine Migräne angebahnt. Eine schlimme. Ich habe Panik bekommen, weil ich nicht wollte, dass du mich so siehst. Ich … ich bin es gewohnt, allein damit klarzukommen. Ich habe meine Medikamente genommen und bin so schnell wie möglich nach Hause gefahren. Und dann habe ich den ganzen verdammten Tag verschlafen. Als ich aufgewacht bin, war ich komplett durch den Wind, weil ich wusste, wie sehr es dich verletzt haben muss, dass ich weg war und du den ganzen Tag nichts von mir gehört hast. Ich …« Er schluckt. Dann hebt er den Kopf und sieht mir in die Augen. »Ich will dich nicht verletzen, Kate.«

In der Küche ist es still. Irgendwo im Haus sind die Stimmen meiner Eltern zu hören. Das Licht ist weich und schummrig, und aus der Suppe auf dem Herd steigt Dampf. Es ist, als hätte die Zeit sich in nichts aufgelöst. Ich sehe ihn an, und die Welt hält für einen Moment inne. Nur in meinem Brustkorb flattert mein Herz wie ein Kolibri.

Sanft streiche ich ihm mit der Hand über die Brust, spüre, wie er ausatmet. Ich suche seinen Blick. Dann überwinde ich meine innere Grenze zwischen der altbekannten Angst und dem neu gefundenen Vertrauen und wage zu hoffen. »Ich glaube dir.«

Seine Augen huschen über mein Gesicht. »Wirklich?«

Ich lege meine Hand auf sein pochendes Herz und nicke.

»Wirklich. Es tut mir leid, dass du so leiden musstest. Ich wünschte …«

»Es geht mir gut.« Die Worte verdunsten auf meiner Zunge, als Christopher mit dem Daumen über meine Unterlippe streicht, seine Fingerspitzen über meinen Hals zu meinem Schlüsselbein wandern. »Darf ich dich nach dem Essen nach Hause bringen?«, fragt er leise. »Bitte.«

Ich beiße mir auf die Lippe, nervös und erregt. »Du willst, dass ich mit zu dir nach Hause komme?«

»Eigentlich habe ich deine Wohnung gemeint. In der Stadt.« Er beugt sich über mich, als ob er mich küssen wollte, hält dann aber inne. Sein Blick wandert zu meinen Brüsten. Er stöhnt.

»Was ist?«

»Dieser verdammte Pulli. Hast du nicht irgendetwas anderes, dass du anziehen kannst? Ich kann bis zu deinem Bauchnabel sehen.«

»Es macht mir nichts aus, wenn du meinen Bauchnabel siehst.«

»Aber mir macht es was aus«, entgegnet er finster.

»Kommt ihr beiden?«, ruft Mom aus dem Esszimmer.

Ich lächele und zucke mit den Achseln. »Ich fühle mich wohl in meinem Pulli. Du wirst wohl damit leben müssen. Komm jetzt. Ich habe Hunger.«

»Ich auch«, knurrt er, während ich mich mit der Salatschüssel und der Zange auf den Weg ins Esszimmer mache. »Aber nicht auf Kartoffelsuppe. Das kannst du mir glauben.«

28

Christopher

Das Abendessen zieht sich eine Ewigkeit und gleichzeitig nicht lange genug. Denn genauso groß wie mein Verlangen nach Kate ist auch meine Angst vor dem, was als Nächstes kommen wird – davor, mich auf etwas einzulassen, das ich mein gesamtes Erwachsenenleben gemieden habe: schonungslose Offenheit und nackte Intimität.

Betonung auf nackt.

Ich sitze zwischen ihren Eltern am Tisch und muss Superheldenkräfte aufwenden, um nicht an all die erotischen Dinge zu denken, die ich nach dem Essen mit ihr anstellen möchte.

Ihr Dad bringt sie mit einer witzigen Bemerkung zum Lachen, und ein besitzergreifender Urinstinkt flammt in meinem Inneren auf. Die Wärme im Raum macht ihre Wangen mit den tiefen Grübchen rosig, und ich kann es kaum noch erwarten, den Knoten aus dem rotbraunen Haar in ihrem Nacken zu lösen und zu sehen, wie es ihr über den Rücken fällt.

Unter dem Tisch ballen sich meine Hände zu Fäusten.

Verdammt, wie dieser Pulli sich an sie schmiegt, ihre Schlüsselbeine küsst, sich über die leichte Schwellung ihrer Brüste wölbt und ihre Taille umhüllt. Ich spüre, wie es meine Hände zu ihren Nippeln zieht, über ihre Rippenbögen, hinunter zu ihren Hüften.

Zähneknirschend bemerke ich, wie mein Schwanz hart wird. Ich leide Höllenqualen.

»Christopher?« Maureens Stimme lenkt mich ab.

»Hmm?«

Sie legt den Kopf schief. »Du scheinst mit den Gedanken woanders zu sein. Ist alles in Ordnung?«

Kate greift nach ihrem Wasserglas und hebt die Augenbrauen.

Ich sehe sie an und versuche, nicht zu zeigen, wie sehr ich sie begehre – wie gut es sich anfühlt, ihr in der Küche die Wahrheit gesagt zu haben und zu wissen, dass sie mir glaubt. Ich kann es immer noch nicht fassen, dass ich sie nach dem Essen entführen darf, dass ich bald alle Zeit der Welt haben werde, sie zu befriedigen – nicht dieses wilde und verzweifelte Chaos von letzter Nacht, so unglaublich es auch war. Ich starre sie an und kann nicht aufhören, mir vorzustellen, wie ich sie langsam ausziehe, sie überall küsse, nur nicht dort, wo sie es sich am meisten wünscht. Wie ich sie errege, bis sie mich anfleht, sie zu erlösen, mit meinem Mund, meinem Schwanz, meinen Händen.

»Christopher?«, sagt Maureen noch einmal.

Ich blinzele, und eine ungewohnte Hitze schießt mir in die Wangen. Ich kann nicht glauben, wohin meine Gedanken gewandert sind, während ihre Eltern direkt neben mir sitzen.

»Entschuldigung.« Ich schüttele leicht den Kopf und trinke einen Schluck Wein. »Ja, alles in Ordnung.«

Kate hebt einen Löffel Schokoladenmousse an die Lippen, öffnet langsam den Mund und leckt mit der Zunge über die Löffelspitze.

Schnell halte ich mir die Faust vors Gesicht und atme einmal tief durch. Ich sterbe gleich.

Kate legt den Kopf schief und beugt sich vor, wobei ihre Brüste zusammengedrückt werden. Nur mit einer fast übermenschlichen Willenskraft schaffe ich es, ihr nicht in den Ausschnitt zu starren. »Von mir aus können wir gehen, wenn du willst«, schlägt sie vor.

Damit ist es um meine Zurückhaltung endgültig geschehen. Abrupt springe ich auf, wobei mein Stuhl laut scharrend nach hinten schlittert. Schnell schnappe ich mir meinen Teller und die Salatschüssel, um meine körperliche Not dahinter zu verstecken. »Ja, lass uns gehen. Danke für das leckere Abendessen«, sage ich an Maureen und Bill gerichtet.

»Aber gern doch, mein Lieber.« Maureen lächelt zu mir hoch.

»Den Abwasch kann ich übernehmen«, bietet Bill an, als Kate und ich nach Tellern und Besteck greifen. »Jetzt geht schon. Amüsiert euch.«

»Wir können das doch noch in die Spülmaschine räumen«, sagt Kate. »Das dauert nur ein paar Minuten.«

Währenddessen bin ich schon in die Küche gestürmt und halte mein dreckiges Geschirr unter den Wasserhahn, um es in die Spülmaschine zu räumen.

»Okay. Ich liebe euch!«, höre ich Kate ihren Eltern zurufen.

Die Tür schwingt auf, und sie kommt in die Küche, um ihr Geschirr abzustellen, verschwindet aber sofort wieder und kehrt mit ihren Sachen zurück. Während sie schon in ihren Mantel schlüpft und sich die abgewetzte Crossbody-Tasche über die Schulter hängt, stopfe ich ihr Geschirr ebenfalls in den Geschirrspüler. Wie durch ein Wunder geht nichts zu Bruch, obwohl ich kaum darauf achte, was ich da tue.

Ich sehe Kate an. Mit ihrem unordentlichen Haarknoten,

ihrer schmuddeligen Jacke und der ramponierten Tasche ist sie gerade so sehr sie selbst, dass etwas in mir reißt. Ich kicke die Klappe der Spülmaschine zu und schiebe sie rückwärts gegen den Küchentresen, die Hände auf ihren Hüften, mein Mund nur einen Hauch von ihrem entfernt. »Ich will dich küssen, Kate. Ich muss.«

Sie blinzelt mich an, und ihre Augen verschleiern. Dann lässt sie die Hände über meine Arme zu meinen Schultern gleiten, und für einen Moment hätte ich schwören können, dass ich sie habe, dass sie ihre Lippen auf meine legt, doch sie duckt sich unter meinem Arm hindurch und dreht sich weg. »Noch nicht.«

»Noch nicht?« Schwer atmend sehe ich sie an.

Wie ein in die Enge getriebenes Tier weicht sie langsam zurück zur Tür. Ihre Wangen sind gerötet, und da ist dieses angriffslustige Funkeln ihren den Augen. »Noch nicht«, wiederholt sie.

»Katerina, was …«

Ich verstumme, als sie die Klinke drückt, die Tür aufstößt und losläuft.

29

Kate

Ich schaffe es gerade mal bis zur letzten Stufe der Hinter-
treppe, bevor sich Christophers Arm um meine Taille legt.
Ich schnappe nach Luft, schockiert, wie schnell er ist und wie
kraftvoll er mich herumwirbelt und an sich drückt.

Dann geht er in die Knie und wirft mich über die Schulter.

Quiekend trägt er mich durch den Garten.

»Christopher!«

»Katerina«, entgegnet er fröhlich.

»Was tust du?«, kreische ich.

»Du bekommst nur, was kleine Ausreißerinnen wie du verdienen.« Er gibt mir einen Klaps auf den Hintern.

Ich quieke noch einmal. »Hast du mir gerade auf den Arsch
gehauen?«

»Und wenn?«

»Hör auf damit!«

Er grinst. Ich kann es an seiner Stimme hören. »Warum?
Weil dir das nicht gefällt? Oder weil du glaubst, es sollte dir
nicht gefallen?«

Ich werde knallrot, hole aus und klatsche ihm ebenfalls die Hand auf den Hintern. »Lass mich sofort runter, du Höhlenmensch.«

Er bleibt abrupt stehen, geht in die Hocke und lässt mich von seiner Schulter gleiten.

Ich bin ein bisschen wackelig auf den Beinen und muss mich an seinem Arm festhalten. Er fasst mich um die Taille, bis ich mein Gleichgewicht wiedergefunden habe. Als ich ihn schließlich ansehe – sein abwechselnd in helles Mondlicht und dunkle Schatten getauchtes Gesicht –, fehlen mir die Worte. Der Wind fegt zwischen unseren Häusern hindurch und rüttelt an den kahlen Ästen der Bäume.

»Warum sollte ich dich noch nicht küssen?«, fragt er leise.

Ich stehe einfach nur da, sehr viel länger, als ich das eigentlich wollte, und versuche, den Mut zu finden, es ihm zu erklären. Ihm zu gestehen, dass es mir eine Scheißangst einjagt, wie viel mir die letzte Nacht bedeutet hat, wie sehr ich mich davor fürchte, dass es ihm nicht genauso ging – dass sein Einsatz verschwindend gering ist, während ich alles aufs Spiel setze, was ich habe.

»Ich werde es dir sagen«, verspreche ich. »Bald. Aber … jetzt noch nicht.«

Er presst die Lippen aufeinander. »Das sagst du andauernd: noch nicht.«

Ich lächele schwach. »Aber ich meine es ernst.«

Er seufzt und lässt den Kopf hängen. »Ich hole meine Jacke.«

Er sprintet die Treppe zu seiner hinteren Veranda hoch, hämmert den Code ins Schloss und verschwindet nach drinnen. Langsam gehe ich hinüber zu seinem Haus und inspiziere es. Es wirkt ein bisschen altmodisch und verwittert. Die Fenster sind noch dieselben wie die, zu denen ich als Kind schon hinübergeschaut habe, und mindestens dreißig Jahre alt. An einigen Stellen blättert die Farbe von den Simsen. Die Fassade ist sauber, aber abgenutzt.

Christopher hat mehr Geld als Gott. Warum hält er das Haus nicht besser in Schuss?

»Gehen wir.« Plötzlich steht er wieder neben mir und reißt mich aus meinen Gedanken.

Er legt mir die Hand auf den unteren Rücken und geht mit mir zwischen unseren Häusern hindurch auf die Straße, die zur Bahnstation führt. Wärme dringt von seiner Hand durch meine Jacke. Ich kann seine Finger spüren, wie sie sich an meinen Körper schmiegen und um meine Taille gleiten, damit er mich näher an sich heranziehen kann. Als ich zu ihm hinaufsehe, stockt mir für einen Moment der Atem. Der Wind bläst sein dunkles Haar in alle Richtungen, während das Licht der Straßenlaternen über seine dichten Augenbrauen und Wimpern, seine gerade Nase, seinen sinnlichen Mund und den markanten Kiefer tanzt. Er ist so schön, dass es wehtut.

Vielleicht bin ich ja doch bereit für einen Kuss.

»Also.« Ich räuspere mich und beiße mir auf die Lippe. »Die Sache mit dem Küssen.«

Er sieht mich an. »Die Sache mit dem Küssen?«

»Ich dachte, ich brauche vielleicht … eine Pause. Bis wir ein paar Dinge besprochen haben. Aber …«, ich sehe ihn an, »… vielleicht habe ich mich auch getäuscht.«

Er hebt eine Augenbraue. »Vielleicht?«

»Ich kann mich nicht entscheiden. Daher schlage ich vor, wir regeln das auf die bewährte Weise. Wenn du gewinnst, kannst du mich küssen, wann immer du willst. Gewinne ich, küsst du mich erst wieder, wenn ich es sage.«

»Warte, wenn ich was gewinne …«

Sanft befreie ich mich aus seinem Arm und zeige die Straße

hinunter. »Wer zuerst am Bahnhof ist!«, rufe ich ihm über die Schulter zu.

Ich habe ihn noch nie so laufen sehen.

So schnell wir zur Bahnstation gerannt sind, so langsam gehen wir zu meiner Wohnung. Seit er unser Wettrennen gewonnen hat, hat Christopher mich nicht angefasst.

Was mich zugegebenermaßen ein wenig verwirrt.

So wie er mich im Haus meiner Eltern während des Abendessens angesehen und im Garten kurzerhand über die Schulter geworfen hat, hätte ich gedacht, dass er mich nach seinem Sieg sofort in seine Arme zieht und bewusstlos küsst.

Aber nein, die Hände in den Hosentaschen geht er neben mir her, sieht hin und wieder zu mir herüber und beobachtet mich auf diese für ihn typische eindringliche Art und Weise.

Vor meiner Wohnung bleibe ich stehen und sehe ihm direkt in die Augen. Obwohl ich versuche, es zu unterdrücken, zittere ich. Mit besorgtem Blick reibt er mir die Arme. »Du brauchst eine richtige Winterjacke, Kate. Komm. Lass uns reingehen.«

Ich lasse mich von ihm zum Gebäude drehen und schließe mit vor Kälte und Nervosität zitternden Händen die Tür auf. Christopher zieht sie hinter uns zu und vergewissert sich, dass sie auch wirklich zu ist. Ich jogge die Treppe zu meiner Wohnung hinauf und drehe den Schlüssel im Schloss, bevor ich es mir noch einmal anders überlege und vor der Tür stehen bleibe.

Den Türknauf in der Hand drehe ich mich zu ihm um.

Christopher legt fragend den Kopf schief. »Was ist?«

»Warum hast du mich nicht geküsst?«, frage ich ihn. »Obwohl du gewonnen hast?«

Er sieht mich an, streicht mit den Händen über meine

Arme und zieht mich an sich. »Ich will mir nichts nehmen, was du mir nicht freiwillig gibst.«

Ich lächele. »Gute Antwort.«

Er hebt eine Augenbraue. »Ich weiß. Und deshalb war dein kleines Wettrennen auch ziemlich unfair. Egal wie es ausgegangen wäre, ich war dir auf Gedeih und Verderb ausgeliefert, Kate. Und bin es noch.«

»Mir ausgeliefert?«

Christopher fährt mir mit den Knöcheln sanft über Wangen und Hals. »Du weißt, wie sehr ich dich will. Der einzige Grund, weshalb ich letzte Nacht dein Bett verlassen habe, war diese verdammte Migräne. Wir wären sonst immer noch dort, Katerina. Ich würde jeden Winkel deines Körpers erforschen, herausfinden, was dich zum Zittern, Flehen, Seufzen bringt.« Seine Nase senkt sich in mein Haar, dann streift er mit dem Mund meine Ohrmuschel und atmet tief ein. »Ich hätte dich so viele Male so unterschiedlich genommen, dass du dich schon jetzt nicht mehr daran erinnern könntest.«

Zitternd atme ich aus. »Und ... das willst du immer noch?«

Er stöhnt in mein Haar und küsst es. »Nur das. Alles, was ich will, bist du.« Sein Mund wandert zurück zu meinem Ohr, spielt mit ihm und saugt sanft an meinem Ohrläppchen. Atemlos drücke ich mich an ihn. »Ich will dich schon so lange, Kate.«

Er wollte mich genauso sehr wie ich ihn. Mein Herz macht einen Sprung.

Landet aber gleich wieder auf dem Boden der Tatsachen. Es fällt mir schwer, zu glauben, dass er mich schon immer begehrt hat, obwohl er zig Nächte mit anderen Frauen verbracht und mit ihnen eine Intimität geteilt hat, die mir bislang fremd ist. Ich verurteile ihn nicht dafür, aber verstehen tue ich es auch nicht. Ich weiß, warum ich Christopher will – warum mir mit ihm der Schritt von körperlicher Anziehung zu einem sehr viel tieferen Verlangen so viel leichter gefallen ist als mit anderen. Christopher war mir nie fremd. Auch wenn ich wütend auf ihn war, waren mir der Klang seiner Stimme oder der Geruch seiner Haut schon immer vertraut. Ich weiß, dass er meine Familie liebt und alles für sie tun würde. Ich weiß, woran ich mit ihm bin, und glaube, ihm geht es mit mir genauso. Er kennt mich in- und auswendig, auch wenn er meine Entscheidungen, die ihm Angst machen – wie er mir an dem Abend, als er Pasta für mich gekocht hat, gestanden hat –, nie verstanden hat.

Schon allein weil wir fast unser gesamtes Leben zusammen verbracht haben, gibt es so vieles, das wir teilen – so vieles, das vertraut und selbstverständlich ist. Und doch müssen wir noch so vieles übereinander lernen.

Davor fürchte ich mich. Ich weiß nicht, wo und wie ich anfangen soll. Aber ich habe schon Bungee-Jumping gemacht und bin Fallschirm gesprungen. Ich weiß, wie es ist, sich dem freien Fall auszusetzen. Manchmal verschwindet die Angst nie. Man muss einfach nur an den Punkt kommen, an dem der Mut überwiegt.

Und das hier ist so ein Punkt.

Ich schlucke nervös und lege ihm die Hände auf die Brust. »Weißt du noch, als ich die Fotos von dir geschossen habe? Du hast gesagt, du könntest geduldig sein, wenn ich für manche Dinge mehr Zeit brauche.«

Er nickt.

»Also … Mein Körper braucht auch mehr Zeit.«

Er lehnt sich zurück und sieht mir in die Augen. »Dein Körper … braucht Zeit?«

»Ja«, sage ich leise. »Ich weiß, was letzte Nacht war … aber das ist nicht typisch für mich.«

»Nein«, stimmt er mir zu. »Ist es nicht.«

»Bevor wir das wieder tun, brauche ich …« Ich hole einmal

tief Luft und stoße sie wieder aus. »Ich brauche ein wenig Zeit. Kannst du warten?«

»Natürlich«, sagt er schnell und legt mir beruhigend die Hände auf die Schultern. »Natürlich kann ich warten.«

»Und du schläfst mit keiner anderen Frau, solange du auf mich wartest?«

Er sieht mich an, als hätte ich ihn zutiefst beleidigt. »Das würde ich nie tun, Kate. Ich habe dir gesagt, dass ich nur dich will. Ich will keine andere.«

Ist es wirklich so einfach? »Und wenn es nicht nur um ein paar abstinente Tage geht, Christopher? Wenn es Wochen werden?«

Ich beobachte, wie meine Worte sich setzen. »Dann werden es Wochen«, sagt er schließlich und atmet langsam aus. »Ich kann warten.«

»Wirklich?«

Er reibt sich über das Gesicht und seufzt. »Immerhin habe ich es die letzten drei Wochen auch ausgehalten«, sagt er und klingt zum ersten Mal leicht genervt.

»Hast du das?«

»Ja, habe ich. Und zwar aus exakt demselben Grund, aus dem ich dir jetzt verspreche, dass ich auch noch länger warten werde. Ich wollte dich und sonst niemanden, und will es noch. Würde es dir etwas ausmachen, nicht ganz so überrascht zu sein?«

»Tut mir leid«, flüstere ich.

Christopher seufzt und zieht mich zärtlich in seine Arme. »Ich bin derjenige, dem es leidtun sollte. Ich hätte dich nicht anschnauzen dürfen. Es ist nur ... Ich will, dass du mir glaubst.«

»Ich glaube dir. Ich glaube, dass du meinst, was du sagst. Ich weiß nur nicht, ob dir das alles genauso viel bedeutet wie mir.«

Er legt sein Kinn auf meinen Kopf. »Ich habe keine Ahnung, wovon du redest, Kate.«

Meine Nervosität gewinnt wieder die Oberhand, trotzdem atme ich einmal tief durch und erkläre es ihm: »Für mich braucht körperliche Intimität eine … emotionale Basis. Casual Sex ist nichts für mich. Und wenn ich mich nicht täusche, hattest du bisher nur Casual Sex.«

Christopher weicht ein Stück zurück und sucht mit aufeinandergepressten Kiefern meinen Blick. »Ja, das ist wahr. Aber bei dir ist das etwas anderes. Mit dir will ich keinen Casual Sex.« Er schluckt. Dann nimmt er meine Hand und küsst meine Handfläche. Seine Zunge berührt dabei so leicht meine Haut, dass ich mir nicht sicher bin, ob ich es wirklich gespürt habe. Ein Zittern erfasst mich, und dieses Mal hat es nichts mit der Kälte zu tun.

»Ich werde es dir beweisen. Ich werde warten«, sagt er. »So lange du willst.«

»Auch wenn ich einen Monat brauche?«, fordere ich ihn heraus, in der Erwartung, dass er lacht oder sich verschluckt. Aber er legt einfach nur meine Hand auf seine Wange und hält sie dort fest.

»Auch wenn du einen Monat brauchst«, sagt er. »Aber nur, wenn …«

Ich verdrehe die Augen. »War ja klar, dass du Bedingungen hast.«

»Ich wäre ein beschissener Geschäftsmann, Kate, wenn ich nicht gelernt hätte, hart zu verhandeln.« Grinsend reibt er meine Hand über seine Wange. Seine Bartstoppeln kitzeln, und ich muss ein Lächeln unterdrücken. »Ich werde einen Monat abstinent sein, wenn du mir versprichst …«, er sieht mir tief in die Augen und haucht einen Kuss auf meine Fingerknöchel, »… dass du, falls du das Gefühl hast, von heute auf morgen von hier verschwinden zu müssen, zurückkommst, sobald der Monat um ist.«

So wie Christopher mich ansieht, wird mir mit einem Schlag bewusst, dass ich vielleicht nicht die Einzige bin, die Angst hat. Zum ersten Mal denke ich darüber nach, wie es wohl für ihn gewesen sein muss, mich so sehr zu wollen wie ich ihn, ohne zu wissen, wohin ich gehen und wann ich zurückkommen würde.

Mein Herz hämmert gegen meine Rippen. »Selbstverständlich komme ich zurück. Versprochen.«

Er seufzt erleichtert. »Dann haben wir einen Deal, Katerina.«

Er greift an mir vorbei, dreht den Schlüssel um und drückt die Tür auf. Glücklich lächele ich ihn an. Er wird auf mich warten.

Christopher lächelt ebenfalls, dann beugt er sich seufzend zu mir herunter und drückt mir einen festen, warmen Kuss auf die Stirn. »Hör auf, mich so anzusehen.«

Hitze kriecht mir den Hals hinauf und breitet sich auf meinen Wangen aus. »Wie denn?«

»Du weißt ganz genau, wie.« Er küsst mich zärtlich auf den Mundwinkel, neckisch und süß. »Behalte dein Handy bei dir, Katerina. Ich verlass mich auf dich.«

»Was willst du damit …«

Er schiebt mich über die Türschwelle, und noch bevor ich ihn fragen kann, was er meint, fällt die Tür ins Schloss. Langsam ziehe ich meine Jacke aus und hänge sie an den Haken. Es ist noch nicht einmal eine Minute vergangen, als in meiner Tasche das Handy summt.

Schnell krame ich es heraus.

Eine Kalendereinladung für morgen Abend zwischen 18 und 20 Uhr leuchtet auf meinem Display.

Event: Dinner mit Christopher
Ort: Kates Wohnung

Das Handy summt ein zweites Mal. Dieses Mal mit einer E-Mail-Meldung. Als ich sehe, von wem sie kommt, beiße ich mir auf die Lippe und unterdrücke ein Lächeln. Ich öffne die Mail und lese.

Liebe Ms. Wilmot,

herzlichen Dank für die zeitnahe Lieferung der Mitarbeiterportraits, die unsere Erwartungen qualitativ bei Weitem übertroffen haben. Eine Überweisung des von Ihnen geforderten Betrags für Ihre Leistungen wurde bereits in die Wege geleitet.
Bitte betrachten Sie diese Mail als offizielles Ende unserer geschäftlichen Beziehungen. (Dates mit Geschäftspartnern sind nicht mein Stil.)

Herzlich
Christopher Petruchio

30

Christopher

»Bist du sicher?«, fragt Kate. »Du traust mir zu, dass ich es nicht ruiniere?«

Sie hat eine Spur Mehl auf der Wange, und aus dem Haarknoten, den sie sich hoch auf den Kopf geschlungen hat, ist eine lange Strähne rausgerutscht. Ich trete hinter sie, ziehe die widerspenstige Strähne aus ihrem Gesicht und stecke sie zurück unter das Haargummi. Das erfordert eine Selbstbeherrschung, die ich mir bis vor zwei Wochen niemals abverlangt hätte – sie zu berühren und nicht gleich über sie herzufallen, obwohl ich sie so sehr will, dass meine Haut praktisch vibriert, wenn ich in ihrer Nähe bin.

Ich wische ihr das Mehl von der Wange und schaffe es irgendwie, sie nicht zu küssen. »Ja, ich bin sicher.«

Kate kaut auf der Innenseite ihrer Wange. Skeptisch betrachtet sie den Nudelteig, der über die Teigplatte mit der Raviolifüllung darunter ausgebreitet werden muss, und spielt untätig mit dem Teigschneider in ihrer Hand. »Ich weiß nicht.«

»Wie bitte?«, sage ich. »Du bist allein um die ganze Welt

gereist. Du wirst doch jetzt nicht bei ein paar hausgemachten Ravioli kneifen.«

Ihre Wangen nehmen diese hübsche rosige Farbe an. »Na ja, vielleicht die halbe Welt.«

»Ist doch völlig egal, ob um die ganze oder halbe.« Ich rühre in der Soße, die auf dem Herd köchelt, und werfe ihr einen vorwurfsvollen Blick zu. »Nur keine falsche Bescheidenheit.«

Sie sieht lächelnd zu mir herüber, und ich bin so stolz, dass ich es war, der diese Grübchen in ihre Wangen gegraben hat.

Doch dann verschwindet das Lächeln wieder. »Ich will es einfach nicht versauen.«

Ich höre auf zu rühren und lege den Löffel beiseite. »Wovon redest du?«

Als Kate sich wieder den Ravioli zuwendet, gehe ich zu ihr, nehme ihren Ellbogen und drehe sie zu mir um. »Was ist los, Katydid? Sag's mir.«

Sie zuckt mit den Achseln und dreht am Rad des Teigscheiders. »Wenn jemand zu hohe Erwartungen an mich hat, macht mir das Angst. So sehr, dass ich fast erstarre.«

Ich trete näher und streichele ihren Arm. »Was für Erwartungen?«

»Das alles hier.« Sie macht eine ausholende Bewegung. »Das Essen muss gut sein. Alle wollen kommen und Spaß haben. Jules ist hier die Profigastgeberin, nicht ich. Wenn ich etwas planen und vorbereiten muss, vergesse ich die Hälfte, und wenn dann die Gäste da sind, wird mir sofort alles zu viel, und ich bekomme schlechte Laune.«

»Deshalb machen wir es ja zusammen. Du und ich machen Ravioli und kochen Soße. Jamie und Bea kümmern sich um den Salat und die vegetarischen Sachen. Bianca und Nick bringen frisches Brot mit. Toni und Hamza das Dessert. Und Sula und Margo werden für viel zu viel Wein sorgen. Es wird großartig. Wir treffen uns, um zu essen und zu spielen, und falls es dir zu viel wird, kannst du jederzeit verschwinden und dir so viel Zeit lassen, wie du brauchst, während Bea und ich hier die Stellung halten. Was macht es da schon, wenn die Ravioli ein bisschen schief geschnitten sind?«

Sie nickt und macht sich von mir los. »Du hast ja recht.«

»Moment. Hast du eben wirklich gesagt, dass ich recht habe? Das muss ich für die Nachwelt festhalten.«

Kate verdreht die Augen, aber sie lacht nicht. Ich hatte gehofft, meine Bemerkung würde sie aufheitern, aber sie fühlt sich immer noch unsicher.

»Zeig es mir noch ein letztes Mal«, sagt sie und zeigt mit dem Teigschneider auf den Pastateig.

»Kate …«

»Bitte.« Sie krallt die Finger in mein T-Shirt und zieht mich an sich. »Ich habe nicht richtig aufgepasst. Ich weiß nicht mehr, wie man anfängt.«

Ich sehe sie an und lege ihr sanft die Hand auf die Wange. »Worum geht es hier wirklich?«

Sie beißt sich auf die Lippe. »Ich weiß auch nicht … Ich bin so hibbelig. Nervös. Ich war noch nie so lange am Stück zu Hause und habe so viel Zeit mit Menschen verbracht, die mir wichtig sind. Deshalb kommt wohl die alte Unsicherheit wieder hoch, ich könnte irgendetwas falsch machen und nicht mehr willkommen sein. Sobald ich denke, dass das auf keinen Fall passieren darf und alles perfekt sein muss, juckt es mich in den Beinen, und ich möchte am liebsten die Tür aufreißen und weglaufen, bevor es eben doch passiert.«

Was sie da sagt, versetzt mir einen Stich. »Kate, Baby, wenn dir irgendjemand das Gefühl gibt, nicht willkommen zu sein, nur weil du bist, wie du bist, ist das ein Riesenarschloch, und du kannst froh sein, wenn du ihn los bist.«

Sie sieht mich mit feuchten Augen an, als wäre sie kurz davor, zu weinen. »Es sind nicht bestimmte Personen oder Situation … Es ist meine Art, die in dieser ausgrenzenden Welt nicht verstanden wird. Die Dinge, die ich an mir mag, wenn ich allein bin – lebe und arbeite, wie es mir gefällt –, werden von anderen nicht als Begabung, Vorteil oder Stärke gesehen. Sie werden bestenfalls toleriert, meistens jedoch kritisiert. Klar, meine Familie hat mich immer unterstützt und so akzeptiert, wie ich bin, aber sie sind die Ausnahme. Ich habe gelernt, andere Menschen nicht an mich ranzulassen und mein eigenes Ding zu machen. Aber wenn ich länger hier bin, ist das nicht so leicht. Die Menschen hier sind mir wichtig, und ich habe Angst, ich könnte verletzt oder enttäuscht werden, wenn sie bemerken, wie ich wirklich bin, mit all meinen Macken und Störungen der exekutiven Funktionen. Und sobald ich anfange, mir deswegen Sorgen zu machen, fühle ich mich so hilflos.«

Ich sehe sie an und streichele ihr langsam über den Kiefer. »Dieses Gefühl kenne ich.«

Sie legt die Stirn in Falten. »Du?«

»Ich bin, weil ich mich vor Beziehungen fürchte, zwar nicht um die halbe Welt geflohen, Kate. Aber ich habe mich auch versteckt, genau wie du. Mein Lebensstil, die Grenzen, die ich gezogen habe, das war meine Art, mich vor dieser Hilflosigkeit zu schützen.«

Sie mustert mich skeptisch. »Du sagst das, als … wäre es Vergangenheit.«

»Das hoffe ich.« Ich grabe die Finger in ihren Haaransatz und massiere sanft ihren Nacken. »Ich will versuchen, in Zukunft mutiger zu sein. Ich habe erlebt, was mich mein Selbstschutz kostet, und möchte diesen Preis nicht noch einmal bezahlen.«

Kate lässt den Teigschneider auf den Küchentresen fallen,

packt mein T-Shirt und zieht mich zu sich heran, bis unsere Körper sich berühren.

»Was machst du, Kate?«, presse ich zwischen den Zähnen hervor.

»Ich versuche, ebenfalls mutig zu sein«, flüstert sie und stellt sich auf die Zehenspitzen. Ihre Lippen streifen meine, und ich stoße die Luft aus.

»Kate, Baby …«

»Küss mich«, fleht sie.

»Ich habe versprochen, zu warten …«

»So lange ich es brauche. Ich weiß. Und du machst das großartig – hast das großartig gemacht –, aber ich brauche nicht noch mehr Zeit. Zumindest nicht, um dich zu küssen.« Sie drückt mich gegen den Küchentresen und fährt mit den Fingern durch mein Haar.

Mir wird heiß, meine Haut brennt an jeder einzelnen Stelle, an der sie mich berührt. »Bist du sicher?«, flüstere ich an ihrem Mund.

Sie nickt.

»Gott, habe ich es vermisst, dich zu schmecken.« Ich lege ihr die Hände auf den Rücken, ziehe sie an mich und öffne ihre Lippen. Unsere Zungen tanzen in langsamen, feuchten Kreisen, während ich ihre Hüften umfasse, sie wiege, mich an ihr reibe.

Ein leiser sehnsüchtiger Laut dringt aus ihrer Kehle, der meinen Schwanz hart werden lässt. Mir stockt der Atem. »Christopher«, flüstert sie. »Ich brauche mehr. Ich will, dass du mich berührst …«

»Ich weiß.« Meine Hände gleiten unter ihren Pullover und über die samtene Wärme ihrer Haut. Ich umschließe ihre Brust und komme fast, als ich spüre, wie ihr leichtes Gewicht meine Hand ausfüllt und der Nippel unter meinem Daumen hart wird. »Sag mir, wenn ich aufhören soll …«

Sie schüttelt den Kopf. »Wage es ja nicht.« Sie greift nach meinem Hemd und zieht es aus meiner Jeans.

»Kate, du musst das nicht …«

»Ich will«, keucht sie, zerrt an meiner Jeans und zieht mein Becken zu sich heran.

»Langsam, Baby. Lass mich das machen.« Ich beuge mich weit genug nach unten, um den Saum ihres langen Rockes zu packen und ihn ihr über die Beine nach oben zu schieben. Je höher ich komme, umso langsamer werde ich und beginne, ihr leicht über die Innenseite ihrer Schenkel zu streichen.

»Was tust du?«, flüstert sie heißer.

Meine Hand gleitet zwischen ihre Schenkel und legt sich über ihren Slip. Ihre Knie geben nach, aber ich halte sie, einen Arm um ihre Taille gelegt. Ich küsse sie. »Ich gebe dir, was du brauchst«, murmele ich gegen ihre Lippen. »Lass mich dich berühren? Bitte.«

Mein Finger spielt am Saum ihrer Unterwäsche, schiebt sich darunter. Sie weiß, worum ich sie bitte. »Ich brauche eine Antwort, Katerina.«

»Ja«, flüstert sie und schiebt sich mir entgegen.

Ich stöhne erleichtert auf, und meine Finger gleiten unter ihren Slip. Es ist ein unglaubliches Gefühl, sie zu spüren – weiches krauses Haar, warme, glatte Haut, klitschnass.

»Gott, du bist so feucht.«

Sie seufzt, atemlos. »Das klingt so dreckig.«

»Es ist nicht schmutzig.« Ich küsse sie, liebkose ihre Lippen mit meinem Mund. »Was dein Körper tut, wie er auf mich reagiert, ist wunderschön. Halte dich am Tresen fest.«

»Warum …« Ihr versagt die Stimme, als ich auf die Knie falle, ihren Rock nach oben zerre und zur Seite schiebe. Ich küsse ihre Hüfte, dann die Innenseite ihres Schenkels. Zitternd stößt sie die Luft aus. »Christopher, was …?«

»Ich küsse dich«, erkläre ich und spiele wieder mit dem Saum ihrer Unterwäsche. »Ich will dich sehen, Kate.«

Ein dunkles Rot färbt ihre Wangen. »Ich bin da unten ganz … naturbelassen.«

Ich stöhne. »Das ist perfekt.«

Ich küsse sie in die Hüftbeuge, atme sie ein und knete dabei ihren Hintern. Meine Finger liegen immer noch auf dem Rand ihres Slips.

»Du darfst mich sehen«, flüstert sie. »Zieh ihn runter.«

Ich zerre daran, aber entweder ist er total dünn, oder ich bin geiler, als ich dachte, denn er reißt einfach.

Kate schnappt nach Luft. »Du hast meinen Slip zerrissen.«

»Ich kaufe dir einen neuen«, murmele ich, abgelenkt von den rotbraunen Locken, unter denen meine Finger seidenweiche zartrosa Haut entdecken. Ich streichele sie, lecke sie mit der Zunge. Sie zuckt zusammen, schreit und vergräbt die Finger in meinen Haaren. Gott, sie schmeckt köstlich.

»Christopher«, sagt sie zitternd. »Die anderen werden bald hier sein, und …« Ich presse sie gegen den Tresen. Lasse einen Finger in sie gleiten, dann einen zweiten, und ihr Kopf fällt nach hinten.

»Und was?«

»Und …« Irgendwie schafft sie es, noch röter zu werden. »Sie könnten hereinplatzen.«

»Hmm«, murmele ich zwischen ihren Beinen, sauge an ihr, kitzele sie mit der Zunge, koste ihre süße, warme Haut. »Ich habe das Gefühl, das gefällt dir, Kate.«

Sie zieht die Luft ein. »Was du nicht sagst.«

Ich lächele. Ich liebe es, wie sie in einem Moment so hemmungslos leidenschaftlich sein kann und im nächsten schüchtern und empört, während ihr Körper sich weiter an mich klammert.

Ich versuche, mich nur diesem Körper zu widmen und die Wahrheit, die mit jedem Herzschlag durch meine Adern pulsiert, zu ignorieren. Denn ich liebe mehr als nur ihre süßen Kontraktionen, mehr als nur ihren geschmeidigen Körper, der sich mir hingibt. Ich liebe …

»Bitte«, flüstert sie, packt meinen Kragen und zieht mich nach oben.

Stehend lege ich einen Arm um sie und meine Hand dorthin, wo sie feucht und angespannt ist. Sie bewegt die Hüften.

Unsere Münder finden sich. Seufzend schmeckt sie sich selbst, als ich sie unter lautem Stöhnen küsse.

»Christopher«, flüstert sie, die Hand auf meinem Herzen. »O Gott, bitte. Ich muss …«

»Psst, Baby. Langsam.« Ich küsse sie, zwinge sie, sich zu entspannen. »Du darfst es nicht überstürzen. Ich gebe dir, was du brauchst.«

Ich drücke sie gegen den Tresen und ziehe sanft die Finger aus ihrer Pussy, gerade so weit, dass ich mit der Feuchtigkeit ihres Körpers ihre Klit reiben kann.

Sie stößt einen spitzen Schrei aus. Dann vergräbt sie ihr Gesicht an meinem Hals, während ich sie sanft streichele und zum Orgasmus bringe. Ihre Schreie werden schneller, heißer, flehend. Ich spüre, wie mein Körper sich verkrampft und gemeinsam mit ihrem nach Erlösung lechzt. Mich auf diese Weise zurückzuhalten, ist für mich, wie eine fremde Sprache zu sprechen, und mindestens genauso schwer. Trotzdem ist es befriedigend, all meine Aufmerksamkeit auf Kates Bedürfnisse zu richten, so wie sie es verdient.

Ich kann spüren, dass sie kurz davor ist, und lasse meine Finger ein zweites Mal in einem langsamen Bogen tief in sie hineingleiten. Sie packt mich am Kragen, presst ihren Mund auf meinen, und dann kommt sie gegen meine Hand, überwältigt mich mit ihren lustvollen Lauten und Schreien.

Keuchend lässt sie den Kopf gegen meine Brust sinken. »Ich ...« Sie seufzt. Benommen und zufrieden gleitet ihre Hand in meinen Schritt. »Ich kann mich revanchieren.«

Ich ergreife ihre Hand und presse sie auf mein pochendes Herz. »Ich will keine Gegenleistung von dir.«

Sie sieht mich finster an. »Na, herzlichen Dank auch.«

Ich lache. »So habe ich das nicht gemeint. Mit meinem momentan blutleeren Gehirn fällt es mir schwer, mich richtig auszudrücken.«

»Und deshalb ...«

»Das hat keine Eile.« Ich küsse sie zärtlich. »Was ich eben tun durfte, ist mehr als genug.«

Sie hebt eine Augenbraue. »Was ich in deiner Hose gespürt habe, sagt mir aber etwas anderes.«

Lächelnd küsse ich sie und lasse meine Finger wieder nach unten wandern, bereit und wild darauf, ihr mehr zu geben. »Einfach ignorieren.«

»Unmöglich«, flüstert sie.

»Hmm, ich habe da so eine Idee, wie ich dich ablenken könnte.« Entgegen ihrem Willen lächelt sie. »Sei still, und lass es mich dir noch mal besorgen, bevor die Gäste hier sind.«

31

Kate

Im Laufe der letzten Woche hat sich bei mir einiges verändert – so habe ich mittlerweile deutlich mehr Erfahrung beim Rumknutschen und Rummachen auf diversen Oberflächen. Manches hat sich aber auch kein bisschen verändert. Wie beispielsweise meine Unfähigkeit, die Wäsche in den Griff zu bekommen.

»Kate!«, brüllt Christopher, gefolgt vom Geräusch der Wohnungstür, die ins Schloss fällt.

»Eine Sekunde!«, brülle ich zurück und suche hektisch nach einem Kleidungsstück, das weder durchlöchert noch mit verdächtigen Flecken übersät ist. Nicht ganz einfach, da in meinem Kleiderschrank ein heilloses Durcheinander herrscht und mein Zimmer aussieht, als hätte eine Bombe eingeschlagen.

Ich höre seine Schritte im Flur und schnappe mir aus schierer Verzweiflung ein Langarmhemd aus Christophers Schublade, das ich mir schnell über den Kopf ziehe und die Ärmel lässig zu drei Vierteln hochkrempele. Es ist himmelblau, aus superfeiner weicher Baumwolle und so lang, dass es problemlos als Tunika durchgeht.

»Das geht«, versichere ich meinem Spiegelbild, schlüpfe in schwarze Leggings und meine Doc Martens und verlasse gerade noch rechtzeitig das Zimmer, um die Tür hinter mir zu schließen.

Christopher bleibt abrupt stehen und runzelt die Stirn. »Ist alles okay?«

Ich nicke, die Hand fest auf der Türklinke. »Mm-hmm. Lass uns gehen.« Ich nehme seine Hand und will ihn den Flur hinunterziehen, werde aber zurückgeschleudert, als er sich keinen Zentimeter bewegt.

»Uff.« Ich knalle gegen seine Brust. »Jetzt komm schon. Wir müssen los.«

Er starrt mich an. »Das ist mein Hemd.«

Ich ziehe eine Grimasse. »Ich hatte gehofft, du merkst es nicht.«

Seine Augen verdunkeln sich, und er kommt noch ein wenig näher. »Ausgeschlossen, Katerina.«

»Ich bin einfach nicht dazugekommen, zu waschen«, entschuldige ich mich. »Die Waschmaschine im Keller finde ich gruselig, und ich war die ganze Woche so beschäftigt, dass ich immer wieder vergessen habe, in den Waschsalon zu gehen. Aber ich schaffe das noch, bald, versprochen. Dein Hemd wasche ich dann gleich mit und gebe es dir zurück …«

Er beugt sich zu mir herunter und küsst mich tief und zärtlich. Ich seufze. Er drängt mich, meinen Mund zu öffnen, und unsere Zungen liebkosen sich.

»Behalte es«, sagt er zwischen zwei Küssen. »Ich habe kein Problem damit, dass du es trägst.«

Ein wenig benommen blinzele ich ihn an. »Was ist dann das Problem?«

Er stößt ein raues Lachen aus und schließt mich in die Arme. »Dass ich mir dich *nur* in diesem Hemd vorstelle. Wie du es hochhebst, meine Hände über deine Schenkel gleiten und es dir vom Leib reißen, wie ich dich mit Mund und Fingern so lange streichele und liebkose, bis du mich um einen Orgasmus anflehst.«

Meine Augen weiten sich. »Dass ich dein Hemd trage, reicht schon?«

Er seufzt und gibt mir mit geschlossenem Mund einen süßen Kuss. »In letzter Zeit braucht es nicht viel für erotische Fantasien, in denen du die Hauptrolle spielst.«

Ich beiße mir auf die Lippe, rücke näher an ihn heran und lege ihm die Arme um den Hals.

»Erzähl mir davon«, fordere ich ihn auf, stelle mich auf die Zehenspitzen und ziehe mit den Zähnen sanft an seiner Unterlippe.

Knurrend weicht er zurück, bis nur noch unsere Stirnen sich berühren. »Selbst ich habe Grenzen. Und dir kurz vor dem Sonntagsdinner meine erotischen Fantasien zu offenbaren zählt dazu. Also hol jetzt endlich deine Jacke und deine Tasche, damit wir gehen können. Wir kommen sonst zu spät, und du weißt genauso gut wie ich, was Maureen davon hält.«

Als er sich meinem Zimmer zuwendet, greife ich schnell nach seiner Hand. »Wo willst du hin?«

Er wirft mir einen erstaunten Blick zu. »Ich wollte nur eben deine Wäsche holen.«

Fast hätte ich gelacht. Er denkt, er müsste sich nur schnell einen Sack mit meiner schmutzigen Wäsche schnappen. »Und warum?«

»Um sie mit zu deinen Eltern zu nehmen?«, sagt er, als wäre das selbstverständlich. »Du könntest sie heute Abend da waschen.«

»Christopher. Du holst meine Wäsche nicht.«

»Dann hole du sie. Pack sie einfach in eine Tasche. Ich trage sie für dich.«

»Aber ich will nicht zu spät kommen.«

Er dreht sich wieder meinem Zimmer zu.

»Na gut!«, schreie ich, flitze an ihm vorbei und schlüpfe in mein Zimmer. »Dauert nur fünf Minuten.«

Christopher sitzt neben mir am Esstisch meiner Eltern. Er behält die Hände bei sich, aber unter dem Tisch reibt sein Knie an meinem Schenkel. Ich beiße mir auf die Lippe und starre in die Überreste der *Crème Brûlée*, die es zum Nachtisch gab.

»Kate«, beginnt Dad, »du sagtest, du hättest diese Woche ein neues Projekt gestartet, richtig? Hast du schon ein paar Fotos, die du uns zeigen kannst?«

Bea, die mir gegenübersitzt, sieht mich mit zusammengekniffenen Augen an. »Ich habe sie auch schon danach gefragt. Aber sie macht ein Riesengeheimnis daraus.«

»Ich zeige meine Fotos ungern, bevor ich sie bearbeitet habe«, erkläre ich.

»Du hast den ganzen Tag damit verbracht«, wirft Christopher dazwischen. »Komm schon, Katydid.«

Mom horcht auf, als er dieses Kosewort aus unserer Kindheit benutzt. Ich erstarre, aber Christopher scheint seinen Versprecher gar nicht zu bemerken. Vielleicht ist es ihm aber auch einfach egal. Er nippt seelenruhig an seinem Kaffee und sieht zu, wie ich aufspringe und in meiner Tasche nach dem Handy suche. Zurück am Tisch lasse ich mich in meinen Stuhl fallen und öffne den Ordner mit den Fotos meiner laufenden Projekte.

Er beugt sich zu mir herüber und schaut mit, während ich

im betörenden Geruch seiner Haut untergehe. »Das ist wunderschön«, sagt er und zeigt auf das Foto, das ich angeklickt habe. »Es ist für eine NPO, die sich …«

»Um Mädchen und intergeschlechtliche Kinder kümmert.« Ich nicke. Dann gebe ich das Handy meinem Dad. »Ich war Anfang der Woche dort und habe für diese NPO, die sich auf die emotionale Unterstützung und Selbstverwirklichung dieser Kinder spezialisiert hat, fotografiert«, erkläre ich den anderen. »Die Bilder sind bei einem Schreibworkshop entstanden.«

»Wunderschön, Vögelchen«, sagt Dad und sieht mich voller Stolz an, während er das Handy an Bea weitergibt. »Du hast so viel Talent.«

»KitKat!«, ruft Bea und scrollt durch das Album, wobei sie sich zu Jamie lehnt, damit dieser die Bilder ebenfalls sehen kann. »Die sind unglaublich.«

»Danke. Mit denen hier bin ich ganz zufrieden. Aber da sind fünfzig mehr, die ich heute Abend noch bearbeiten muss.«

»Heute Abend noch?« Mir besorgter Miene dreht Christopher sich zu mir um und legt den Arm über die Rückenlehne meines Stuhls. »Warum machst du nicht mal Pause und nimmst den Rest morgen in Angriff?«

»Ein verlockender Gedanke, aber ich habe versprochen, dass die Fotos vor Weihnachten fertig sind. Und da ich diese Wochen noch einige Stunden im *Edgy Envelope* arbeite, sollte ich heute zumindest noch ein paar fertig bekommen.«

Christopher seufzt und reibt mir, wo niemand am Tisch es sehen kann, mit den Knöcheln die Schulter. »Du hättest dich nicht auf einen so frühen Abgabetermin einlassen dürfen.«

»Sie wollten, dass alles fertig ist, wenn sie im neuen Jahr ihre Spendenaktionen starten. Ich wollte sie nicht warten lassen, auch wenn es ein wenig eng wird. Außerdem habe ich momentan keine anderen Projekte …«

»Mal abgesehen davon, dass du während der umsatzstärksten Zeit im Jahr Vollzeit im *Edgy Envelope* arbeitest«, sagt er. »Das ist mehr als genug, Kate.«

Sein Ton ist so scharf, dass Dad die Augenbrauen hebt. Da Christopher sich ganz auf mich konzentriert, entgeht ihm Dads überraschtes Gesicht ebenso wie Moms geheimnisvolles Lächeln, das sie hinter ihre Kaffeetasse versteckt. Auch Bea und Jamie, die sich noch immer über die Fotos gebeugt unterhalten, scheinen es nicht zu bemerken.

Jamie schaut auf und reicht das Handy meiner Mom. »Wofür werden die Fotos verwendet?«, will er wissen.

»Für eine neue Präsentation, die auf mögliche Investoren abzielt«, kläre ich ihn auf.

Mom scrollt lächelnd durch die Bilder. »Die sind fantastisch, Kate. Ich bin so stolz auf dich.«

Ich spüre einen Kloß im Hals. »Danke, Mom.«

»Ist diese Art Arbeit so ähnlich wie das, was du im Ausland gemacht hast, oder etwas komplett anderes?«, will Jamie wissen. Er legt Bea, die sich an ihn kuschelt und ein Gähnen unterdrückt, den Arm um die Schulter.

Ich zucke mit den Achseln und kratze mit dem Löffel den karamellisierten Zucker vom Rand meiner *Crème-Brûlée*-Schale. »Die Arbeit hier ist einfacher, entspricht aber dem, was ich mit meiner fotojournalistischen Arbeit schon immer wollte – etwas bewirken. Ich will mit den Geschichten, die ich erzähle, meinen Motiven eine Chance geben, gehört zu werden. Ich möchte ihre Stimmen durch die Macht der Bilder verstärken. Die Leute sollen stehen bleiben und ihnen zuhören.«

Bea lächelt Jamie müde zu. »Meine kleine Schwester hat's voll drauf.«

»Das sehe ich genauso«, stimmt er ihr voller Anerkennung zu.

Christopher schweigt. Aber als ich zu ihm hinübersehe, starrt er mich so durchdringend an, dass es sich wie ein elektrischer Schlag anfühlt.

»Es war Christopher, der mich mit dieser NPO zusammengebracht hat«, erkläre ich an alle gerichtet, ohne den Blick von ihm zu wenden. »Und im neuen Jahr warten gleich mehrere Projekte auf mich. Er kann es einfach nicht lassen, mich bei seinen geschäftlichen Kontakten ins Gespräch zu bringen.«

Ein Lächeln spielt um seine Mundwinkel. »Wozu soll Networking gut sein, wenn man seine Kontakte nicht nutzt? Außerdem habe ich niemanden gezwungen, dich unter Vertrag zu nehmen. Ich habe ihnen nur den Link zu deiner Website geschickt und ihnen erzählt, dass du die neuen Mitarbeiterportraits für uns gemacht hast. Deine Arbeit spricht für sich.«

»Wirst du die Aufträge im neuen Jahr annehmen?« Dad stützt die Ellbogen auf den Tisch und beugt sich vor. »Oder gehst du wieder ins Ausland und machst deinen normalen Job?«

Christopher, der plötzlich großes Interesse an seinem leeren Teller hat, sitzt mit gesenktem Blick und undurchdringlicher Miene neben mir.

Ich muss daran danken, was er an dem Abend gesagt hat, als wir bei mir in der Wohnung Pasta gemacht haben, und alles anfing, sich zu verändern.

Ich habe mir Sorgen um dich gemacht. Ich habe es verabscheut, dass du so viele Risiken eingehen musstest, um deine Arbeit zu tun, und dich ständig in Gefahr gebracht hast.

Unter dem Tisch taste ich nach seiner Hand und finde eine geballte Faust.

»So sehr ich meine Arbeit auch liebe«, erkläre ich Dad, »der Job hat mich ausgebrannt. Ich bin reif für eine Veränderung.

Ich werde auch weiterhin ab und zu reisen, hoffe ich, in Zukunft aber viel mehr zu Hause sein.«

Bea lächelt mir über den Tisch hinweg zu. »Ich wäre schon froh, wenn du nicht vor dem 25. Dezember wieder verschwindest, all denen zuliebe, die Jahr für Jahr Maureen Wilmots herzzerreißendes Geflenne ertragen müssen, nur weil du nicht da bist.«

»Bea, deine Ausdrucksweise«, tadelt Mom, bevor sie sich hoffnungsvoll mir zuwendet. »Weihnachten ist ja schon bald, und da du noch nicht wieder gefahren bist, gehe ich mal davon aus, dass du hier bist?«

»Ich werde hier sein«, verspreche ich ihr, während ich unter dem Tisch versteckt die Hand auf Christophers Faust lege und spüre, wie sie sich langsam löst, sodass wir unsere Finger ineinander verschränken können. Christopher hebt den Kopf und sieht mich an. »Und ich habe in nächster Zeit auch keine Reise geplant.«

»Mom!«, rufe ich aus dem Zimmer zum Garten, in dem die Waschmaschine und der Trockner stehen.

»Ja, Kate?«, ruft sie zurück.

»Irgendetwas stimmt nicht mit der Waschmaschine.«

Mom steckt den Kopf durch die Tür und runzelt die Stirn. »O nein. Bitte nicht.«

Hinter ihr taucht Dad auf und zieht ein ungläubiges Gesicht. »Wirklich? Ich habe doch heute Morgen noch gewaschen …«

»Bill«, säuselt Mom und dreht sich lächelnd zu ihm um. »Wärst du so lieb, nachzusehen, ob Jamie und Bea die Haustür richtig zugemacht haben, als sie gegangen sind? Puck kann sie sonst aufdrücken, und ich habe keine Lust, das tyrannische Fellknäuel bei dieser Kälte ein zweites Mal mitten in der Nacht zu suchen.«

Dad blinzelt Mom verständnislos an. »Maureen, die Tür ist …«

Mom zieht Dad so plötzlich am Kragen zu sich herunter und küsst ihn, dass er überrascht grunzt. Sofort ist der Grund für sein Zögern vergessen, und er schlingt die Arme um ihre Taille.

»He, ihr zwei.« Ich schüttele mich und fuchtele mit den Händen, als wollte ich sie vertreiben. »Macht das gefälligst woanders.«

Mom befreit sich aus Dads Umarmung und schenkt mir ein Lächeln, das Jules' faszinierend ähnlich ist. »Dasselbe gilt auch für dich und deine Wäsche. Versuch dein Glück bei Christopher.«

»Bei Christopher? Mom, ich kann nicht einfach …«

»Bitte entschuldige uns, Kate«, sagt Mom und sieht wieder Dad an, der sich über sie beugt für einen zweiten Kuss. »Dein Vater und ich sind in einer Minute wieder da.«

»In einer Minute?«, sagt Dad heißer. »Mehr Zeit kriege ich nicht?«

Mom lacht und schiebt ihn rückwärts aus der Tür, bis sie nicht mehr zu sehen sind.

Seufzend wende ich mich wieder der Waschmaschine zu. Puck kommt hereingeschlendert und streicht mir miauend um die Beine, während ich anfange, meine triefnasse Wäsche aus der Trommel zu nehmen und zurück in den Wäschesack zu stopfen, in dem ich sie hergebracht habe. »Ich weiß, Puck. Das ist echt eklig. Eltern sollten vor ihren Kindern nicht so rumknutschen.«

Miau.

»Na ja, da hast du auch wieder recht«, sage ich und klaube die letzten Wäschestücke aus der Trommel. »Ich verstehe ja, dass ihr Verlangen Grundvoraussetzung für meine Existenz war, aber was mich betrifft, ist das achtundzwanzig Jahre her, und damit sollte sich die Sache eigentlich erledigt haben.«

Ein lautes Räuspern lässt mich so heftig zusammenzucken, dass ich mir den Kopf an der Waschmaschine stoße. Leise fluchend richte ich mich auf und werde von einem lächerlichen Herzflattern heimgesucht.

Christopher lehnt, die Hände in den Hosentaschen, im Türrahmen und beobachtet mich.

»Lauschen ist unhöflich«, erkläre ich ihm sauer und reibe mir den Hinterkopf.

Er stößt sich vom Türrahmen ab, kommt zu mir und schiebt sanft meine Hand zur Seite. Vorsichtig tastet er meinen Kopf ab und stellt zufrieden fest, dass dieser keinen ernsten Schaden genommen hat.

»Maureen sagt, die Waschmaschine hat den Geist aufgegeben.«

Ich seufze und werfe über die Schulter einen Blick auf die hinterhältige Maschine. »Sieht ganz so aus.«

Christopher betrachtet schweigend den Stapel klitschnasser Klamotten in meinem Wäschesack und legt die Stirn in Falten, als würde er über etwas nachdenken. Dann geht er an mir vorbei, schnappt sich den Sack und hängt ihn sich über die Schulter. »Ich kümmere mich darum.«

»Du wirst meine Wäsche auf gar keinen Fall waschen«, sage ich böse. »Falls du mich jedoch für den Rest des Abends zu dir einladen möchtest, damit ich sie selbst waschen kann, wäre das etwas anderes.«

Christopher beißt die Zähne aufeinander. Er umklammert den Riemen des Wäschesacks und starrt mich an. »Kate …«

Ich tue es meiner Mutter gleich, stelle mich auf die Zehenspitzen und bringe ihn mit einem Kuss zum Schweigen. Als ich mich wieder zurückziehe, ringt er um Atem.

»Regeln wir das, wie wir alle unsere Unstimmigkeiten regeln, Petruchio«, schlage ich vor, während ich rückwärts zur Tür gehe und mich dann blitzschnell umdrehe. »Wer zuerst da ist!«

Christopher stößt einen üblen Fluch aus, als ich die Treppe hinunter und durch den Garten sprinte. Mit einem Blick über die Schulter stelle ich entsetzt fest, dass er wahnsinnig schnell ist, trotz des schweren Wäschesacks mit der triefnassen Wäsche über seiner Schulter.

Zwei Stufen auf einmal nehmend hechte ich die Treppen zu seiner hinteren Veranda hoch. Über dem Türgriff befindet sich ein Schloss mit Tastenfeld.

»Kate!«, brüllt Christopher, der ebenfalls die Treppe erreicht.

Ich habe keine Ahnung, warum – um das Schicksal herauszufordern oder weil ich es mir insgeheim wünsche –, aber ich gebe meinen Geburtstag ein.

Die Tür öffnet sich.

Mit offenem Mund sehe ich ihn über die Schulter an.

»Scheiße«, flucht er, schiebt mich ins Haus und schlägt die Tür hinter sich zu.

Ich lache, geschockt und geschmeichelt zugleich. »Der Code für dein Schloss ist mein Geburtstag?«

Ohne ein Wort lässt er den Wäschesack von seiner Schulter plumpsen und fährt sich mit den Fingern durchs Haar.

»Christopher«, drängle ich. Eine leise Ahnung, dass mein bestgehüteter Traum wahr sein könnte, lässt mein Herz schneller schlagen. »Warum ist der Code für dein Schloss mein Geburtstag?«

Er starrt mich an, mit einem so leidenschaftlichen, wilden Ausdruck im Gesicht, dass es mir den Atem verschlägt.

Mit trockenem Hals gehe ich einen Schritt auf ihn zu. »Sag es mir«, flüstere ich.

»Was?«, knurrt er.

Er kommt auf mich zu, packt mich um die Taille und setzt mich in der Küche, die noch aussieht wie vor zwanzig Jahren, auf den Tresen. Obwohl ich neugierig bin, weshalb sich hier scheinbar nichts verändert hat, seit ich als kleines Mädchen das letzte Mal hier war, sehe ich mich nicht um und konzentriere mich stattdessen ganz auf Christopher, der mich mit funkelnden Augen ansieht.

»Was willst du hören, Kate?« Seine Stimme ist dunkel und scharf. Er gräbt die Hände in meine Hüften und zieht mich näher zu sich heran. »Dass dein Geburtstag mein Türcode ist? Dass ich dein schlecht genähtes Taschentuch in meinem Terminkalender bei der Arbeit aufbewahre? Dass ich jedes einzelne Foto, das du veröffentlicht hast, archiviert habe? Dass ich deine Katze in mein Haus locke, um sie zu knuddeln? Dass ich im Herbst in Bäckereien gehe, nur um mir dein Lieblingsgebäck anzuschauen? Dass ich mich ins Gewächshaus deiner Mutter setze und den Duft der Blumen einatme, die du so liebst? Dass alles, was du berührt hast, alles, was Erinnerungen an dich weckt, von mir verehrt wird wie ein Relikt?

Willst du hören, dass ich fast den Verstand verloren habe, als du nach Hause gekommen und tatsächlich geblieben bist? Dass ich dir die Blumen mit dieser Nachricht deshalb geschickt habe, weil ich die Lüge, die ich mir selbst so lange erzählt habe, nicht mehr aufrechterhalten konnte? Willst du hören, dass sie ein Geständnis waren? Dass mein trauriger Versuch, dir nahe zu sein, auf der falschen Annahme basiert hat, dein Hass wäre immer noch besser als deine Gleichgültigkeit? Dass ich, als mir klar wurde, wie gründlich ich alles vermasselt hatte, nur noch hoffen konnte, dass es noch nicht zu spät ist und da noch irgendetwas anderes als Abscheu in deinen Augen ist, wenn du mich ansiehst?

Willst du hören, dass ich dich die ganze Zeit vermisst habe, mich nach dir gesehnt habe, Katerina Elizabeth Wilmot? Dass du für mich der Inbegriff von Sehnsucht warst? Dass ich alles getan habe, um dieses innere Band, das mich zu dir hinzieht, zu zerreißen, aber einfach nicht stark genug war?«

Er stellt sich zwischen meine Schenkel und vergräbt die Hände in meinem Haar. Dann drückt er mir mit zitterndem Atem den zärtlichsten Kuss auf die Lippen. »Ich kann das nicht mehr. Ich kann mir nicht mehr verbieten, dir nahe zu sein. Es ist, als würde ich gegen die Gezeiten kämpfen. Wenn ich weiterkämpfe, werde ich untergehen. Ich gehöre dir«, sagt er leise und ehrfürchtig. Es klingt wie ein in der Kirche geflüstertes Gebet. »So lange du mich haben willst.«

Heiße Tränen kullern über meine Wangen. »Christopher«, flüstere ich mit gebrochener, heißerer Stimme.

»Es tut mir so leid«, murmelt er und küsst mir die Tränen von den Wangen. »Jede Träne, die du wegen mir vergossen hast. Jedes Mal, wenn ich dich von mir gestoßen habe, anstatt dich in meine Arme zu ziehen. Ich wollte dich nur beschützen.«

»Wovor?«, will ich wissen. Ich kralle die Finger in sein Hemd, ziehe ihn noch enger zwischen meine Schenkel und lege die Fußknöchel hinten auf seine Beine. Er geht nirgendwo mehr hin.

»Vor mir«, gesteht er. »Ich bin total abgefuckt, Kate.« Er wischt mit dem Daumen eine frische Tränenspur weg. »Sieh dich doch um. Mein Haus ist ein Museum, eine Hommage an Menschen, die seit Jahrzehnten tot sind. Ich habe nichts ausgetauscht, das nicht unwiderruflich kaputt war. Ich ertrage es kaum, wenn irgendjemand hier etwas anfasst, Handwerker, Maler, Gärtner. Ich habe diese Stadt noch nie verlassen. Sobald ich darüber nachdenke, wie verdammt groß und grausam die Welt ist, bekomme ich Panikattacken. Als das das erste Mal passiert ist, dachte ich, ich müsste sterben. Was hätte ich denn tun sollen? Hätte ich sagen sollen: *Hey Kate, ich weiß, dass dir die ganze Welt offensteht, aber würde es dir etwas ausmachen, deine Möglichkeiten auf die eines abgefuckten Irren wie mich zu reduzieren?*«

»Hör auf damit«, unterbreche ich ihn scharf. »Du bist kein abgefuckter Irrer. Den Verlust, den du verkraften musstest, kann ich mir kaum vorstellen, Christopher. Du lebst mit der bitteren Erkenntnis, wie zerbrechlich das Leben ist. Das tun viele von uns, können es aber glücklicherweise einfach ignorieren.« Durch einen Schleier aus Tränen sehe mich in der Küche um und lächele. Ich habe so viele Erinnerungen an diesen Ort. Gerüche und fröhliche Geräusche. Gino, der über den Herd gebeugt kocht und dabei laut und falsch italienische Lieder schmettert. Nora, die im Nebenzimmer tanzend den Tisch deckt und mitsingt, sodass die schräge Melodie auf wundersame Weise harmonisch klingt.

»Du hast an dem, was dir von den Menschen, die du am meisten geliebt hast, geblieben ist, festgehalten – wie an einem Schatz«, flüstere ich und lege die Hände auf seine Wangen, um ihm tief in die Augen zu sehen. »Und was mich betrifft, hast du nur getan, was du für richtig gehalten hast …« Mir versagt die Stimme. Die Trauer darüber, was wir verpasst haben, mischt sich mit der Erleichterung, dass all die Jahre des Leidens nun einen Sinn ergeben und ich das absurde Opfer, das er gebracht hat, damit wir beide unser Leben so gestalten konnten, wie wir es gebraucht haben, in einem neuen Licht sehe. »Du hast dich zwar komplett in mir getäuscht, aber nur getan, was du aus deiner Sicht tun musstest.«

»Ich habe mich getäuscht?«, fragt er leise. Seine Hände glei-

355

ten über meine Schenkel, als würde es ihn beruhigen, zu spüren, dass ich noch immer da bin.

»Total«, erkläre ich ihm unter Tränen. »Christopher, du hast mich unterschätzt, mich und alles, was wir hätten haben können, wenn ich schon vor Jahren den Mann kennengelernt hätte, den ich in den letzten Monaten kennenlernen durfte …« Kopfschüttelnd streichele ich ihm mit den Daumen über die Wangen. »Du hättest mich von dem Moment an haben können, in dem mir klar wurde, dass ich dir gehören könnte.«

Er stößt gequält die Luft aus.

»Von dem Tag an, an dem du zurückgekommen bist«, flüstere ich. »An dem du mit deinen Kisten unter dem Arm, wieder in euer Haus gezogen bist und ich dich von unserer Veranda aus beobachtet habe. Ich …« Ich schlucke, nehme seine Hand und lege sie auf mein Herz. »Es war, als würde sich ein Sturm ankündigen … Ich konnte die Elektrizität unter meiner Haut spüren. Ich habe versucht, mir einzureden, es läge in der Luft, dass sich am Himmel etwas zusammenbraut. Aber da warst du, so ernst und stark. Du warst so anders, wie als ich dich das letzte Mal gesehen hatte, und doch so … vertraut. Nachdem ich immer nur das kleine Mädchen war, das du ignoriert hast, habe ich mich plötzlich gefühlt als … als wären wir auf Augenhöhe, als könnte jetzt alles anders werden. Und mir wurde bewusst, dass ich das wollte.« Ich lege ihm die Hand in den Nacken und ziehe seinen Kopf zu mir herunter, um ihm einen langen, weichen Kuss auf die Lippen zu drücken.

»Ich wollte mich fallen lassen«, flüstere ich an seinem Mund. »Mich dem vertrauten Klang deiner Stimme hingeben. Deinem kehligen Lachen. Meine Finger in deinen gelockten Haarspitzen versenken. Mich an deine breiten Schultern schmiegen.« Er drückt meine Brust, umfasst meinen Schenkel, meine Hüfte, und zieht mich an sich, bis unsere bebenden Brustkörbe sich berühren. »Und ich wollte alles, was neu war an dir, alles, was ich noch nicht kannte, kennenlernen.«

Wortlos nimmt er meinen Kopf und küsst mich zärtlich. Für einen kurzen Moment gibt es nichts anderes mehr auf dieser Welt – nur uns zwei, die Arme umeinandergeschlungen, in einer Küche voller Erinnerungen, traurig, schön, bittersüß, die an den Ecken anfangen, zu verblassen, um Platz zu machen für das, was kommt.

Ich lege die Arme um seinen Nacken, küsse seinen Kiefer, seinen Hals. »Ich brauche dich.«

Die Hände weit unten auf meinen Hüften presst er mich an sich. »Ich brauch dich auch.«

Er legt meine Beine um seine Taille und trägt mich ins Foyer, von wo Treppen in den ersten Stock führen.

Ich stupse meine Nase an seine und sehe mich um. Was er gesagt hat, ist wahr.

Nichts hat sich verändert.

Das Wohnzimmer sieht noch genauso aus, wie ich es in Erinnerung hatte. Auch das Musikzimmer hinter der Schiebetür, in dem seine Mutter Klavierstunden gegeben hat, und das Esszimmer mit dem alten Tisch und den Stühlen, auf denen ich als ganz kleines Mädchen gesessen habe.

Mein Herz krampft sich zusammen. Jetzt weiß ich, warum er nicht will, dass irgendjemand diesen Ort sieht. Dieser perfekte, nonchalante Typ, der sich stets im angesagtesten Style kleidet und mit den neuesten Trends aufwartet, lebt in einem Haus, das vor fünfunddreißig Jahren von seinen Eltern eingerichtet wurde und in dem die beiden noch immer präsent sind. Den Mann, der hier lebt, bekommt die Welt draußen nicht zu sehen. Einen Mann, der sich an Erinnerungen klammert und doch weitermacht, der mit dem lebt, was er verloren hat, und alles, was ihm noch geblieben ist, in Ehren hält. Den Mann, der mir sein Herz geöffnet hat und mich in seinen Armen hält.

Mitten im Foyer bleibt er stehen, und ich spüre seinen Blick auf mir.

»Es ist noch genauso gemütlich, wie ich es in Erinnerung habe«, sage ich.

»Ich weiß, dass ich etwas verändern muss.«

»Nein, musst du nicht. Es sei denn, du willst das.« Beruhigend lege ich meinen Kopf an seine Brust. »Mir gefällt es so, wie es ist.«

»Wirklich?«

Ich nicke und lege ihm die Arme um den Hals. »Ich liebe alte Dinge. Sie bergen so viele Erinnerungen an die Menschen, die sie berührt, geliebt und mit ihnen gelebt haben. Aber ich kann verstehen, warum du dich schwer damit tust, jemanden hier reinzulassen, der dich nicht kennt ... nicht so, wie ich dich kenne.«

Er schließt mich fest in seine Arme und legt den Kopf auf meinen Scheitel. Ganz still stehen wir da, Arm in Arm, sein Gesicht in meinem Haar. »Danke, dass du das gesagt hast, Kate«, flüstert er.

Ich spüre einen Kloß im Hals und drücke ihn fest an mich. »Danke, dass du mir die Chance dazu gegeben hast.«

Er seufzt zufrieden, und ich vergrabe die Nase in seinem Hemd, lausche dem regelmäßigen *ba-bum, ba-bum* seines Herzens. Christopher neigt den Kopf, bis unsere Lippen aufeinandertreffen. Ich klammere mich an ihn, und er trägt mich die Treppe hinauf.

»Also ...«, beginne ich, als er ins Schlafzimmer abbiegt und ich plötzlich furchtbar nervös werde. Er hat so viel Erfahrung. Und ich gar keine. Wie viele Frauen er wohl schon im Bett hatte? Wie viele wilde erotische Dinge getan hat, die ich mir noch nicht einmal vorstellen kann?

»Also ...«, wiederholt er und küsst mich.

»Also das ist, wo du ...«

Er sieht mich fragend an und schaltet das Licht ein. »Wo ich schlafe?«

»Hast du hier ...« Ich drehe den Kopf Richtung Bett. »Du weißt schon, mit anderen ...«

Christopher bleibt auf halbem Weg zum Bett abrupt stehen. »Katerina, *nein*.« Dann geht er weiter und setzt sich auf den Rand der Matratze, sodass ich mit angewinkelten Knien rittlings auf seinem Schoß lande. »Jetzt hör mir mal zu.«

»Ich höre zu.«

Seufzend streichelt er mir über den Rücken. »Sie sind nicht hier gewesen. Die anderen Frauen, mit denen ich zusammen war. Du bist die Erste und Einzige, die ich in mein Bett hole. Alles, was davor war ...« Er beißt die Zähne aufeinander und seufzt. »Es hat Spaß gemacht, das will ich nicht abstreiten. Und es war immer in gegenseitigem Einvernehmen. Es hat mir die Zeit vertrieben, mir Erleichterung verschafft – wenn auch nur vorübergehend –, während ich immer nur dich wollte und geglaubt habe, dass ich dich nicht haben kann, Kate. Das hier, mit dir, in meinem Bett, ist auch für mich neu.«

Vielleicht ist es dieses Geständnis, dass er in gewisser Weise genauso unerfahren ist wie ich, weshalb ich den Mut finde, ihm in die Augen zu sehen und die Wahrheit zu sagen.

»Das zu wissen, hilft.« Ich spiele mit den Haaren in seinem Nacken, während ich nach den richtigen Worten suche. »Weil ... für mich ist das auch neu. Ich habe es ... ich habe es ... noch nie gemacht.«

Er legt die Stirn in Falten. »Was hast du noch nie gemacht?«

Ich sehe ihn an und fühle mich plötzlich so verletzlich, so bloßgestellt. Ich wünschte, das alles hätte nicht so viel Gewicht.

Aber vielleicht gefällt es mir ja auch, ihm ausgesetzt zu sein, ihm zu zeigen, wer ich bin, nackt und schutzlos.

Er spürt, wie ich mit mir kämpfe, und legt den Kopf schief. »Was ist los, Baby?«

Mit dem Daumen streichelt er mir über die Wange. »Ich habe noch nie jemanden so berührt, wie wir uns berühren«, gestehe ich ihm. »Oder so geküsst, wie wir uns küssen. Vor dir hätte ich das, was wir nach dem Paintball getan haben, oder in den letzten Wochen, niemals mit irgendjemandem getan.«

Seine Augen weiten sich. »Kate, willst du damit sagen, dass …«

»Ich bin völlig unerfahren«, platzt es aus mir heraus. »Demisexualität und One-Night-Stands gehen einfach nicht zusammen. Und wenn man beruflich ständig auf Reisen ist, ist das für längere, emotional fundierte Beziehungen eher ungünstig. Bevor ich wusste, was für mich funktioniert und was nicht, habe ich ein paar Dinge ausprobiert, es aber jedes Mal ziemlich früh wieder gelassen. Es hat sich nie richtig angefühlt … außer bei dir.«

Mit offenem Mund starrt er mich an. Dann klappt er ihn wieder zu, und sein Kiefer beginnt, zu zucken. Ich habe das Gefühl, er ist ein klein wenig aufgebracht. »Kate. Nach dem Paintball … da habe ich dich über die Schulter geworfen und es dir wie ein Tier an der Badezimmerwand besorgt.«

»Wenn man es genau nimmt, war es die Badezimmer*tür*.«

»Ich habe dir in der Küche die Unterwäsche vom Körper gerissen«, stöhnt er und drückt sich die Handballen auf die Augen.

»Die war ohnehin schon komplett durch.«

»Katerina«, warnt er mich. Er nimmt die Hände vom Gesicht und sieht mich an. »Wenn ich das gewusst hätte …«

»Ich wollte es dir nicht verheimlichen. Und ich kann dir gar nicht sagen, wie unglaublich es für mich war, mit dir zusammen zu sein. Es hat sich so gut und richtig angefühlt, nach all der Zeit, in der ich nur frustriert war und mich von allen missverstanden gefühlt habe.« Ich schlucke. »Nach dem Paintball … das ist einfach so passiert. Auch das in der Küche. Seitdem fühlt sich, was wir tun, immer richtig an. Ich wünschte, ich hätte es dir schon früher sagen können, aber wir sind Chaoten, Christopher, alle beide. Zwischen uns ist nichts einfach und unkompliziert. Aber jetzt bin ich hier und habe es dir gesagt. Bitte sei mir nicht böse.«

Er schluckt und legt mir die Hand auf die Wange. »Ich könnte dir niemals böse sein, Kate. Es ist nur … Ich hätte dir wehtun können, dich vor den Kopf stoßen …«

»Hast du aber nicht«, erinnere ich ihn und schmiege meine Wange in seine Hand. »Du hast gefragt, ich habe dir gesagt, was ich will, du hast zugehört. Es war perfekt. Aber jetzt habe ich Angst, dass es das nicht mehr ist, weil etwas zwischen uns steht.«

»Baby.« Zärtlich und voller Verlangen sieht er mich an. »Es wird nichts zwischen uns stehen. Ab heute gibt es nur noch dich und mich.« Seine Lippen streicheln meine Wange wie ein leises Flüstern. »Das ist alles, was zählt.«

Ich sehe ihn an, nackt, obwohl ich angezogen bin, im freien Fall, obwohl er mich hält. »Versprochen?«

Er streckt den kleinen Finger aus, und ich hake meinen bei ihm ein, wie bei unserem Kindheitsritual. Wir küssen zuerst unsere Daumen und drücken sie dann aufeinander, wie zu einem zärtlichen Kuss, während sein Mund meinen findet. »Versprochen«, flüstert er.

Als wir uns wieder trennen, spielt ein süßes Lächeln um seine Lippen.

»Was ist?«, will ich wissen.

Das Lächeln wird breiter. »Nach dem Paintball, war das dein erster Orgasmus mit …? War ich …«

»Hey!« Ich schlage ihm gegen die Schulter, woraufhin er mich lachend noch fester küsst. »Das Besondere am ersten Mal oder die Vorstellung von Jungfräulichkeit sind patriarchale Konstrukte, Christopher Petruchio. Nur weil du der Erste warst, hast du keine Ansprüche auf mich. Ich bin nicht dein Eigentum.«

»Du hast recht«, entschuldigt er sich und dreht mich aufs Bett, sodass er auf mir liegt.

»Und trotzdem wirfst du mich aufs Bett wie eine Tüte Bagels.«

»Eine Tüte Bagels hatte ich noch nie im Bett und auch keine wilden Fantasien, was ich mit ihr dort anstellen könnte, im Gegensatz zu dir.«

Gegen meinen Willen muss ich lächeln. »Bitte mach keine große Sache daraus.«

Er streicht mir die feinen Strähnen aus dem Gesicht und wird wieder ernst. »Dass mich deine sexuelle Unerfahrenheit so glücklich macht, hat einen anderen Grund als den, den du vermutest, Kate.«

»Ach ja?« Ich ziehe eine Augenbraue nach oben.

»Ja.« Er gibt mir einen heißen, feuchten Kuss auf den Hals. »Dort draußen gibt es sehr viele potenzielle Liebhaber, die im besten Fall mittelmäßig, im schlimmsten Fall egoistisch sind. Und du, Katerina Wilmot, verdienst nur das Allerbeste. Deshalb bin ich so glücklich. Denn auch wenn vieles an mir fragwürdig ist, im Bett bin ich weder egoistisch noch mittelmäßig.«

Die Erinnerung an seine Erfahrenheit trifft mich wie ein Peitschenhieb, und ich weiche vor ihm zurück. »Vielleicht ist das doch keine so gute Idee.«

Er erstarrt. »Warum?«

»Ich habe von dem, was ich hier tue, keine Ahnung.«

»Das hat sich für mich aber ganz anders angefühlt«, murmelt er.

Er greift nach meinem Hemd und schiebt es mir über den Bauch.

»Wirklich?«, frage ich und beiße mir auf die Lippe, als er die Hand auf meine nackte Haut legt und sein Finger unter den Bund meiner Leggings rutscht.

»Großer Gott, ja, Kate. Man braucht keine Million Partner, um eine gute Liebhaberin zu sein«, sagt er heißer. »Man muss nur zuhören, lernen, vertrauen, reden, ausprobieren. Das alles hast du getan. Du warst unglaublich, Kate.«

Mir wird heiß. »Und das sagst du nicht einfach nur so?«

»Nein.« Er streichelt meine Rippen und streift mit den Knöcheln den Rand meiner Brüste.

Als er spürt, wie angespannt ich bin, sucht Christopher meinen Blick. Vor meinem inneren Auge ziehen all die Möglichkeiten vorüber, wie ich uns das hier versauen könnte.

Langsam stützt er sich auf die Ellbogen und sieht hinüber zum Bad. Dunkle Metrofliesen, die im Licht einer kleinen Lampe sanft glänzen, die Ecke einer großen Badewanne, auf dem Rand Umrisse von Kerzen.

»Badest du gerne?«, fragt er.

Ich sehe ihn an, mein Herz rast. Ein Bad wäre himmlisch. Ich war so in meine Fotos vertieft, dass ich, als mir klar wurde, dass ich für das Sonntagsdinner bei meinen Eltern schon viel zu spät dran bin, keine Zeit mehr hatte, zu duschen. Baden klingt perfekt. Ins warme Seifenwasser eintauchen, ausgiebig die Haare waschen und mich treiben lassen, bis meine Glieder schwer und locker sind. »Ich liebe Baden.«

»Dann lasse ich dir jetzt ein Bad ein, hole dir ein Glas Wein, wenn du magst, und lasse dich entspannen.«

»Das klingt großartig.«

Er drückt mir einen sanften Kuss auf die Schläfe. »Gut.«

Ich schließe die Augen und lege den Kopf in seine Halsbeuge. »Tut mir leid«, flüstere ich, »dass ich so nervös bin und wir es langsam angehen müssen.«

Er legt mir die Hände auf die Wangen und sieht mir tief in die Augen. »Ich will, dass du so etwas nie wieder sagst, Kate. Wir nehmen uns alle Zeit, die wir brauchen. Es gibt hier kein Langsam oder Schnell. Nur das, was für uns richtig ist.«

»Es macht dir nichts aus? Willst du nicht …«

»Ich will dich. So, wie ich dich haben kann.« Aber wahrscheinlich schaue ich immer noch etwas skeptisch. »Ich war die letzten sechs Wochen abstinent und werde es bleiben, so lange du es für nötig hältst«, versichert er mir und sieht mir dabei tief in die Augen. »Außerdem habe ich mich letzte Woche testen lassen. Meine STI-Ergebnisse waren alle negativ.«

»Und ich war seit meinem letzten Check mit niemandem mehr zusammen«, erkläre ich ihm. »Ich bin auch negativ.«

»Verhütung?«, fragt er. »Wir können Kondome benutzen.«

»Ich habe mir diese Woche eine Spitze geben lassen«, gestehe ich und werde rot. Er lächelt, ganz offensichtlich zufrieden, dass ich wie er vorausgeplant habe. »In den nächsten drei Monaten kann nichts passieren. Und ich habe mir eine Erinnerung in den Kalender geschrieben, wann ich die nächste brauche.«

»Wir können trotzdem Kondome benutzen, wenn du willst«, bietet er an.

Ich schüttele den Kopf. »Ich brauche keine.«

Schweigend sieht er mich an und streichelt beruhigend meine Haut. Dann erhebt er sich, zieht mich vom Bett, und wir umarmen uns im Stehen.

»Und jetzt?«, flüstere ich aufgeregt.

Er küsst mich auf die Schläfe und holt einmal tief Luft. »Jetzt lasse ich das Wasser in die Wanne, schenke dir ein Glas Wein ein und tue, was immer du willst.«

Ich werde knallrot. »Oh.«

Liebevoll lächelnd wiegt er mich in seinen Armen. »Die Wanne braucht ein bisschen, bis sie voll ist, und der Wein ist unten. Aber mit dem letzten Teil können wir auch gleich anfangen.«

»Ich soll dir sagen ... was ich will? Und was ist mit dir? Was brauchst du?«

Er beugt sich zu mir herunter und küsst mich zuerst auf die Schläfe, dann auf die Wange und dann auf meinen Amorbogen. »Mir genügt, dich in den Armen zu halten. Ich will, was dich glücklich macht. Ich tue, was du willst. Wie du es willst. Du musst es mir nur sagen.«

»Küss mich.« Mein Atem geht keuchend, zitternd. »Jetzt. Bitte.«

Seine Augen funkeln. Dann legt er die Lippen auf meine, süß und samten, und liebkost mit der Zunge meinen Mund. Er küsst mich so ehrfürchtig und einfühlsam, dass ich gegen die Tränen die Augen schließen muss.

Sanft gleitet seine Hand über Rücken und Hüfte zu meinem Hintern. Ein verzweifeltes Wimmern entschlüpft meiner Kehle.

Er lächelt. »Ich liebe dein Stöhnen.«

»Halt die Klappe«, flüstere ich.

Ich lasse mich aufs Bett fallen und ziehe ihn mit mir. Er lacht.

Dann beugt er sich über mich, küsst mich, und ich seufze vor Lust.

Obwohl es zwischen uns nie leicht war, ist da dieses sichere Gefühl, dass er ganz genau weiß, wie er mich halten muss, mich küssen muss, langsam und tief, mich mit der Zunge liebkosen, um meine Begierde zu wecken und aufflammen zu lassen, bis sie lichterloh brennt, hell und heiß …

Als Christopher sich behutsam zurückzieht, protestiere ich wie ein kleines Kind.

Lächelnd küsst er mich noch ein letztes Mal. »Wie wär's, wenn ich uns jetzt ein Bad einlasse?«

32

Christopher

Mit zitternden Händen schenke ich uns zwei Gläser Rotwein ein, für mich nur einen kleinen Schluck. Nachdem ich schon beim Abendessen ein Glas hatte, will ich das Schicksal nicht herausfordern. Zu viel Alkohol kann bei mir Schmerzen im Nacken auslösen und das nur allzu vertraute quälende Scharren in meinen Augenhöhlen. Dass ich neulich Abend gehen musste, ist noch zu frisch in meinem Gedächtnis, um zu riskieren, dass die Migräne mir eine zweite Nacht mit Kate ruiniert.

Stumm flehe ich mein Gehirn an, heute Abend gnädig mit mir zu sein, auch wenn es sich eigentlich nie um meine Pläne schert oder darum, wie sehr ich hoffe, dass diese nicht zunichtegemacht werden.

Ich stelle die Weinflasche ab und bitte auch gleich noch meine Hände, stillzuhalten. Aber sie zittern weiter. Ich habe so etwas noch nie gemacht. Ich war noch nie mit einer Person zusammen, die mir so viel bedeutet, dass ich unbedingt will, dass sie sich gut und sicher bei mir fühlt.

Es ist Kate, rufe ich mir in Erinnerung, als ich im Foyer vor einem Bild unserer Familien stehen bleibe. Es wurde an einem heißen Sommertag aufgenommen. Verschwitzt mit Garten-schläuchen in den Händen lächeln wir in die Kamera. Und da ist sie, klein, mit Sommersprossen und knubbeligen Knien, und kneift grinsend die Augen zusammen. Ich sehe sie an und muss ebenfalls lächeln.

Es ist Kate. Kate, die beim Lachen schnaubt und würgen muss, wenn sie Grillfleisch riecht. Kate, die hilflose Kreatu-ren genauso sehr liebt, wie sie Ungerechtigkeit hasst. Kate, die mich provoziert und berührt wie sonst niemand, die mir unter die Haut geht, mich anturnt und küsst, als wäre es das letzte Mal, die zittert, wenn ich sie berühre, und mich anfleht, nie wieder damit aufhören.

Während ich die Stufen zum Schlafzimmer hinaufgehe, wiederhole ich es wie ein Mantra: *Es ist Kate. Es ist Kate. Es ist Kate.*

Mit den Weingläsern in der Hand bleibe ich im Türrahmen stehen und sauge sie in mich auf, wie sie auf meiner Bettkante sitzt und in die tanzenden Flammen des Gaskamins starrt, den ich angestellt habe. Sie sieht nachdenklich aus, atemberaubend im Schein des Feuers, der ihre Haut golden schimmern lässt und ihrem rotbraunen Haar einen glänzenden Bronzeton verleiht.

Ein perfektes Bild. Als fühlte sie sich hier ganz zu Hause.

Lächelnd sieht sie zu mir herüber, und mein Herz seufzt vor Wonne.

»Du hast gelogen«, beschwert sie sich.

Mit gerunzelter Stirn stoße ich mich vom Türrahmen ab. »Was meinst du?«

»Ein paar Dinge haben sich hier doch verändert.« Sie klopft auf die Matratze. »Du hast dein Rennauto-Bett nicht mehr.«

Ich lächele erleichtert und reiche ihr ein Glas Wein. »Ich habe nach einem neuen gesucht, aber in meiner Größe bauen sie die nicht.«

Sie nimmt ihr Glas, ohne nachzufragen, weshalb ich mir selbst so wenig eingeschenkt habe, steht auf und stößt mit mir an. Unsere Gläser küssen sich mit einem leisen *Kling*, und wir führen sie noch vibrierend zum Mund und trinken.

Kate seufzt glücklich. »Das ist guter Wein. Der war teuer, habe ich recht?«

»Hast du.«

Sie schaut tief ins Glas und schwenkt es. »Vielleicht ist Geld zu haben doch nicht so schlecht, wenn man sich damit so einen Wein kaufen kann.«

Lachend lege ich den Arm um sie, ziehe sie näher heran und küsse sie auf die Stirn. »Glück kann man nicht kaufen. Gutes Essen und guten Wein schon, und das ist verdammt nah dran.«

»Darauf trinke ich«, sagt sie und nimmt noch einen Schluck. Dann legt sie den Kopf auf meine Schulter, schielt Richtung Badezimmer und wird sehr still. »Warte. Ich sollte auf das Badewasser aufpassen, oder?«

»Scheiße.« Ich stelle mein Glas ab, das ich dabei um ein Haar umwerfe, und renne ins Bad.

»Tut mir leid!«, brüllt sie mir hinterher.

»Schon gut«, rufe ich über die Schulter zurück und drehe den Hahn zu. »Es ist nicht viel übergelaufen. Es ist kaum Wasser auf dem Boden. Aber sei vorsichtig …«

»Ich war mit den Gedanken ganz woanders.« Kate kommt ins Bad gelaufen, hat mich offensichtlich aber nicht gehört. »Und habe komplett vergessen … *huch*!«

Sie rutscht auf der Wasserlache auf den Fliesen aus und schlittert in mich hinein. Ich schlinge einen Arm um ihre Taille und rudere mit dem anderen in der Luft, um das Gleichgewicht zu halten. Dabei bekomme ich ein Handtuch zu fassen, das ich samt Handtuchhalter von der Wand reiße.

Ich klammere mich an Kate, und wir stürzen, ich auf den

Rücken, sie auf mich drauf. Mit einem lauten Platsch landen wir auf dem nassen Boden.

Im Raum ist es erstaunlich still.

Nachdem eine Weile keiner etwas gesagt hat, flüstert Kate. »Das tut mir echt leid.«

»Schon okay«, röchle ich.

Sie hebt den Kopf, den ich an meine Schulter gedrückt hatte, um ihn zu schützen, und sieht mich entsetzt an. »Warum klingst du so komisch?«

»Luft«, krächze ich, zeige auf meine Brust und strecke den Finger hoch. »Nur eine Minute.«

Sie beißt sich auf die Lippe, und ihr Gesicht wird zunehmend röter.

»Ich schwör dir, Katerina«, keuche ich. »Wenn du jetzt lachst …«

Sie prustet los, so laut, dass es von den Fliesen widerhallt. »Sorry!«, japst sie, während sich in ihren Augenwinkeln Tränen sammeln. »Ich kann einfach nicht anders, wenn so etwas passiert.« Sie krümmt sich und muss so heftig lachen, dass sie selbst fast keine Luft mehr bekommt.

Meine Schultern beginnen zu beben, während ich gegen einen Lachkrampf ankämpfe, von dem ich nicht weiß, ob ich ihn mit meinen gequetschten Lungen überlebe. Nichtsdestotrotz kann ich nicht länger an mich halten und lasse mit einem tiefen, heißeren Lachen den Kopf auf den nassen Boden fallen.

»Christopher!« Noch immer lachend vergräbt sie das Gesicht an meiner Brust. »Es tut mir so leid. Ich bin furchtbar.«

»Sei still.« Ich ziehe sie in meine Arme, schnappe ihren Kiefer und stehle einen langen nassen Kuss. Sanft ziehe ich ihre Lippe zwischen meine Zähne, was sie mit einem süßen Erschaudern belohnt. »Du bist wunderbar.«

Ihr Lachen erstirbt. Sie sieht mich ruhig an und streicht mir die Haare aus der Stirn. »Du auch.«

Dann beugt sie sich über meine Lippen und gibt mir einen flüchtigen Kuss. »Ich wische das hier auf«, erklärt sie. »Wenn ich fertig bin, rufe ich dich. Okay?«

»Ich kann dir helfen …«

»Christopher.« Sie küsst meinen Kiefer, meinen Hals und lässt die Hand über meine Brust gleiten. Ich hebe das Becken an, warte sehnsüchtig darauf, dass sie mich endlich dort berührt, wo ich es so sehr brauche, aber kurz davor hält sie inne. »Bitte, lass mich die Sauerei aufwischen.«

Grummelnd stehe ich mit ihr auf und lasse mich aus dem Badezimmer schieben, bevor die Tür hinter mir zuschlägt.

Dann öffnet sie sich noch einmal einen Spalt, und ein schönes blaugrüngraues Auge blinzelt mich an. »Oh, und nur damit du Bescheid weißt. Wenn du wieder reinkommst«, ihre Wange bekommt an der Stelle, wo ich sie sehen kann, rosa Flecken, »dann bitte angezogen. Ich glaube, für den Anfang ist es besser, wenn nur einer von uns nackt ist.«

Ich küsse sie durch den Türspalt. »Dein Wunsch ist mir Befehl.«

Nun sitze ich auf dem Bettrand und starre ins Feuer.

»Fertig!«, ruft sie aus dem Bad.

Erschrocken fahre ich hoch, räuspere mich und stehe auf. »Ich komme«, rufe ich zurück.

»Äh«, entgegnet sie. »So schnell?«

»Pass bloß auf, Wilmot«, warne ich sie. Als ich lächelnd nach der Türklinke greife, fällt mir auf, dass meine Hand schon wieder zittert.

»Uhii, er hat mich Wilmot genannt. Und ich dachte, *Katerina* wäre das Strengste, das er zu bieten hat.«

Ich öffne die Tür. »Katerina, du hast nicht die leiseste Ahnung, wie streng …« Mir versagt die Stimme.

Sie ist umgeben von einem großen Berg aus Schaum, der den größten Teil von ihr verbirgt, aber nicht alles. Da sind die Spitzen ihrer nackten Zehen. Zwei knubbelige Knie. Der obere Teil ihrer mit Sommersprossen übersäten Schultern. Und ihr Haar, das sich hoch auf ihrem Kopf türmt, bis auf ein paar feine Strähnen, die ihr nass im Nacken kleben.

Ihr wunderhübsches Gesicht ist gerötet und wirkt angespannt.

»Da staunst du, was?«, ruft sie und hebt für eine ausholende Geste einen langen Arm aus dem Wasser. Die Fliesen sind sauber und trocken, und in einer Ecke lehnt neben einem ordentlich zusammengelegten Stapel nasser Handtücher der kaputte Handtuchhalter. »Ich verbreite zwar ständig Chaos, aber ich kann es auch wieder in Ordnung bringen. Wie findest du das?«

Ich starre sie an und ziehe die Tür hinter mir zu. »Unaussprechlich bezaubernd.«

Sie runzelt die Stirn. »Eine merkwürdige Beschreibung für ein aufgeräumtes Bad.«

Ich stelle ihr Weinglas beiseite und lasse mich auf dem Rand der Badewanne nieder. »Ich spreche nicht vom Bad.«

Auf ihren Wangen sprießen dunkelrote Flecken. »Diese Badewanne«, sagt sie und starrt in eine Seifenblase, »ist unglaublich. Solange ich in diesem Ding sitze, kannst du zu mir sagen, was du willst. Ich verzeihe dir alles, selbst maßlos übertriebene Komplimente.«

Lächelnd schiebe ich ein Haar beiseite, dass auf ihrer Wange klebt. »Soll das heißen, um die Sache zwischen uns in Ordnung zu bringen, hätte ich dich nur über meine Schulter und dann in meine Badewanne werfen müssen?«

Sie lacht. »Yep! Ich wusste ja auch nicht, dass ich mich nur betrinken und meine Geheimnisse ausplaudern muss, damit du nett zu mir bist.«

Mein Herz krampft sich zusammen. »Nur nett?«

»Na ja«, sie macht ein nachdenkliches Gesicht. »Vielleicht ein bisschen mehr als nett. Fürsorglich vielleicht. Und unerwartet zärtlich. Und aufmerksam. Und ausgezeichnet im Verschaffen köstlicher Orgasmen – woran ich noch ein wenig arbeiten muss.«

Sie plappert. Das bedeutet, sie ist nervös. Ich nehme ihre Hand und fahre mit den Fingerspitzen um die Wassertropfen, die sich auf ihrer Haut gebildet haben. Sie zittert, genau wie ich vorhin.

»Kate, Baby …«

»Mir geht's gut«, sagt sie und drückt meine Hand ganz fest. »Versprochen.«

Langsam gleitet sie durchs Wasser nach vorn und schlingt die Arme um ihre Knie. Dabei entblößt sie die lange glatte Fläche ihres blassen Rückens, den ich bisher nur einmal zu Gesicht bekommen habe, damals in ihrer Wohnung, als sie mir meine Provokation mit gleicher Münze heimgezahlt hat. Aber das hier ist nicht im Entferntesten dasselbe. »Würdest du mir den Rücken waschen?«, bittet sie mich. »Meine Schulter ist noch ein wenig steif, und ich komme nicht richtig ran.«

Ich lege die Hand zwischen ihre Schulterblätter und folge mit den Fingerspitzen ihrer Wirbelsäule. »Natürlich«, antworte ich und genieße die Gänsehaut, die durch meine Berührung entsteht.

Ich angle mir einen Waschlappen, tauche ihn ins Wasser

und fahre damit über ihren Rücken. Sie legt das Kinn auf ihre Knie und seufzt. »Das fühlt sich gut an.«

»Schön.« Ich wasche ihre Schultern und bin bei der, die sie gebrochen hatte, besonders vorsichtig. »Sollte deine Schulter immer noch steif sein, Kate? Denkst du nicht, du brauchst vielleicht Physiotherapie?«

Sie dreht ein wenig den Kopf und zeigt mir im Profil, wie ihre Zähne sich in ihre Unterlippe graben. »Kann schon sein.«

Ich küsse ihre Schulter: »Du musst besser auf dich aufpassen, Kate, oder ich werde anmaßend und mache das für dich.«

Ein Lächeln spielt um ihre Mundwinkel. »Ich bin nicht besonders gut darin, mich um mich selbst zu kümmern. Aber ich gelobe Besserung. Und du scheinst mich ja ganz gern herumzukommandieren. Vielleicht können wir uns in der Mitte treffen.«

Lächelnd drücke ich ihr einen Kuss auf den Rücken und richte mich wieder auf. »Abgemacht.«

Sie greift nach meiner Hand, die im Waschlappen auf ihrer Schulter liegt, und führt sie hinab in die geheimnisumwobenen Tiefen des Seifenschaummeeres. Ich lasse mich leiten und schrubbe sanft ihren Arm. Seufzend lehnt sie sich gegen den Wannenrand, und ich spüre ihre Schläfe an meiner Hüfte. »Bevor ich nach Hause gekommen bin, habe ich gar nicht gemerkt, wie sehr ich mich vernachlässigt habe. Meine Arbeit hat mich so sehr in Anspruch genommen, dass Klamotten ohne Löcher und regelmäßige Mahlzeiten nur lästige Nebensächlichkeiten waren. Ich habe diesen Job geliebt, und bin stolz auf meine Arbeit. Deshalb will ich meine Kamera auch weiterhin dazu benutzen, die Leute wachzurütteln und ihnen die Ungerechtigkeit auf dieser Welt zu zeigen. Ich will Menschen aus ihrer Komfortzone holen und ihnen vor Augen führen, was sich leicht ignorieren lässt, wenn man es nicht sieht. Aber mir ist auch klar, dass diese Arbeit mir wahnsinnig viel abverlangt. Mittlerweile bin ich bereit, mich zu verändern und besser auf mich zu achten.«

Mit einem Kloß im Hals fahre ich mit dem Waschlappen ihren Arm entlang wieder nach oben und über ihr Dekolleté, oberhalb der Schaumblasen, die ihre Brüste bedecken. »Und wirst du auch zulassen, dass andere auf dich achten?«

»Kommt darauf an.« Zögernd sieht sie mich an. »Ich denke, ich fange mit ein paar ausgewählten Menschen an. Menschen, denen ich vertraue und die mir viel bedeuten.«

Ich schlucke.

»Mit Menschen wie dir«, flüstert sie und nimmt mein Handgelenk, um mich zu sich hinunterzuziehen. Ihr Kuss ist ein kühler Hauch, der sich anfühlt wie Vergebung. Wie Liebe, die sich über mich ergießt, durch meine Haut in meine Knochen sickert und mein hämmerndes Herz erfüllt.

»Wenn ich für den Rest meines Lebens nur noch eine Sache tun dürfte«, gestehe ich ihr, »dann wäre das, auf dich zu achten, Kate.«

Mit großen Augen und geröteten Wangen sieht sie mich an.

Ich kann nicht glauben, dass ich das eben gesagt, ihr so viel offenbart habe. Ich greife um sie herum und lasse den Waschlappen über ihren anderen Arm gleiten.

»Du würdest das der Inventur deines Imperiums vorziehen?«, fragt sie mit einem Lächeln in der Stimme.

Mit zusammengekniffenen Augen sehe ich sie an. »Das weißt du genau. Nichts von alledem hätte noch irgendeine Bedeutung, wenn du nicht ...« Ich wasche ihren Hals, den sie mir anbietet, indem sie den Kopf zur Seite neigt, und drücke einen Kuss auf die Stelle. »Wenn du nicht bei mir wärst, um es mit mir zu teilen.«

»Gute Antwort«, seufzt sie.

»Ich weiß«, flüstere ich an ihrem Hals und atme ihren Duft ein.

Sie lacht, laut und heißer, und dann ist sie da, ihre nasse Hand auf meiner Wange, ihr Mund auf meinem, hungrig und heiß. Unsere Zungen liebkosen sich, unser Keuchen erfüllt den Raum. Ich beuge mich vor und vergrabe die Hand in ihrem Haar. Ich will sie, sauge sie in mich auf.

Während ich ihren Kopf halte, sie küsse und dränge, ihren Mund für mich zu öffnen, beginnt ihr Knoten sich zu lösen.

»Kate«, krächze ich zwischen zwei Küssen, »ist es okay, wenn ich dich von dem Vogelnest auf deinem Kopf befreie?«

Sie weicht zurück und spritzt mich nass. »He, du Arsch!«

Ich lache und spritze zurück. »Entspann dich, Katydid. Ich liebe dein Vogelnest.«

»Nette Art, mir das zu sagen«, brummt sie und dreht mir den Rücken zu.

Ich küsse sie auf den Nacken und stecke die Nase in ihr Haar. »Wenn ich ehrlich bin, habe ich sogar eine ganz besondere Schwäche dafür.«

Sie dreht sich wieder zu mir um, sodass unsere Nasen sich berühren. »Du hast eine Schwäche für mein Vogelnest?«

»O ja. Ich will es offen sehen.«

Sie zwinkert mir zu und greift nach ihren Haaren. Blitzschnell schnappe ich mir ihre Hände.

»Willst du das machen?«, fragt sie.

Ich nicke.

Sie lächelt. »Bitte schön. Du darfst.«

Sie nimmt die Hände runter. Ich greife nach ihrem Haargummi und löse es, sehr viel vorsichtiger, als sie das tun würde, damit ich ihr nicht wehtue. Dann wickele ihr Haar in langsamen Kreisen auseinander, bis es ihr offen über den Rücken fällt, ein kastanienbrauner Wasserfall, der mir den Atem raubt.

Ihr Haar sinkt ins Badewasser, bis fast hinunter zu ihren Hüften. Fasziniert lasse ich die Hand über die seidigen Strähnen gleiten, die immer nasser werden.

»Du bist so still«, sagt sie.

Meine Hände streichen über ihre Schultern und Arme und tauchen in die im Wasser treibenden Wellen aus rotbraunem Haar. »Ich ...« Ich schlucke. »Ich wollte das schon so lange tun.«

Sie lächelt. Grübchen graben sich in ihre Wangen. »Meine Haare anfassen?«

Ich nicke.

Sie lehnt sich zurück und taucht den Kopf ins Wasser, sodass ihre Mähne auf der Oberfläche dümpelt wie schwankende kahle Bäume vor einem heller werdenden Morgenhimmel.

»Du kannst es waschen, wenn du willst«, bietet sie an und sammelt Schaumblasen vor ihrer Brust. »Und mehr Blasen wären auch nicht schlecht.«

Ich gieße noch einmal Schaumbad in die Wanne und drehe den Wasserhahn auf. Auf dem Wannenrand finde ich Shampoo und Spülung.

Schweigend schäume ich ihre Haare ein, während Kate mit den Knien und Zehen wackelt und dabei leise vor sich hin summt.

Als ich ihr die Spülung aus dem Haar wasche, sieht sie mich an und fragt: »Was magst du an Haaren?«

»An *deinen* Haaren.«

»Okay, an *meinen* Haaren? Warum wolltest du sie selbst aufmachen?«

»Du hast die Haare immer zusammengebunden«, sage ich und gieße noch mehr Wasser über ihren Kopf. »Sie aufzumachen ist eine Art ... intimes Privileg.«

Ein verschmitztes Lächeln wärmt ihr Gesicht. »Dann liest

du also doch diese historischen Liebesromane, mit denen Jules uns allen auf die Nerven geht.«

»Kann schon sein, dass ich einen oder zwei gelesen habe«, gebe ich zu. Ich sehe sie an und flehe meinen Körper an, sich zusammenzureißen, als sie sich zu mir beugt, die Finger durch mein Haar gleiten lässt und mir einen zärtlichen Kuss auf Schläfe und Wange drückt.

»Küss mich, Kate.«

Sie lächelt an meiner Wange. »Tu ich doch.«

»Auf den Mund«, sage ich heißer, während sie zuerst meine Nase und dann meinen Kiefer küsst.

»Küss mich«, bettele ich.

Sie tut es. Ihr Mund findet meinen, und sein süßes Saugen und Beißen macht mich gierig nach mehr. Sie lächelt an meinen Lippen und entlockt mir damit ein frustriertes Grollen.

»Es gefällt dir, wenn ich dich necke, stimmt's?«, flüstert sie.

Ich nicke. Meine Hände gleiten über ihren Rücken und ihr Haar. »Fast so gut, wie wenn du mir gibst, was ich will.«

Sie lacht. »Und was willst du?«

Mehr, rutscht es mir fast heraus. Mehr als flüchtige Berührungen und Blicke. Andeutungen und kleine Ausschnitte ihres Körpers genügen mir nicht mehr. Ich will sie sehen, alles von ihr. Ausgestreckt auf meinem Bett im Schein des Feuers, wo ich jeden Winkel ihres Körpers erforschen kann. Aber ich will sie nicht unter Druck setzen. Ich will, dass sie sich sicher fühlt, ihr beweisen, dass ich warten kann.

»Vielleicht sollte ich dir zuerst sagen, was *ich* will?«, flüstert sie.

Ich nicke.

Sie legt die Hände auf meine Schultern und sieht mir tief in die Augen. Ein Lächeln spielt um ihre Mundwinkel. »Ich will, dass du mich in dein Bett bringst.«

O Gott. Ich bin angespannt wie eine Geigensaite kurz vor dem Zerreißen. »Bist du sicher?«

Sie nickt, und eine verlegene Röte kriecht in ihre Wangen. »Ja. Ich bin bereit.«

Ich stehe auf, greife nach einem großen Handtuch und halte es ihr ausgebreitet hin, wobei ich den Blick abwende.

Kate steigt aus der Wanne, hebt die Arme und wickelt sich lachend ein wie einen Burrito.

Dann steht sie vor mir. Wassertropfen glitzern auf ihrer sommersprossigen Haut, das lange nasse Haar fällt ihr fast bis auf die Hüften. Lächelnd nimmt sie sich ein zweites Handtuch, wickelt es um ihr Haar und wringt es trocken.

Ich liebe dich, denke ich, während ich sie beobachte. *Ich will das hier jeden einzelnen Tag für den Rest meines Lebens.*

Kate holt mich aus meiner Trance, indem sie mir eine Hand auf die Brust legt und mich rückwärts aus dem Bad schiebt, bis ich mit den Kniekehlen gegen die Bettkante stoße und auf die Matratze falle.

Im Schein des Feuers steht sie zwischen meinen geöffneten Beinen, greift nach der Ecke des Handtuchs und lässt es langsam zu Boden gleiten.

Mir bleibt das Herz stehen. Aber Gott sei Dank nur für einen Moment, bevor es wieder einsetzt und umso lauter und schneller schlägt. Ich starre sie an. Ihre schimmernde Haut, die Konstellationen von Sommersprossen auf Schultern, Armen, Knien und Fesseln. Ihre weichen, zarten Brüste mit den rosigen Spitzen, die schlanken Einbuchtungen ihrer Taille über den etwas breiteren Hüften, die lange Linie ihrer Beine, ihre hibbeligen Knie.

»Sag doch was«, flüstert sie.

Ich schüttele den Kopf, lege die Hände auf ihre Taille und ziehe sie näher zu mir heran. Ich küsse sie auf ihr Herz und lege den Kopf an ihre Brust. »Worte können deiner Schönheit niemals gerecht werden.«

Sie legt die Hände auf mein Haar und streichelt es sanft. »Das hast du schön gesagt.«

»Es ist die Wahrheit«, versichere ich ihr.

»Denkst du … du könntest dich auch ausziehen?«, fragt sie leicht verunsichert.

Ich weiche zurück und sehe sie an. »Jetzt?«

Sie lächelt, strahlende Zähne, tiefe Grübchen, schimmernde Sommersprossen. »Ja, jetzt.«

Instinktiv greife ich nach meinem Hemdkragen, aber so wie meine Hände sich auf ihre gelegt haben, als sie nach ihrem Haargummi gegriffen hat, zwingt sie mich mit einer sanften Berührung innezuhalten.

»Darf ich?«, fragt sie.

Mir wird heiß. »Ja.«

Kate tritt näher, greift nach dem Saum meines Hemds und zieht es mir über den Kopf. Ihre Hände gleiten über meine Schultern und Arme. »Du bist so … stabil.«

Leise lachend stehe ich auf, damit sie meine Gürtelschnalle öffnen und meine Jeans aufknöpfen kann. »Stabil?«, frage ich nach.

Sie nickt. »Du fühlst dich an wie … Also einmal war ich in Australien, und da kam wie aus dem Nichts dieser Wind auf. Er war so heftig, dass ich hätte schwören können, er fegt mich von der Erdoberfläche und bläst mich direkt ins Weltall. Ich habe Panik bekommen und mich an einen Baum geklammert, der mir fest und stabil erschien und gerade so dick war, dass meine Arme um ihn herum reichten. An ihm habe ich mich festgehalten, bis der Wind wieder nachgelassen hat. Und du … bist genauso stabil.« Lächelnd fährt sie mir durchs Haar. »Du bist mein Baum im Sturm.«

380

Ich lege die Hände auf ihre Hüften und versuche, den Kloß in meinem Hals hinunterzuschlucken.

»Hör auf, mich sentimental zu machen.« Sie zerrt an meiner Jeans, und ich helfe ihr, sie nach unten zu ziehen. Dann steige ich heraus und kicke sie in eine Ecke.

Ihre Finger wandern zum Bund meiner Boxershorts und fahren ihn entlang. Ich atme tief durch.

»Ist das okay?« Sie wirft mir einen besorgten Blick zu.

»Absolut.« Ich massiere ihr beruhigend den Nacken, bevor sie in die Knie geht, mir die Shorts nach unten zieht und mit abgewandtem Blick wieder aufsteht. Sie sieht mir in die Augen, und über ihren Hals breitet sich eine dunkle Röte bis in ihre Wangen aus.

»Und jetzt?«, flüstert sie.

Lächelnd streichele ich ihre Arme. Sie ist wunderschön. Weich und warm und *hier*, hier bei mir. »Jetzt legen wir uns hin.«

Kate springt aufs Bett und landet mit weit abgespreizten Armen und Beinen wie ein Seestern. Lachend krabbele ich zu ihr, die Arme über ihr abgestützt. Sie schenkt mir ein bezauberndes, leicht nervöses Lächeln. »Du kannst mich ruhig anschauen«, erkläre ich. »Und berühren. Wo immer du willst.«

Ihr Blick tanzt über meinen Körper. Als sie meinen Schwanz sieht, der so hart ist, dass er sich gegen meinen Bauch presst, weiten sich ihre Augen.

Ich will mich neben sie legen, aber sie hält mich über sich fest und legt die Hände auf meine Brust. Langsam fährt sie über meine Muskeln und zeichnet mit dem Finger meine Brustwarzen nach. »Christopher«, flüstert sie.

»Ja, Kate.« Meine Stimme klingt gepresst, meine Hände neben ihr packen das Laken und ballen sich zu Fäusten. Noch nie war ich so gierig darauf, jemanden zu berühren und berührt zu werden.

Sie streicht mit den Knöcheln über meinen Bauch, beobachtet, wie die Muskeln unter ihrer Berührung zucken, während ich mich neben sie sinken lasse. »Du bist sehr, sehr schön«, flüstert sie.

»Du auch«, entgegne ich und zwinge mich stillzuhalten, zuzulassen, dass sie mich Stück für Stück erforscht, wie ich es mir geschworen hatte.

Mein Atem geht keuchend und unregelmäßig, während sie mit den Fingerspitzen meine Hüfte entlangfährt und über die Muskeln meiner Leiste. Zärtlich wandert ihre Handfläche über meinen Schenkel nach oben und testet das Gewicht meiner Erektion, bevor sich ihre Finger um meinen Schwanz legen.

»Wenn wir zusammen waren«, haucht sie, »wusstest du immer ganz genau, wie du mich berühren musst.«

»Du hast es mir gesagt«, erkläre ich ihr. »Und gezeigt.«

Sie nickt, die Stirn in Falten gelegt, während sie mich zärtlich streichelt, ausprobiert, wie ich reagiere, wie sich die Haut über meinem Penis bewegt, wenn sie ihn entlangfährt. »Zeigst du mir, wie ich dich berühren soll?«, fragt sie leise.

Ich greife über sie hinweg in die Nachttischschublade und nehme das Gleitmittel heraus. Dann öffne ich ihre Hand und gebe etwas hinein. Sie reagiert mit einem leisen Quieken. »Das fühlt sich toll an.«

Ich lache. »Und es fühlt sich sogar noch toller an, wenn wir es benutzen.« Ich lege mich auf den Rücken, nehme ihre Hand, führe sie nach unten und von dort wieder nach oben, wobei ich ihr Handgelenk drehe, sodass sich das Gleitmittel in ihrer Hand verteilt. Als ich sie danach wieder nach unten ziehe, wird mir glühend heiß, und meine Zehen krampfen sich zusammen.

Fasziniert beobachtet sie, wie ich ihre Hand bewege, zögert aber, als ich sie loslasse. »Was ist?« Ängstlich sieht sie mich an. »Warum hörst du auf?«

»Du weißt, was du tun musst«, presse ich hervor. Sie rückt näher, legt ein Bein über meines und streichelt mich wieder, während ich versuche, möglichst normal weiterzuatmen.

Ich möchte die Augen schließen. Mein Herz schlägt so heftig, als wollte es mir aus der Brust springen. Noch nie hat es sich so unglaublich angefühlt, auf diese Weise berührt zu werden.

»Ist es so okay?«, fragt sie.

Ich nicke, lege ihr die Hand in den Nacken und ziehe sie zu mir. »Ich mag es, wenn du mich küsst, während du mich anfasst.«

Sie küsst mich leidenschaftlich, mit geöffnetem Mund, ihr Streicheln ist unregelmäßig, unsicher, wird aber zunehmend selbstsicherer, als ich anfange, Geräusche von mir zu geben, die ich nicht mehr zurückhalten kann. Mit einem tiefen, heißeren Stöhnen stoße ich meinen Schwanz in ihre Hand. Sie versteht, was ich will, und bewegt ihre Hand schneller. Ihr Griff wird fester. »Ja, Baby, das ist es«, keuche ich. »So ist es perfekt. Mach weiter.«

Lächelnd drückt sie mir einen langen feuchten Kuss auf den Hals. Meine Muskeln spannen sich, und mit einem lauten Stöhnen flehe ich sie an, nicht aufzuhören. Mein Atem geht abgehackt, während sie immer schneller pumpt und dabei meinen Hals und meine Brust mit weichen, nassen Küssen übersät.

»Ich will dich auch küssen«, sage ich, »während wir das tun.«

»Aber du küsst mich doch.«

Ich lächele. »Nicht nur deine Lippen.«

Mit einem atemlosen Lachen lässt sie sich zurück aufs Bett fallen, und ich beuge mich über sie. Ich lege die Hand auf ihre Brust, spiele mit ihrem Nippel und küsse sie. Zuerst unters Ohr, dann auf die Kuhle in ihrem Hals, dann auf die Stelle unter ihren Rippenbögen, an der ich ihr rasendes Herz spüren kann.

Als ich ihren Nippel tief in meinen Mund sauge, krallt

sie die Nägel in meinen Rücken und schnappt nach Luft. Ihr Griff um meinen Schwanz wird fester, ihre Bewegungen noch schneller.

»Gott, Kate«, keuche ich, während ich an ihrem anderen Nippel sauge und mein Becken in ihre Hand stoße. »Ich komme, wenn du nicht langsamer machst.«

»Dann komm«, sagt sie und schiebt mich weit genug von sich, dass sie sich meinen Hals entlang nach unten küssen kann. Sie gräbt die Zähne in meinen Brustmuskel, direkt über meinen Nippel und leckt sie mit der Zunge. Ich schreie auf und komme in ihrer Hand.

»Mach weiter«, presse ich hervor und führe ihre Hand. »Ja, so. Sanfter. So wie ich bei dir. Bis ich sage, dass ich nicht mehr kann. Bis mir jede Berührung zu viel wird.« Ich höre auf, schiebe ihre Hand zur Seite und lasse schwer atmend den Kopf auf ihren Hals sinken. »Himmel«, stöhne ich.

»Wow«, flüstert sie. »Das ging aber schnell.«

Lachend lasse ich mich aufs Bett plumpsen und greife nach dem Handtuch, das sie nach dem Baden auf den Boden hat fallen lassen. Kate nimmt es, wischt sich die Hand ab und macht dann vorsichtig mich sauber, bevor sie es wieder aus dem Bett wirft. Sie setzt sich aufrecht hin und sieht mich an, wobei sie mir zärtlich über Schenkel und Hüfte streichelt.

»Komm her«, fordere ich sie auf, stütze mich auf den Ellbogen und strecke die Hand aus.

Sie sieht mich an. In ihren Augen flackert das Licht des Kaminfeuers. Dann krabbelt sie über mich drüber und drückt mich zurück auf die Matratze.

33

Kate

Ich dachte, wenn ich endlich jemanden gefunden hätte, mit dem ich das hier teilen möchte – Nacktsein, Berührungen, Verlangen –, würde es sein, als hätte ich eine Brücke überquert, einen Berg erklommen, eine ungekannte Macht entdeckt.

Aber jetzt, wo ich über das Bett zu Christopher krabbele, mich auf ihn lege, das Feuer seinen Körper in warmes Licht taucht und seine Augen in bernsteinfarbene Flammen verwandelt, unsere Haut sich berührt und wir um Atem ringen, fühlt sich das ganz anders an. Nicht, als hätte ich eine Brücke überquert, sondern als könnte ich plötzlich mit einer Wahrheit leben, die ich schon immer kannte. Nicht, als hätte ich einen Berg erklommen, sondern als würde ich mich im freien Fall befinden, das Tosen in meinen Ohren genießen, in der Gewissheit, in der Tiefe in offene Armen zu fallen, weich und sicher. Nicht, als hätte ich eine ungekannte Macht entdeckt, sondern als wäre alle Macht aus der Welt verschwunden und hätte nur mich und diesen Mann zurückgelassen, nackt wie Neugeborene, nur unendlich viel verletzlicher, da wir unsere Unschuld bereits verloren haben, unsere Augen geöffnet sind, wir den

Schmerz und die Verluste des Lebens kennen – und uns trotzdem umarmen.

»Kate.« Seine Stimme ist tief und leise, seine Hand, mit der er mir die Haare zurückstreicht und meine Wange berührt, warm und rau. »Komm her, Baby. Ich will dich berühren.«

Ich sehe ihn an, seinen schönen Körper, die kräftigen Arme ausgebreitet auf dem Bett, ein Bein lässig angewinkelt, das andere schwer und muskulös über der Bettkante hängend. Noch nie habe ich jemanden so sehr gewollt. Noch nie war ich von jemandem so überwältigt.

Christopher scheint das zu spüren, denn er nimmt meinen Ellbogen und zieht mich mit sich über das Bett, bis wir gemeinsam in den kühlen Daunenkissen versinken. Er legt mir die Hand in den Nacken, drückt mich an sich und streicht in beruhigenden Kreisen über meinen unteren Rücken. Ich hebe den Kopf und versuche mich trotz meines emotionalen Schwindels zu orientieren. Seine Lippen streifen meinen Nasenrücken, dann den rechten Nasenflügel, dann den linken.

»Was machst du?«, frage ich leise.

»Was ich schon sehr lange machen wollte«, flüstert er. »Deine Sommersprossen küssen.«

Mir wird heiß. »Du magst meine Sommersprossen?«

»Ich liebe sie. Genau wie dein Vogelnest.«

»Oh.« Ich lege die Hand auf seine Hüfte und beginne, seinen Körper zu erforschen – feste Muskeln, glatte, warme Haut, die faszinierenden Vertiefungen, die von den Hüften in den Rücken übergehen und sich anfühlen, als wären sie nur für meine Hände da. »Diese Vertiefungen sind toll«, gestehe ich ihm.

Christopher lächelt und küsst mich auf die Wange. »Danke.«

»Eigentlich sollten mich Vertiefungen nicht derart … kribbelig machen. Aber sie tun es.«

Sein Lächeln wird breiter. »Willst du wissen, was mich ganz kribbelig macht?«

Ich nicke, woraufhin seine Hand nach unten gleitet und er mit der Fingerspitze die Grübchen rechts und links meiner Wirbelsäule direkt über dem Hintern nachzeichnet.

»Die hier«, sagt er leise. Sein Mund folgt der Linie meines Kiefers bis unter mein Ohr. »Als du dich in deiner Wohnung an mir gerächt, dein T-Shirt ausgezogen und mir deinen nackten Rücken gezeigt hast …«

»Nicht gerade einer meiner besten Momente.«

Er grinst. »Ich habe noch nie einen so sexy Rücken mit so erotischen Arschgrübchen gesehen. Du hast keine Ahnung, wie oft ich mir zu diesem Bild schon einen runtergeholt habe – dein Rücken, deine Taille und diese Grübchen. Ich habe meiner Fantasie freien Lauf gelassen, wie ich es dir besorge, dich befriedige, dich dazu bringe, meinen Namen zu schreien.«

Instinktiv beginne ich, mich an ihm zu reiben. Ich werde feucht zwischen den Schenkeln, und mit jeder Berührung, je dem Wort, das er sagt, baut sich ein schmerzhaftes Verlangen auf.

»Es ist schön, das zu wissen«, sage ich. »Ich mag es, wenn du mir diese Dinge sagst.«

Er streicht mit dem Knöchel über meinen harten Nippel und küsst mich. »Das sehe ich.«

»Ich will, dass du mich berührst.« Ich nehme seine Hand und lege sie auf mein Schambein. »Bitte.«

Christopher sieht mich an, während er behutsam meine Beine spreizt und mich streichelt. »Ich will dich auch berühren.«

Ich schnappe nach Luft und beiße mir auf die Lippen, um den Schrei zu unterdrücken, der mir in der Kehle steckt. Er ist so zärtlich, so aufmerksam, beobachtet mich genau.

»Sag mir, wie, Kate«, fordert er mich leise auf.

»Schneller«, flüstere ich. »Härter.«

Ich greife nach unten und führe seine Hand, zeige ihm, was ich über mich selbst gelernt habe, was mich in der Vergangenheit erregt hat und was ich dennoch nicht wiedererkenne. Es ist nicht dasselbe, wenn man sich einem anderen Menschen nackt zeigt, ihm seine geheimen Bedürfnisse offenlegt, wenn diese befriedigt und behütet werden und der andere zuhört. Stöhnend vor Lust lasse ich meine Hand aufs Bett fallen, weil er tut, was ich ihm gezeigt habe. Ich kann nur noch daliegen, nach seinem Arm greifen, seinem Haar, seiner Brust und unter seinen Küssen dahinschmelzen.

Lust rauscht durch meinen Körper, schießt in heißen Wellen von den Enden meiner Gliedmaßen in mein Herz und findet ihren Höhepunkt in einem schnellen, heftigen Orgasmus, der mich gegen seine Lippen wimmern lässt.

»O Gott«, stöhnt er, als er sich auf den Rücken fallen lässt und mich mit sich zieht. Er küsst mich und streicht mir langsam mit den Knöcheln über die Wange. Ich lege mein Bein über seines, befriedigt und schon wieder bereit für mehr.

Unsere Blicke begegnen sich. Er kneift die Augen zusammen, fast als hätte er Schmerzen.

»Was ist?«, frage ich.

Christopher seufzt. Ich schiebe mein Bein höher, lege die Hand auf seinen Bauch und folge der Spur aus Haaren zu seiner Erektion, die sich hart über seinem Bauch reckt, woraufhin Christopher unruhig hin und her rutscht. »Ich wäre fast gekommen, als ich dich gestreichelt habe«, sagt er. »Und ich bin gerade erst gekommen.«

»Das ist doch gut, oder?«

Er lächelt. »Es ist ein wenig peinlich. Erst komme ich nach nur zwei Minuten in deiner Hand. Und jetzt das. Wie soll ich denn da meine sexuellen Fähigkeiten unter Beweis stellen?«

An der Wärme in seinen Augen und der Art, wie er in kleinen Kreisen meinen Rücken streichelt, merke ich, dass er es nicht ernst meint. Mir gefällt, dass wir auch scherzen können, dass der Sex nicht nur aus schmachtenden Blicken und tiefen Emotionen besteht. Unser Lachen ist für mich wie ein Rettungsboot, wenn ich drohe, in der Flut von Gefühlen, die über mich hereinbrechen, zu ertrinken.

»Meinst du mit sexuellen Fähigkeiten das, was du gelernt hast, als du mit anderen Frauen zusammen warst?«, frage ich und versuche, nicht eifersüchtig zu klingen. »Das ist kein Vorwurf. Ich kann mir nur nicht vorstellen, so etwas je zu wollen oder zu tun. Ich verstehe es einfach nicht.«

Er streicht mit dem Daumen über meine Handfläche. »Ich weiß. Deshalb fühle ich mich auch sehr glücklich und … geehrt, dass du es mit mir tun möchtest.«

In meinem Hals bildet sich ein unangenehmer kleiner Knoten. »Nach allem, was du schon erlebt hast …«

»Kate, bitte«, fleht er.

»… willst du tatsächlich nur mich? Und ich werde dir genügen, tagein und tagaus?«

Er sieht mir tief in die Augen. Dann beugt er sich über mich, küsst mich zärtlich und reibt seine Nase an meiner. »Glaubst du wirklich, nach dir könnte ich noch irgendjemand anderen wollen? Nachdem ich in den Genuss deiner Augen, deiner Berührungen, deines klugen Mundes und der wilden Wettrennen mit dir gekommen bin, die mich daran erinnern, wie verdammt alt ich werde? Glaubst du, ich könnte jemals wieder eine andere auch nur ansehen?«

»Oh«, sage ich und beiße mir auf meine zitternde Lippe.

»Ja, oh«, murmelt er mit zuckendem Kiefer. Seine Augen verdunkeln sich, und er zieht mich näher zu sich heran. »Katerina Elizabeth, als ich gesagt habe, dass ich dir gehöre, so lange du mich haben willst, habe ich das ernst gemeint. Bitte sag mir, dass du mir glaubst und mir vertraust.«

Er sieht mir tief in die Augen und spielt mit meinen Fingern. Plötzlich durchzuckt mich ein heißes, unbändiges Verlangen. Ich streiche mit der Fußsohle über seine Wade und liebkose den harten, festen Muskel unter weichen Haaren.

Dabei sehe ich ihn vor mir, wie er zwischen zerknüllten Laken schläft und die Sonne seine glatte Haut und Muskeln in goldenes Licht taucht, das die Spitzen seiner dunklen Locken zum Leuchten bringt. Ich stelle mir vor, wie ich ihn fotografiere, wenn er aufwacht, sich grinsend auf den Rücken dreht und sich über mein Vogelnest lustig macht, während er sich eine der losen Strähnen um den Finger wickelt. Ich sehe uns in der stillen, lichtdurchfluteten Küche sitzen, Staub tanzt in der Luft, ich trage eines seiner zu großen weichen Hemden und fange den Moment ein, in dem seine dunklen Augen mich über den Rand seiner Kaffeetasse ansehen.

Ich möchte die Jahre seines Lebens mit meinen Augen, meinen Händen und meiner Kamera festhalten, aufzeichnen, wie die winzigen Fältchen in seinen Augenwinkeln sich von dem vielen gemeinsamen Lachen tiefer in seine Haut graben. Ich möchte ihn mit einer Polaroidkamera um den Hals irgendwohin schleppen und danach die Wände in diesem Haus mit Girlanden aus winzigen Quadraten der Freude schmücken. Ich will ihn jetzt und für immer. Und er will mich auch.

So lange du mich haben willst, hat er gesagt.

Und ich will verdammt sein, wenn das nicht sehr, sehr lange sein wird.

»Ich glaube dir«, sage ich mit ruhiger, sicherer Stimme. »Und ich vertraue dir.«

Er seufzt zufrieden und zieht mich auf seinen Körper, bis ich rittlings auf ihm sitze. Dann küsst er mich leidenschaftlich auf den Mund, während seine Hände über meinen Körper zu meinem Hintern gleiten und ihn zärtlich drücken. Ich fange an, mich zu bewegen, besänftige das schmerzhafte Verlangen zwischen meinen Beinen, indem ich mich an seinem harten Schwanz reibe.

Christopher stößt die Luft aus.

»Ist das okay?«, frage ich.

Er lacht heißer. »›Okay‹ ist eine maßlose Untertreibung dafür, wie ich das hier finde.« Er legt mir die Hände auf die Hüften. »Tatsächlich würde es mir auch nichts ausmachen …« Er räuspert sich. Wird er etwa rot? »Wenn du noch sechzig Zentimeter nach oben rutschst.«

Ich blinzele und rechne. Dann klappt mir die Kinnlade herunter. »Aber dort ist dein Kopf.«

»Mein Gesicht«, verbessert er mich mit einem Lächeln. »Weißt du, was dich dort erwartet?«

Es ist nicht schwer, sich das vorzustellen, trotzdem werde ich dunkelrot. »Ja … und nein.«

Christopher streichelt zärtlich meine Beckenknochen. »Möchtest du es ausprobieren?«

Unsicherheit überkommt mich, und ich gebe ihm eine ehrliche Antwort. »Ich weiß nicht.«

»Ist in Ordnung, Baby.« Seine Hände gleiten tiefer und massieren mich sanft. »Wir können auch einfach so bleiben.«

Ich schließe die Augen, spüre, wie seine Hände ihre glorreiche Reise von meinen Hüften zu meinem Hintern, meinen Schenkeln und dann wieder nach oben antreten, und stelle mir vor, wie es sich wohl anfühlt, wenn sein Mund und seine Zunge mich dabei liebkosen und langsam zum Orgasmus bringen. Wie es wäre, ihm so nahe zu sein, sein Haar zu spüren, die Laute, die er ausstößt. Mich ihm auszuliefern und gleichzeitig die Kontrolle zu haben.

Plötzlich bin ich wahnsinnig erregt.

»Also vielleicht …« Ich räuspere mich. »Ich will es probieren.«

Er sieht mir tief in die Augen. »Du musst nicht, Kate. Nur wenn du willst …«

Aber ich krieche schon nach oben, halte unterwegs jedoch lange genug inne, dass er mich für einen langen, tiefen Kuss zu sich herunterziehen kann. »Ich will«, flüstere ich.

Christopher stößt die Luft aus und schiebt ungeduldig alle Kissen zur Seite, bis auf eines, das er sich unter den Kopf packt. Mit einem zufriedenen Seufzen lässt er sich hineinsinken.

Ich lächele. »Du benimmst dich wie ein Kind an Weihnachten.«

»Das ist viel besser als Weihnachten«, entgegnet er grinsend. »Und jetzt komm hier hoch und setz dich auf mein Gesicht.«

Ich schlage kreischend die Hände vor die Augen. »Du kannst das doch nicht einfach sagen!«

»Hab ich aber gerade.« Er gibt mir einen süßen Klaps auf den Hintern. Ich klemme über seinen Rippenbögen die Schenkel zusammen. »Mach, dass du hochkommst.«

Seufzend, aber wie ein Honigkuchenpferd grinsend, rutsche ich ein Stück weiter nach oben und halte noch einmal inne. »Moment. Was genau muss ich tun?«

»Halte dich am Kopfteil fest«, instruiert er mich.

Ich tue es.

»Und jetzt platziere deine Knie links und rechts von meinem Kopf.

Auch das tue ich und werde dabei dunkelrot. »O Gott. Ich mache das wirklich.«

»*Wir* machen das.« Er drückt einen liebevollen Kuss auf meinen Schenkel, der mich ein wenig entspannen lässt, obwohl meine Pussy nur zehn Zentimeter über seinem Gesicht schwebt. Er hebt die Schultern an und sagt: »Versuch, deine Waden unter mich zu schieben.«

Mit der Hüfte wackelnd rücke ich noch ein kleines Stück näher, bis ich das Gewicht seiner Schultern auf meinen Waden spüre. Der Druck und die Schwere lassen mich zufrieden seufzen.

»Was hat das Seufzen zu bedeuten?«, will er wissen.

Ich lächele zu ihm hinunter. »Es bedeutet, dass sich das gut anfühlt.«

Er quittiert meine Antwort mit einem so jungenhaft süßen Grinsen, dass ich ihm mit den Fingern durch die Haare wuschle, bevor er meine Hüften packt und mich zu sich herunterzieht, nur so weit, dass er mir zeigen kann, was er will, ich aber jederzeit zurückziehen kann, falls ich nicht bereit dazu bin.

Ich atme tief durch, aber nicht aus Angst oder Nervosität, sondern aus purer Erregung. Ich lasse mich von ihm führen, spüre seinen Mund, souverän, warm und feucht, den ersten Schlag seiner Zunge, ihre sanften Kreise um meine Klit, wie nach dem Paintball in der Küche. Er erinnert sich ganz genau. Als er es noch einmal tut, ein wenig härter, schnappe ich nach Luft, und mein Griff in seinem Haar wird fester. »Ja, genau so«, flüstere ich.

Er stöhnt leise. Sein Atem auf meiner Haut lässt mich zuerst zusammenzucken und dann vor Vergnügen auflachen. Bei meinem Versuch, mich über ihm zu halten, klammere ich mich so fest an das Kopfende des Bettes, dass meine Knöchel weiß hervortreten.

Er löst sich mit einem so leisen und intimen Schmatzen von mir wie nur Sexlaute klingen können. »Kate.« Seine Stimme ist rau wie ein Fels und rauchig wie die Hitze eines Lagerfeuers.

»Als ich sagte, setz dich auf mein Gesicht, habe ich genau das gemeint.«

Ich streiche ihm über sein wunderschönes dunkles Haar und schlucke. »Aber was, wenn ich dich mit meiner Vulva ersticke?«

»Du wirst mich nicht mit deiner Vulva ersticken.«

»Woher willst du das wissen?«

»Ich kann dich ohne Weiteres stemmen, Kate, einhändig, wenn es sein muss. Wenn ich keine Luft bekomme, schiebe ich dich einfach zur Seite.«

»Aber das stresst mich. Und wenn ich gestresst bin, kann ich keinen Orgasmus bekommen.«

Er legt die Stirn in Falten. »Wie wäre es mit einem Zeichen?«

»Gute Idee.« Meine Stimme ist ein wenig zittrig, weil er mich zuerst auf die Leisten küsst und dann mit der Nase meine Klit anstupst. »W-Wie wäre es mit zweimal klopfen?«

»Aber nicht auf den Hintern«, murmelt er, während er mich wieder mit sanften, rhythmischen Zungenschlägen leckt. »Auf den werde ich dir hin und wieder einen Klaps geben.«

»Und wer hat dir das erlaubt?«, protestiere ich.

»Du«, stöhnt er. »Zumindest ist mein Mund sehr viel nasser, seit ich das erwähnt habe.«

»Na ja.« Ich räuspere mich. »Vielleicht könnte mir ein kleiner Klaps hin und wieder auch gefallen.«

»Wie wäre es mit zweimal auf dein Bein klopfen?«, fragt er grinsend.

»Gute Idee.«

»Dann machen wir das«, sagt er heißer und wackelt ungeduldig mit der Hüfte. »Wärst du nun so freundlich, dich auf mein Gesicht zu setzen und zu kommen?«

So, wie er das sagt, muss ich mir auf die Lippe beißen. Es

klingt, als wäre das alles ganz selbstverständlich, als würde er mich bitten, seine Hand zu halten, aber nicht, weil er denkt, dass ich es allein nicht schaffe, sondern weil er diesen Weg mit mir gemeinsam gehen will. Ich entspanne meine Schenkel, nehme eine Hand vom Kopfende und lasse mein gesamtes Gewicht auf ihn sinken. Es ist ein so intensives, so wundervolles Gefühl, dass mir die Luft wegbleibt.

Christopher packt meinen Hintern, zieht mich auf sein Gesicht und stöhnt dabei so laut, dass ich spüre, wie sein Hals vibriert.

Mit offenem Mund lasse ich mich von ihm in einen Taumel der Lust befördern. Langsame, weiche Bewegungen mit der Zunge. Neckische Schläge. Heiße, feuchte Küsse. Meine Schenkel fangen an zu zittern, und mein Becken bewegt sich von ganz allein. Aber jedes Mal, wenn ich kurz vor dem Höhepunkt bin, holt mich irgendetwas zurück. Eine Bewegung von ihm, die mich befürchten lässt, er könnte ersticken, oder ein Verschieben der Hüfte, damit ich keinen Krampf im Fuß bekomme, was die Erregung sofort dämpfen würde.

Problemlos hebt Christopher mich von seinem Gesicht und drückt schwer atmend einen Kuss auf meinen Schenkel. »Was ist los?«

»Ich …« Ich fahre ihm mit den Fingern durchs Haar. »Ich kann mich nicht konzentrieren. Meine Gedanken schweifen immer wieder ab. Es fühlt sich so gut an, aber ich kann nicht dabeibleiben. Tut mir leid, dass …«

Nach einer geschmeidigen Drehung liege ich auf dem Rücken, Christopher über mir. »Hör auf, dich für deine Bedürfnisse zu entschuldigen«, sagt er barsch, mildert seine Schelte aber mit einem Kuss ab, bei dem ich mich selbst auf seinen Lippen schmecke. Sofort streckt mein Körper sich ihm wieder entgegen.

»Katerina, sag, dass du das verstanden hast.«

Ich schließe lustvoll die Augen. »Ich habe es verstanden.«

Er fängt wieder an, mich zu küssen, und greift nach einem Kissen. »Und jetzt heb das Becken an.«

Ich hebe es an, und er schiebt mir das Kissen unter den Hintern. »Und jetzt sag mir, dass du dich nie wieder entschuldigen wirst.«

»Ich entschuldige mich nie wieder.«

»Braves Mädchen.«

Er legt sich mit seinem ganzen Gewicht auf mich, und das Kissen unter mir bringt uns so nahe, dass ich nach Luft schnappe. Erleichtert spüre ich den vertrauten Druck, der meine zappeligen Arme und Beine beruhigt, und mein Gehirn entspannt.

»Besser so?«, flüstert er an meiner Schläfe.

Ich nicke. »Viel besser.«

»Kate, Baby.« Er liebkost mich mit der Nase, bis ich die Augen öffne. »Hattest du noch nie …« Er streichelt mir zärtlich über Arme und Taille. »War schon mal jemand in dir?«

Ich schüttele den Kopf.

»Wir machen es ganz behutsam.« Er küsst meine Augenlider, meine Nasenspitze, mein Kinn und streichelt sanft meine Brust.

»Ist es dann besser?«, will ich wissen und winde mich bereits unter ihm. »Ich war so lange kurz davor, Christopher. Ich will kommen.«

»Viel besser«, verspricht er mir leise. »Das Warten lohnt sich.«

Vorsichtig verschiebt er meine Hüfte, bis seine Erektion genau auf der Stelle liegt, an der ich mich nach so viel mehr sehne. Dann beginnt er, sich auf mir zu bewegen, heiß und schwer. Küsst mich. Die Hand in meinen Haaren streift er über die sensiblen Teile meines Körpers, spielt mit meinen Nippeln und Brüsten.

Ich wusste schon immer, dass Zeit ein Konstrukt ist, eine Abstraktion, aber erst jetzt verstehe ich es – verstehe, wie Minuten bedeutungslos werden können und Stunden sich in Nichts auflösen. Es existieren nur noch er und ich und die sichere Gewissheit, dass er nur mich will und ich nur ihn.

»Das fühlt sich so gut an«, flüstere ich abgehackt, während die Lust mich verschlingt, schnell und sengend wie Feuer ein dünnes Blatt Papier. Ich kralle die Finger in sein Haar, sehe ihn an. Seine Augen fixieren mich. Ich bin frei, schwerelos, biege den Rücken durch, während ich mich unter ihm bewege, seinen Namen schreie, ihn anflehe, nicht aufzuhören.

Als ich komme, ist es eine Gnade, die meinen glühenden Körper aus ungekannten Höhen in einen kühlen See der Wonne stürzt.

Keuchend, mit ineinander verschlungenen Gliedern und Haaren, küsst er mich leidenschaftlich. Sein Herz pocht so heftig, dass es gegen meines schlägt.

Langsam und seiden winden sich unsere Zungen umeinander. »Wunderschön«, murmelt er. »Du warst so wunderschön. *Bist* wunderschön. Gott, Kate.«

Ich lege die Hand auf seine Wange und küsse ihn. »Das bist du auch«, flüstere ich. Dann greife ich nach ihm, samtweich und doch so hart und heiß, und führe ihn zu mir. »Bitte, lass mich nicht länger warten.«

Er stöhnt, lässt die Stirn auf meine Schulter sinken und küsst mich.

Dann greift er noch einmal nach dem Gleitmittel auf dem Nachtisch, gibt etwas auf seine Finger und führt sie behutsam in mich ein. Ich schnappe nach Luft.

»Leg dein Bein um meine Hüfte«, fordert er mich auf, und

ich lasse den Kopf auf seine abgewinkelten Arme sinken, mit denen er sich über mir abstützt. Er gräbt die Finger in mein Haar und hält meinen Hinterkopf.

Als ich ein Bein um seine Hüfte schlinge und seine Erektion meine sensibelsten Stellen streift, dringt ein leises Wimmern aus meiner Kehle.

»Atme für mich«, flüstert er, während er sich über mich beugt, mich küsst und seine Finger in mir die süßesten Dinge tun, sich krümmen und die Stelle wiederfinden, bei der nach dem Paintball an der Badezimmertür meine Knie nachgegeben haben. Zum Glück liege ich dieses Mal bereits.

Ich lasse die Stirn gegen seinen Kiefer fallen und klammere mich an seinen Arm. Er zittert, als ich das tue, was mich daran erinnert, wie viel er mir gegeben hat und wie viel ich ihm zurückgeben möchte – jede Berührung und all die Lust, die er so sehr verdient.

»Gefällt dir das?«, frage ich und streichele über seine Arme, die runden festen Muskeln seines Hinterns und seiner Schenkel.

Er stöhnt und nickt. »Ja. Berühr mich. Überall.«

Ich lege den Kopf auf seinen Arm, während er mit meinem Haar spielt, mich liebkost und streichelt, bis mein Körper sich öffnet und nach ihm verzehrt. Ich streichle seine Brust, seine Nippel, die sexy Spur aus dunklen Haaren auf seinem Bauch, seine muskulösen Schenkel, die weiche Schwere seiner Hoden, genieße das Gefühl, als er in meinen Mund stöhnt und schließlich die Finger aus meinem Körper zieht, nass und warm, und meine Klit reibt.

Und dann ist er da. Langsam dringt er in mich ein, nur ein kleines Stück, bevor er innehält und in meine geweiteten Augen sieht, meinem stoßweisen Atem lauscht. Ich habe keine Ahnung von dem, was wir hier tun, aber ich vertraue ihm.

Er beugt sich zu mir, küsst mich, aber dieses Mal fühlt es

sich anders an, die Zärtlichkeiten seiner Lippen, die süßen, sinnlichen Schläge seiner Zunge. Ich bin so benommen und abgelenkt, dass ich den Schmerz nur am Rand spüre, als er tiefer in mich eindringt, schwach und gedämpft.

»Alles okay?«, fragt er.

Ich nicke. »Es ist gut. Hör nicht auf. Bitte, hör nicht auf.«

Er küsst mich. Greift nach meinem Hintern, zieht mich an sich, füllt mich ganz aus. »Das ist es, Baby. Du hast es geschafft.«

Als ich das volle Gewicht seines Körpers spüre, bis tief in mein Innerstes, treten mir Tränen in die Augen, nicht vor Schmerz, sondern vor reiner, überwältigender Freude.

Bevor er sich wegen der Tränen sorgen kann, schlinge ich schnell den Arm um ihn, und mein hungriger Mund findet seinen. Ich brauche ihn, ganz nah. Ich will, dass sein Körper ein Teil von mir wird und meiner ein Teil von ihm.

Langsam beginnt er, sich in mir zu bewegen, jeder Stoß eine neue Welle der Lust.

»Kate«, krächzt er, und zieht mich an sich, küsst mich. Unsere Münder öffnen sich keuchend, und unsere Zungen bewegen sich synchron zu den rhythmischen Stößen unserer heißen Körper.

Seine Hand gleitet zwischen uns. Sanft reibt er meine Klit, verschafft unseren Körpern mehr Feuchtigkeit. »Christopher«, flüstere ich. »Ich bin schon zweimal gekommen, du musst nicht dafür sorgen, dass …«

Er bringt mich mit einem Kuss zum Schweigen und schüttelt den Kopf. »Ich brauche dich bei mir.«

Seine Worte hallen in meinem Kopf wider. *Ich brauche dich bei mir.*

»Ich werde bei dir sein«, sage ich und gebe ihm das Versprechen, dass er mir gegeben hat. »Solange du mich haben willst.«

Schwer atmend reißt er mich an sich, reibt mich noch fester und küsst mich wie ein Wahnsinniger, Zähne, Zunge, Keuchen. Er gibt noch mehr Gewicht an mich ab, seine Stöße werden schneller, tiefer. Er sucht meinen Blick.

Und dann spüre ich sie, diese ungekannte Stelle in mir, die ich noch nicht entdeckt hatte, aber er schon, und verliere jegliche Kontrolle. Ein scharfer, verzweifelter Schrei dringt aus meiner Kehle, dann noch einer. Ich kann nicht sprechen, kann ihm nicht sagen, wie weit jenseits meiner Vorstellungskraft das alles ist. Aber er weiß es. Ich sehe es in seinen Augen, daran, wie sein Mund sich öffnet, höre es in den tiefen, heißeren Lauten, die er ausstößt, Laute, wie ich sie noch nie vernommen habe, Laute einer kaum erträglichen Lust, mit der er seinem Körper gestattet, sich in meinem zu verlieren.

Meine Augenlider flattern, aber er zieht mich an sich, seine Hand fest in meinem Haar. »Bleib bei mir, Kate. Bitte.«

Ich öffne die Augen, spüre, wie er in mir anschwillt, uns zusammenhält. Und dann komme ich, der Höhepunkt durchflutet mich wie flüssiges Licht, eine Explosion glühender Funken, die durch meinen Körper schießen, als er meinen Namen schreit, mich mit den heißen, nassen Stößen seiner Lenden füllt.

Der Moment danach ist wie die Stille nach dem Finale eines großen Feuerwerks, das einem in den Ohren klingt, während seine Schönheit, welche die Dunkelheit erhellt und die Welt erzittern lassen hat, einem in der Brust widerhallt.

Atemlos sehen wir uns an, berühren uns sanft und versinken in einem langen Kuss, auf den eine andere Art der Intimität folgt – der nackte Gang ins Bad, ihn auf dem Bett liegend beobachten, seine hochgewachsene Gestalt, wie sie einen Waschlappen in warmes Wasser taucht und mich behutsam zwischen den Beinen wäscht.

Wieder im Bett unter den Laken zieht er mich an sich und

verschränkt seine Beine mit meinen. Die Welt ist dunkel und still, bis auf das schwache Leuchten der leise tanzenden Flammen im Kamin. Ich schlinge die Arme um seine Hüfte, und mein Blick verliert sich im Feuer.

Zärtlich streichelt er mein Haar und drückt mir einen Kuss auf die Schläfe. »Was denkst du?«, fragt er.

Ich sehe ihn an. »Ausnahmsweise herrscht gerade eine wunderbare Leere in meinem Kopf. Keines der fünfundzwanzig Browserfenster meines chaotischen Gehirns ist offen.«

Mit der Fingerspitze fährt er mir über den Nasenrücken, von dort bis zu meinem Amorbogen und dann um die Lippen.

»Mir ist egal, ob wunderbar leer oder komplett überhitzt, ich mag dein chaotisches Gehirn, Kate.«

»Wirklich?«

Er schluckt, fährt mit dem Finger meinen Kiefer entlang und zeichnet kleine Kreise auf meine Schläfe. »Ja. Früher hatte ich Angst davor – na ja, vielleicht habe ich die immer noch, aber ich arbeite dran –, weil es dich so mutig macht, so risikobereit und kompromisslos. Du hast schon immer gewusst, woran du glaubst, und gesagt, was du denkst. *Und* etwas dafür oder dagegen unternommen. Mir ist erst jetzt klar geworden, was für Schisser die meisten von uns im Vergleich zu dir sind. Ich wünschte, es gäbe sehr viel mehr Kates auf dieser Welt.«

»Obwohl Kates nicht in der Lage sind, ihre Wäsche auf die Reihe zu kriegen? Und obwohl sie dazu neigen, einmal die Woche ihr Handy zu verlieren? Obwohl sie hibbelig sind und nicht länger als fünf Minuten stillhalten oder an einem Ort bleiben können? Trotz alledem wünschst du dir mehr Kates auf dieser Welt?«

»Gerade deswegen«, flüstert er und küsst mich auf die Nasenspitze. »Denn zum Ausgleich gibt es ja Christophers, die sich um Kates kümmern.«

Mein Herz macht einen Sprung. »Und kümmern Christophers sich auch um die Wäsche?«

»Christophers *lieben* es, sich um die Wäsche zu kümmern.«

»Und finden Handys?«

Er zuckt mit den Schultern. »Christophers schwimmen im Geld und haben jede Menge Zeit, wenn sie am Abend mit der Inventur ihres Imperiums fertig sind. Sie können so viele neue Handys kaufen wie nötig oder die Stadt nach den alten absuchen.«

Ein bittersüßer Kloß steckt in meinem Hals. »Und sind Christophers geduldig, wenn Kates hibbelig werden und neue Abenteuer suchen?«

Eine ganze Weile sagt er nichts. »Christophers wollen, dass Kates ihrem Bewegungsdrang und ihrer Sehnsucht nach Abenteuern nachgeben … auch wenn sie dafür weit weg müssen. Voraussetzung ist natürlich, dass sie sich bemühen, nicht von irgendwelchen Klippen zu stürzen und nicht zu fragwürdigen Fremden ins Auto steigen. Christophers wollen, was Kates glücklich macht. Mehr Kates in dieser Welt würden ihre Sorgen allemal wettmachen.«

Mein aufgewühltes Herz beruhigt sich wie ein flatternder Vogel, der sich auf einem Ast niederlässt, um seine Federn zu ordnen. Ich kuschele mich an Christopher und seufze glücklich. »Mehr Kates in dieser Welt«, flüstere ich. »Das hätte einen Donut-Mangel katastrophalen Ausmaßes zur Folge.«

»Die Nachfrage bestimmt das Angebot. Das ist das Schöne am Kapitalismus, Katydid. Eine Ausbreitung von Kates würde zu einem nie da gewesenen Anstieg der Donut-Produktion führen.«

Ich kommentiere das mit einem schläfrigen Lachen. Christopher streicht mir mit dem Finger über die Stirn und massiert dann meine andere Schläfe. Meine Augenlider werden schwer. »Vielleicht ist es ja ganz gut, dass es mich nur einmal gibt.«

Er schweigt und massiert weiter meine Schläfe. »Ja, vielleicht. Eine wie dich kann es ohnehin nur einmal geben.« Er drückt mir einen Kuss auf die Stirn und atmet tief ein.

Befriedigt und erschöpft drifte ich ab in die Glückseligkeit einer schweren Decke, eines sanften Kusses auf die Stirn, zweier starker Arme und der Wärme und Sicherheit einer Brust, in der ein geliebtes Herz schlägt.

Und klammere mich die ganze Nacht daran fest.

34

Christopher

Bis auf das leise Gezwitscher einiger dickschädliger Vögel, die glauben, den Winter über hier ausharren zu müssen, und auf dem Fenstersims herumtollen, ist es still in der Küche. Lächelnd nippe ich an meinem Kaffee und genieße das ungewohnte morgendliche Gefühl, einer erholsamen, an Kate geschmiegten Nacht. Sie hat mir zwar mit ihren zappeligen Beinen ein paarmal gegen das Schienbein getreten, ihre spitzen Knie und Ellbogen haben mich in die Seite gepikst, und ihr zerzaustes Haar ist immer wieder in mein Gesicht oder meinen Mund geraten, trotzdem habe ich schon sehr lange nicht mehr so gut geschlafen.

Noch nie hat mir etwas ein so friedvolles Gefühl gegeben, wie sie in den Armen zu halten und zu wissen, dass sie sicher war, hier bei mir. Ich weiß natürlich auch, dass der Tag kommen wird, an dem ich mich von diesem Gefühl verabschieden muss, wenn auch hoffentlich nur für kurze Zeit. Irgendwann wird sie in ein Flugzeug steigen, sich aufmachen in ihr nächstes Abenteuer, und mir wird nichts anderes übrig bleiben, als darauf zu vertrauen, dass sie heil zu mir zurückkommt. Dazu werde ich

Hilfe benötigen, und ich werde alle Hilfe in Anspruch nehmen, die ich kriegen kann, um ihr ihre Abenteuer zu ermöglich.

Ich schnappe mir mein Handy. Eigentlich spricht nichts dagegen, jetzt gleich nach einem geeigneten Therapeuten zu suchen. Als ich mein neues Hintergrundbild sehe, muss ich lächeln. Ich habe es gleich nach dem Aufwachen aufgenommen, als durch einen Spalt im Vorhang das erste Morgenlicht drang und sie schnarchend in meinem Bett lag, alle viere weit von sich gestreckt.

Während in der Pfanne auf dem Herd die Kürbispfannkuchen brutzeln, stelle ich meine Tasse ab und schreibe Curtis eine kurze Nachricht, dass ich mir heute einen Tag freinehme. Danach fange ich an, Therapeuten in der Gegend zu googeln. Als das Brutzeln der Pfannkuchen ein wenig zu stark wird für meinen Geschmack, drehe ich die Hitze runter.

Ich höre Schritte die Treppe herunterpoltern.

Mit rot geränderten Augen und einem Berg Laken in den Armen kommt Kate in die Küche. Ich erstarre.

Sofort schießen mir zig Gründe für diesen Auftritt durch den Kopf, aber keiner davon gefällt mir.

Wahrscheinlich bereut sie es, mit mir geschlafen zu haben.

So sehr, dass sie das Bett abgezogen hat, um jeden Beweis zu vernichten.

Bestimmt hält sie mich für einen unverbesserlichen Perversen, weil ich sie letzte Nacht gebeten habe, sich auf mein Gesicht zu setzen.

Dreimal.

»Hey«, begrüße ich sie und gehe ganz vorsichtig auf sie zu, so wie auf Puck, wenn er vom Regen überrascht wurde und kurz davor ist, nass und angepisst unter die Veranda zu flüchten.

Aber Kate faucht nicht. Sie tut etwas viel Schlimmeres. Sie

schaut an mir vorbei, sieht die Kürbispfannkuchen und bricht in Tränen aus.

»O mein Gott.« Ich laufe zu ihr und schließe sie in die Arme, die Laken zwischen uns. »Kate, Baby. Warum bist du aufgestanden? Und warum weinst du? Was ist los?«

Ein lautes Schluchzen schüttelt sie. »Du … du bist so perfekt.«

»Bin ich nicht, und das weißt du. Und eigentlich bist du diejenige, die mich am häufigsten daran erinnert. Warum sagst du so was?«

Sie wischt sich mit dem Handrücken über die Nase. »Du hast mir letzte Nacht acht Orgasmen verschafft …«

»Zehn, um genau zu sein.«

»… und hast dich die ganze Nacht an mich gekuschelt. Ich weiß, dass es ein Albtraum ist, mit mir in einem Bett zu schlafen. Dass ich im Schlaf um mich trete. Und als ich aufgewacht bin, lag da ein Zettel, ich soll im Bett bleiben, weil du mir Kü-Kürbispfannkuchen machen willst.« Ihre Unterlippe fängt an zu zittern. Großer Gott, wenn sie weint, ist das, als würde man mir das Herz herausreißen. »Und was habe ich gemacht? Ich habe dich mit meiner Vagina zweimal fast erstickt – nein, *dreimal* –, und dann wache ich auf und habe deine Laken vollgeblutet.«

»Ahhh.« Ich lehne mich ein wenig zurück, wische die Tränen unter ihren Augen weg und drücke sie wieder fest an mich. »Deshalb bist du so weinerlich.«

»Ich bin nicht weinerlich«, heult sie. »Ich bin überwältigt. Weil … weil du meine Wäsche gewaschen hast. Mit dir hatte ich den besten Sex überhaupt, und du hast mir Frühstück gemacht, und zum Dank blute ich dir das Bett voll …«

»Kate.« Ich nehme ihr die Laken aus dem Arm und werfe sie über die Schulter. »Scheiß auf die Laken.«

»Das ist ägyptische Baumwolle«, flüstert sie heißer, während ich ihren Rücken streichele, sie die Arme um mich schlingt und die Wange an meine Brust legt. »Mit einer Dichte von eintausend Fäden. Ich habe mir das Etikett angeschaut.«

»Und ich habe noch jede Menge davon im Schrank. Die Laken sind ersetzbar.«

»Ich habe im Internet nachgeschaut. Die kosten im Schnitt dreihundert Dollar das Stück. Ich habe Laken für dreihundert Dollar ruiniert«, murmelt sie schniefend.

Ich lache in ihr Haar und ernte einen bösen Blick. »Tut mir leid, Katydid. Ich lache dich nicht aus.«

»Na klar.«

»Ich habe dich einfach lange nicht mehr so erlebt. Mir gegenüber warst du entweder eiskalt oder total angepisst, deshalb finde ich diese rührselige Seite von dir so süß.«

»Ich bin nicht süß«, grummelt sie.

»Du bist zuckersüß. Und jetzt hör mir mal gut zu. Ich habe es *geliebt*, dich zu diesen Orgasmen zu bringen, ganz zu schweigen von den Orgasmen, zu denen du mich gebracht hast. Und auch wenn deine Art zu kuscheln vielleicht ein wenig … bewegt ist, mit dir in meinen Armen habe ich so gut geschlafen wie schon lange nicht mehr.«

»Wirklich?«

»Wirklich«, versichere ich ihr und gebe ihr einen Kuss. »Also hör auf, dir wegen Dingen Sorgen zu machen, die nicht ganz so perfekt sind, und konzentriere dich auf die, die es sind, Katerina. Das hier zum Bespiel.«

Sie gräbt die Finger in meine Haare, und wir küssen uns. Plötzlich schreckt sie zurück und schnuppert. »Hey, brennt da was an?«

Ich werfe einen Blick hinter mich und sehe die Kürbispfannkuchen in der Pfanne qualmen. »Scheiße!«

»Okay«, sage ich, während ich ihr auf dem Weg zu ihrer Wohnung einen mit cremigem Zuckerguss überzogenen Kürbismuffin aushändige, den ich soeben aus einer Schachtel von Nanette's genommen habe. »Kürbisfrühstück. Klappe, die Zweite!«

Kate nimmt den Muffin, beißt hinein und lächelt mich an.

»Was ist?« Ich lächele zurück und schiebe mir ihren Wäschesack höher auf die Schulter.

»Du bist einfach unglaublich süß«, sagt sie achselzuckend. »Du verwöhnst mich viel zu sehr.«

Ich beiße in mein Buttercroissant. »In dem Fall«, entgegne ich mit vollem Mund, »habe ich schlechte Nachrichten für dich, Kate. Denn das hier ist erst der Anfang.«

Sie verdreht die Augen und beißt ein zweites Mal in ihren Muffin. Trotzdem kann sie ein Lächeln nicht verbergen, und eine hübsche Röte färbt ihre Wangen.

Ich sehe sie an, und mein Herz fängt an, gegen meine Rippen zu hämmern, schnell und fiebrig. Gott, ich liebe sie. Ich *liebe* sie.

Und ich möchte sie verwöhnen. Möchte sie mit Flugtickets überraschen und mit ihr fliegen, wohin sie will, die Arbeit vergessen und mich nur diesem Lächeln widmen. Ich will die Gründe für dieses Erröten erforschen und mehr über die vielen großen und kleinen Dinge erfahren, die ihr unglaubliches Gehirn wahrnimmt und absorbiert.

Ich möchte von ihrem rauchigen Lachen und ihren festen Küssen geweckt werden, jeden Tag. Ich möchte ihre ungebremste Leidenschaft spüren, mit ihr um die Wette laufen, um die verrücktesten Dinge. Ich möchte an sie geschmiegt schlafen, mit ihr plaudern, während sie ein Bad nimmt, mit ihr gemeinsam kochen und in diese stürmischen Augen sehen, in der Gewissheit, dass ich so vieles über sie weiß und so vieles mehr noch nicht. Ich will diesen betörenden Cocktail aus Altvertrautem und rätselhaft Neuem.

Sie sieht zu mir auf, verschränkt die Finger mit meinen, und die Welt gerät in Schieflage.

Ich will Kate geben, was sie verdient, ihr alles versprechen und alles abverlangen. Und gleichzeitig hoffe ich, dass wir einen Weg finden werden, wie das für zwei so unterschiedliche Menschen wie uns möglich ist – dass wir uns irgendwo in der Mitte treffen werden.

Kate drückt lächelnd meine Hand und erinnert mich daran, was sich zwischen uns verändert hat – worum es hier eigentlich geht.

Ich habe zwar noch keine Antworten, aber ich werde sie nicht allein suchen müssen. Kate und ich werden das gemeinsam tun, Hand in Hand, Schritt für Schritt.

35

Kate

»Den nehme ich.« Wir stehen vor meiner Wohnungstür, und ich greife nach dem schweren Sack mit meiner inzwischen sauberen Wäsche auf Christophers Schulter. Aber er scheint nicht gewillt, ihn mir zu überlassen.

»Es macht mir nichts aus, ihn zu tragen«, sagt er.

Ich blinzele ihn an und wäge meine Möglichkeiten ab. In meinem Zimmer – Juliets Zimmer – sieht es aus wie nach einem Tornado. Obwohl der Großteil meiner dreckigen Wäsche mittlerweile in diesem Sack verschwunden ist, herrscht immer noch ein heilloses Chaos aus halb ausgetrunkenen Wassergläsern, diversem anderen Kleinkram und jeder Menge leerer Müsliriegelverpackungen, denn Müsliriegel waren so ziemlich das Einzige, was ich diese Woche gegessen habe. Das letzte Mal hat er mein Zimmer an unserem Paintball-Abend betreten, und schon da war es in einem Zustand, der nicht wirklich dazu geeignet war, einen guten Eindruck zu machen. Aber als er mich hineingezogen hat, war es bereits dunkel, und er ist vor Sonnenaufgang wieder gegangen. Deshalb ist mein Chaos wohl unbemerkt geblieben.

Heute, im grellen Licht des späten Vormittags, wird es sein, als würde er sich meinen Saustall unter einem Mikroskop ansehen.

Nein, danke.

Christophers Haus ist ein bisschen abgenutzt und altmodisch – was ich liebe –, und es gibt dort sicher einiges, das andere als verbesserungswürdig ansehen würden, aber Ordnung und Sauberkeit gehören definitiv nicht dazu. Christopher ist ein Putzteufel. Er liebt es, seine schicke Kaffeemaschine nach jedem Benutzen zu polieren, und besitzt einen dieser ultraleichten glänzenden Staubsauger, mit dem er nach jedem Kochen die Krümel aus den Ecken in der Küche saugt. Er hat *freiwillig* meine Wäsche gewaschen. Und zusammengelegt.

Sogar meine ehemals weißen, jetzt schmutziggrauen hüfthohen Omaunterhosen, was peinlich genug ist.

Aber Christopher ist stur, bei ihm brauche ich es mit meiner Fauchen-und-die-Krallen-ausfahren-Taktik gar nicht erst probieren. Das hier erfordert etwas, das wir beide noch lernen müssen: uns arrangieren.

Lässig lehne ich mich gegen die Wohnungstür und versuche mich an einem, wie ich hoffe, gewinnenden Lächeln. »Ich schlage dir einen Kompromiss vor.«

Christopher hebt eine Augenbraue und rückt auf seiner Schulter den Riemen des riesigen Wäschesacks zurecht, als befänden sich darin Federn und nicht meine gesamte Garderobe. »Ich höre.«

»Du kannst meine Wäsche in die Wohnung tragen.«

»Und?«

»Und das war's. Du kannst sie reintragen, aber nicht weiter, definitiv nicht in mein Zimmer.«

Seine Augen verengen sich zu Schlitzen. Dann spitzt er nachdenklich die Lippen. »Das entspricht leider nicht ganz meinen Vorstellungen. Ich schlage vor, dass wir das noch einmal neu verhandeln.«

»Nope.«

Er schüttelt seufzend den Kopf. »Anfängerfehler«, murmelt er.

Verärgert drehe ich mich zur Tür und will sie gerade aufschließen, als Christopher mich sanft am Handgelenk festhält.

»Hey.« Seine Stimme ist leise, die streitlustige Stimmung zwischen uns wieder besänftigt.

»Was ist?«, frage ich.

Er sieht zur Tür und dann wieder mich an. »Ist Bea zu Hause? Falls ja, will ich wissen, was ich sagen soll, wenn wir da jetzt gemeinsam reingehen.«

Ich runzele die Stirn. »Müssen wir denn etwas sagen? Können wir nicht einfach reingehen und gut?«

»Vielleicht. Wir könnten die Sache mit uns beiden aber auch sofort klarstellen.«

Ich suche in seinen Augen nach einem Hinweis darauf, wie er das finden würde, bis mir einfällt, dass ich auch einen Mund habe.

»Und wäre das okay für dich?«, frage ich ihn.

Er lächelt zufrieden. »Sehr okay.«

»Und für dich?«, will er wissen und wirft mir einen skeptischen Blick zu.

Ich nicke. »Auch sehr okay.«

Sein Lächeln wird breiter. »Gut.«

»Unseren Freunden können wir es auch sagen«, platze ich heraus.

Christophers Lächeln wird sogar noch breiter. Seine Augen strahlen voller Stolz. »Das würde ich sehr gern.«

»Gut.« Ich widme mich wieder dem Türschloss, halte dann aber inne und drehe mich noch einmal zu ihm um. »Im Moment ist Bea allerdings arbeiten. Wir haben die Wohnung also noch eine Weile für uns allein.«

Er zieht eine Augenbraue nach oben. »Hattest du es deshalb so eilig? Damit du dich hier reinschleichen und dir die Peinlichkeit, mit mir gesehen zu werden, ersparen kannst?«

»Nein, ich hatte es deshalb eilig, weil ich nicht wusste, ob *du* willst, dass sie es wissen. Ich wollte die Entscheidung dir überlassen.«

Er verschränkt die Arme vor der Brust und sieht mich finster an. »Kate, ich würde vom höchsten Wolkenkratzer der Stadt herunterbrüllen, was du mir bedeutest, wenn du es erlaubst.«

O Gott, ich werde schon wieder rot. »Mittlerweile weiß ich das. Vorhin wusste ich es aber noch nicht. Deshalb habe ich dich auch damit gehänselt, dass es unnötig wäre, kostbare Zeit vor dem Spiegel zu verschwenden …«

»Ich habe mich *rasiert*.«

»Ich mochte den Dreitagebart«, rutscht es mir heraus. »Sehr sogar.«

Er legt den Kopf schief und sieht mich liebevoll an. »Wirklich?«

Ich nicke. »Du hast damit anders ausgesehen und trotzdem … immer noch gleich. Ich kann es nicht erklären.«

Außer vielleicht so, dass es dasselbe ist wie mit dir und mir. Du bist du. Und gleichzeitig völlig anders. Und das ist besser als alles, was ich mir je erträumt hatte.

»Und ich mag, wie er sich anfühlt«, gebe ich zu und bekomme heiße Wangen.

Ein anzügliches Grinsen breitet sich auf seinem Gesicht aus. Er lehnt sich an die Wand neben der Tür und überkreuzt die Beine – ein Sinnbild sexueller Selbstzufriedenheit. »Und wo genau magst du, wie es sich anfühlt?«

Ich schlage ihm auf den Arm. »Hör auf damit. Das weißt du ganz genau.«

»Mm-hmm. Aber ich würde es gern hören.«

»Meine Güte.« Ich drehe mich zur Tür und versuche, aufzuschließen, bevor ich noch etwas völlig Bescheuertes tue, wie ihn auf den Boden zu reißen und totzuküssen.

»Kate.« Er stellt sich hinter mich, legt das Kinn auf meine Schulter und steckt die Nase in mein Haar.

»Ja, Christopher?«

»Wenn wir es allen sagen. Dann will ich, dass sie wissen …, dass du nur mir gehörst und ich nur dir. Dass wir eine exklusive Beziehung haben.«

Mein Herz schlägt Purzelbäume in meiner Brust.

»Willst du …« Er räuspert sich leise, die Nase in meinem Haar. »Willst du das auch?«

Mein Lächeln ist so breit, dass meine Wangen schmerzen. Über die Schulter sehe ich ihn an. »Ja. Mehr als alles andere.«

Er küsst mich und schenkt mir ein bezauberndes Lächeln.

Als ich mich von ihm löse und wieder der Tür zuwende, um meinen allerersten festen Partner mit in meine Wohnung zu nehmen, wird mir mit einem Schlag bewusst, wie gewaltig dieser Schritt ist, wie überwältigend, wie wundervoll beängstigend, und ich halte noch einmal inne.

»Kate?« Christopher streichelt mir zärtlich über den Rücken. »Was ist?«

Ich schüttele den Kopf. »Nichts. Alles gut.«

»Hey.« Er legt mir den Arm um die Taille. »Sag mir, was los ist. Denn das machen wir von nun an, Kate. Wir reden miteinander.«

»Ach, tatsächlich?«, entgegne ich mit einem zweideutigen Grinsen und fummele mit dem Schlüssel. »Wir *reden*?«

Ich spüre sein Grinsen, bevor er mich in den Nacken küsst

und seine Hände von meiner Taille zu den Brüsten wandern. »Na ja, unter anderem.«

»Zählt zu ›reden‹ auch das Verfluchen dieses verdammten Türschlosses, wegen dem ich irgendwann noch zur Schwerverbrecherin werde?«

Christopher gibt seinen Verführungsversuch auf und hilft mir seufzend mit dem Schlüssel, bis er sich drehen lässt. Dann stößt er gegen die Tür und hält sie mir auf.

»Danke«, sage ich.

Ich werfe die Schlüssel auf den Küchentresen, und Christopher schließt hinter uns die Tür. Dann marschiert er den Flur hinunter direkt zu meinem Zimmer.

»Hey!« Ich laufe ihm hinterher. »Wir hatten eine Abmachung, Petruchio!«

»Ah, richtig«, ruft er über die Schulter. »Jetzt fällt es mir wieder ein.« Er bleibt stehen und lässt den Wäschesack demonstrativ direkt vor meiner Zimmertür fallen. »Ich hatte dir Verhandlungen angeboten, und du hast abgelehnt. Ein Fehler. Aber ich hatte dich gewarnt.« Er drückt die Klinke, öffnet die Tür, steigt über meinen Wäschesack und betritt mein Zimmer.

»Christopher!« Ich springe über den Sack, den er wie abgemacht vor der Tür gelassen hat, und renne ihm hinterher. »Hast du sie noch alle?«

»Es ist ein unaufgeräumtes Zimmer, Kate.« Wie ein Prinz in der Hütte eines Bettlers steht er mitten in meinem Chaos und zuckt mit den Schultern. »Na und?«

Ich starre ihn an und erröte. »Es ist *mein* unaufgeräumtes Zimmer.«

»Dann zeig es mir. Denkst du, die Unordnung macht mir etwas aus? Denkst du, ich würde schreiend davonlaufen?«

Ich habe Tränen in den Augen. »Keine Ahnung.«

»Was sollen wir machen? Uns weiter voreinander verstecken? Ich darf dich ficken, aber ...«

»Sag nicht ›ficken‹«, fauche ich. »Es ist mehr als das.«

»Genau«, sagt er und steigt elegant über eine leere Keksschachtel. »Und deshalb will ich dich nicht nur, wenn du nackt in meinen Armen liegst oder in meinen Klamotten unglaublich süß aussiehst, sondern auch dann, wenn du dich über die Ungerechtigkeiten des Lebens oder deine Arbeit ärgerst, wenn dein Zimmer ein Saustall ist und du in dreckiger Wäsche versinkst.«

»Du hast leicht reden!« Ich zeige mit dem Finger auf ihn. »Du hast ja immer alles im Griff!«

Er zieht die Augenbrauen nach oben und legt grinsend den Kopf schief. »Glaubst du das wirklich?«

Ich schnaube.

Behutsam greift er nach meinem Ellbogen und zieht mich in seine Arme. »Ich habe nicht alles im Griff, Kate.«

»Du hast eine Billion Dollar. Bist ein erfolgreicher Geschäftsmann. Besitzt ein wunderschönes Haus. Liebst es, Wäsche zu waschen. Und du hast ein Gehirn, das dir das Leben zwar manchmal auch schwer macht, dich aber nicht ständig frustriert.«

»Ist das so?« Er sieht mich an. »Kate, du weißt besser als die meisten, wie unfair und unverdient ein geerbtes Vermögen ist. Mein Vater war ein gerissener Geschäftsmann, der früh gestorben ist und mir eine gut laufende Firma hinterlassen hat – das kann ich mir wohl kaum auf die eigene Fahne schreiben. Dasselbe gilt für mein Haus. Ich habe es geerbt, und die meisten Menschen finden es nicht einmal schön, nur du. Aber wenn ich ehrlich bin, ist das für mich auch das Einzige, was zählt.« Er beißt sich auf die Innenseite der Wange. »Und was mein Gehirn angeht ... es frustriert mich oft. Sehr oft sogar.«

Ich sehe ihn an und bemerke zum ersten Mal, seit wir sein

Haus verlassen haben, die dunklen Ringe unter seinen Augen und die schmerzverzerrten Mundwinkel. »Und wie steht es momentan um dein Gehirn? Hast du mir das etwa erzählt? Ganz ehrlich?«

Er fasst sich in den Nacken und sieht zur Seite. »Nein … nicht wirklich.«

»Aha. Dann bist du also auch nicht besser als ich.«

»Kate …« Er seufzt. »Also gut. Ich habe üble Kopfschmerzen. Bist du jetzt zufrieden?«

»Zufrieden? Natürlich nicht.« Ich streichele ihm über den Arm. »Ich finde es furchtbar, dass du Schmerzen hast und ich nichts dagegen tun kann. Aber ich bin froh, dass du es mir gesagt hast.«

»Hmph.«

Ich gehe dazu über, ihm sanft den Nacken zu massieren. Er stöhnt leise. »Seine Unzulänglichkeiten zu teilen ist leichter gesagt als getan, habe ich recht?«

Christopher schlingt die Arme um mich und legt das Kinn auf meinen Scheitel. »Ja, hast du.«

Ich drücke ihn an mich und lehne den Kopf an seine Brust. »Erzähl es mir. Versuch's.«

Er seufzt. »Mein Neurologe will, dass ich ein neues Medikament ausprobiere. Aber wie zur Hölle soll ich wissen, ob es hilft oder alles nur noch schlimmer macht? Deshalb zögere ich das Ganze hinaus, ich habe Schiss davor. Und ja, in letzter Zeit habe ich häufig fiese Kopfschmerzen, genau wie heute. Wenn du bei mir bist – und wir tatsächlich schlafen –, schlafe ich gut, aber trotzdem nicht genug. Es ist, als würden winzige Nagetiere an der Innenseite meiner Augäpfel kratzen, und mein Nacken schmerzt fürchterlich. Ich hasse das, weil ich dich jetzt gern bitten würde, deine Hardcorefeministinnen-Playlist voll aufzudrehen und dann mit mir headbangend dem Chaos in deinem Zimmer zu Leibe zu rücken. Danach würde ich dich dann am liebsten auf dein frisch gemachtes Bett werfen und dir ein paar Orgasmen verschaffen. Aber ich glaube nicht, dass ich zu irgendetwas von alledem gerade in der Lage bin.«

»Dann lassen wir das«, sage ich und streichele ihm über den Rücken. »*Ich* räume mein Bett frei und beziehe es frisch, während du deine schicken Klamotten loswirst und dir bequeme Sachen anziehst, die du in deiner kleinen Christopher-Schublade versteckt hast. Außerdem wirst du jedes Medikament nehmen, das dir eventuell hilft, deine Migräne in den Griff zu bekommen. Und dann machen wir ein Nickerchen oder was immer du sonst brauchst. Jetzt bin ich dran. Als ich heute Morgen meinen kleinen Zusammenbruch hatte, hast du dich um mich gekümmert, und jetzt kümmere ich mich um dich. Einverstanden?«

Er schluckt. Sein Kopf auf meinem Scheitel wird schwer. »Und ich dachte, ich hätte es mit einer Anfängerin zu tun, was raffinierte Verhandlungsführung angeht.«

Ich lächele an seiner Brust und küsse ihn direkt über sein Herz. »Ich lerne schnell, das solltest du inzwischen eigentlich wissen.«

36

Christopher

Als ich die Augen öffne, habe ich für einen Moment keine Ahnung, wo ich bin. Merkwürdigerweise bin ich nicht in meinem Bett. Und was noch merkwürdiger ist, ich fühle mich ausgeruht. Und am allermerkwürdigsten und schönsten ist, dass mein Arm um eine vertraute Taille geschlungen ist, mein Kopf auf einer kleinen weichen Brust liegt und unter meinem Ohr ruhig und gleichmäßig ein Herz schlägt.

Meine Augen gewöhnen sich an das warme, sanfte Licht, das von irgendwo hinter mir kommt und stark heruntergedimmt ist. Dann sehe ich sie, und mir wird alles klar.

Kate.

Mein Blick schärft sich, und ich erkenne ihre Wimpern, die dunkle Schatten auf ihre Wangen werfen, ihren konzentriert gespitzten Mund. In ihrem Vogelnest, das ich so liebe, steckt der Bügel eines großen Kopfhörers, in ihren Händen klackern Stricknadeln und auf der anderen Seite des Betts liegen überall verstreut Wollknäuel.

Sie ist das Schönste, was ich je gesehen habe.

Während ich sie so ansehe, schwingt die Tür zu meinem

Herzen auf – langsam und schwer in ihren verrosteten Angeln, aber unaufhaltsam.

Und als sie dann zu mir herunterschaut, Augen wie das Meer nach einem Sturm, ruhig und friedvoll, und mich mit einem süßen Lächeln begrüßt, weiß ich mit absoluter Gewissheit, dass sich diese Tür nie wieder schließen wird – dass es sie für Kate eigentlich schon gar nicht mehr gibt, zu Asche verfallen und vom Wind davongetragen.

Weil ich sie liebe.

»Ich liebe dich«, krächze ich heißer, bevor ich kapiere, was ich da sage. Mein Herz ist ein Fahrstuhl im freien Fall.

Ihre Stricknadeln erstarren, und sie zieht den Kopfhörer von den Ohren. »Hmm?«

Ich atme einmal tief durch. Gerettet. »Hi«, sage ich.

Ihr Lächeln wird breiter, dann beginnt sie mit klackernden Nadeln wieder zu stricken. »Bequem?«

Ich nicke und spüre, wie Wasser über meine Schläfe rinnt. Als ich die Hand auf den Kopf lege, ist dort kühles Plastik, und ich erinnere mich an das gefrorene Gemüse, das auf meinen Kopf gepackt wurde. An Kate, wie sie die Vorhänge ihres Zimmers zugezogen hat, murrend und angepisst, weil ich darauf bestanden habe, ihr mit dem Bett zu helfen. Sie hat mich sanft auf die Matratze gedrückt, mir zuerst Stiefel und Jeans und dann den Pullover ausgezogen und mir einen Kuss auf die Stirn gedrückt. Zum Schluss hat sie mir ein sauberes T-Shirt über den Kopf gestreift, was unglaublich sinnlich und intim war, mehr noch, als ausgezogen zu werden.

Ich erinnere mich, wie sie mir Schultern und Nacken massiert hat, die verkrampften Muskeln sich entspannt haben. Wie die Schmerzen ein wenig nachgelassen haben, gerade so viel, dass sie erträglich wurden. Wie ich meine Beine in ihre verschränkt und sie an mich gezogen habe, bis unsere Körper eng ineinander verschlungen waren und der Schlaf mich übermannt hat.

Eigentlich sollte ich es hassen, wenn ich so schwach bin, wenn die Schmerzen mich aufzehren und mein Körper mir nicht mehr gehorcht, so sehr ich mich auch dagegen wehre. Dieses Gefühl der Nacktheit, obwohl ich angezogen bin.

Aber ich hasse es nicht. Ich finde es schön, wenn Kate mich am helllichten Tag ins Bett zwingt, mir den Nacken massiert, meinen Kopf kühlt und mich in ihren Armen hält, während ich gegen die Schmerzen kämpfe, bis Schlaf und Medikamente mich endlich erlösen.

Hier zu liegen mit Kate, halb bekleidet, während der eine um die Probleme des anderen weiß, ist ein Gefühl der Blöße, das befreiend ist – als würde man nackt mit ausgebreiteten Armen an einem heißen Sommertag in einen kalten See springen.

»Wie geht's?«, will sie wissen und deutet mit dem Kinn auf meinen Kopf.

Kein *Geht es dir jetzt besser?*. Kein *Ist es vorbei?*. Sie erwartet nicht, dass der Schmerz wie gewünscht verschwunden ist. Aber er ist tatsächlich sehr viel schwächer geworden, Gott sei Dank.

»Die Schmerzen sind besser«, erkläre ich. »Nicht weg, aber viel besser. Dank des Nickerchens, das du mir verordnet hast.« Ich nehme den nassen Plastikbeutel vom Kopf, inspiziere ihn und lege ihn wieder zurück. »Karotten und Erbsen.«

Kate seufzt übertrieben. »Das war's dann wohl mit der Gemüsepfanne zum Abendessen.«

»Als ob du vorgehabt hättest, zu kochen.«

Sie schenkt mir ein zuckersüßes Lächeln, das mich trifft wie ein Schwerthieb, schnell und tief, und daran erinnert, wie einzigartig meine Gefühle für sie sind. »Ich hatte wirklich vor, heute Abend zu kochen«, sagt sie gespielt pikiert. »Aber dann musste ja jemand ein Riesendrama aus seinen Kopfschmerzen machen.«

Ich lege ihr die Hände auf die Hüften und lasse sie unter ihr T-Shirt gleiten. Warm und verheißungsvoll verschränkt sie ihre Beine unter der Decke mit meinen, und ich muss sie einfach berühren, auch wenn sie mich provoziert. »Was soll ich tun?«, entgegne ich. »Ich liebe nun mal das Rampenlicht.«

»Offensichtlich.« Sie nimmt die angetaute Gemüsepackung von meinem Kopf und wirft sie hinter sich aufs Bett. »Und offensichtlich hast du auch gern Kopfschmerzen«, bemerkt sie trocken. »Denn sonst würdest du mehr dagegen tun, Christopher Petruchio. Hast du es schon mit einer glutenfreien Ernährung versucht? Oder damit, Milchprodukte wegzulassen? Oder mit Kaffee, wenn sich eine Migräne ankündigt? Oder mit insgesamt weniger Koffein, um erst gar keinen Anfall auszulösen? Mit Stress vermeiden? Entspannungsübungen? Deinen Job aufgeben? Mehr Sport? Kein Glutamat? Akupunktur? Kältetherapie?«

»Wenn ich diese unqualifizierten Ratschläge nicht alle schon zigmal gehört hätte, wären sie vielleicht witzig.«

»Die Leute glauben eben, jemand, der unter Migräne leidet, würde alles dafür tun, um sie loszuwerden«, knurrt sie. »Ich würde ja gern jeden Einzelnen von ihnen für dich verprügeln, aber dafür könnte man mich in den Knast stecken, und das wäre nichts für mich. Deshalb lasse ich es lieber.«

»Mir ist es auch lieber, du landest nicht im Knast«, flüstere ich an ihrem Hals und drücke ihr einen langen heißen Kuss darauf.

»Hey«, beschwert sie sich und klopft mir mit der Stricknadel auf die Schulter. »Finger weg, wir sind noch in der Rekonvaleszenzphase.«

»Einen Scheiß sind wir.« Ich liebkose ihre Brust und küsse

sie durch das T-Shirt. »Es sei denn, du brauchst noch etwas Zeit. Tut es weh? Wir können stattdessen auch etwas anderes machen.«

»Nein, aber – *ah!*« Sie zieht scharf die Luft ein, als ich an ihrem Nippel sauge. »Du solltest dich nicht überanstrengen, Christopher.«

»Bitte«, flüstere ich und küsse sie über dem Herzen. »Ich weiß, was ich tue. Lass mich dich lieben. Außerdem«, ich schiebe die Hand unter die Decke, spüre ihr rastloses Bein und wie ihre Hüften sich in Richtung meiner Hand schieben. »Nach all den Schmerzen, verdiene ich ein wenig Vergnügen, findest du nicht?«

Stricknadeln, Wollknäuel und eine halb aufgetaute Gemüsepackung segeln aus dem Bett. Kate rutscht zu mir unter die Decke und flüstert: »Doch, finde ich.«

37

Kate

Ausnahmsweise bin ich diejenige, die nicht schlafen kann. Meine Gedanken wirbeln durcheinander, und ich wälze mich ruhelos hin und her. Deshalb schlüpfe ich am nächsten Morgen schon mit dem ersten Dämmerlicht, das in die Wohnung dringt, aus dem Bett. Ein Teil von mir möchte liegen bleiben und Christopher beim Schlafen zusehen, beobachten, wie die Sonne seine Haut wärmt, die gelockten Spitzen seiner Haare streift und in den Bartstoppeln glitzert, die über Nacht in seinem Gesicht gesprossen sind – über Brüste, Bauch und Schenkel gekratzt haben, während er mir einen atemberaubenden Orgasmus nach dem anderen besorgt hat.

Ich könnte den ganzen Morgen nur daliegen, ihn ansehen, mir all diese wundervollen Momente ins Gedächtnis rufen oder mir ausmalen, welche noch vor uns liegen. Aber ich weiß, dass mein Gezappel ihn wecken würde, und nachdem Christopher jahrelang schlecht geschlafen hat, braucht er ihn mehr als nötig.

Mit Laptop und Kopfhörern unter dem Arm schließe ich leise die Tür zum Schlafzimmer und schleiche auf Zehenspitzen in die Küche. Dort schalte ich die Kaffeemaschine ein, die Bea und Jamie schon vorbereitet haben müssen. Christopher und ich waren es jedenfalls nicht.

Während ich warte, bis der Kaffee durchgelaufen ist, schlendere ich in Beas winziges Atelier im hinteren Teil der Wohnung, in dem vor dem Fenster ein abgenutzter goldener Samtsessel mit Blick in den Sonnenaufgang steht.

Ich lasse mich darin nieder, schalte meinen Laptop ein und ziehe mir die Kopfhörer mit entspannender Musik auf die Ohren. Gerade will ich anfangen, den Rest der Fotos für das Nonprofit-Unternehmen zu bearbeiten, als eine Kalendererinnerung aufpoppt.

Jules Heimflug

Überrascht starre ich auf den Bildschirm, und mein Herz schlägt schneller. Ich war so sehr mit Christopher und meiner Arbeit beschäftigt, dass ich Jules' Rückkehr komplett ausgeblendet hatte. Sie wird *heute Abend* zurück sein, was bedeutet, dass ich mir Gedanken machen muss, was als Nächstes kommt. Und ich muss ihr Zimmer einer gründlichen Reinigung unterziehen.

Eigentlich kein Grund zur Panik. Ich wusste ja, dass dieser Moment kommen würde. Aber typisch ich habe ich mal wieder kaum etwas – oder eigentlich gar nichts – getan, um mich darauf vorzubereiten. Der aufgeklappte Koffer mit meinen Kleidern steht immer noch dort, wo ich ihn abgestellt habe, und ich habe nicht einen Gedanken daran verschwendet, was ich jetzt machen oder wohin ich gehen soll.

Aber vielleicht ist das auch okay so.

Vielleicht muss ich ja gar nicht darüber nachdenken – vielleicht habe ich mich ja Stück für Stück bereits entschieden.

Nämlich dazu, im *Edgy Envelope* zu arbeiten, beim Fotografieren neue Wege einzuschlagen, mit Leuten in Kontakt zu treten und ihre Geschichten festzuhalten, Freundschaften zu pflegen, Zeit mit meiner Familie zu verbringen und endlich ein Teil dessen zu sein, was ich immer vermisst habe.

Vielleicht habe ich diese Entscheidungen schon ab dem Moment gefällt, in dem ich nach Hause gekommen und Christopher über den Weg gelaufen bin. Und nun liegt das Leben, das diese Entscheidungen widerspiegelt, ausgebreitet vor mir. Ich bin längst dort, wo ich befürchtet hatte, niemals hinzukommen.

Ich gehe einen Schritt weiter und überlege, was als Nächstes kommt. Ich könnte einen Monat bei Mom und Dad wohnen und mir die Kaution für ein kleines Studio zusammensparen. Oder ich könnte bei Christopher wohnen.

Nein, das wäre etwas überstürzt.

Obwohl ich mir sicher bin, dass es mir gefallen würde und wir es verdammt gut miteinander hätten. Wir würden lachen, streiten, uns necken, lieben …

Lieben.

Darauf läuft letztendlich alles hinaus. Ich habe mich für die Liebe entschieden – für die *Menschen*, die ich liebe. Und einer von ihnen liegt in meinem Zimmer und schläft.

Zumindest bis gerade eben.

In der Küche bewegt sich etwas. Das muss Christopher sein. Groß und breit, mit dunklen zerzausten Haaren, die nach allen Seiten abstehen. Lächelnd ziehe ich mir die Kopfhörer von den Ohren, um ihn zu rufen und einen guten Morgen zu wünschen.

Doch bevor ich dazu komme, höre ich ihn mit jemandem reden, den ich nicht sehen kann. »Warum guckst du mich so komisch an?«

Ich runzele die Stirn. Er spricht leise, aber seine Stimme

findet trotzdem den Weg aus der Küche durch den Flur in Beas Atelier. Mit wem redet er?

Es ist Jamie, der antwortet. »Ich guck dich überhaupt nicht komisch an. Ich … bin nur überrascht, dich hier zu treffen. Ich hätte nicht gedacht …« Ein lautes Seufzen. »Ich weiß nicht, was ich gedacht habe, genauso wenig, wie ich weiß, was ich davon halten soll, dass du hier bist. Ich dachte, du sprichst dich mit ihr aus, und ihr schließt endlich Frieden. Mehr haben wir nicht von dir verlangt.«

Mehr haben wir nicht von dir verlangt?

Das Blut dröhnt in meinen Ohren. Ich weiß, dass ich mich bemerkbar machen sollte, bin aber vor Schreck wie gelähmt, Beute, die im Scheinwerferlicht erstarrt ist.

Jemand hat von Christopher *verlangt*, sich mit mir zu versöhnen? Warum hat er das nie erwähnt? Und warum klingt es so, als hätten sie sich abgesprochen, wie man mit mir und den Problemen, die ich mache, umgeht?

Warum habe ich das Gefühl, mich gleich übergeben zu müssen?

Ein Wimmern kriecht mir den Hals hinauf, und in meinen Augen brennen Tränen. Aber ich schüttle schnell den Kopf

Nein. Ich werde nicht wieder sofort vom Schlimmsten ausgehen. Ich werde nicht all meine Ängste und Unsicherheiten in diesen winzigen Gesprächsfetzen hineininterpretieren.

So schwer es mir auch fällt, werde ich tun, was mir und Christopher den Weg geebnet hat, unsere verkorkste Vergangenheit hinter uns lassen und endlich in der Gegenwart leben.

Ich werde verdammt noch mal mit ihm reden wie eine Erwachsene.

Sobald das Rauschen in meinen Ohren aufhört und ich wieder normal atmen kann.

Ich bin so darauf konzentriert, mich zu beruhigen, dass ich

nicht höre, was im Flur weiter geredet wird. Aber ich will es auch gar nicht.

Ich will nicht hören, wie Christopher sich erklärt und verteidigt.

Ich brauche keinen Beweis dafür, wie viel ich Christopher bedeute. Es war nicht die Bitte meiner Familie und Freunde, die Christopher das Herz geöffnet hat und ihn erkennen ließ, wie sehr ich leide. Es war meine Offenheit und seine, die es uns ermöglicht haben, zu erkennen, wer wir sind, und uns füreinander zu entscheiden.

Wir sind es, die das entschieden haben.

Ich habe mich entschlossen, ihm zu vertrauen. Und nun, da meine Lungen wieder normal arbeiten und es sich nicht mehr anhört, als würde in meinen Gehörgängen jemand in ein kleines Nebelhorn stoßen, lege ich Laptop und Kopfhörer beiseite, reiße die Ateliertür auf und marschiere hinaus in den Flur, um es dem Menschen zu sagen, der das wissen sollte.

38

Christopher

Es ist das erste Mal, seit ich mit Jamie befreundet bin, dass wir uns streiten. Und ich hasse es. Es ist noch so verdammt früh. Ich bin in einem leeren Bett aufgewacht, ohne Kate, und sehne mich nach ihr. Außerdem hatte ich gestern Abend nach meiner Migräne weder Appetit noch genügend Zeit, um zu essen – meine Hände und mein Mund waren mit anderen Dingen beschäftigt –, und brauche jetzt dringend Frühstück.

Das einzig Versöhnliche an diesem äußerst unerfreulichen Gespräch ist, dass Jamie mich wohl nur deshalb zur Rede stellt, weil er befürchtet, seine Bitte, die Sache mit Kate zu regeln, könnte dazu führen, dass ich der Frau, die ich liebe, wehtue. Und das kann und will ich ihm nicht vorwerfen.

Ich hoffe nur, dass er mir glaubt und vertraut.

»Jamie.« Ich atme einmal tief durch. »Ich weiß, dass ich mich dir und Bill und vor allem dem liebeskranken Nick zuliebe bereit erklärt habe, die Wogen zwischen mir und Kate zu glätten. Aber das hat zunächst nur zu ein paar blauen Zehen am Tacos-und-Tango-Abend geführt und zu dem festen Entschluss, mich von ihr fernzuhalten. Worin ich zugegebenermaßen total versagt habe, wenn man bedenkt, dass ich schon eine Woche später beim Spieleabend aufgetaucht bin und sie nicht in Ruhe lassen konnte. Aber das hat dann am Ende dazu geführt, dass … alles anders wurde.

Kate hat mir erzählt, wie sehr ich sie verletzt habe. Danach war ich am Boden zerstört und habe mir und ihr geschworen, das wieder in Ordnung zu bringen. Und deshalb stehe ich jetzt hier. Nichts für ungut, aber was du hier siehst, hat nur mit mir und Kate und sonst niemandem zu tun. Ich würde lieber sterben, als Kate absichtlich zu verletzen. Bitte glaub mir das. Bei mir ist sie absolut sicher.«

Jamie atmet hörbar aus und reibt sich über den Nasenrücken. »Gott bin ich froh, das zu hören.«

»Dann glaubst du mir?«

Er sieht mich an, als hätte ich ihn gefragt, ob Bananen krumm sind.

»Natürlich glaube ich dir. Aber ich konnte ja nicht stillschweigend zusehen, wie du Beas Schwester nur wegen unserer Bitte womöglich wehtust, wenn auch indirekt und unabsichtlich …«

»Du musst dich nicht erklären. Es bedeutet mir sehr viel, dass du dir Sorgen um sie machst und zu mir kommst, um sicherzugehen, dass es ihr gut geht.«

Ich strecke ihm die Hand hin, und Jamie nimmt sie. Wie immer besiegeln wir das Ganze mit einer kurzen Umarmung und einem Schulterklopfen.

»Petruchio.«

Ich drehe den Kopf und sehe Kate den Flur herunter auf uns zu stürmen. Dann entdecke ich die offene Ateliertür, und mir gefriert das Blut in den Adern. Was hat sie gehört? Und wie hat sie es aufgenommen?

Kate nickt Jamie kurz zu und begrüßt ihn mit einem knappen »Morgen«. Dann packt sie sehr fest meine Hand und geht einfach weiter. Ich mache eine halbe Drehung und folge ihr in ihr Zimmer.

»Kate, ich weiß nicht, was du gehört hast …«

»Sei still.« Sie marschiert entschlossen in ihr Zimmer, dreht sich zu mir um, packt mein T-Shirt und zieht mich zu sich herunter für einen harten Kuss. »Ich brauche keine Erklärungen«, sagt sie ganz nah an meinen Mund. »Ich vertraue dir, egal, um was es geht. Und ich glaube dir.«

Mir war gar nicht klar, wie dringend ich das von ihr hören musste, wie verzweifelt ich wissen musste, dass sie es ernst meint.

»Kate«, flüstere ich abgehackt, während ich sie hochhebe, ihre Beine um meine Taille lege und sie fest an mich drücke. »Hör mir zu.«

Sie küsst mich auf die Wange und dann auf die Schläfe. »Ich höre.«

»Deine Familie liebt dich. So sehr, dass sie mich nach meinem beschissenen Verhalten an Thanksgiving zur Rede gestellt und mir gesagt hat, ich solle damit aufhören. Wie du dir sicher vorstellen kannst, habe ich das nicht sonderlich gut aufgenommen.«

»Christopher, ich habe dir gesagt, dass ich keine …«

»Ich weiß. Aber ich *will* es dir erklären.« Ich suche ihren Blick. »Ich wollte mich von dir fernhalten, bis wir uns beruhigt haben, oder einfach abwarten, bis du wieder weg bist. Aber dann bist du geblieben und hast mir das Herz gebrochen, indem du mir klar gemacht hast, wie sehr ich dich verletzt habe. Ich bin verdammt froh, dass ich diese Flasche irischen Whiskey gekauft habe und du ein Viertel davon getrunken hast. Dass ich dich in dein Bett tragen konnte und du mir betrunken, wie du warst, die Wahrheit gesagt hast. Aber noch dankbarer bin ich, dass wir jetzt nicht mehr auf äußere Umstände oder Alkohol angewiesen sind, dass wir der Wahrheit auch so ins Auge sehen und ehrlich miteinander sind. Ja, es war und ist chaotisch zwischen uns. Trotzdem ist das, was wir seit jener Nacht tun, richtig – wir versuchen verdammt noch mal, miteinander zu reden, uns zu sehen und zu verstehen. Und ich will nicht, dass das aufhört.«

Ich hole tief Luft und streiche ihr eine ihrer wilden Strähnen aus dem Gesicht. Dann sehe ich ihr tief in die Augen, der Frau, die ich so sehr liebe. »Und ich will es deshalb nicht, Kate, weil ich dich liebe.«

Sie blinzelt, und ihre Augen füllen sich mit Tränen, die ihr die Wangen hinunterkullern. Ich beuge mich zu ihr hinunter, küsse sie weg und suche wieder ihren Blick. »Weil ich dich auf hundert verschiedene Arten liebe und das schon so lange, dass ich nicht einmal mehr weiß, wann es angefangen hat. Nur, dass ich viel zu wenig Zeit darauf verwendet habe, dafür zu sorgen, dass du es auch weißt. Ich erwarte nicht, dass du mich jetzt schon liebst, Kate. Mir ist klar, dass ich das nicht verdiene. Trotzdem hoffe ich sehr, dass du eines Tages zu der Überzeugung kommst, dass ich es wert bin, dass du mir dein Herz schenkst.«

Sie schüttelt den Kopf, und ein Lächeln breitet sich in ihrem Gesicht aus, so strahlend wie die Sonne, die das Zimmer flutet. Neue Tränen fließen, und sie wischt sie weg. »Da musst du nicht lange warten.«

Sehnsüchtig sehe ich sie an. »Nicht?«

»Nein«, flüstert sie.

Erleichtert stoße ich die Luft aus, drücke sie an mich und vergrabe mein Gesicht an ihrem Hals, atme sie ein. Ich kann kaum glauben, dass das mein echtes Leben ist, kein Traum, aus dem ich irgendwann wieder erwache.

Mit zitterndem Atem hebt sie mein Kinn an und sieht mir in die Augen. Dann küsst sie mich zärtlich. »Ich liebe dich, Christopher Petruchio. Mein wildes Herz gehört nur dir. Ich liebe dich so sehr, dass es keine Worte dafür gibt.«

Ich greife hinter mir nach der Tür, stoße sie zu und gehe mit ihr zum Bett. »Ich hätte da so eine Idee, wie du mir auch ohne Worte sagen könntest, wie sehr du mich liebst.«

Sie stößt ein heißeres Lachen aus. »Ach ja? Und ich hätte da so eine Idee, wie du dich dafür revanchieren könntest.«

»Katerina«, murmele ich und lasse mich mit ihr aufs Bett fallen. »Wir wissen beide, dass ich dir jeden Liebesbeweis doppelt und dreifach zurückgeben werde.«

Sie zieht eine Augenbraue nach oben. »Ist das eine Challenge, Petruchio?«

»Was sonst, verdammt.«

Wir greifen nach den Klamotten des anderen und zerren sie uns gegenseitig vom Körper. Lachend bleiben wir mit verdrehten Gelenken in Ärmeln und Hosenbeinen hängen, während wir darum kämpfen, so schnell wie möglich nackt zu sein.

Ohne Vorwarnung drückt Kate mich mit dem Rücken auf die Matratze, schwingt ein langes Bein über mich und setzt sich rittlings auf meinen Schoß. Sie sieht mich an, beugt sich lächelnd zu mir herunter und gibt mir einen zärtlichen Kuss. Ich tauche die Finger in ihr Haar und befreie es von den Haargummis, sodass es ihr offen über Rücken und Schultern fällt, ein Vorhang, der uns vor der Welt versteckt.

»Jetzt«, flüstert sie und küsst mich. »Bitte Christopher, jetzt.«

Sie hebt die Hüften an und führt meine Schwanzspitze in sich ein, aber ich halte sie davon ab, sich auf mich sinken zu lassen. »Nicht so schnell, Kate. Du wirst dir wehtun …«

»Bitte«, sagt sie, legt mir die Hände auf die Wangen und

streift mit den Lippen leicht und zart meinen Mund. »Ich weiß, was ich tue«, erklärt sie mir in meinen eigenen Worten.

Sie hält sich an meinen Hüften fest und lässt sich Zentimeter für Zentimeter auf mich sinken, ohne meine Augen dabei aus dem Blick zu lassen.

Dann beugt sie sich vor, wobei ihre Brüste meine Haut streifen, und küsst mich. Sie beginnt, sich auf mir zu bewegen, ihre Pussy legt sich um mich wie ein heißer seidener Schraubstock, ihre Hüftstöße werden schneller und sicherer. Ich stoße ein wohliges Stöhnen aus.

»Streichele mich«, flüstert sie. »Ich will kommen.«

Ich packe sie, drücke ihre Hüften an meine und übernehme unseren Rhythmus, verschaffe ihr genau dort Reibung, wo sie sie braucht. Während ich mich in ihr auf und ab bewege, klappt ihr Kiefer nach unten, und ich spüre, wie sie in weichen engen Wellen zum Höhepunkt kommt.

»Ja.« Ihre Nägel graben sich in meine Brust. Keuchend atme ich in ihren Mund, während sie kommt, wieder und wieder, und ihre Zunge meine streichelt, mit heißen, sinnlichen Schlägen. Ich schiebe die Hüften nach oben, biege mich in sie hinein und komme so lange und heftig, dass ein taubes Kribbeln durch meine Beine zieht, gefolgt von dem befriedigenden Gefühl absoluter Erschöpfung.

»Himmel, Kate«, röchle ich und ziehe sie an mich für einen langen genießerischen Kuss.

Sie umklammert mich mit ihrem Körper und lacht, als ich hilflos aufstöhne. »Und das«, flüstert sie, »war erst der Anfang.«

39

Kate

Sechs Monate später

»Katerina!«

Ich lächele. Ich kann nicht anders. Wenn Christopher so nach mir ruft, bekomme ich immer noch jedes Mal eine Gänsehaut und habe diese absurden Schmetterlinge in meinem Bauch.

»Was willst du, Petruchio?«

Sein melodisches Lachen hallt durch die Küche. »Also wenn du mich so fragst …«

Die Tür zwischen Küche und Esszimmer schwingt auf, wo ich gerade über die üppigen Blumen und Platten mit köstlichem Essen für die Geburtstagsparty von Bea und Jules gebeugt den optimalen Winkel für das perfekte Foto suche. Christopher kommt hereinmarschiert und bleibt direkt hinter mir stehen.

Er steckt die Nase in mein Haar und legt zärtlich meinen Zopf zur Seite, um mich in den Nacken zu küssen.

»Christopher.« Ich drücke auf den Auslöser. »Du verwackelst meine Bilder.«

»Ich habe auch Bedürfnisse, Katerina. Ich will geküsst werden, nachdem ich eine Woche darauf verzichten musste, weil du in der Welt herumgetigert bist.«

Ich verdrehe die Augen und setze die Kamera ab. »Ich war nur fünf Tage weg.«

»Es hat sich aber angefühlt wie fünf Jahre.« Er dreht mich in seinen Armen um und zieht mich an sich.

»Stimmt«, flüstere ich, stelle mich auf die Zehenspitzen und küsse ihn.

Er sieht mich nachdenklich an und wiegt mich in seinen Armen. »Und bald verlässt du mich schon wieder.« Er seufzt. »Du hast Glück, dass du so fantastisch im Bett bist. Und ich eine ausgezeichnete Therapeutin habe.«

Ich schnaube. »Für den Fall, dass ich mal nicht so fantastisch im Bett bin?«

»Du bist immer fantastisch im Bett. Und damit ich es ertrage, wenn du nicht da bist, Klugscheißerin.«

Lachend küsse ich ihn. »Ich liebe dich.«

Er legt den Kopf schief und streicht mir eine Strähne hinters Ohr. »Ich liebe dich auch. So sehr, dass ich eine Weihnachten-im-Juli-Geburtstagsparty schmeiße für die feierwütigsten Leute, die ich kenne, nur weil du mich darum gebeten hast.«

»Hey, dafür habe ich mich bereit erklärt, diesen Pullover zu tragen.«

Er grinst. »Da hast du auch wieder recht.«

Auf dem mit Schneeflocken bestickten Pullover, den ich trage, steht: I DON'T DO MATCHING SWEATERS. Christopher trägt exakt den gleichen, nur dass auf seinem BUT I DO steht.

Lächelnd sehe ich über die Schulter und lasse die Dekoration seines Hauses auf mich wirken. »Es ist perfekt.«

Während ich weg war, hat Christopher sich in die Partyvorbereitungen gestürzt und uns diese absurden Weihnachtspullis besorgt, in denen wir fast verkochen, obwohl die neu installierte Klimaanlage tapfer gegen die sommerlichen Temperaturen ankämpft.

Die Zimmer sind mit antiquiertem Weihnachtsschmuck aus Christophers Kindheit und ein wenig mit meinem Trödel geschmückt. Auf dem Plattenspieler dreht sich eine Scheibe mit Weihnachtsklassikern und sorgt für die passende musikalische Untermalung.

Nach und nach trudeln meine Schwestern und unsere Freunde ein, alle in albernen Weihnachtspullis. Es wird hochprozentiger Eierpunsch (Jamie zuliebe aus Bioeiern) und Margos Glühwein herumgereicht, bis schließlich alle um den großen Esszimmertisch sitzen und sich an Christophers herzhaften italienischen Gerichten und Tonis selbst gebackenen Donuts, Kuchen und Keksen satt essen.

Jules sitzt neben mir auf dem Sofa, fast so strahlend und vergnügt, wie ich meine große Schwester in Erinnerung hatte. Ihre dunklen glänzenden Locken sind zu stylischen Filmstarwellen ausgekämmt, und sie hat tiefe Grübchen in den Wangen, die dieses unwiderstehliche Lächeln in ihr Gesicht zaubern, mit denen sie alle Herzen im Sturm erobert.

Sie lacht über etwas, das Sula ihr von der anderen Seite des Raums zugerufen hat. Dabei nimmt sie fast dieselbe Farbe an wie ihr pinkfarbenes Sweatshirt auf dem IN A WORLD OF GRINCHES, BE THE CINDY LOU WHO steht.

Ich sehe zu Bea hinüber, die auf Jules' anderer Seite sitzt. Auf ihrem Pulli ist ein Weihnachtsmann zu sehen, der anzüglich an einer Zuckerstange lutscht. Darunter steht: SOMETIMES A PEPPERMINT STICK IS JUST A PEPPERMINT STICK. Unsere Blicke treffen sich. Wir sind beide dankbar, dass aus der stillen Frau mit dem erzwungenen Lächeln, die an Weihnachten zurückgekommen ist, wieder die alte Jules geworden ist, die beschwipst von Margos Glühwein laut lacht.

»Okay, aber wie lässt sich das wissenschaftlich erklären?«, fragt Jamie mit leicht geröteten Wangen. Er hält einen Eierpunsch in der Hand und trägt einen Pulli, auf dem eine Pyramide aus grünen Katzen abgebildet ist, deren leuchtende Augen an Christbaumkugeln erinnern. Darunter steht: HAVE A MEOWY CATMAS. »Wie können Sternzeichen den Charakter bestimmen?«

»Oder welche Menschen gut zusammenpassen?«, wirft Sula ein. Auf ihrem knallgrünen, mit Pailletten besetzten Pullover ist in kirschroten Buchstaben I'VE BEEN NAUGHTY zu lesen, während auf Margos rotem Pulli in Grün I'VE BEEN NICE steht und darunter NAUGHTIER. »Trotzdem ist es erstaunlich, wie gut manche Sternzeichen zusammenpassen.«

Toni, der in Hamzas Armen gelegen hat, setzt sich auf. Die beiden Frischvermählten sind die Einzigen, deren Weihnachtspullis nicht ganz so peinlich sind – beide weiß und nur mit einem dezenten MR. in schnörkeligen Buchstaben auf der Brust, eine kecke Weihnachtsmannmütze auf dem M. Toni zieht sein Handy aus der Tasche. »Na dann überprüfen wir doch mal, ob jeder hier den passenden Partner hat.«

Während er auf dem Handy nach entsprechenden Websites sucht, schiebe ich auf dem Sofa meine Hand zu Jules und berühre ihren kleinen Finger. Sie ist die Einzige im Raum, die Single ist.

Ich weiß, wie es ist, wenn man glaubt, nicht dazuzugehören, und möchte nicht, dass sie sich ausgegrenzt fühlt. Keine von uns, nie wieder.

Jules sieht mich an und sagt: »Danke, dass du das für uns organisiert hast, KitKat. Es ist etwas ganz Besonderes.«

Ich lächele. »Gern, JuJu. Ich hatte allerdings Hilfe.« Mit

dem Kinn deute ich auf Christopher, der mir zu Füßen sitzt und sanft mein Fußgelenk massiert. »Danke, dass ihr mit der Party gewartet habt, bis ich von meinem Arbeitstrip wieder zurück bin.«

»Wir würden doch nie ohne dich feiern.« Sie nimmt meine Hand und drückt sie. »Was das Reisen angeht, muss ich mich allerdings bei dir beschweren«, sagt sie mit einem Funkeln in den Augen. »Du fährst kaum noch weg, dabei würde ich gern noch mal den Aufenthaltsort mit dir tauschen. Was soll ich denn jetzt machen?«

»Keine Ahnung. Aber es sieht tatsächlich so aus, als wäre die wilde KitKat gezähmt und domestiziert.« Sie lacht. »Vielleicht ist es an der Zeit, dass du der Wanderlust in unserer Familie nachgibst und auf eigene Faust losziehst.«

Sie nippt lächelnd an ihrem Wein. »Das werde ich vielleicht. Vielleicht suche ich mir für eine Weile einen etwas ruhigeren Ort. Weiter im Norden oder einmal um die halbe Welt. Wir werden sehen.«

»Ha!«, ruft Toni. »Was wahrscheinlich niemanden überrascht, am besten passen Nicks und Biancas Sternzeichen zusammen.« Er sieht zu den Turteltäubchen in ihren passenden himmelblauen Pullovern mit fluffigem Schneeflockendruck. Auf beide Pullis ist ein Schneemensch gestickt, der sich mit gespitzten Lippen zur Seite lehnt, allerdings spiegelbildlich, sodass es aussieht, als würden sie sich küssen, wenn Nick und Bianca nebeneinandersitzen. »War ja klar«, fügt er zuckersüß hinzu.

»War ja klar«, wiederholen alle im Chor mit ein paar zusätzlichen *Aaahs* und *Ooohs*. Nick drückt der glücklich lächelnden Bianca mit einem verlegenen Grinsen einen Kuss auf die Wange.

»Und nun«, ruft Toni theatralisch, »zu Kate, unserer Wassermann-Königin.« Ich grüße mit einem majestätischen Winken in die Runde. »Und Christopher! Einem Stier wie aus dem Bilderbuch.«

Jubel bricht aus. Christopher rollt auf seinem Platz neben meinen Füßen die Augen, fährt mit der Hand über mein Bein und legt sanft die Finger um meine Fessel.

Toni kneift die Augen zusammen und starrt auf sein Display. »Dann wollen wir mal sehen, wie gut Wassermann und Stier zusammenpassen.«

»Überhaupt nicht«, sagt Christopher.

Alle im Raum verstummen.

Christopher wirft mir schnell einen Blick zu. »Da ihr alle solche Sternzeichenfanatiker seid, habe ich schon vor Monaten nachgesehen und erfahren, dass allen Erkenntnissen der Astrologie zufolge Wassermann und Stier ein grauenhaftes Paar abgeben – und somit beschlossen, diesen Schwachsinn nicht zu glauben.«

Langsam dreht er sich um, legt den Arm auf meinen Schoß und verschränkt die Finger in meine. »Doch dann bin ich auf einen Absatz gestoßen, in dem es hieß, in sehr seltenen Fällen würde jedoch die Ausnahme die Regel bestätigen. Wenn beide bereit sind, um das Vertrauen und Verständnis des anderen zu kämpfen, werden sie mit einer leidenschaftlichen und elektrifizierenden Beziehung belohnt, mit einer Liebe, die sich jeden Tag neu anfühlt.« Er schenkt mir ein warmes, zärtliches Lächeln. »Daraufhin dachte ich, vielleicht ist ja doch nicht alles kompletter Schwachsinn.«

Obwohl ich mich immer noch scheue, vor den Augen der anderen Zärtlichkeiten auszutauschen, zögere ich keine Sekunde, mich zu Christopher hinunterzubeugen und ihm einen langen leidenschaftlichen Kuss zu geben.

»Okay!«, ruft Sula, springt von ihrem Stuhl auf und läuft zu dem Vintage-Plattenspieler, der hinter ihr steht. »Zeit zu tanzen. Denn wir feiern hier nicht nur Beas und Jules' vierzigsten Geburtstag …«

»Hey!«, rufen die beiden beleidigt.

»Also gut, dreißigsten Geburtstag«, korrigiert sich Sula und blättert durch die Schallplatten, »sondern auch ein Fest der Liebe!«

»Oh, warte«, rufe ich und trenne mich, wenn auch ungern, von Christopher, um ebenfalls zum Plattenspieler zu laufen. »Lass mich das machen.«

Ich finde die Platte, nach der ich gesucht habe, und lege sie auf. Knisternd senkt sich die Nadel, und es folgen die ersten Akkorde eines Tangos. Ich mache eine Drehung und gehe mit wiegenden Hüften auf ihn zu.

»Christopher?«

Er grinst vom Boden zu mir hoch, ein aufgeregtes Glitzern in den schönen Augen. »Katerina?«

Lächelnd biete ich dem Mann, den ich von ganzem Herzen liebe, meine Hand. »Darf ich um diesen Tanz bitten?«

Christopher nimmt sie, steht auf und zieht mich eng an sich heran. Er macht einen langsamen Schritt, dann noch einen, dann eine schnelle, atemlose Drehung, gefolgt von einem schwerelosen, schwindelerregenden Dip, den ich dieses Mal habe kommen sehen.

Er haucht einen Kuss unter mein Ohr und flüstert: »Ich dachte schon, du fragst nie.«

Jedes Mal, wenn ich von zu Hause weggehe, fällt es mir schwerer. Natürlich liebe ich es immer noch, für meine Aufträge unbekannte Orte zu erkunden, neue Leute kennenzulernen und ihre Geschichten zu erzählen. Aber es tut jedes Mal ein bisschen mehr weh, von zu Hause fort zu sein, und das Heimweh begleitet mich auf Schritt und Tritt.

Eigentlich sollte ich die strahlendweiße Schönheit Kroatiens im Juli genießen und stolz und glücklich sein, dass es mit meinem Longform-Beitrag über weiblich geführte Unternehmen in wachsenden Wirtschaftsnationen so gut läuft, aber während ich hier vor meinem Abendessen sitze und in den strahlenden Sonnenuntergang über der Adria blicke, kann ich an nichts anderes denken als an den Spaß, den wir letzte Woche auf der Geburtstagsparty meiner Schwestern hatten. Mom und Dad sind herübergekommen und haben sogar mit uns getanzt. Ich habe so viel geredet und gelacht, dass ich bei der Verabschiedung unserer Gäste ganz heiser war. Und nachdem dann alle gegangen waren, haben Christopher und ich uns geliebt, wieder und wieder. Dabei habe ich so laut geschrien, dass meine Stimme endgültig weg war.

Ich wende mich wieder meinem Teller zu und pikse lustlos in eine Olive, als ein Schatten auf meinen kleinen Tisch fällt.

Plötzlich ist die Welt genauso düster wie meine Gedanken.

Genervt blicke ich von meinem Essen hoch, bereit, dem Schattenwerfer zu erklären, er solle mir aus der Sonne gehen – und erstarre.

Es ist Christopher. Und er sieht umwerfend aus. Seine langen muskulösen Beine stecken in sandfarbenen Slacks, und die Ärmel seines Leinenhemds sind bis zu den Ellbogen hochgekrempelt. Sein vom Wind zerzaustes dunkles Haar leuchtet im goldenen Licht. »Hi, Katydid«, sagt er und sieht mich mit seinen warmen bernsteinfarbenen Augen an.

Mir fällt die Gabel aus der Hand. Vor meinen Augen verschwimmt die Welt. »Was zur Hölle …«, krächze ich.

Und dann stürze ich mich auf ihn. Christopher reagiert

mit einem tiefen erschrockenen Lachen, schlingt die Arme um mich und schwingt mich herum. »Was machst du hier?«, kreische ich.

»Dir hinterherlaufen wie ein liebeskranker Idiot, was sonst?«, sagt er, bevor er mich lange und zärtlich küsst. »Immer wenn du auf Geschäftsreise warst, habe ich heimlich geübt und ein paar Inlandflüge gemacht, um mich ein bisschen besser zu vernetzen. Als ich es geschafft habe, von Küste zu Küste zu fliegen, waren meine Therapeutin und ich uns einig, dass ich wahrscheinlich auch einen Überseeflug überleben werde.«

Mein Herz krampft sich zusammen. Voller Mitgefühl lege ich ihm die Hand auf die Brust und streichele sie. »Und hast du?«

Er wackelt mit dem Kopf. »Gerade so. Aber ich glaube, wenn du auf dem Rückflug neben mir sitzt, hilft das. Und das bedeutet, von nun an werde ich einfach nur mit dir fliegen.«

Ich lache, wobei mir wieder Tränen übers Gesicht laufen. »Und ich sitze hier rum, mit Heimweh und völlig deprimiert, weil ich befürchte, dass meine Tage als Weltenbummlerin vorüber sind.«

»Na ja, falls du dich dazu entscheidest, ein bisschen öfter zu Hause zu sein, werde ich mich nicht beschweren.« Er drückt mir einen Kuss auf die Lippen. »Aber mit dir reisen will ich trotzdem. Ich glaube, wir könnten da einen guten Kompromiss finden.«

»Das glaube ich auch.« Ich ziehe ihn ganz nah an mich heran und küsse ihn, lange und gierig. »Lass uns ins Bett gehen.«

»Katerina«, sagt er gespielt entrüstet, als meine Hände immer tiefer seinen Rücken hinunterwandern und sich auf seinen Hintern legen. »Ich bin gerade erst angekommen, und schon machst du mich wieder zum Sexobjekt.«

»Da hast du leider verdammt recht.«

Er lacht in mein Haar, hebt mich hoch und legt meine Beine um seine Taille. Dann wirft er ein dickes Bündel einheimischer Scheine auf den Tisch und geht mit mir die Straße hinunter. »Wo wohnst du?«, fragt er und küsst mich dabei. »Bitte sag mir, dass es nicht weit ist.«

»Ist es nicht.« Ich zeige auf ein kleines Apartmentgebäude links von mir, und Christopher steuert in einer scharfen Kurve direkt auf den Eingang zu. Es ist nicht das erste Mal, dass wir mit dem Schloss einer Wohnung kämpfen, über die Schwelle stolpern und uns die Kleider vom Leib reißen.

Ein besonders enthusiastisches Zerren meinerseits sorgt dafür, dass Christopher und ich mit einem lauten Rums gegen die Wand knallen.

Wir brechen in Lachen aus, während er mich küsst, meine Brüste streichelt und ich seinen nackten Hintern packe und an mich ziehe.

»Diese Wände sind dünn wie Papier«, flüstere ich. »Ich muss versuchen, leise zu sein.«

»Ernsthaft, Katerina? Leise? Du? Ich fürchte, deine Nachbarn werden gleich Ohrstöpsel brauchen.«

Ich lache. Er küsst mich und trägt mich zu dem kleinen Bett, das mit Sicherheit unter uns durchbrechen wird. »Ich könnte ja behaupten, meine Nachbarn tun mir leid, aber alternativ müssten sie mein Geheule zu sentimentalen Lovesongs ertragen, weil ich dich so furchtbar vermisse. Die Geräusche einer wilden, lauten Liebe sind also definitiv nicht das Schlimmste, was ihnen passieren kann.«

»Nicht das Schlimmste?« Christopher legt mich aufs Bett und sieht mich liebevoll an. »Wir beide, Katerina, eng umschlungen, das ganze Leben noch vor uns … Ich würde sogar behaupten, es kann nichts Besseres geben.«

Danksagung

Zweite Bücher sind bekanntermaßen sehr schwer zu schreiben, aber in diesem Fall dachte ich, es würde nicht so sein. Es war ja nicht mein zweites Buch überhaupt (sondern nur das zweite dieser Reihe).

Upsi. So kann man sich täuschen.

Glücklicherweise hatte ich, während ich mit dem ersten Entwurf gekämpft und ihn so lange immer wieder überarbeitet habe, bis ich mich schließlich in die Geschichte verliebt habe, die besten Leute in meiner Ecke. Da waren meine Freunde – deren Empathie, Unterstützung und Humor mir das Gefühl geben, nicht allein zu sein. Diese Menschen nehmen und lieben mich so, wie ich bin, und das bedeutet mir sehr viel. Becs und Sarah, die wissen, was für eine anstrengende Achterbahnfahrt voller Selbstzweifel das Leben einer Schriftstellerin sein kann – eure GIFs, Nachrichten und morgendlichen Marco Polos haben mich durchhalten lassen –, danke, dass ihr diese Geschichte mit Herzchen in den Augen gelesen und mich beim Schreiben immer wieder ermutigt habt. Sarah, Ellie und Amanda, meine Authentizitätslehrerinnen – danke für euer wertvolles Feedback zu den Darstellungen in dieser Geschichte. Kristine, meine Superlektorin, die trotz meinen nicht enden wollenden Fragen nie die Geduld verliert und so viel zum Herzblut meiner Arbeit beisteuert – danke, dass du mir geholfen hast, diese Geschichte in ihre beste Form zu bringen, insbesondere den zweiten Akt, der durch deine Klugheit nun wahrhaftig strahlt. Samantha, weltbeste Agentin, die so begeistert an das glaubt, was ich tue und wie ich es tue – ich kann dir gar nicht genug danken, dass du diesen Weg mit mir gehst, für all deine Führung und Unterstützung.

Und zu guter Letzt meine beiden (nicht mehr ganz so kleinen – bitte hört auf, so schnell zu wachsen, okay?) Raketenkinder – ihr seid meine größte Freude und mein Opus magnum. Mit jedem Buch, das ich schreibe, möchte ich euch stolz machen. Ich hoffe, wenn ihr dieses hier eines Tages lesen werdet, erkennt ihr in seiner Geschichte die Liebe wieder, die ich euch als eure Mutter geben möchte, aber auch die eurer Freunde, Familien und (falls ihr das eines Tages wollt) Partner – eine Liebe, die euer Feuer nicht erstickt, sondern entfacht.

Ich kann nicht aufhören, mich immer wieder zu kneifen, weil es tatsächlich mein Job ist, diese Geschichten zu schreiben. Ich habe das Privileg, die beängstigenden, schönen und zärtlichen Seiten des Lebens zu erkunden und über Menschen zu schreiben, die sich nicht trotz, sondern gerade wegen dieser beängstigenden, schönen und zärtlichen Seiten lieben. Ich bin meinen Leserinnen und Lesern, die es mir ermöglichen, Liebesromane zu schreiben, die meine Überzeugung widerspiegeln, dass wirklich jeder und jede eine Liebesgeschichte verdient, zutiefst dankbar, genauso wie Berkley, meinem Verlag, und all den unglaublichen Talenten, die dort unermüdlich arbeiten – in Design, Lektorat, Vertrieb und Marketing.

Und schließlich gilt mein Dank noch all jenen, die sich in ihren Familien wie Fremde fühlen oder geliebte Menschen verloren haben; all jenen, die sich wie ich schwertun, jemandem ihren Körper und ihre Gedanken anzuvertrauen, weil sie fürchten, nicht richtig gesehen und geliebt zu werden. Ich weiß, wie weh das tun kann, und hoffe, ihr seid gut zu euch selbst und stolz auf jeden kleinen Schritt, den ihr macht, um euer Herz wieder ein bisschen weiter zu öffnen, dass ihr den Mut findet, eure Wahrheit zu erzählen und euch nach eurem Schmerz, eurer Enttäuschung oder eurem Kummer wieder aufzurappeln. Vielleicht fühlt es sich nicht immer so an, aber die Liebe – zu euch selbst und anderen in all ihren einzigartigen, mächtigen Formen – ist es wert, für sie zu kämpfen. So wie ihr es wert seid, geliebt zu werden. Daran glaube ich von ganzem Herzen und hoffe, dass euch diese Geschichte geholfen hat, ebenfalls daran zu glauben, zumindest ein bisschen.